明清戲曲序跋纂箋

五

郭英德
李志遠　纂箋

人民文學出版社

國家出版基金項目

卷七　戲曲劇本

明清雜劇傳奇五（清雍正、乾隆）

新曲六種（夏綸）

夏綸（一六八〇—一七五三後），字言絲，號惺齋，晚年别署臞叟，錢塘（今浙江杭州）人。十四歲應康熙三十二年（一六九三）鄉試，其後八試棘闈，終未及第。四十歲後，捐資得授縣宰，因受阻於銓吏，不得志。乾隆元年（一七三六），擬應博學鴻詞，有阻之者，遂歸山，以著述自娱。著有《南陽集》。雍正五年（一七二七），撰傳奇《南陽樂》；從乾隆九年（一七四四）至十四年，復撰傳奇《無瑕璧》、《杏花村》、《瑞筠圖》、《廣寒梯》。十五年，由世光堂合刻爲《惺齋五種》。十七年，復撰《花萼吟》傳奇，次年由世光堂合《惺齋五種》，刻爲《新曲六種》，今皆存。參見郭英德《夏綸》（胡世厚等主編《中國古代戲曲家評傳》，中州古籍出版社，一九九二）、司徒秀英《夏綸及其劇作思想探微》（杜桂萍、李亦輝《辨疑與新説：古典戲曲回思録》，黑龍江大學出版社，二〇一三）。

（惺齋）五種自序

夏綸

余《五種曲》，上年既不揣淺陋，開雕質世矣。近有客謂予曰：『傳奇，傳奇也。文工而事弗奇，不傳；事奇而文弗工，亦不傳。叟是集忠、孝、節、義五種，庸行耳，何奇之有？事既弗奇矣，文雖工，烏乎傳？』

余曰：『不然。子以反常背道爲奇，欲其奇之傳也，難矣。天下惟事本極庸，而衆人避焉，一人趨焉，是爲庸中之奇。庸中之奇，斯其奇可傳，而其傳可久。元明佳曲林立，獨高則誠之《琵琶記》，賢愚競推，無異辭。余統觀全劇，其事則綱常倫紀，其文則布帛菽粟，絕無纖毫驚世駭俗之處，而識者謂南曲冠冕，斷不能舍此別有他屬，詎非不奇而奇，莫與京之明徵耶？余才雖遠不逮東嘉，然胸無城府，獨從扶掖正氣起見。認題既真，覺拈毫構思之際，似有鬼神效靈於其間。故自丙寅迄己巳，不四載，成此五種，其速且易如此。自揣災梨問世，知我者或不忍付之糊壁。』

客曰：『叟之命意美矣，善矣。第傳奇爲登場而設，叟既無力畜梨園，而近日擁聲技者，又鮮得風雅主人，奈何？』

余曰：『余初不願若輩之愛之也。違乎俗，斯進乎古；詘於前，乃伸於後。譬之豐城之劍，非其時則勿顯；嶧陽之桐，非其人則爲薪。值其時，遇其人，定有見此五種而咨嗟歎賞，以爲事不越庸行，而其奇可傳，其傳可久者，命伶倫奏綺席。摩娑老眼，猶或見之，未可知也，子何過爲我慮耶？』客唯唯退。遂次其語於簡端。

乾隆辛未春仲朔日，惺齋臞叟自題於世光堂，時年七十有二〔一〕。

【箋】

〔一〕題署之後有印章三枚：陽文葫蘆章『惺齋』，陰文方章『夏綸』，陽文方章『言絲』。

（惺齋）五種總序

徐夢元〔一〕

詩之變爲詞，詞之變爲曲，似曲之道，屢變愈下，較易於詞與詩，而不知其擅場爲獨難。詩詞自唐宋以後，鮮有按板而歌之者，故其繩墨不甚嚴密。曲則句之長短，字之多寡，聲之平上去入，韻之清濁陰陽，皆有一定不移之格。李笠翁云：『調得平仄成文，又慮陰陽反覆；分得陰陽清楚，又與聲韻乖張。令人攪斷肺腸，煩苦欲絕。』誠哉，是言也！

曲始於元，濫觴於明，俱遠不具論。論其近者，本朝百年來，傳奇之見諸坊刻者，僅得孔東塘之《桃花扇》，洪昉思之《長生殿》二種而已。余讀《桃花扇題詞》有云：『兩家樂府盛康熙，進御均叨天子知。縱使元人多院本，勾欄爭唱孔、洪詞。』其注云：『吾友洪君昉思，有《長生殿》傳奇，與《桃花扇》先後入內廷，並盛行於時。』似曲之際遇不可謂不奇。獨恨優師不諳文義，憚於開演，致黃絹佳詞，不得奏之氍毹，以鳴國家之盛，良可浩嘆。

夏丈惺齋先生，以名諸生，八試棘闈，俛得復失。值西陲用兵，罄所有，循例得授邑宰。旋阻於壓班，浮沉里門者，幾二十年。今上龍飛，詔許開選，先生名在單月首列，扶疾捧檄入都。長途況瘁，興已索。抵部，復有意外尼之者，因決志舍去。歸隱湖山，日以著述自娛。先生既不急急求人知，而人亦罕有知先生者。且身處不窮不達之境，爲流俗所猜忌，耳食者從而附和之，致先生之身隱，而名亦隨之俱隱。

今屆衰暮，年已七十矣。匡時淑世之學，無所抒洩，一一寄諸詩歌。而更以其餘事，托之傳奇，以效移風易俗之一助。嗚呼！文人有才無命，借三寸管以自表見，可哀也已。其傳奇定爲五種：曰《無瑕璧》，所以表忠也；曰《杏花村》，所以教孝也；曰《瑞筠圖》，曰《廣寒梯》，所以勸節、勸義也。至《南陽樂》一編，顛倒兩大，游戲三昧，爲千古仁人志士補厥缺陷，固忠、孝、節、義之賅而有者也。書成，尚思爲名山之藏。

余綜攬全稿，見其詞之慷慨悲涼者，若易水之歌、雍門之瑟；詞之嫵媚娟秀者，若河陽之花、靈和之柳；詞之瀟灑清越者，若蘇門之嘯、緱山之笙；詞之典貴富麗者，若赤水之珠、蜀江之錦；詞之矯拔雄壯者，若廬峯之瀑、廣陵之濤。敷華挨采，洵無美之不備矣。乃證之律呂，又累黍不失；付之伶倫，復盡人能歌。是他人觸手皆成荊棘者，先生獨掉臂游行，綽綽乎其有餘地也。豈僅駕昉思，跨東塘，將玉茗瓣香，亦且至今未墜，奈何猶爲良賈之深藏，而不使眈奇者一識其寶耶？爰不揣譾陋，謬加評點，請剞劂以公海內。先生從予言，自春徂冬，幾匝歲，工始告竣。

嗟夫！慧業文人，動以偎紅倚翠爲美談，此固人心之蟊賊也。卽好作詼諧，以解人頤，務窮幽異，以駭人目，於世亦有何裨？昔名宿馮山公《與吳荊山太史書》，論《五人墓》戲劇事云：『傳奇必演此等，可興可觀，可以廉頑立懦，與淫詞豔曲之蕩人心者，相去萬也。』又云：『洪昉思善詞曲，顧不爲此而爲彼，惜哉，惜哉，惜哉！』然則命意之嘉，孰有如先生之五種者？夫言爲心聲，根心而達者，亦肖心而出。讀先生之文，不可以見先生之心乎？一時紙貴，有必然者矣。

特恐猜忌者流，於是編之出，欲抑其美者，則刻意吹毛索瘢；卽不沒其佳者，亦騰口嫁衣代製，方呶呶其不休，斯誠莫如之何。然文章千古，得失寸心，寧以若輩之毁譽爲欣戚！昔浣花贈太白句曰：『世人皆欲殺，吾意獨憐才。』則當日知白者，第子美耳。太沖《三都賦》未就，韓翃《寒食詩》未顯，皆不免爲時所譏，而事後論定，自來有識之賞。況聖天子在上，大雅振興，舉世不乏解人，猜忌者之寡，吾知必不敵珍貴者之衆。蚍蜉縱不自量，亦何損於大樹？則又奚足芥先生之胷也耶！

時乾隆己巳歲嘉平穀旦，徐徐村夢元拜題於桐華書屋。

【箋】

〔一〕徐夢元（一六九三——一七七〇）：字端木，號徐村，錢塘（今浙江杭州）人。諸生，困於場屋。歷遊吳門、江右、湘楚等地，歸鄉以老。著有《珊瑚軒詩鈔》（嘉慶十一年修齡堂刻本），卷首有屠文焯《序》、屠文焯《傳》。傳見《兩浙輶軒錄》卷二四等。

（惺齋）五種總跋

查昌甡　等

傳奇之作，義取勸懲，事關風雅。前則文人借之，以發揮其才調；後則庸流遵之，以勉效其笑顰。雖所結撰，不必盡皆有裨世道，然於忠、孝、節、義，猶未至相背而馳也。江河日下，凡無知下走，競創彈詞穢劇，紛紛開演，千奇百怪，不可名狀。在此輩不過爲餬口計，而愚夫婦恆樂得而觀之，耳濡目染，已陰受其害。

惺齋先生獨具一片救世婆心，忘廢寢食，成此《五種》，可以代警夢之鐘，可以當灸病之艾，可以作徇路之木鐸，可以等覺世之金經。而且人其人，事其事，莫不名載國史，顯有依據，絕非烏有子虛之比。奏之筵上，洵足動高明之賞，而挽蕩佚之心矣。獨恐黄鐘不能與瓦缶爭勝，《高山流水》，知音有幾？詞成而不開演，徒飽蠹腹。昔毛序始論《琵琶記》，有曰：『古之孝子、義夫、貞婦、淑女，其人與骨俱朽矣。而能肖其面目，傳其謦欬，描其神情，令人如覩古人於今日者，獨賴有梨園一技之存耳。奈之何今日作傳奇之人，但好寫神仙幽怪、男女風流之事，而不好寫孝子、義夫、貞婦、淑女之事耶？故傳奇必如《琵琶》，始可謂之不負梨園。』千古碩論，眞堪與先生可稱不謀面之知己。

甡等竊謂：物極則返，遇窮必通。填詞雖小技，其華藻也似乎《詩》，其變化也似乎《易》，其典重也似乎《書》，其謹恪也似乎《禮》，其予奪進退也似乎《春秋》。有元一代人文，皆從此而出，造物寧忍竟聽爲流俗所敗壞而不之救？波靡中忽得此《五種》，亦冥冥中有以默相之也。方今聖天子武功赫濯，文治光昌，翠華所臨，歡騰童叟，正亟需此等稟經酌雅，有裨忠孝節義之作，以點綴昇平，敷揚美盛。《五種》告竣，適當其時，此殆有天意焉。放鄭聲，崇雅樂，在位名公卿，豈無有起而力任其事，以代效康衢之獻者？先生《五種》行，且踵《桃花扇》後塵，上邀睿覽，又添塡詞家一段佳話矣。甡等謹拭目俟之。（孔東塘《桃花扇序》載：『康熙己卯秋夕，内侍索《桃花扇》本甚急，於張平州中丞家覓得一本，午夜進之直邸，遂入内府。』）

乾隆十五年歲次庚午上元前一夕，校字世姪查昌甡〔一〕、姻姪施文渠、子壻周逢吉、子壻孫廷蘭、表姪陳廷鑒、姪男元穀同識〔二〕。

（以上均清乾隆十五年世光堂刻《惺齋五種》卷首）

【箋】

〔一〕查昌甡：當爲錢塘（今浙江杭州）人，字號，生平均未詳。

〔二〕施文渠：字蓼懷，號春壑，錢塘（今浙江杭州）人。官清江閘官。工詩善書。年八十餘卒。著有《黄葉山房詩集》。傳見《武林人物新志》卷三、《兩浙輶軒錄》卷三三、《皇清書史》卷二等。周逢吉、孫廷蘭：夏綸壻。與陳廷鑒、夏元穀等，生平均未詳。

新曲六種跋〔一〕

徐夢元

先生傳奇六種，皆余年來次第評點。或疑其不稍易一字，余曰：『昔吴興臧晉叔讀《玉茗四夢》，憎其音韻乖張，宫調錯雜，因而自出手眼，删改行世，識者羨其有點鐵成金之妙。先生六種，則字字悉精金，卽晉叔見此，亦祇應俯首贊歎，余何人，斯敢强作解事，妄有改竄，令明眼人嗤其點金成鐵乎？』

夢元識。

【箋】

〔一〕底本無題名。

新曲六種跋〔一〕

吴兆鼎〔二〕

聞《南陽樂》一種，江西之九江，吾浙之海寧，江南之吴下，諸名部已紛然開演。可見文患不工耳，工則未有不遇賞音者。六種佳劇，行且遍滿海内。惜先生年齒高，不能遠遊，如往日孔東塘之坐恆山太守席上，觀演自己所製《桃花扇》，僚友爭以杯酒爲壽也。

同學姪吴兆鼎謹跋。

（以上均《不登大雅文庫珍本戲曲叢刊》第一八一—一九册影印清乾隆十八年世光堂刻本《新曲六種》第六種《花萼吟傳奇》卷末）

【箋】

〔一〕底本無題名。

〔二〕吳兆鼎：字汝調，錢塘（今浙江杭州）人。生平未詳。《龍門風雅全編·初編》卷三五有小傳。

撚髭圖記

龔　淇〔一〕

惺齋先生自製《新曲六種》，合刻將竣，以《撚髭圖》冠集首，而屬淇作文記之。淇懼違先生命，不敢辭。

噫！世之見斯圖者，鮮不以盧廷讓『撚斷吟髭』句，謂先生命圖之意在是。而淇獨曰：『是不盡然。』蓋先生蘊蓄宏深，非若風雅士撚髭索句，以爭一日之長者也。嘗側聞父老言矣，先生十四歲，即應康熙癸酉鄉試，監臨大中丞遂寧張公〔二〕，奇其幼，賜以果餌，命吏護送入號。爾時先生鱗張鬣舞，意興飛揚，豈料今日以山澤之臞，肖形紙上哉！顧四十歲前，以科目奮而厄於冬烘；四十歲後，以貲郎進而撓於銓吏。非不知終南尚有捷徑，狗監可作良媒，先生又岸然不屑。踽踽涼涼，枯槁憔悴，歲不我與，倏逾七十，天乎人耶！不得已，從課兒餘暇，借悲歡離合，撚霜髭以略傾底蘊，亦大違用世初心矣。

雖然，《六種》佳劇，明大倫，補大恨，經經緯史，絕非荒誕傳奇可比。流播遠邇，先生之文與貌，定並垂不朽。較庸庸輩忝竊名器，享彈指浮榮者，所得孰多？先生亦可以無憾。圖爲安布沈君所繪，頗稱神似，其大致仿佛坡公《笠屐圖》。淇謂先生高風逸韻，足與古人並驅者，所繫全不在此，閱者當於圖外得之可也。是爲記。

時乾隆壬申嘉平望後五日，同學晚生龔淇菉川氏拜稿。

【箋】

〔一〕龔淇：字菉川，錢塘（今浙江杭州）人。生平未詳。

〔二〕大中丞遂寧張公：浙江巡撫，待考。

撚髭圖贊並序〔一〕

東湖樵謙〔二〕

吾友惺齋先生，少具異才，甫舞勺，即補博士弟子員。後不得志於有司，遂棄括帖，閉戶著書。年六十餘，轉舉二雄，自爲訓課，以娛朝夕。此《六種》，蓋其督課餘所成也。顧其才足大用，而使抑鬱以老，姑借不律以舒所抱負，是誰之過歟？敢爲贊曰：

勿傷髮短，勿訝面堎。君才過豐，君遇合嗇。雲蕩錦匈，河傾彩筆。成此《六種》，光炳星日。名既共仰，類亦共識。書卷長留，噂之欲出。

東湖樵謙。

（以上均清乾隆十八年世光堂刻《新曲六種》第一種《無瑕璧傳奇》卷首）

【箋】

〔一〕此贊附於沈乾《撚髭圖》後，圖上題『惺齋居士小像，時年七十有三』，右下署『沈乾寫』。

〔二〕東湖樵謙：姓名、籍里、生平均未詳。

無瑕璧（夏綸）

《無瑕璧》傳奇，《曲海目》著録，現存乾隆十五年（一七六〇）世光堂刻本《惺齋五種》第一種本、乾隆十八年世光堂刻本《新曲六種》第一種本（《不登大雅文庫珍本戲曲叢刊》第一六册據以影印）。

無瑕璧題辭〔一〕

壺天隱叟〔二〕

古今傳奇，多以風月事移人情，否則蛇鬼牛神，以駭人耳目。再不然，則以詼諧戲謔爲擅長。抑思不朽之業，立言與功、德並重，顧可苟焉已哉？夏叟惺齋，抱濟世才，未爲世用，爰寄其才於傳奇，以爲淑世之具。凡無裨世教者，非惟不敢作，亦不屑作，而惟於忠孝節義之事有取焉。是編《無瑕璧》，乃五種之一，所以教忠也。

特是依古來忠臣多矣，而獨惓惓於鐵尚書者何？ 蓋士可殺不可辱，忠藎之彥，數丁陽九，或從容就義，或慷慨赴死，甚且戮一門、赤三族，皆人意中事，無足怪。 要未有如尚書之死之慘，而辱及子女，有如此者。 推燕藩之心，若以爲鉉不屈於我，而我汙其子女，俾之不齒於人類，不更愈於屈鉉乎？ 嗚呼！ 幸而鐵之後有瑤英，有福安矣。 萬一不肖，而苟賤不廉，甘卽下流，誠有如燕藩之所期者，則尚書之蒙羞地下爲何如？ 吾嘗論燕藩之惡，浮於新莽，而鐵公之死，慘於正學。 良以死非仁人志士所難，而後昆不保，淪於微賤，痛莫大焉。 此誠不可不亟爲白者也。

然則不舉尚書之所重者以立言，而名之爲《無瑕璧》者，又何說也？ 曰： 雙璧錫自高皇。 公當危急存亡之際，他非所及，而念茲勿釋者，祇此二璧。 豈謂其寶貴哉？ 不忍忘先皇也。 異日者廷見不屈，鼎鑊如飴，總由此一念之所固結而然。 故不知者，視爲璧焉耳； 其知者，則曰君之恩也，孝陵靈爽之所式憑也。 公之所重，無有過於是者矣，此《無瑕璧》之所由名與？

雖然，猶有說。 昔蒯通說淮陰反，事敗，身幾受烹。 其後雖以桀犬數語，解嘲倖免，終於君臣大義有虧。 彼瑤英、福安痛父之死，矯矯不辱，固其宜也。 若林春田、高賢寧，止知有鐵，不知有君，已屬不可。 矧馬千里，感一己之私恩，而身爲戎首，指戈向闕，必欲滅此而甘心，其又何爲天下後世訓？ 曰： 不然。 通爲漢臣，自不得以背漢爲信勸。 之三子者，胥建父之臣，其於燕藩，固仇讎也。 鐵存，則倚鐵以報君； 鐵亡，則衛鐵之子女，而卽以報鐵者報其君。 仁之至，義之盡，豈通可同日語哉？

是故尚書之忠，有不待言者。卽瑤英、福安，處易辱之地，而女不虧節，男不受祿，克保厥身，無玷先澤，孝也，亦忠也。至林君之匿孤，高生之哭屍，馬將軍之始終效命，卒使完璧以歸，其高情千古，究亦同一忠而已。而總之非鐵公之忠，有以相感，亦何能使諸賢興起若是？則甚矣，公之忠爲不可及也。

至其關目之周密，詞藻之激昂，令閱者忿極怒生，悲極淚出，斯又非予一人私好也。昔人謂：『讀武侯《出師表》而不墮淚者，其人必不忠。』吾於讀《無瑕璧》亦然。未識惺齋許我爲知音否？

乾隆己巳修禊後三日，檇李壺天隱叟拜撰。

（《不登大雅文庫珍本戲曲叢刊》第一六册影印清乾隆十八年世光堂刻本《新曲六種》第一種《無瑕璧傳奇》卷首）

【箋】

〔一〕版心題《無瑕璧序》。

〔二〕壺天隱叟：檇李（今浙江嘉興）人，姓名、生平均未詳。

無瑕璧題詞〔一〕

壺天隱叟

尚書奇節鬼神驚，垂死還將大義爭。主易忍教吾面轉，君亡何惜比身烹。絕無長物遺兒女，豈有深謀託友生。幸得羣公敦古誼，依然雙璧照人清。

西泠詞客老清狂，敢許周郎獨擅場。赤手未能誅大逆，絲毫卻解發幽光。匿孤收骨恩情重，焚驛興師智勇彰。直與秦庭漸離筑，遥遥千古並留芳。壺天隱叟拜題

（同上《新曲六種》第一種《無瑕璧傳奇》卷末）

【箋】

〔一〕底本無題名。

杏花村（夏綸）

《杏花村》傳奇，《曲海目》著録，現存乾隆十五年（一七六〇）世光堂刻本《惺齋五種》第二種本、乾隆十八年世光堂刻本《新曲六種》第二種本（《不登大雅文庫珍本戲曲叢刊》第一六—一七冊據以影印）。

杏花村題辭〔一〕

壺天隱叟

『法其可廢乎哉？』曰：『不可。法不可廢，則殺人者死。雖以天子之貴，且不能庇其父，而況下此者乎？』曰：『非所論於孝子也。孝子爲父復讐，其情似有可原，烏得以常法律之？』曰：『朝廷之得以整齊而畫一者，法而已矣。苟廢法而言情，將凡有殺人之兄，殺人之弟，殺人之妻與

子者，設其所親皆起而自報之，其情亦未有不可原者，何獨孝子爲然耶？』曰：『父母之讐，不共戴天，要非兄弟、妻子之可同日語也。』曰：『古來操殺人之權者，惟君；代君而行殺人之事者，唯士師，外此皆不得擅殺人也。今以爲父復讐，而許其自殺，則我有父，人亦有父，萬一爲我所殺之仇，其子亦孝子焉，不曰：「吾父曾殺其父，此固所以報檇李也。」而曰：「彼何人斯，顧敢奪天子、士師之柄耶？」遂亦視爲不共戴天之仇，而復以刃相向，是轉輾相殺，無已時也。概赦之，則爲無法；有赦有不赦，則爲無理。無理無法，其何以爲天下後世訓？』曰：『審是，天下將竟無原情之說耶？』曰：『有人殺爾父，罪果當死，必也訴之官；官不爲理，又訴之；再四訴之，終無有理焉者，然後從而殺之，始爲可原耳。若無故而私加之刃，則目無朝廷矣。無朝廷者，殺無赦。而亦欲執情有可原之說以廢法，夫豈通論乎？』

『然則《杏花村》一編，惺齋老人獨許王世名爲孝子者何？』曰：斯蓋有說在。世名之父，爲族人王俊所毆，因而致死。論俊之情，誠不容誅，而據俊之事，若可無死，何則？鬬毆殺人者，罪本止於監候絞，往往矜疑從緩，老於犴狴者有之；甚且覃恩遇赦，得從末減者有之。矧浚之才力，更有出於尋常意計之外者，則其死不死，誠未可知也。世名而非聰明練達之人，容或念不及此；世名而爲聰明練達之人，當亦籌之熟矣，而忍令殺父之讐，聽其漏網已乎？故單興邦以免檢求和，輒佯許之，良以鳴之官，未足死俊，不如姑遲之以待吾之便，而手刃之之爲愈。是則世名之殺俊也，雖不同於屈不得伸，而含愁飲恨，幾歷年所，有不啻一訴再訴之不克白而爲之者。且明知殺人當死，乃奮不顧身，甘卽刑戮，並未冀人之一憐其隱。而其後卒受大受之題褒，象賢之奔救，是特天之巧於報孝子、全孝子，而原世名之初念，固萬不及是也。斯其所以爲孝歟？

嗚呼！孝子之心最苦，孝子而值倫常之變，則其心爲尤苦。想彼六年隱忍，寸衷如結，而摩厲以須，飲泣中夜，惟恐不得一當其意者，豈特俊不知、興邦不知，卽其妻若子，亦有所不盡知。獨惺齋尚友論世，以心逆心，爲能知之。知之而不爲傳之，是没孝子之苦心矣，惺齋何忍哉！故《杏花村》一編，不爲觀者計，第爲孝子計。知其爲孝子計，則世名之心見，而惺齋教孝之心亦見矣。

總而論之，世名之孝，孝之變者也。惟變故奇，惟奇故可傳。若興邦、若王彪，一死於貪，一死於詐，胥天道所必然。至馬青之敗，卽錢瑛之退賊；鍾祖之降，卽董永之遇仙，初非蛇鬼牛神，無非孝之所感焉耳。其間報應分明，經緯繡錯，可爲極古今傳奇之能事。則惺齋雖爲孝子計，又何嘗不爲觀者計耶？敢以質之世之善讀傳奇者。

乾隆己巳清和月，檇李壺天隱叟拜撰。

（《不登大雅文庫珍本戲曲叢刊》第一六—一七册影印清乾隆十八年世光堂刻本《新曲六種》第二種《杏花村傳奇》卷首）

【箋】

〔一〕版心題《杏花村序》。

杏花村題詞〔一〕

壺天隱叟

大雠未復痛難禁，六載含容意轉深。不共戴天常飲泣，直教塗地始甘心。刀凝霜白寒春日，血灑猩紅茜杏林。試向風前讀佳什，一時都作楚歌音。

晨鐘擊處夢醒無，天道昭昭信不誣。孝子自應生孝子，兇徒還使遇兇徒。螳蟬雀彈嗟難料，狗苟蠅營笑强圖。漫說神仙能救世，茫茫苦海怎教枯。壺天隱叟拜題

（同上《新曲六種》第二種《杏花村傳奇》卷末）

【箋】

〔一〕底本無題名。

瑞筠圖（夏綸）

《瑞筠圖》傳奇，《曲海目》著録，現存乾隆十五年（一七六〇）世光堂刻本《惺齋五種》第三種本、乾隆十八年世光堂刻本《新曲六種》第三種本（《不登大雅文庫珍本戲曲叢刊》第一七冊據以影印）。

瑞筠圖題辭〔一〕

壺天隱叟

《瑞筠圖》，何爲而作也？《瑞筠圖》之作，乃惺齋老人爲有明禮部右侍郎章綸之嫡母金太夫人，未婚守志，有衛共姜風，特抒椽筆，以表揚之，所以勸節者也。與《無瑕璧》之教忠，《杏花村》之教孝，同一維持世道之意，夫豈無故而漫作哉？

然吾綜其全局以觀，其間寫金太夫人者，不過十之二三。而其於章侍郎也，不負慈訓，則寫其孝；不憚廷諍，則寫其忠；不失廖莊之約，不背有貞之盟，則寫其義。至廷訊不屈，西市不殺，囹圄之牆傾不死，則又統半生之艱虞危險，而無不一一與爲寫之，略其母而詳厥子，不幾枝大於本乎？曰：否，不然。《易》『家人』之二爻曰：『在中饋，無攸遂。』《舜典》不載英皇之節，《周書》不紀邑姜之功。《詩》亦云：『無非無儀，唯酒食是議。』是知婦人不當以才見也。婦人而以才見，倘所謂『牝鷄司晨，惟家之索』歟？古之賢母，莫過於仉與陸，而其傳也，皆以其子顯。故是編之敍金太夫人，非敢過從其略。凡寫章侍郎之忠肝義膽，薄虹霓，貫金石，不爲利疚，不爲威惕，轟轟烈烈，泣風雨而動鬼神者，無非太夫人紡織之餘，篝燈之下，耳提面命，涵濡教育之所自來。篇中《教忠》一齣，其明徵矣。蓋專寫太夫人，不足以顯章侍郎，而反於三從之義有虧；細寫章侍郎，卽所以表太夫人，而並使義方之訓亦見。此惺齋老人善於構局，立言得體之所在也，又何枝大於本之有耶？

不寧惟是，有賢母，斯有令子；　有令子，斯有慈孫。彼章公子之赴父難，急王母病，搶地呼天，克殫孝思者，雖曰至性使然，亦皆太夫人之淵源一脈，寔有以啓之。且周自姜嫄履武而還，賢妃聖后，代不乏人，說者謂皆嫄之肇興。然則徐婉娥之能守前約，不爲父奪，身出污泥，而亭亭獨立，皭然不滓者，果遵何訓哉？亦遥遥沐浴於太夫人之餘芳遺澤中，而淪浹之深，不復自知也。由是言之，編內雖寫太夫人，不過十之二三，而要之旁見側出，無在不爲太夫人而設。即推之也先之犯順，郕王之易儲，陳循、興安之姦諂，凡所以顯侍郎之忠者，即所以顯太夫人之節也。古言作文難，讀文亦不易，是誠貴乎善讀者矣。

至其命名之妙，更有可言者焉。兩間草木之屬，其足深人愛惜者，孰如竹；　韻之冷也，有似乎梅；　幹之通也，有似乎蓮；　歷歲寒而不改柯易葉也，有似乎松與柏。若夫堅乃操，勁乃節，瀟灑塵外，而不屑以花媚人，則固有超出於梅、蓮、松、柏之上者。昔人曾以之比君子矣，而吾謂以之況貞婦爲尤切。且教衰於上，則俗流失；　教隆於上，則民興行。世有貞女，由於祖宗郅隆之化者，非一日矣，豈獨宗族之榮哉？亦邦國之祥也。故借廖公一圖，並志其詩，以相附於不朽，始之終之，以爲全部關鍵，而特名之曰《瑞筠圖》云。

乾隆己巳中秋前一日，檇李壺天隱叟拜撰。

（《不登大雅文庫珍本戲曲叢刊》第一七冊影印清乾隆十

八年世光堂刻本《新曲六種》第三種《瑞筠圖傳奇》卷首）

【箋】

〔一〕版心題《瑞筠圖序》。

瑞筠圖題詞〔一〕

壺天隱叟

風拂花枝痛早摧，紅樓力足挽衰頹。一絲既定終無改，百折從他總不回。節比綠松避勁拔，歌同黃鵠更悲哀。他時榮寵非僥倖，多自茹荼集蓼來。

其二

忍抱琵琶負所天，淚痕如雨過年年。須知妾在猶夫在，更識兒賢即母賢。丹穴鳳鸞應產鷟，楚江蘭茝豈成荃。一門忠孝誰爲啓？翠竹森森老愈堅。壺天隱叟拜題

（同上《新曲六種》第三種《瑞筠圖傳奇》卷末）

【箋】

〔一〕底本無題名。

廣寒梯（夏綸）

《廣寒梯》，《曲海目》著錄，現存乾隆十五年（一七六〇）世光堂刻本《惺齋五種》第四種本、乾隆十八年世光堂刻本《新曲六種》第四種本（《不登大雅文庫珍本戲曲叢刊》第一八冊據以影印）。

廣寒梯題辭〔一〕

壺天隱叟

惺齋老人所作忠、孝、節三傳奇，予已一一序之矣。是劇則勸義者也。集成，名之曰《廣寒梯》。予既閱其文，復繹其旨，竊歎老人之用心良苦，而讀之者，不可不深諒其心也。

蓋臣之於君，子之於父，婦之於夫，三綱所繫，有莫可逃於天地間者。苟非大姦逆、大無恥，猶知自勉。若夫戚不屬於宗黨，交未訂夫金蘭，彼與我本陌路也，雖使其身處患難，極流離顛覆之慘，而我以塗人視之，漠然肥瘠之不相關，當亦於我乎何尤？而必曰此義之所在，不可不力爲拯救之，非痌瘝在抱、吉凶與民同患之至人不能，而謂可概望諸儕俗哉？是以君子之勸義也，與勸忠、勸孝、勸節不同。忠、孝、節，人人知所當盡，故第舉古人之可歌可泣者，爲前事之師，以動其不容自已之心，如是焉則已足矣。至其勸義也，必先之以美名，繼之以科第，終之以厚福，猶恐人之不加勵也。而於相背而馳者，且重以厚罰焉，要非不憚煩也，夫亦所以爲鼓舞作興之計焉耳。

然則同一勸人爲善，而《廣寒梯》之示勸爲尤殷；同一戒人爲惡，而《廣寒梯》之示戒尤顯。試以其事言之。王香谷本貧賤之相，而因完人夫婦，遂致高掇巍科；解敏中本富貴中人，而因唆人爭訟，遂致一生淹蹇。吳仲達受恩知報，而始陷坎壈者，卒獲顯榮；閻宏宇爲富不仁，而初履豐亨者，終歸困苦。且香谷全仲達之妻，而己之妻，旋爲仲達所救；敏中毁香谷之名，而己之名，卽爲香谷所奪。爲善若此其昌，爲不善若彼其殃，是利人無非利己，而害人適以害自。其效如桴鼓之疾，其報若形影之肖，孰得孰失，何去何從，不待智者而後知也。斯誠覺世之晨鐘，救病之良藥。而所謂相士其人者，豈必求諸方壺圓嶠哉？殆卽惺齋老人之謂也夫。

嗟乎！無所慕於前，而自能爲善；無所懲於後，而自不爲惡者，近世未易數數覯。然聞一善人之躬膺天賞則咨嗟欣羡，見一惡人之身受冥罰則恐懼修省者，又人情之所同也。是集一出，將見强者固奮然而興，卽弱者亦蹶然以赴，而天下之紛紛趨義也，一若忠、孝、節之當自盡，而有不敢不勉焉者。雲谷、了凡有知，當必與惺齋把臂入林，相視而笑。今而後，倘有畏《功過格》爲瑣屑難行者，請觀惺齋之《廣寒梯》也可。

乾隆己巳一陽月，槜李壺天隱叟拜撰。

（《不登大雅文庫珍本戲曲叢刊》第一八冊影印清乾隆十

八年世光堂刻本《新曲六種》第四種《廣寒梯傳奇》卷首）

【箋】

〔一〕版心題《廣寒梯序》。

廣寒梯題詞〔一〕

壺天隱叟

何處堪求換骨丹，王郎軼事請君看。窮能濟世眞非易，貧肯捐金倍覺難。殘刻吉星都化惡，慈和危地亦成安。從今點醒迷途客，義路原來達廣寒。

蓬山仙客發菩提，傳得眞詮覺世迷。此外別無修命學，箇中自有上天梯。休誇妙計縱橫巧，只把良田仔細犁。多感老人抒彩筆，簡端一一爲留題。壺天隱叟拜題

（同上《新曲六種》第四種《廣寒梯傳奇》卷末）

【箋】

〔一〕底本無題名。

南陽樂（夏綸）

《南陽樂》，《曲海目》著錄，現存乾隆十年（一七四五）疊翠堂初刻本、乾隆十五年（一七六

〇）世光堂刻本《惺齋五種》第五種本、乾隆十八年世光堂刻《新曲六種》第五種本（《不登大雅文庫珍本戲曲叢刊》第一八—一九冊據以影印）。

南陽樂跋〔一〕

夏綸

拙刻忠、孝、節、義四種，乃近年所構。惟此『補恨』一編，係采毛序始之論，創於丁未以前〔二〕，曾爲制府彭城李公所欣賞〔三〕。後攜遊四方，凡萍水所遇風雅士，輒出相正，頗蒙許可，賜贈得詩如干首，今悉登梨棗，以志不忘。拙作本不足觀，或因《白雪》之投，得挂青雲之口，未可知也。

乾隆己巳冬仲，西湖七十老人夏綸謹記〔四〕。

（清乾隆十八年世光堂刻《新曲六種》第五種《南陽樂》卷首）

【箋】

〔一〕底本無題名。

〔二〕丁未：雍正五年（一七二七）。

〔三〕制府彭城李公：制府，即總督。待考。

〔四〕題署之後有印章三枚：陰文方章『夏綸字言絲印』，陽文方章『惺齋』，陰文方章『僕本恨人』。

南陽樂題辭〔一〕

壺天隱叟

三代而後，姦雄竊國，而最足深人之恨者，莫如漢賊操；　純臣報國，而最足深人之惘者，莫如漢丞相亮。　操之僭稱魏武有年矣，然自文公作《綱目》，列之於賊，而操罪已與新莽等。　獨武侯一生忠藎，不避艱險，不辭嫌怨，鞠躬盡瘁，相業之純，有非蕭、曹、丙、魏之所得同者。　卒之，秋風五丈，死而後已，所謂『有志竟成』者安在？　且未幾鄧吃偷川，天水不保，而譙周以勸降進，而北地以哭廟死，致老臣數十年經營圖度之所有，一旦啣璧束手，而獻之於人，此仁人義士，莫不掩卷流涕也。

夏叟惺齋，運珠玉之思，舒風雲之筆，爲之悉反其事，而死者不難令生，敗者不難令勝，亡者不難令存，顛之倒之，以與造物平其憾。　題曰《南陽樂》，所以遂臥龍之願，而慰天下之心也。　然則有《綱目》，而千古之統緒明；　有《南陽樂》，而千古之悲憤雪。　其事非《綱目》之事，其志卽《綱目》之志，而其暢人之情，則更有過之者。

予昔讀《明史》，每恨燕藩稱兵犯上，而悲建文帝業之不終。　竊欲如《綱目》之待操，削除永樂年號，若帝在房州之例，而恆苦無其權。　今讀《南陽樂》，爽然若失矣。　嗟夫！　安得惺齋達而在上，躬操筆削，而爲天地一一補其缺陷也耶？　是爲序。

乾隆甲子初冬，檇李壺天隱叟拜題於金粟精舍。

（《不登大雅文庫珍本戲曲叢刊》第一八—一九册影印清乾隆十八年世光堂刻本《新曲六種》第五種《南陽樂傳奇》卷首）

【箋】

〔一〕版心題《南陽樂序》。

南陽樂後序

髯道人〔一〕

自古天下莫不以有德爲歸，無其德而有天下者，有非其有，則其有也，亦必不久。漢末，羣雄蜂起，各據一方，遂分鼎足。間嘗綜而論之，孫權有得天下之勢，曹操有得天下之才，先帝有得天下之度，至於德，皆無足觀。是則三國之天下，將誰歸乎？曰：三國之主，雖皆無其德，而先帝固漢裔也。與其漫無所歸，不若歸之於帝，猶不失爲漢之後。

雖然，曹操之子，是爲曹丕，丕雖不及操，而知人善任，猶不失爲中主；先帝之子，是爲劉禪，禪之不才，非惟不及帝，而昏庸柔懦，幾與昌、包等。是人欲存之，天欲亡之矣，其將何術以挽之哉？曰：知天之可爲，而因利乘便，以求萬全而無失者，能臣之事也；知天之不可爲，而惟殫吾之心，付成敗於不計者，純臣之心也。能臣之事，風虎雲龍之彦，皆能爲之，未足以爲異也。若夫純臣之心，不計功，不邀名，明知事之無益，而鞠躬盡瘁，祇求無忝於故主，殷三仁而後，則諸葛君一人而已，寧不深人之痛耶？

痛之將何如？曰：嬴政本非周族，而又暴虐日甚，扶蘇之亡也，後人尚且惜之；先帝理宜有天下，而英偉卓犖，直可上比光武，劉諶之死也，後人誰不憐之？是故以劉諶之賢，不爲帝之子，而爲帝之孫；諸葛之忠，不能六出，而死於五丈，所謂『天定勝人』，人固無能與天爭者也。然以諶之賢，諸葛之忠，天欲置之亡，而我不使之亡；天欲置之死，而我不令之死，則又所謂『人定勝天』，天亦不能與人爭者也。

若惺齋之《南陽樂》，可徵矣。南陽者何？武侯所居之地也。何樂乎爾？樂其漢賊殄滅，長揖歸田，得遂其素願也。嗚呼！宇宙不平之憾，得文人一轉移間，莫不釋然解去，其權顧不偉歟？其功顧不大歟？昔曾參行孝，爰傳《孝經》；馬融忠漢，遂作《忠經》。言者，心之聲。《南陽樂》一編，亦此物此志也。然則，惺齋之爲人，吾得而知之矣。

傖山髯道人題。

（清乾隆十八年世光堂刻《惺齋新曲六種》之《南陽樂》卷首）

【箋】

〔一〕髯道人：傖山（今屬四川）人，姓名、生平均未詳。

（南陽樂）符月亭先生評

符月亭〔一〕

甲子冬仲〔二〕，寄興湖山，偶逢西浙名流，得讀《南陽》新劇。清辭若綺，能傳忠武之神；椽筆如鋒，早奪姦雄之魄。爲漢室重開日月，造化無權；使皇孫得主河山，文章有力。長歌當哭，非類者莫不鋤而去之；破涕爲歡，有志者果然事竟成也。想當年漁陽撾鼓，未敵其豪；即他日婺水編年，尚輸其快。豈但差强人意，實爲先得我心。將梓氏開來，士君子固皆欣賞；而梨園演出，愚夫婦亦所樂觀。敢贈片言，請浮大白。雲垂海立，非同精衛之填；石破天驚，足代女媧之補。

【箋】

〔一〕符月亭：字號、籍里、生平均未詳。

〔二〕甲子：乾隆九年（一七四四）。

（南陽樂）張欠夫先生評

張欠夫〔一〕

夏叟惺齋，手握靈蛇，目欺繡虎。長吟短咏，豈矜月露之華；遠矚高瞻，不盡古今之感。間興懷於漢代，每致憾於曹家。因憐北地之亡，遂譜《南陽》之曲。吳降魏滅，慰白帝之魂於九京；祖創孫承，回赤龍之緒於一線。諸葛君宛其死矣，偏能起朽骨而肉之；司馬氏洵可恨哉，烏得以脇從而寬也。嗟夫！人心未死，固應作如是之觀；天道有知，合自悔當時之錯。漫説文章無用，始知帝王有眞。譬諸紮草爲雔，關弓而射，亦足暢情；況乎逢場作戲，把琖而觀，寧無快意？至若移宫换徵，都成黄絹新詞；刻羽引商，悉叶紅牙舊譜。幾奪元人百家之席，直兼《臨川四夢》之長。斯固有識所爭推，又何用不才之讚歎也耶！

【箋】

〔一〕張欠夫：字號、籍里、生平均未詳。

南陽樂題詞〔一〕

壺天隱叟

不忿姦雄據漢宫，老人妙手善翻空。文心默奪天心轉，筆陣强勝八陣雄。旗展龍蛇平鄴下，兵屯戊巳定江東。梨園若問音和律，字字眞饒玉茗風。

如此才華世罕逢，能教平地幻奇峯。曹家莫漫誇司馬，漢室依然有卧龍。收取風雷歸筆墨，吞將雲夢作心胷。遙知他日詞壇上，象板鵾絃共仰宗。壺天隱叟拜題

（以上均《不登大雅文庫珍本戲曲叢刊》第一八—一九册影印清乾隆十八年世光堂刻本《新曲六種》第五種《南陽樂傳奇》卷末）

【箋】

〔一〕底本無題名。

南陽樂贈言

陸　猷　等

武穆功垂成，三字死檜手。武侯志未竟，五丈骨已朽。千古同不平，忿氣欲沖斗。惺齋具異才，獨契南陽叟。智珠運錦心，雄詞吐繡口。顛倒當日事，不使丁陽九。鬼神爲效靈，將士倍抖擻。一戰東吴平，載戰魏賊走。恢復兩漢業，劉諶得世守。急流奮身還，退與黄石友。上可謝先君，下可慰黎首。誰人不快心，愁城變歡藪。願作如是觀，詎曰夫何有！燈前展卷讀，大白浮綠酒。爛醉興轉狂，擊賞破銅缶。陸猷鏡湖〔一〕

赤龍奮起海水立，千古乾坤另開闢。潢池兒戲視姦雄，鸚鵡文人恨俱洩。南陽眞不慚王佐，絶勝鴟夷浮釣舸。吁嗟典午倘有知，此日猶應深懡㦬。石泓秋水無纖埃，奇思天外横飛來。快如高登單于臺，壯若大擊靊霳靁。何當痛飲三百杯，氍毹坐看梨園開！李學韓昌谷

我欲馭氣排天閶，問帝胡遽摧武鄉？鞠躬盡瘁俾卽死，遂令賊勢成披猖。銅駝久已委荊棘，蠶叢旋復走降王。有志竟成屬虛語，至今士女咸悲傷。惺齋老翁心不忿，彩毫五夜騰寒芒。鑿空構造鬼欲哭，乾旋坤轉星重光。綸巾羽扇倍矍爍，六師再整誰能當！漳河倒流曹丕戮，湘水忽竭孫郎亡。七十二冢盡翻掘，元兇屍骨塵飛揚。劉禪退處劉諶嗣，老臣長揖歸南陽。普天同聲稱大快，庶幾又見留侯良。天乎夢夢何不爾？空勞譜曲傳詞場。開時要須三沐手，藏處應薰百和香。

尚當焚燒百千本，遍告萬靈呈穹蒼。許中雪堂

我愛惺齋叟，雄才莫與爭。不教諸葛死，卻把魏吳平。筆落天爲泣，書成鬼欲驚。紅泉三百斛，一讀一回傾。

滿卷非庸語，披吟實快哉。高文從古少，異想自天來。豈惜漢家鼎，爲憐梁父才。南陽如有覺，應亦笑顏開。邵適適之

深痛南陽叟，憂勞不久存。中原居漢賊，九廟刎皇孫。莫雪街亭忿，誰招錦里魂。何期千載後，別創一乾坤。葉立先睡叟

秋原星不墜，萬馬趣神皋。談笑無荊楚，從容滅魏曹。筆鋒摧五嶽，墨浪舞潛蛟。恍見當年樂，雲霄一羽毛。湯盤銘三

曲體人心欲，千年忿盡舒。將星原照地，漢社豈爲墟？絕勝關、張在，旋教吳、魏除。功成不受祿，還我舊茅廬。聶鳳翔巢阿

三國開生面，乾坤已倒翻。何須兵六出，早定漢中原。詞藻清還麗，文心靜不喧。夜窗開讀處，光焰燭薇垣。錢時敏遜齋

天地有大憾，才人能補之。全憑文字力，盡寫武侯奇。鐵甕俄灰燼，銅臺倏鏟夷。從今知不律，勝過萬雄師。王錦絅亭

諸葛眞名士，非君莫表揚。不徒淩管、樂，直足慰高、光。選律誰同調，移宮獨壇場。氍毹竟

開演，千古仰南陽。范松齡大年

茫茫大造杳難知，幾閱興亡欲涕洟。恨殺阿瞞偏有子，忍教諸葛竟無兒。鳥填海闕原爲妄，媧補天穿未是奇。獨喜老翁能締造，一編重覩漢威儀。周雲紫東來

頓轉星躔病骨瘳，綸巾羽扇倍風流。鷹揚早爲平銅雀，虎旅無勞運木牛。一戰已銷白帝忿，餘生應作赤松遊。天荒地老離奇事，祇用才人筆底求。蔣繡樸園

底事朝來忽雨金，東吴西魏盡消沉。文章有力愁都破，造化無權快不禁。豈獨九天酬赤帝，並教千古見丹心。重吟《梁父》歸田去，羞殺當年老華歆。汪文鱗西郊

始曉忘憂不待萲，文光高射動星垣。一枝筆撼三分鼎，萬古愁消五丈原。荊棘翦除蘭自馥，陰霾吹盡日重暄。南陽老屋依然在，長嘯登車返故園。袁澄秋浦〔二〕

盈盈蠟炬倚風斜，異想奇情四座誇。權奪青天歸赤帝，詞翻黄絹入紅牙。死來漢賊仍無冢，老去梟姬復有家。鸜鵒才人爭及此，一歌已抵鼓三撾。張書紳念庵〔三〕

無端王氣發漳河，擊碎銅壺恨若何？幾向南陽雙雪涕，每爲北地一悲歌。原頭衰草先秋變，劍外寒雲入夕多。今日高窗讀佳什，龍泉三尺吼滄波。駱廣譽閣修〔四〕

何物文人善解愁，才情奇肆壯高秋。皇天不肯重扶漢，彩筆偏能再造劉。議論千軍齊辟易，詞華三峽倒奔流。從今典午休誇智，一笑隆中志已酬。黄琰崑圃〔五〕

奇功已遂南陽老，六位終歸北地王。喜向新編瞻載造，懶從舊史嘆消亡。雄詞暗挾風雷氣，

綵筆高騰日月光。玉茗才華空擅美，輸君忠孝發文章。湯原潛夫〔六〕

掃卻欃槍靖戰塵，草廬依舊樂閒身。不須更說天原錯，但願羣將假作眞。陳壽詎堪稱信史？譙周枉自號名臣。良工心苦誰能識？九曲河流未許倫。釋慧雨半岩

諸葛不復作，堪悲漢室傾。惺齋眞傑士，偏欲與天爭。

漫說曹瞞巧，漳濱流血多。一抔猶不保，妄想漢山河。

梟姬老歸國，節烈壯千秋。爲語生兒者，何須似仲謀！

別把兩儀鑄，全非當日模。始知紅豆客，胷自有鉗爐。卜豐年春畬

纔識文章有用，天心宛轉隨吾。猶是南陽北地，已吞西魏東吳。

魚水君恩已報，柴桑舊宅重回。誰繪臥龍高躅，多虧繡虎奇才。方淳復初

諸葛一日不死，漢家九鼎誰移？安得天能如是，何妨我竟爲之。

打破三分硬局，變成一統神京。仍作南陽高士，豈同烏有先生？彭樹本立齋

一自降王款魏廷，臥龍雖死目難瞑。當年天道眞堪笑，只借東風不借星。

祁連山下草蓬蓬，每憶南陽淚欲紅。今向桐華見此本，不須更爲哭秋風。廖詠元聲

朝來何事髮衝冠，衹爲劉家恨阿瞞。卻喜惺齋同我意，早尋疑冢破桐棺。詹紹祖雪坪〔七〕

何須衣紫與腰金，歸去重爲《梁父吟》。豈是武鄉當日事？老人自爲寫胷襟。王步青雲客〔八〕

昔年錦里謁清塵，日暗雲昏痛老臣。今日得瞻紅豆曲，悔教當日枉傷神。

筆花燦爛墨痕酣，已變當年鼎足三。此曲莫教凡子唱，直須珍重付何戡。繆二酉書城〔九〕

豈是才人好事多，臣忠子孝痛如何？毫端洩盡千秋忿，功在倫常定不磨。

不將正統付曹家，少慰皇孫怨氣賒。爭似絳紗燈影下，照他宫扇兩行斜。

三顧難酬敢愛身？事煩食少讖成眞。憑君爲返南陽駕，重理絲桐拂案塵。

休將此劇作空觀，漢室江山盡補完。只有一人看不得，癡魂未泯是曹瞞。

望蜀臺高枉插天，梟姬無力挽孫權。一篇翻案思眞巧，人鬼同欣舊恨捐。

才可經邦困莫施，偶欹倦枕譜新詞。人間恨事知多少？安得如椽盡補之。

旗亭誰唱《桃花扇》？冷落《長生殿》亦同。剩得藝林人共賞，與君鼎峙各稱雄。

風流文采羨惺齋，紅豆新聲愜素懷。今日偷閒重過訪，清樽銀燭醉同儕。成廷槢遠村〔一〇〕

簞食壺漿志未酬（指《隆中對》先主語），臥龍雖死恨難休。先生獨具鑪錘手，別鑄山河再姓劉。

轉眼浮光迹已陳，何妨假事認爲眞。劉諶縱不膺符璽，紙上嵩呼倍有神。

爲感君恩矢報奢，星沉五丈豈深嗟。翻空要是文人意，不忿天心棄漢家。

臨風曾記探宫商，撚斷吟髭總面牆。羨殺彈丸纔脱手，旗亭早有唱《南陽》。倪國璉穟疇〔一一〕

恢復何消恃戰功，一時吴魏盡成空。關公水渰周郎火，不敵文人筆陣雄。

綸巾羽扇意蘧蘧，兩孽何難竟翦除。不用功成覓黄石，南陽自有舊茅廬。

風雲爲思海爲才，蕞爾西川帝業開。豈獨臥龍舒不忿，乾坤缺陷盡平來。釋慈印雲門〔一二〕

誰家吹斷白牙簫，唱徹南陽樂事饒。任說前人多院本，爭如此曲命題超。

譜就新聲萬古傳，成君不朽豈非天！安仁倘遂栽花願，那得閒心理硯田？弟璣止齋〔一三〕

彩筆如杠，竟把那、赤帝河山奪轉。說甚的、東吳北魏，總歸豚犬。錦里已銷梁父恨，陰平那用將軍戰！霎時間、重覩漢威儀，天長眷。早遂卻，梟姬願；早洗卻，皇孫怨。笑華歆無恥，譙周無斷。秉鉞未曾辭鞠瘁，揚鞭豈待終絃管。望南陽、長揖賦歸來，風何遠？調寄【滿江紅】。柴世傑南宮

移星換斗思眞巧。不教五丈悲秋草。王業屬蠶叢。便宜安樂公。功成歸故土。任意吟《梁父》。何必說南金。文人一片心。（調寄【菩薩蠻】 辛景雲玉川〔一四〕

探文河，窮藝藪。陸海潘江，不是尋常有。黃卷生涯終未偶。白髮催人，已負匡時手。借毛公，兼石友。破涕爲歡，下慰南陽叟。莫道雕蟲非不朽。試看臨川，永播詞場口。調寄【蘇幕遮】。孔傳禮紹聞

一夜旄頭曜掩光。天也淒涼，人也淒涼。魂歸應返舊茆堂。生也南陽，死也南陽。補恨纔聞喜欲狂。朝也思量，暮也思量。披吟果見挾風霜。吳也消亡，魏也消亡。（調寄【一翦梅】） 席珍韞山〔一五〕

（中國國家圖書館藏夏氏世光堂清乾隆十八年刻《惺齋新曲六種》之《南陽樂》卷首）

【箋】

〔一〕陸猷：以下作者至汪文鱗，籍里、生平均未詳。

〔二〕袁澄：字秋浦，籍里、生平均未詳。按，民國《象山縣志》卷二五有袁澄，字一泓，雍正八年庚戌（一七三〇）貢於鄉，主講丹山書院。或即其人。

〔三〕張書紳：號念庵，籍里、生平均未詳。按，《明清進士題名錄索引》頁五〇一有張書紳，上海人，清乾隆四年己未（一七三九）進士。或即其人。

〔四〕駱廣譽：籍里、生平均未詳。

〔五〕黃琰：字崑圃，籍里、生平均未詳。按《清代官員履歷檔案全編》卷一九有黃琰（一六八六—？），善化（今屬湖南）人。或即其人。

〔六〕湯原：以下作者至廖詠，籍里、生平均未詳。

〔七〕詹紹祖：號雪坪，籍里、生平均未詳。

〔八〕王步青：號雲客。按《清史列傳》卷六七有王步青（一六七二—一七五一），字漢階，一作罕皆，號己山，一號後村，人稱己山先生，室名無逸所，金壇（今屬江蘇常州）人。康熙五十三年甲午（一七一四）舉人，雍正元年癸卯（一七二三）進士，選庶吉士，授翰林院檢討。旋以病假歸，掌教揚州安定書院。著有《朱子四書本義彙參》、《王己山文集》、《王己山別集》、《敦復堂稿》等。又見陳祖范《司業文集》卷四《墓志銘》（《國朝耆獻類徵初編》卷一二五）、《國朝先正事略》卷四〇、光緒《金壇縣志》卷五等。或即其人。

〔九〕繆二酉：字書城，籍里、生平均未詳。

〔一〇〕成廷楷：號遠村，籍里、生平均未詳。

〔一一〕倪國璉（？—一七四三）：字子珍，一作紫珍，號穟疇，一作穗疇，別署西崑，仁和（今浙江杭州）人。康熙五十九年庚子（一七二〇）舉人，雍正八年庚戌（一七三〇）進士，選庶吉士，授翰林院編修。歷官至吏科給事中、刑科掌印給事中。著有《春及堂詩集》。傳見乾隆《杭州府志》卷九四、《詞林輯略》卷三、《國朝畫識》卷一一等。

〔一二〕釋慈印：籍里、生平均未詳。

〔一三〕夏璣：號止齋，錢塘（今浙江杭州）人。夏綸弟。

〔一四〕辛景雲：以下作者至席珍，籍裡、生平均未詳。

花萼吟（夏綸）

《花萼吟》傳奇，《曲海目》著錄，現存乾隆十八年（一七六三）世光堂刻本《新曲六種》第六種本。首封題『惺齋壬申續編』，壬申爲乾隆十七年（一八五二）。

先賢名訓跋〔一〕

夏綸

拙刻五種，初以忠、孝、節、義分爲四，而『補恨』附之。今續以《花萼吟》，則君臣、父子、夫婦、昆弟、朋友分爲五，而『補恨』仍附之。剞劂既竣，適金陵張漱石先生〔二〕，示余《芝龕記》〔三〕。是劇不知昨歲何人刻，洋洋六十齣，氣魄大而結構嚴，括盡明末三朝舊案。其尤佳者，自始至終，無一綺語。卷分忠、孝、節、義，與余不謀而合。篇首冠此三則，悉理學名賢偉論，有裨風化，閱之狂喜，亟補入鄙集，以見太平盛世，崇雅黜鄭，宇内具有同志云。

乾隆癸酉重午，臞叟自記。

【箋】

〔一〕底本無題名，係《花萼吟》卷首所附《先賢名訓》跋語。《先賢名訓》録王守仁《傳習録》、劉念臺《人譜類記》、陳榕門《訓俗遺規》語，並見董榕（一七一一—一七六〇）《芝龕記》傳奇卷首，此不具録。

〔二〕張漱石：即張堅（一六八一—一七六三），號漱石，生平詳見本卷《夢中緣》條解題。

〔三〕《芝龕記》：董榕撰，詳見本卷《芝龕記》條解題。

花萼吟題辭

壺天隱叟

己巳歲〔二〕，余讀惺齋老人忠、孝、節、義四傳奇，各爲之序而歸之。忽忽四載，今年春，老人復過余山居，曰：『忠則君臣，孝則父子，節、義則夫婦、朋友，五倫已備其四，若之何獨闕昆弟耶？用爲之補，幸已告竣，請先生爲我序其首。』

嗟乎，昆弟至今日，尚忍言哉！其在君子，則文貌是飾，而牛羊行葦之風無有也；其在小人，則乾餱以愆，而式好無猶之風罕聞也。甚且不相往來，視如行路者有之；甚且一室操戈，等於寇仇者有之。此非同父之人乎哉？而相殘一至於此，則其忍於所生也可知矣。且友于薄何有於刑于，同氣儕何有於同術。父子、夫婦、朋友，胥卽於乖，而君臣之間，亦有不可問者。然則昆弟一倫，固與四者相爲表裏，而世人瞢不知者，無故而抱斧斨之痛者，幾遍於天下，斯誠不可不有以勸之也。

雖然，人當無事之秋，其於二三昆季，交相友愛，猶恆情之所能勉。卽君子怡怡愉愉，不過與流俗等，亦無自顯其眞摯，以表異於千古，則又何足以爲天下勸？惺齋知其然，爰舉姚氏昆季，以爲標準。始之以敦勉兄弟也，而師生焉；繼之以囹圄手足也，而湯火焉；終之以顯榮鶺鴒也，而鵷鷺焉。患難與同，富貴與共，極生人之苦者，復極生人之樂，命之曰《花萼吟》。居仁固不愧爲難兄，利仁亦無忝於難弟。較之田荊、姜被，殊饒新致，庶幾可以令觀者油然而興矣。

或謂妯娌和，兄弟斯和，蓋必有劉氏之賢，而後有居仁之友。噫嘻！是則是矣，而特不可爲君子訓。君子之於昆弟，根於性，發乎情，不藏不宿，要有固結莫解之致，豈僅不聽婦言而已！老人之兼及此者，殆與江公、茹僕同一義焉。若曰彼居停臧獲，猶能雪友之冤，急主之難，矧屬在骨肉至戚，而顧可婦人之不若耶？其用意抑何婉而多風也！

且吾聞之：『慢藏誨盜，冶容誨淫。』利仁、夢蘭，初非漫藏、冶容者比，而賈氏風波，突如其來，亦足見秋壑父子，無惡不爲，而平日之誣害忠耿，大率類是矣。天其能默默宥之已乎？故先以眞虎翦其爪牙，卒以假虎屠其肝腦，則所以爲姦雄警者，又何鉥目劌心，而深切著明也？

惺齋竭一載精力，慘澹經營，成此佳構，洵可與前四種並壽世而不朽。予亦樂觀其成，泚筆而爲之序云。

乾隆壬申春仲，檇李壺天隱叟拜撰。

（清乾隆十八年世光堂刻本《新曲六種》第六種《花萼吟傳奇》卷首）

【箋】

〔一〕己巳：乾隆十三年（一七四九）。

花萼吟贈言

陳彙芳〔一〕

塡詞之家，率多嘲風月，拈花草，敘奇逢，訂好會，賦景言情，非不誇多逞豔，要無關於倫常之大義，不足以勸善而阻邪也。顧五倫之中，獨兄弟間更有難言之隱。無論咏『燃萁』，傷縫布，懼遷而出走，奔共而不還，以及篡奪參商，日尋干戈者，比比皆是。即以聖賢處此，而傷心謨蓋，抱恨斧斨。降及末流，求所謂遇盜而爭先者，有幾人哉？此《花萼吟》一劇，惺齋所爲補前數編所未備而作也。

《花萼吟》爲宋末姚居仁、利仁昆季事，載於逸史。其中如半閒堂之誤國，江樞密之持正，鄭虎臣之除姦，亦史有其文，非同臆造。至其摶捖結構，忽合忽離，接湊則天衣無縫，關照則灰線無痕，吐辭則濃纖中度，時而沉雄絶麗，宏我漢京；時而慘澹經營，直抒本事，足兼東嘉、實甫之美。演諸氍毹之上，令聽之者忘疲，觀之者擊節，而鴒原之感，不覺油然而生焉。是大有功於名教也，豈僅組織工巧，善於言情賦景而已哉！

夫惺齋填詞數種，刊以問世，已不脛而走矣。《無瑕璧》勸忠也，《杏花村》教孝也，《瑞筠圖》砥節也，《廣寒梯》尚義也。君臣、父子、夫婦、朋友之倫，已悉具焉。今得是編，而天下之達道，於是乎全矣。且不特此也。江公謀國睦鄰，而宋室之祚延；虎臣手刃巨姦，而不共之讎復。劉氏之勉夫以義，林茂之脫友於危，則又合忠、孝、節、俠，胥於是編備之，正不獨姚氏弟昆，敦一本之誼已也。閱者試身體而力行焉，不必作傳奇觀可也。

愚表兄嘯庵陳彙芳拜手題。

（清乾隆十八年夏氏世光堂刻《新曲六種》第六種《花萼吟傳奇》卷首）

【箋】

〔一〕陳彙芳：號嘯庵，籍里、生平均未詳。

花萼吟贈言

章日譽〔一〕

太史尤悔庵先生，一代作手，其《西堂餘集》有曰：『吾吳張伯起作《紅拂記》，風流自許，乃其命意遣詞，委薾殊甚。即如《私奔》一齣，「夜深誰箇叩柴扉」，齊微韻也；「顛倒衣裳試覷渠」，魚模韻也；「紫衣年少俊龐兒」，支思韻也；以一曲而韻雜如此，他可知矣。』其嚴於論韻如此。

又曰：『塡詞家務令陰陽開闔，字字合拍，方無蹩拗之病。』其嚴於論音律又如此。李笠翁《閒情偶寄》亦曰：『詞家繩墨，只在譜、韻二書。合譜合韻，方可言才。曲譜如畫譜，一毫走樣不得；曲韻同詩韻，一字出入不得。』兩人所言，如出一口。噫！必如此，始可塡詞，則塡詞一道，洵爲束縛千古才人之具。彼夫不知妄作者，詞雖工，亦與打油釘鉸，齊供覆甕耳。其不佳者，又何論哉！先生六種，今告竣矣。《陽春》、《白雪》，和者定寡。安得起尤、李兩周郎，並坐桐華書屋中，爇名香，瀹苦茗，展卷快讀，爲先生作隔世知己也？

稽山後學章日譽謹識。

【箋】

〔一〕章日譽：會稽（今浙江紹興）人，字號、生平均未詳。

花萼吟贈言

姚　鈐〔一〕

才人製譜，每多偎紅倚翠之辭；文士摛華，强半摘粉搓酥之句。縱自標其香豔，寔無補於彝倫。惺齋夏叟，胷藴智珠，偏不喜者淫詞浪曲；手操妙管，獨志存夫飭紀敦倫。此忠、孝諸編，昨早馳聲於藝圃；而友恭一劇，今更煥彩於騷壇也。嗟乎！孔懷罔念，誰爲灑淚之人？禦侮胥忘，孰是推田之侶？欲使葛藟之有庇，盍觀《花萼》之聯吟？影動氍毹，可以廉頑立懦；韻諧金石，何殊暮鼓晨鐘？寔足增詞苑之輝，豈但長旗亭之價！

效川姚鈐拜讀。

【箋】

〔一〕姚鈐：字效川，籍里、生平均未詳。

花萼吟贈言

夏璣

余縱觀傳奇，見爲君臣而作者絶少，大都夫婦朋友、離合恩怨之間，各有寄託。即或事涉天合，亦不免褒譏互用；或孝矣而戾於慈，或恭矣而難爲友；縱筆抒寫，不顧倒行逆施，窺厥隱衷者，覩之，有餘怒焉。

我惺齋大兄，夙擅風雅，而行誼一軌於正。每見演傷敗倫紀之劇，輒推案起，不忍卒視。嘗語余曰：『曲爲詞餘，詞爲詩餘。詩始於《三百篇》，其言温厚和平，顧可摹人骨肉，而令若薰蕕之不同器乎？』余韙其言。

比年，余承乏樂至，與兄天各一方。聞兄平日詩古而外，尋宫數調，所著傳奇，裒然成集，五種分配五倫，『補恨』則本紫陽削魏正統遺意。以是六種，奏綺筵，娱嘉客，想見登場者，無非敦倫飭紀，不愧子臣弟友之人，彬彬郁郁，何其盛也。

嗟乎！龐士元非百里才，即畀花封以稍展驥足，君子猶悲其寡遇，乃并此多所悵觸，司銓衡者，夾袋中所收何人哉？以彼天賦異才，鬱鬱不得志，何難奪他人之酒盃，澆自己之磈壘？兄獨怡然浩然，絕不作隱言諷世，興會所至，止將一片牖民覺世之弘願，默寄諸清歌妙舞中。其音律和以諧，其詞藻醇且肆。嗚呼！可謂加於人一等矣。

余幼蒙提訓，得識舉子業。近從簿書餘暇，捧讀全集，如獲異寶。恨邑鮮佳伶，有辜《白雪》。行當攜示僚友，聽知音者傳鈔，開演羽便。敬跋數語，寄歸，希綴名簡末，藉以不朽。第兄年七十三，余亦頹然老矣。一官匏繫，浮光駒隙，未審何日得高坐世光堂，觀此六種次第登場，手一巵爲大兄稱快也。興言及此，能無憮然！

時乾隆壬申初春，愚弟璣拜跋於潼川之樂至官舍。

（以上均清乾隆十八年夏氏世光堂刻《新曲六種》第六種《花萼吟傳奇》卷首）

花萼吟題詞（一）

壺天隱叟

不緣鬼蜮弄風波，誰識家庭聚太和。黑獄縱由紅粉起，青天豈害白雲過。江公鯁介殊堪式，茹僕忠勤亦足多。漫說田眞當日事，荊花未見譜新歌。

棣花韡韡葉田田，彩筆光芒欲射天。四海始知同氣貴，一編已慶五倫全。榮哉昆季游金闕，慘矣姦雄死木棉。演麗直令人感泣，豆萁何忍自相煎。壺天隱叟拜題

（清乾隆十八年世光堂刻本《新曲六種》第六種《花萼吟傳奇》卷末）

【箋】

〔一〕底本無題名。

白頭花燭（李天根）

李天根（一六八〇—一七五三），原名大本，字天根，後以字爲名，號雲墟，別署雲墟散人、芥軒子，本貫江陰（今屬江蘇），後遷居無錫（今屬江蘇）。不事科舉，工詩畫。著有《爝火錄》、《雲墟小稿》、《豔雪詞》等。撰雜劇《紫金環》、《顛倒鴛鴦》，傳奇《李雲娘》、《白頭花燭》。傳見民國《江陰縣志》卷一五、民國《江陰縣續志》卷二〇等。參見倉修良、魏得良《李天根與〈爝火錄〉》（《杭州大學學報》一九九四年第三期），黃勝江《李天根暨〈白頭花燭傳奇〉》（《浙江藝術職業學院學報》二〇一〇年第一期）。

《白頭花燭》傳奇，《曲目新編》、《今樂考證》著錄，誤入『清雜劇』，現存清鈔本（《古本戲曲叢刊六集》據以影印）。

白頭花燭序〔一〕

毛秋繩〔二〕

班定遠恥鉛刀無一割之用，而欲效傅介子、張騫立功異域，以取封侯，是三十六王之頸，早繫於投筆時矣。塊磊奇傑士，沐浴昇平，山川蕭閒，其猛鷙之腹，精苦之胷，確乎不拔之操，一往莫禦之勇，隤然委化，深懼與草木同腐，則海水不足較其淺深，熱沙風毒不足量其遠近。然而猶有不得者。定遠何代無矣，而爲定遠者何少也？『太平時節英雄嬾，淮海無邊草木深。』誦唐子畏之詩，不覺爲之嗚咽。

雜劇院本，描畫英雄之善物也。卽定遠、子畏，皆院本中人物，於排場時一一見之。然皆嵬瑣不足道，則以調律折毫，非眞隱士耳。夫潛德而弗彰，良賈而深藏，干將、莫邪而不屑一試，是之謂眞隱，否則介性所至而已矣。卽不隱，庸宁渠能乎？吾嘗以此，語雲墟散人，兩人相視而笑。

散人繼其尊甫芥軒先生〔三〕，爲再世高隱。其胷中五嶽，每寄托於銅琵琶、鐵綽板之間。曩讀《李雲娘》一劇〔四〕，知其以俠隱；今讀《白頭花燭》，知又以定遠隱也。扼腕則投筆本懷，良算則摧撞較妥，遂令人望嘯仿酒，直如南陽村莊，不可梯接。

僕卽日乘桴，海花落時，且將與吾友海昌玉斧，爲秦川之行。殘月曉風，馬蹄駝背，高唱《華表孤蹤》一齣，當與華嶽長河相應答也。垂老飄零，閉門高臥，到底是一是二，解人還一細參之。

乾隆甲子驚蟄，陽湖同學弟飄飄行者毛秋繩。

（清鈔本《白頭花燭》卷首）

【箋】

〔一〕底本無題名。

〔二〕毛秋繩：字蓁芰，別署飄飄行者，陽湖（今屬江蘇常州）人。漂泊江湖，以布衣倨傲公卿間。居無錫，主華希閔（一六七二—一七五一）家。希閔歿，棲遲僧舍以終。傳見光緒《無錫金匱縣志》卷二六。

〔三〕尊甫芥軒：即李崧（一六五六—一七三六），字靜山，號芥軒，別署懶仙，本籍江陰（今屬江蘇），遷居無錫（今屬江蘇）。隱居不仕，工詩，與其妻吳如玉（字溫清）並繼配薛瓊（字素儀），更唱迭和。著有《芥軒詩集》、《浣花園詩》、《夕陽村稿》。傳見沈德潛《歸愚文續》卷一〇《墓志銘》、《國朝耆獻類徵初編》卷四三一、《國朝畫識》卷九、《初見樓續聞見錄》卷九、光緒《無錫金匱縣志》卷二六、民國《江陰縣續志》卷一五等。

〔四〕《李雲娘》：未見著錄，或爲雜劇，已佚。

夢中緣（張堅）

張堅（一六八一—一七六三），一名堅之，字齊元，號漱石，別署洞庭山人、三崧先生，江寧（今江蘇南京）人。康熙四十九年庚寅（一七一〇）諸生，屢試不第。雍正三年（一七二五），參與鄂爾泰舉辦之春風亭文會，擢爲第三，選其詩文入《南邦黎獻集》。四年，焚稿出遊，轉徙齊、魯、燕、豫間。乾隆初，作幕宛平署。十四年，應九江關監督唐英（一六八二—一七五六）之邀，入潯陽幕中。晚年寓居浙江，入幕荊州，終客死於陝中。傳見同治《上江兩縣志》卷一六。參見王永健、徐雪芬《清代戲曲家張堅生平考略》（《文學遺產》一九八五年第三期），樊蘭《張堅〈玉燕堂四種曲〉研究》（河北大學博士學位論文，二〇一二，附年譜）。

撰傳奇《夢中緣》、《梅花簪》、《懷沙記》、《玉獅墜》，時人稱爲『夢梅懷玉』，合刻爲《玉燕堂四種曲》，現存乾隆間刻本，《傳惜華藏古典戲曲珍本叢刊》第二八—三一册據以影印。《夢中緣》傳奇，《曲海目》著錄，現存《玉燕堂四種曲》第一種本。

夢中緣自敘

張堅

《夢中緣》，感於夢而作者也。己卯仲春〔一〕，予游南郊，歸憩嘯月齋，隱几假寐。倏若置身巒岫間，藍瀋浸睫，雲氣蕩胷，下䁟塵人，蠕蠕而動。旁一道士告余曰：『此華山也。』水鳴於澗，循石磴東行數百步，至一洞府。絕壁千仞，芝芷蔓蘅，髮蔓嵓谷，閨樓豐室，盤鬱霄漢。雙闕⿵門焉啓，一童子來迎曰：『仙子待君久，奚暮也？』前導余，排朱闥數重，歷玉階，直抵殿上。天樂三闋，珠簾徐啓，金碧煥然，異香自流蘇噴出，氤氳若烟雲。衛士持戟鉞，雁羅墀下。諸女侍嫈嫈⿱穴亞⿱穴余，各司其物。二仙子上坐，戴金鳳芙蓉珠冠，服卷龍金縷絳綃氅，腰繫積翠五彩暈花八寶錦裙，耳垂明月璫，胷前金鑠纓絡寶璐佩環，足趿雲霞履，神姿妖麗，光可鑒物。予將下拜，二仙子齊起立，笑曰：『此禮豈爲郎君設？』左右攜余手，遍遊諸宮。飛閣翬翔，長廊虹亙，富麗清幽，絕非凡境。供設儀仗，儼如王者。

俄聞空中輕雷隱隱，一甲士奇形⿰面麻⿰面羅，⿰齒分首睔目而前，曰：『此小崆峒山鼓聲闛鞳也。聞令客在此，將毋劫之而去耶？』余問：『小崆峒山爲誰？』曰：『茲山之鄰，請討之。』予欣然承命。

作檄千言，付甲士持去，都不能記。少焉，雲䨶如墨，大雨䨿䨿，砯硑霶霈，如金戈鐵馬之聲。前甲士自雲端下，曰：『崆峒破矣。』

雨霽，宴於蕊珠殿。二仙子翼予，並坐泥金七寶牀。案設龍文鼎百餘具，璠璵環列，琥璜交錯，果脯怪異，不識其名。諸女侍近前爲壽，歌《霓裳羽衣》之曲以侑觴。仙漿甘冽，沁人心骨。

予初悚敬，不敢仰視。須臾，款洽謔諧，情頗腆昵。其長者修容綽汋，季者則豐膩端妍。而䯀靚妝，星眸曼睩，玉顔鮮潔，神采欲飛，皆非人世所見也。詢其姓氏，不答，惟言：『予異姓姊娣。元時，同避亂入山，遇異人，得授長生術。明時，上帝敕封於此。師言：「星輪屠維單閼，斗指東方卯，當有桂籍仙官來會」，此君其是耶？』

予愕然，間挑以微詞。二仙子𨢩然久之，淚數行下，曰：『郎君非仙緣，安至是？雖然，此清虛之境，豈得如人間樂事？君自有佳婦，妾與君緣，盡於此矣。』乃作歌曰：『雲霐寥兮天階，迴塵埃兮洞府。目既成兮情不終，女靜好兮空房處。』又歌曰：『恨漫漫兮沉愛河，魚兩兩兮隔清波。右羅浮兮左巫峽，惜流光兮樂只多。安得此情兮與天無極，可憐無極兮奈此情何？』歌竟，二仙子泣，予亦泣。遂罷宴，命童子送予還。行數步，悉失所在。第見雙鶴翔空，峗礒澒溶，天光雲影，瀲灩射人。

蘧然驚起，日方正午，心甚駭異。因思天地之大，何所蔑有？人仙神鬼，變幻非常。一切怪誕鄙穢之事，至於夢而安可窮極乎？語云：『太上無情，故至人無夢。其下不及情，故愚人亦無夢。』然則夢之所結，情之所鍾也。欲賦其事，則恐張皇幽渺，蠛瀆仙靈，乃另托人世悲欣離合之故，游戲於碧簫紅牙隊間，以想造情，以情造境。自春徂秋，計填詞四十六齣。一夢始亦一夢終，惟情之所在，一往而深耳。雖然，情眞也，夢幻也，情眞則無夢非眞，夢幻則無情不幻。夫固烏知情與夢之孰爲眞而孰爲幻耶？

金陵漱石張堅齊元氏敍〔二〕。

【箋】

〔一〕己卯：康熙三十八年（一六九九）。

〔二〕題署之後有印章二枚：陰文方章『張堅』，陽文方章『齊元氏』。

江上女子

張　堅

拾得新詞第一編，攜來妝閣晚風前。囊追賀錦才尤麗，筆吐江花句欲仙。自是有情偏有恨，幾多無夢亦無緣。背人愛把丹鉛點，獨自閒吟獨自憐。

辛卯〔一〕，余宿錢塘酒家。見燈下老嫗夜縫裳。蠏筐內鍼線簿一本，丹鉛粲然。取觀之，則鈔余《夢中緣》稿本也。詢其由，云：『主人有幼女，能讀《魯論》及《毛詩》，頗嫺吟詠。愛誦是編，嘗與嫂賭記其詞，輒以手畫空，作圈搖頭，若老生狀。年十六，以瘵死。此其遺也。今作篋，藏鍼線矣。』視其書，已殘缺，內有前詩一首。嫗終不言其姓氏，乃以一金易其本以歸。明年，再過其處，則酒家、老嫗俱無矣。余心感焉，賦一章吊之：『憐才獨爾愛新詞，況是深閨未嫁時。勝讀江東猶取貌，似空冀北尚餘癡。亭園香冷花魂碎，環佩聲銷月影遲。落落知音塵世寡，欲封文冢傍墳堆。』

漱石偶記。

【箋】

〔一〕辛卯：康熙五十年（一七一一）。

《夢中緣》序〔一〕

唐英〔二〕

余陶榷西江二十年矣，往來珠山溢浦間，無民社之責、案牘之勞，故樂與文人學士相晉接。暇則靜處一室，唯優遊從事於筆墨，知我者或目爲老秀才。余則夙聞有『江南一秀才』之稱，固張子漱石先生也。喜爲同調，思以禮羅致之，先生挾其經濟，遊於四方，久之不得見。歲己巳〔三〕，聞其在浙，遣使往迎，乃欣然來潯。公餘之下，分韻聯吟，殆無虛日。

余性嗜音樂，嘗戲編《笳騷》、《轉天心》、《虞兮夢》傳奇十數部。每張燈設飲，取諸院本置席上，聽伶兒歌之。先生爲擊節歎賞，亦自出其填詞《夢》、《梅》、《懷》、《玉》四種，屬予觀。則結構新奇，文辭雅豔，被諸絃管，悅耳驚眸，風流絕世。其《夢中緣》一種，抹煞登徒，寄情深遠，所謂好色不淫，怨悱不怒，誠堪與《莊》、《列》並傳，非蘇、辛所得而匹偶也。

先生著作頗富，而不自收拾。攜以出遊，時人得其片語隻字，遂襲而珍之，曰『江南一秀才稿』。而《夢中緣》尤膾炙人口。余懼展轉鈔錄，未能廣遍，欲代爲開雕，公諸同好，以垂不朽。而會有調任粵海之命①，先生以道遠，憚於偕往，復應接任九江惠公聘。余匆匆就道，遂不及登梨。然知其書將不久於韞櫝，而青萍結綠之藏，終必騰輝於文明之世也。序而歸之。

庚午春暮〔四〕，蝸寄唐英題於潯陽江琵琶亭舟次〔五〕。

【校】

①『命』字，底本闕，據文義補。

【箋】

〔一〕吳毓華《中國古代戲曲序跋集》題此文爲《玉燕堂四種曲序》，誤。

〔二〕唐英（一六八二—一七五六）：生平詳見本卷《三元報》條解題。

〔三〕己巳：乾隆十四年（一七四九）。

〔四〕庚午：乾隆十五年（一七五〇）。

〔五〕題署之後有印章三枚：陽文方章『督榷使者』，陰文方章『唐英』，陽文方章『雋公氏』。

夢中緣序〔一〕

楊楫〔二〕

臨川云：『師言性，予言情。』是知情不能已，則發爲詠歌。勞人思婦之詞，皆意有所托。《詩》

有六義，而比物起興，更深以摯也。漱石青年，負雋才，多奇氣，乃扼於時命之不偶，閑居無事，宜其情之抑鬱而不伸者，必有所托以自鳴。故詩古文藝之外，嘗戲編塡詞四種，而以《夢中緣》爲第一種。

漱石昔受知於西林相公〔一〕，古作樂府，選入《南邦黎獻集》，由是知名。然爲文立意孤而取神遠，不趨時好。舉於鄉，屢薦不售，因作《江南一秀才歌》以自嘲。既乃窮困出遊，隱而爲人捉刀，以試行其志學。然落落終無所大遇。庚午秋暮，自潯陽歸，執余手嘆曰：『秀才老矣！』余與漱石髫齡交，齒相若也，聞言亦黯然。索觀其著作，益富，而塡詞四種，名流頗多題贈，因勸其梓以問世。漱石以卷帙繁重，一時不能盡刊，爰取《夢中緣》一編，囑余點定，以先付剞劂。

夫《臨川四夢》，評者謂：『《牡丹》，情也；《紫釵》，俠也；《邯鄲》，仙也；《南柯》，佛也。』今漱石四種，則合女烈臣忠，配以義俠，參之仙佛，而總基於一情〔二〕。觀其夢寐，可以感通死生，莫肯踰忒，履患難而不驚，處污賤而不辱，雖天龍神鬼，物類無知，而情之所在，莫不效靈，咸爲我用。嗚呼！異矣。然他種皆極情之變，而《夢中緣》祇道其常，則情之正而根於性者也。余謂識得《夢中緣》旨，而他種之情，皆可以此一種推之，卽天下萬世之凡有情者，無不可以此一種盡之矣。是爲序。

愚銘弟古林楊楫濟川氏題於北山草堂。

【箋】

〔一〕西林相公：卽鄂爾泰（一六七七—一七四五），西林覺羅氏，號毅庵，滿洲鑲黃旗人。官至軍機大臣、翰林院掌院學士，加太傅，卒謚文端。傳見袁枚《小倉山房文集》卷八《行略》、《清史稿》卷二八八、《清史列傳》卷一

四、《國朝耆獻類徵初編》卷一六、《國朝先正事略》卷一三、《碑傳集》卷二二等。參見鄂容安《鄂爾泰年譜》（中華書局，一九九三）。雍正元年（一七二三）八月，鄂爾泰出任江蘇布政使。次年正月，下達《延訪眞才示文》，以詩、文、古學諸體試諸生，甄選經世實學之才。三年六月，集賢才名士於蘇州紫陽書院之春風亭，吟咏唱酬達一月之久，詩文選刻爲《南邦黎獻集》。

附　江南一秀才歌漱石自嘲

張　堅

原是江南一秀才，十年壯志幾曾灰？任來天下無難事，衹道黃金復有臺。霜堆兩鬢漸堪哀，原是江南一秀才。目到闈中迷五色，筆花何自向人開？致君堯舜匡時策，誰道不從書裏得。原是江南一秀才，奈何長作諸侯客？柳發新條梅有苔，邵園陶徑許重開。歸來課子燈窗下，原是江南一秀才。

【箋】

〔一〕底本無題名，據版心補題。

〔二〕楊楫（約一六八一—？）：字濟川，號古林，江寧（今江蘇南京）人。生平未詳。

〔三〕此處眉批：『數語已貫四種之義，而歸重《夢中緣》，爲得情之正是主。』

夢中緣序〔一〕

徐孝常〔二〕

憶昔庚寅歲〔三〕，余與漱石同受知督學使者海寧楊先生〔四〕，訂交。始見其所著填詞《夢中緣》，淒清哀怨，思致纏綿，淚點血痕，瑩瑩紙上。怪問之曰：『子豈眞夢耶，非耶？果眞夢而以爲非夢耶，抑非夢而乃自以爲夢耶？』漱石笑曰：『吾烏知其是夢非夢也？如謂是夢，緣於何生？謂爲非夢，緣於何滅？天地茫茫，不知何以有此一日，不知何以此日有我，不知我何忽而伸紙搖筆，成此滔滔四十六齣填詞，留之天地。則謂我夢中作之，子夢中讀之，亦奚不可？』因相與暱笑不止。

漱石富於才華，磊落不可羈紲，爲文不阿時趨尚。試於鄉，幾得復失者屢屢。乃窮困出遊，中間不相聞者十餘年。己未〔五〕，余倖舉進士，以庶常散館居稼部。值漱石亦由汴入都，一見相驚愕，各蒜發種種矣。是時，好友如芮子仙洲、伍子紹南、龔子茹千，咸客京師。暇則歡飲聚談，共道兒時事，痛曦光如過隙，或唏噓泣下。詢及漱石《夢中緣》，則猶珍笥底也。

長安梨園稱盛，管絃相應，遠近不絕。子弟裝飾，備極靡麗。臺榭輝煌，觀者疊股倚肩，飲食若吸鯨填壑。而所好惟秦聲囉弋，厭聽吳騷，聞歌崑曲，輒鬨然散去。故漱石嘗謂：『吾雅奏不見賞時也。』或有人購去，將以弋腔演出之。漱石則大恐，急索其原本歸，曰：『吾寧糊瓿。』

會天子方重典樂，念清廟明堂、祭饗朝會諸樂章，務盡美善，以悦神人聽，而舊辭多不可用，欲重製新聲，設樂部，開音律館，命大臣爲總裁，募海内知音者勷其事。有思薦漱石者，余亦勸其往應召。漱石嘆曰：『吾幼讀先人遺書，不能以科第顯。今老矣，顧乃以伶簪之事進而希榮利，竊恥爲之。』余亦慨然。

甲子秋暮〔六〕，余以病，將告假旋里門，漱石來餞余。飲酣，余亦勸漱石謀歸計。漱石曰：『吾歸，恐無以自遣。行將取《夢中緣》傳奇，付諸梓人，售書賈，取其值，以供杖頭野飲資，亦可與二三子優遊娱歲矣。子曷爲我敍之？』余曰：『可。』乃就席取其書，筆之以弁其端，遂黯然而別。

東田徐孝常孟端氏題於燕邸之淩雲書屋。

【箋】

〔一〕底本無題名，據版心補題。

〔二〕徐孝常：　初名巽，字孝常，後以字爲名，另字孟端，號東田，室名可以止軒，江寧（今屬南京）人。雍正元年癸卯（一七二三）拔貢，入北京國子監。乾隆四年己未（一七三九）進士，選庶吉士，散館改戶部主事。九年（一七四四），以病乞假，歸鄉。旋去世。傳見道光《上元縣志》卷一九、同治《上江兩縣志》卷二四、光緒《金陵通傳》卷二三。

〔三〕庚寅：　康熙四十九年（一七一〇）。

〔四〕海寧楊先生：　即楊中訥（一六四九—一七一九），字耑木，號晚研，海寧（今屬浙江）人。康熙十六年丁巳（一六七七）順天府舉人。三十年辛未（一六九一）進士，選庶吉士，授編修。官至詹事府右中允。著有《蕪城校理集》、《春帆別集》。傳見查慎行《敬業堂文集》卷下《墓志銘》（收入《國朝耆獻類徵初編》卷一二二）、《詞林輯略》卷二、《昭代名人小傳》卷一、《國朝書畫家筆錄》卷一、《皇清書史》卷一四、光緒《海鹽縣志》卷一六等。康熙四十八年（一七〇九）正月至四十九年十月，楊中訥任江南學政，見錢實甫《清代職官年表》（中華書局，一九八〇，頁二六三三）。

〔五〕己未：乾隆四年（一七三九）。

〔六〕甲子：乾隆九年（一七四四）。

夢中緣序〔一〕

陳　震〔二〕

夢，幻境也，然古者占夢有官。湯臨川云：『理之所無，安知非情之所有？』是故情不一而夢多怪。昔余讀漱石《夢中緣》傳奇及其自爲序，頗怪之。漱石笑曰：『屈子求虙妃，宋玉賦神女，文人固多寓言，子何惑焉？』

歲戊戌〔三〕，予計偕入都，與太史嚴東聚、學博譚天球讌集。偶話及唐牛僧孺方爲秀才，宿薄太后廟，會見明妃、玉環，及石家綠珠，相與歌樂，明妃以太后命，薦秀才寢，羨其冥緣奇合。予曰：『鬼神雖渺茫，然明妃必無失身此獠事。』或曰：『載在傳記，君能沒其文乎？』予曰：『明妃不從小單于而吞藥以死，冢草猶青，少陵詩史可證也。』斷斷久之而散。是夜，夢遊雁門中一廢祠，有女侍胡妝，引見明妃，謝曰：『文人孳筆可畏，嚮非君言，妾寃幾不白矣。』爲指示前後因甚晰。『會當有權貴相招，誡勿應。』既寤，異之。俄而，果有以余籍通某府，欲禮羅入幕者。予悚然，憶夢所謂權貴，此殆其是邪？遂遁迹南歸。未幾，某事敗，同行者咸配遣。余獲免，明妃德也。

余與漱石齒相若，各以飢驅，末由聚首數十年。今年歸，相見已老。漱石案頭《夢中緣》詞猶存，覆讀之，曰：『君夢不如吾夢之有徵也。』語以前事，漱石亦愕然。夫漱石憫浮生之如夢，假仙鬼以覺世人，蓋以幻筆寫空境，而終無姓氏之可指。讀其《自敍》一篇，則與傳僧孺事者，其用心固已別矣。吾恐後人誤認漱石之夢，且感余夢脫禍於機先，懷之數十年，未敢告人者，微此書，無以發吾之覆也，於是乎序。

丁卯夏五〔四〕，同學弟陳震伯謙氏拜書。

【箋】

〔一〕底本無題名，據版心補題。

〔二〕陳震（約一六八一—一七四七後）：字伯謙，江寧（今屬南京）人。康熙五十六年丁酉（一七一七）舉人。

〔三〕戊戌：康熙五十七年（一七一八）。

〔四〕丁卯：乾隆十二年（一七四七）。

夢中緣序〔一〕

吴定璋〔二〕

太上無情，非無情也，能不墮於情之魔境耳。夫千古至人，莫非情種。周公《東山》之詩曰：『其新孔嘉，其舊如之何？』非深於情者，能作此語乎？彌勒佛不立文字，開口便笑，必大有情根，乃得作如是歡喜。故情者，聖人之所不禁。惟貴人善用其情而不爲情所用。蓋情之苗起於毫，忽而放之，可彌六合。熱於星火而熾之，勢堪燎原。苟無把握，卽入癡迷，如墮夢境。慧心人解此，則眞境可視爲幻域，囈語可轉爲法言。色空空色，一片虛明，絕無障礙，情亦何足爲累哉？

漱石先生負絕代之才華，居金陵之勝地，所著詩古文詞，無一不臻其妙。《夢中緣》傳奇一種，則其少時作。以發乎情者止乎禮義，借兒女之幽懷，寓《莊》、《列》之妙理，無異鵝籠書生，搬弄吐納，層層奇變，莫可端倪。眞耶？幻耶？正自索解人不得。請於風清月白、酒綠燈紅時候，一按板歌之。倘至人不死，當必擊節歎賞，曰：『是吾輩語，醒人也。』

洞庭同學弟吴定璋又篁氏題於桃葉渡河舫。

【箋】

〔一〕底本無題名，據版心補題。

〔二〕吴定璋：字又篁，一作友篁，室名玉燕堂，吴縣（今江蘇蘇州）人。太學生。與沈德潛、陳祖范（？—一七五四）等交好。曾爲孫斌《帝君陰騭文刀法百種》撰序。輯有《七十二峯足徵集》，今存。

夢中緣序〔一〕

韓　縉〔二〕

昔寶卿家兄自天中歸，語予曰：『金陵有名士張漱石先生，吾得晤於汝寧郡守費榆香署中〔三〕，讀其著作甚富。即塡詞《夢中緣》一種，亦絕唱也。』趙子丹五亦嘗爲余言，并道先生長君晉九兄，博學多才。余心識之，思見其人不得也。

歲戊申〔四〕，余以諸生膺保薦，歷任四川龍安、彰明縣令。晉九兄偕其同里羅江令坦齋王寅兄入蜀，一見如故交。晉九兄蕭疎豪放，負磊落不可一世之概。見晉九兄如見先生矣。晉九兄尋爲郡守李公延入幕。時龍屬四邑參謀皆乏人，晉九兄兼理之，裕如也。與余尤親暱，每至彰明，必流連多日。暇則論文分韻，雄談動輒達旦。余索讀先生之詩文，則盡出其奚囊中隨帶者，如西林相公爲蘇藩時觀風拔取全卷〔五〕，詩賦文策共六十三篇；海鹽俞太史提學江南月課時〔六〕，古二十四藝，皇皇大文，洵一代巨筆。及讀《夢中緣》，則清新雋逸，跌宕風流，恍聽緱嶺瑤笙，湘靈仙瑟，絕非凡響。蓋十餘年懷之不置者，一旦如獲珍寶。

既而嘆曰：『使先生少壯得遇於時，則出其經濟，以大展其猷爲，當不僅以文詞顯。而今老矣！』雖然，蓄之極者發必奇。晉九兄以幹濟之長才，值有爲之歲月，學問淵源，俱堪共信。先生既自以文詞顯，而凡①，志有未竟者，必將有所寄。因狂呼大叫，執晉九兄之手而拊其背曰：『是子之責也夫！是子之責也夫！』

甲子嘉平〔七〕，歸安愚銘姪韓縉紳垂氏拜題。

【校】

①凡，底本作『几』，據文義改。

【箋】

〔一〕底本無題名，據版心補題。

〔二〕韓縉，字紳垂，歸安（今屬浙江）人。清雍正間，以諸生膺保薦，歷任四川龍安、彰明知縣。

〔三〕費榆香：即費謙流，號榆香，烏程（今屬浙江）人。雍正八年（一七三〇）任河南汝寧知府，十年升汝南守巡道。傳見《河南通志》。

〔四〕戊申：雍正六年（一七二八）。

〔五〕西林相公：詳見前楊楫《夢中緣序》箋。

〔六〕海鹽俞太史：即俞兆晟（？—一七四一），字叔穎，一作叔音，號穎園，海鹽（今屬浙江）人。康熙四十五年丙戌（一七〇六）進士，選庶吉士，授翰林院檢討。官至戶部左侍郎。著有《海樹堂雜録》、《蔭華軒筆記》、《靜思齋文集》等。傳見光緒《海鹽縣志》卷一六、《國朝耆獻類徵初編》卷六八等。雍正二年（一七二四），以翰林院侍讀學士，出任江南提督學政，見《清代職官年表》。

〔七〕甲子：乾隆九年（一七四四）。

夢中緣序〔一〕

朱奕曾〔二〕

蓋聞大地皆緣，浮生若夢。或因緣而成夢，夢本非眞；或以夢而生緣，緣終是假。驢鳴飯熟，㾓枕上之遊仙；鹿隱蕉亡，作隍中之囈語。描來妓女，下自屏間；擔去書生，變呈籠内。若彼鈍根年少，甘墮孽不醒迷途；是以慧業文人，借譚空而爲解脱。

如金陵漱石先生者，烏衣白下，地占草堂；紅板青溪，居鄰桃葉。雄文特起，悉鑄史而鎔經；逸興遄飛，每坐花而醉月。乏龍虎風雲之遇，才雖富而韓窮；爲東西南北之人，經未傳而伏老。傷美人之遲暮，不諱言情；怨公子之輕離，慣能譜恨。五花轉爨，託優孟以詼諧；一韻偷聲，假詞章爲游戲。易莊語而姑綺語，幾嘔李賀之心；非畫工而實化工，疑見揚雄之臟。歌凝雲遏，競觀則四國如狂；物換星移，傳誦定千年不朽。卽使臨川《四夢》，放出一頭；直令湖上『十編』，投來五體。

吁嗟乎！蠶雖老而絲存，鵑欲啼而血盡。花魂月魄，無地相招；雨約雲期，何堪中斷。驅五丁而鑿穿情窟，吐辭若霏玉噴珠；持一管以掃盡愁魔，琢句則驚天泣鬼。要識枝非連理，何關羅刹罡風；但願花是並頭，自有菩提甘露。幻亦眞而眞亦幻，勿徒歌《白雪》三終；空卽色而色卽空，已勝讀《南華》一部。

錢江弟朱奕曾桂亭氏拜題。

【箋】

〔一〕底本無題名，據版心補題。

〔二〕朱奕曾： 字桂亭，錢塘（今浙江杭州）人。生平未詳。

夢中緣序〔一〕

金門詔〔二〕

先生一代作手，卽《夢中緣》傳奇一部，已足空前超後。覺若士『四編』，猶是一知半解，安能通古今、徹上下，打透夢覺關頭如是耶？總由風流道學，坐破蒲團，生此智慧，故借談空，包羅萬有，使須彌世界，萬想千情，一齊收入錦囊，供其游戲。此才人之極筆，佛子之妙諦，勿僅作塵凡演劇觀也。由此以推十部、百部，皆在箇中，識者自能賞之，何事老人更從饒舌乎？

東山野史金門詔拜手。

【箋】

〔一〕底本無題名，據版心補題。

〔二〕金門詔（一六七二—一七五二）： 字易東，一作軼東，號東山，別署東山野史，江都（今江蘇揚州江都區）人。康熙五十六年丁酉（一七一七）舉人，久困公車，鄂爾泰延入幕中。乾隆元年丙辰（一七三六）舉博學鴻詞，當年成進士，選庶吉士，充明史館纂修。散館授壽陽知縣，未幾投劾歸。著有《金東山文集》（一名《金太史全集》）、

《全韻詩》、《補遼金元三史藝文志》等。傳見《鶴徵後録》卷二、《詞林輯略》卷四、光緒《增修甘泉縣志》卷一四等。

（夢中緣）跋

芮賓王〔一〕

一、先生傳奇四種：《夢中緣》、《梅花簪》、《懷沙記》、《玉獅墜》，曰『夢、梅、懷、玉』，蓋寓意深遠矣。《梅花簪》久爲優伶購去，易名《賽荊釵》，登場搬演，一時風動，嘖嘖稱奇。《夢中緣》編成最早，優伶絶少佳者，故不肯輕售。攜以出遊，四方名流索觀，原本揉躪數易。吾黨屢請付剞劂，先生以小技不足以問世。庚午春〔二〕，同學復固請，九江督榷唐公分清俸助之〔三〕，乃囑余校魯魚，刊爲上、下本四冊，並輯諸名士所錫佳評，分列首末。越次年，工竣。信知佳文不易顯，固自有時耳。

一、序跋題詠而外，其綫批細注，尚不一人，苦幅狹，未能備載。然先生以偶爾筆墨游戲，一時多獲賞音，不勝感歎，每對余屈指。若西林相公爲蘇藩時，先生曾受知於其門，即見是編而善之。厥後，桐城張晴嵐少宗伯暨其弟鏡壑供奉、錢塘陸賓子拾遺、邗江程午橋、武進湯藥崗、長熟邵馮庵諸太史，及天長韓君爾調、毗陵陳君長卿、金壇劉君子彦、溧陽潘君南河、石棣蘇君爾怡，皆愛其詞章，吟哦讚賞，爲先生極不能忘者，不以顯晦存亡而異也。因囑余悉記篇終，蓋以志人生知己之感云爾。

一、先君子醉心是編〔四〕，嘗欲爲之序。會各有四方志，未及爲。己未夏〔五〕，兩賢相遇於都門，先生居宛署，先君子授經於和邸，詩酒過從五年餘。不虞先君子之驟逝也，先生以不得其一言爲憾。先君子諱嶼，字仙洲，與先生幼同學交好，老而彌篤云。

一、先生嫺於音律，詞調本吴江沈伯英《南九宫譜》，陰陽悉叶，去上必諧。即偶有變通，而蟬聯伸縮，自然成聲。按板固無劣調，口誦亦極鏗鏘。惟善審音者心領而神會焉。

一、元曲音韻，講求最細，然膾炙人口者，莫若《琵琶》，而不免借用太雜之譏。是編韻脚，嚴而且穩。若遇險韻，尤無一字旁出者。昔歐陽永叔謂：『退之古詩工於用韻，得寬韻則波瀾横逸，泛入旁韻；得窄韻則不復旁出，因難見巧。』是編凡用險韻，亦於難見其巧。若不在韻者，皆譜注不必用韻處，非故旁出也。

一、作者意中，止寫一生二美，並帶寫一解事小鬟。之數人者，又皆斡空鑿虚，而姓氏里居，悉成烏有，况其餘乎？至於臚列賢姦以寓勸懲，不過鏡花水月，涉筆成文，作者既自謂非眞，讀者亦當視爲幻。若定索影尋聲，拆①白道字，勢必訛以傳訛，何啻夢中説夢？

一、始《幻緣》，終《後夢》，全篇結構，已自燎然。《戲圓》一齣，特爲舞席歌筵而設，原非正文。然其異想天開，迴環顧映，恰與正文相綰合，似亦不可無此一齣者。如女媧煉石補天，宛然是天，不見爲石，豈非至文！

一、子弟添設科諢，多有逆情悖理者。愚俗鼓掌喧笑，而知者輒欲掩耳閉目以避之。即如《西廂》絶世妙文，近時惡伶，搬演村俗，至令人嘔唾髮指。是編自饒雅趣，足解人頤，若使風人之致混以市井之談，則作者之譬也。

一、是編詞曲之妙，乃案頭文章，非場中劇本。然其排場生動，變幻新奇，錦簇花團，雅俗共賞，優伶善是，何患不聲價倍增？而先生珍之笥底，未嘗輕令紅兒一試者，蓋以《陽春》、《白雪》，原難語諸《下里》、《巴人》也。雖然，宇宙大矣，梨園之中，豈乏聰穎少俊？富貴之室，每多教習歌童。語云：『詞出佳人口。』昔旗亭賭歌，千古傳爲盛事。吾惟爲此書拭目待之。

一、填詞太長，本難全演。作者非故費筆墨，乃文章行乎不得不行耳。但恐舞榭歌樓，曲未終而夕陽已下；瓊筵綺席，劇方半而雞唱忽聞。則此滔滔汩汩之文，終非到處常行之技，未免爲優伶所難。茲先生另有刪就演本，以待同好，自可就而鈔錄，免致優伶任意剪裁，情文或多不貫，若美錦不能成章，殊爲憾事。然而眞正賞音，必不惜多贈纏頭，務令展其全技，或分演於連臺，或卜夜以繼晝，則洋洋灑灑，盡態極妍，豈非氍毹場上一大觀也哉！

從遊江寧芮賓王魯川氏謹跋。

【校】

①拆，底本作『折』，據文義改。

【箋】

〔一〕芮賓王：字魯川，江寧（今江蘇南京）人。芮嶼（？—一七四四）子。生平未詳。

〔二〕庚午：乾隆十五年（一七五〇）。

〔三〕九江督榷唐公：即唐英（一六八二—一七五六）。

〔四〕先君子：即芮嶼，字仙洲，號瀛客，江寧（今江蘇南京）人。康熙五十六年（一七一七），入選國子監，後以國子生候選州同知。與張堅、姚瑩、吳敬梓等人來往密切。和親王聞其名，延入朱邸。傳見同治《上江兩縣志》卷一六。

〔五〕己未：乾隆四年（一七三九）。

《夢中緣》題詞 依贈言先後爲序

張廷樂 等

今古浮生一夢中，良緣何在恨無窮。新詞製就傳千古，直使狂奴拜下風。遊仙一枕夢初酣，采鳳文鴛得指南。若使菩提眞好事，從今彌勒願同龕。兩姓婚姻一夢通，隍中蕉鹿雪中鴻。無端漏卻春消息，清茗香羅意總同。陡起風波易姓名，此中離合費經營。分明一幅天孫錦，幾許心思織得成。茗溪張廷樂儀九氏〔一〕

水中見月原非月，鏡裏看花不是花。識得浮生皆屬夢，終篇只似讀《南華》。秣陵姚瑩玉亭氏〔二〕

此生生自憐，鍾情曷有極。西方彼美二，可望不可卽。緣幻因情現，須知同夢奇。自今紅板下，不數杜娘癡。一念憐才重，花間誓並頭。無瑕情更永，名教自風流。狡獪眞可兒，義俠更誰伍。莫以美婢輕，繪入無雙譜。

崆峒何有山，彌勒本無相。非色亦非空，一笑清魔障。江寧劉紹庭前昭氏〔三〕

我友江南一秀才，浩氣淩雲才玩世。勘破乾坤一劇中，古今人物俳優戲。眞眞假假是耶非，蒼狗須臾變白衣。筆可鏤空花幻彩，慣從豔語泄禪機。洞庭才子情癡極，化蝶雙雙春有迹。巫山境渺苦追尋，別岫野雲迷不得。依稀風景似秦淮，彼美同夢還相識。鵶鬟巧舌傳心事，一片鮫①綃柔情織。當前絶色忽有雙，一是傾城一傾國。玉鏡無媒私自憐，茗香夜半浮甌碧。未諧並蔕旋別離，秋宵暗誓兩心期。難將好夢輕說與，婉轉教猜帕上題。東牀偷臥胡爲者，一擒一縱如同耍。惟恐誤來假混眞，誰知反誤眞爲假？良媒易絶可奈何？人事天心反覆多。眞從假姓登龍榜，假冒眞名陷雉羅。更苦嬌姿悲失路，一身落泊如飄絮。賺入朱門憂變喜，二美相憐不相妒。堪嗟禍福常倚伏，轉換都非眞面目。奴全主義險如夷，女代男婚看不出。將假配假亦何尤？眞還作假逞風流。少時讀此銷魂久，今尚頤閒忘白頭。幻中生幻緣未了，崆峒本是無人道。情至何須問假眞，夢長夢短和天老。白門白德馨香山氏〔四〕

此恨憑誰說？倩霞箋綵筆，代他喉舌。二美祇今何處也，淚滴幾番成血。讀未竟、衷腸寸裂。我亦愁人癡未了，打不透一縷情千疊。翻覆此，添淒切。　風流自古多磨滅。總不如天涯雲水，消閒歲月。慾海愛河明有岸，接引道人心熱。燕子忽來春又去，任一般詡詡穿花蝶。漆園境，誰參迭？【金縷曲】江寧焦逢源鏡川氏〔五〕

多情天賦，彩筆空題腸斷句。宋豔班香，一種新聲繞畫粱。　知音何在？玉茗堂前剛一

派。色色空空，勘破塵緣一夢中。【減字木蘭花】 無錫鄒升恆訒齋氏〔六〕

詞人老去奈春何？ 醉拍紅牙自按歌。奪得文通夢中管，意花開處比江多。

幻處歡然幻處愁，全憑慧劍破溫柔。便當玉茗筵前奏，未必推他作趙州。

滴粉搓酥二十年，蘇辛姜柳辨媸②妍。興闌拋卻諧聲譜，歸去山中片石眠。

見獵如何喜又生，推敲坐見月三更。簷箏風鬭宮商叶，似代鵾笙象管聲。 桐城姚孔鋠範冶氏〔七〕

秋滿蕭齋葉嘯風，一天霜氣壓征鴻。調聲忽撇寒窗懶，對此如譚釋氏空。

風月方佳漏點催，無憑好夢亦懷開。一雙漢浦仙人珮，解爲狂生繾眷來。

潦倒詩書士③慣輕，可憐閨閣獨馳聲。不知何事干天忌，遣入羊腸坂上行。

桃葉空勞打槳迴，簫聲雅負不凡才。宮商兩部憑揮麈，抵得維摩一笑來。 桐城王洛中涵氏〔八〕

仙骨珊珊異，風流興自豪。窗前研月露，座上響雲璈。句豔渾如宋，情深宛似騷。浮生都勘破，塵夢亦奚勞？ 渠丘曹涵巨源氏〔九〕

月白霜寒更漏遲，挑燈閒讀柳郎詞。分明一枕遊仙夢，休更揚州妒牧之。

玉茗風流詎足誇，酒闌燭跋按紅牙。想君長嘯探毫日，定夢江郎五色花。

萬事勞形一夢中，盼來依舊夕陽紅。涅槃妙諦無多語，勘破方知色是空。 吳趨淩鎬□□氏〔一〇〕

大夢誰從未覺窺，茫茫夢裏足歡悲。今時月冷孤懸影，何處蓮開並蒂枝？ 緣到空時方識幻，情於眞處便成癡。風流老子偏常醒，多少人間覺後疑。 昌平張管敍須舟氏〔一一〕

悲歡離合百年身，夢裏偏能學笑顰。鍊去睡魔成醒眼，說來妙語類癡人。紐空作結鮫綃案，涌地生花菡萏因。莫與世間兒子讀，尚疑蟻穴醉眠姻。宛平管霈晴川氏〔一二〕

《白雪》音中寄渺茫，纏綿曲意九迴腸。夢來夢去情深淺，緣少緣多恨短長。鳷鵲樓頭春正暖，鳳凰枕上月初涼。筆同慧劍魔先退，讀罷還教滿頰香。昌平張霖□□氏〔一三〕

遠皋木落澹寒谿，試倚新聲寶瑟齊。多少幽懷多少恨，畫眉卷髻付雙棲。

岷峨江上有啼鵑，誰念西陵松柏緣？眷此清風殊靜好，渾疑龍駕與鸞驂。

黛青粉白迥超塵，流水胡麻天一津。些子關心年少事，卷中人是夢中身。山陰王彭懷祖氏〔一四〕

月窟還憑玉斧修，誰言道學不風流？羨君一曲《江南好》，消盡千秋萬古愁。

閒親筆墨爇名香，悟得緣空夢亦涼。曠代逸才人不識，翻從歌袖顯文章。上元王嘉會履安氏〔一五〕

一笑相逢齊白首。數調尋宮，十種平分久。自愧巴詞徒獻醜。輸君戛玉敲金手。說夢譚空眞諦剖。更羨《懷沙》，古豔誰其偶？請付開雕貽不朽。休教丁甲潛偷走。【蝶戀花】錢塘夏綸惺齋氏〔一六〕

如梭駒隙老蒼顏，悟得浮生若夢間。幾許悲歡眼底事，最難打破是情關。

心似摩尼不染塵，無端幻出色中身。古今大夢誰先覺？惟賴先生筆有神。雲間顧弘鎬雍京氏〔一七〕

一部新詞一夢鄉，五雲燦處筆花香。倩誰細按紅牙拍？十八輕盈小女娘。

世事幾多悲缺陷，媧皇煉石豈虛傳。筆尖能奪天工巧，補得人間夢裏緣。

雲間顧弘鎬雍京氏，華亭馬德和廷掄氏〔一八〕

一樣宮商出玉金，彩毫今信錦成林。自來才美情偏重，那識緣堅恨自深。白雪無知羞韞匱，紅兒有分抵鳴琴。狂心擬約靈槎近，會向雲端學弄音。石城張沂樂川氏〔一九〕

一幅天孫鬭色絲，井邊爭唱柳郎詞。吳儂自有《江南好》，不數巴山歌《竹枝》。

衡門細語落花多，花底聲聲喚奈何。一曲銷魂建業水，風情恰受雪兒歌。

譜入秦淮玉篴聲，桃根桃葉總關情。銷魂更有西泠女，不許人間說姓名。晉安鄭衮大章氏〔二〇〕

古往今來，千情萬態，化工遊戲文章。任妍媸老少，次第登場。雲霞幻彩霓裳。變天籟、鳴一種新腔。雷霆鼓板，雨敲絲竹，風弄笙簧。才人些子疎狂。甚生來緣短，若箇愁長。似蜃樓海市，起滅何嘗。置身傀儡逢場戲，逞風流、自點宮商。此情誰見？紅兒按節，素女施妝。【金菊對芙蓉】秣陵潘□□敍揆氏〔二一〕

願作鴛鴦不羨仙（盧照鄰），於今重說恨綿綿（張籍）。鶯春雁夜長如此（鄭谷），碧樹紅樓自宛然（溫庭筠）。想到恩情卻是夢（趙承祐），積來孤憤合長眠（黃浚生）。千迴赴節塡詞處（李太玄），留與工師播管絃（湯悅）。錢塘柴才次山氏〔二二〕

（以上均《傅惜華藏古典戲曲珍本叢刊》第二八冊影印清乾隆間刻本《玉燕堂四種曲》之《夢中緣》卷首）

【校】

①敿，底本作『絞』，據文義改。下同。

②媸，底本作『嗤』，據文義改。

③士，底本作『土』，據文義改。

【箋】

〔一〕張廷樂：字儀九，苕溪（今浙江湖州）人。生平未詳。

〔二〕姚瑩：字文潔，號玉亭，江寧（今江蘇南京）人。雅志山水，不樂仕進。工詩善畫，日以歌詠自娛。著有《環溪草堂集》。傳見同治《上江兩縣志》卷二三、李放《畫家知希錄》等。

〔三〕劉紹庭：字前昭，一作濬昭，江寧（今江蘇南京）人。雍正元年癸卯（一七二三）貢生，遊京師，以目疾歸。與上元李蘇、吳九思、陳薦英、馬純士，稱『詩社五友』。傳見道光《上元縣志》一六、同治《上元兩縣志》二四、李放《皇清書史》卷二〇、張熙亭《金陵文徵小傳彙刊》等。

〔四〕白德馨：字上聞，號季子，一號香山，江寧（今江蘇南京）人。工草書。著有《藏山亭洗硯齋稿》。傳見李放《皇清書史》卷三一。

〔五〕焦逢源：字鏡川，江寧（今江蘇南京）人。生平未詳。

〔六〕鄒升恆（一六七五—一七四二）：原名登恆，殿試改爲升恆，字泰和，一作太和，號訒齋，一號慎齋，室名借柳軒，無錫（今屬江蘇）人。康熙五十七年戊戌（一七一八）進士，選庶吉士，散館授編修。雍正十一年（一七三三），任河南學政。乾隆間官至侍讀學士。監修《河南通志》。傳見光緒《無錫金匱縣志》卷二二、《詞科掌錄》卷六等。

〔七〕姚孔鋠：字範治，號三崧，桐城（今屬安徽）人。張廷玉（一六七二—一七五五）長壻。雍正四年丙午（一七二六）舉順天鄉試，十一年癸丑（一七三三）成進士，選庶吉士。乾隆元年（一七三六），授翰林院編修。後以母老告养，歸鄉。傳見道光《桐城續修縣志》卷一六。

〔八〕王洛：字仲涵，一作中涵，號懷坡，别署慕庵，桐城（今屬安徽）人。雍正四年丙午（一七二六）舉人，十一年癸丑（一七三三）進士，授刑部主事。累官至吏部稽勳司郎中。病歸，主豫章書院。著有《淪靈集》、《懷坡詩鈔》等。傳見道光《桐城續修縣志》卷一六、民國《安徽通志稿》卷二、金天翮《皖志列傳稿》卷三等。

〔九〕曹涵（一六八九—一七五〇）：字巨源，渠丘（今山東安丘）人。雍正四年丙午（一七二六）舉人，授蓋平知縣。官至揚州知府、署常鎮道。傳見道光《安丘新志》一八、咸豐《青州府志》卷四八、宣統《山東通志》卷一七五等。

〔一〇〕淩鎬：江蘇蘇州人。生平未詳。

〔一一〕張管敍：字須舟，昌平（今屬北京）人。生平未詳。

〔一二〕管霈：字晴川，宛平（今屬北京）人。按，道光《上元縣志》卷一〇、陳作霖《金陵通傳》卷三三有管霈（一七二七—一七八八），字晴雲，上元（今屬江蘇南京）人。乾隆九年甲子（一七四四）順天副榜，選潁上教諭。官至四川仁壽縣知縣。又見管同《因寄軒文初集》卷八《家傳》。未詳是否其人。

〔一三〕張霖：昌平（今屬北京）人。生平未詳。

〔一四〕王彭：字懷祖，山陰（今浙江紹興）人。生平未詳。

〔一五〕王嘉會（一七〇七—一七七八）：字履安，號坦庵，江寧（今江蘇南京）人。雍正十年壬子（一七三二）舉人，次年癸丑（一七三三）進士，授四川羅江知縣。官至西安知府。傳見道光《上元縣志》卷一〇、同治《上江兩縣志》卷二四。

〔一六〕夏綸（一六八〇—一七五三後）：生平詳見本卷《新曲六種》條解題。此詞楊楫眘批云：『惺齋先生亦現有《五種傳奇》行世。』故知此詞作於乾隆十七年（一七五二）夏綸撰寫《花萼吟》傳奇之前，當在乾隆十六年。

〔一七〕顧弘鎬：字雍京，雲間（今屬上海）人。生平未詳。

〔一八〕馬德和：字廷掄，華亭（今屬上海）人。生平未詳。

〔一九〕張沂：字樂川，石城（今屬江西）人。生平未詳。

〔二〇〕鄭衮：字大章，晉安（今福建福州）人。生平未詳。

〔二一〕潘□□：字敍揆，秣陵（今江蘇南京）人。生平未詳。

〔二二〕柴才：字次山，號卯村，室名百一草堂，錢塘（今浙江杭州）人。諸生。著有《百一草堂集唐》、《邗江雜詠詩餘》等。傳見《歷代兩浙詞人小傳》卷七。

梅花簪（張堅）

《梅花簪》傳奇，《曲海目》著錄，《玉燕堂四種曲》第二種，現存乾隆間刻本，《傳惜華藏古典戲曲珍本叢刊》第二九冊據以影印。

梅花簪自序

張堅

天地以情生萬物，情主於感，故可以風。采蘭贈芍，人謂之情，而卒不可以言情，以感非其正也。夫玉不磨，安知其不磷？素不涅，安見其不淄？世途之坎壈，人心之嶮巇，造化弄人之巧毒，惟不失其正，乃履艱蒙難，百折而其情不移。《三百篇》後，遞降爲塡詞。然子輿氏有云：『今樂由古樂。』其興、觀、羣、怨之道，正維風化俗之機。孰謂傳奇可苟作者哉？余《夢中緣》一編，固已擻卻形骸，發情眞諦，猶恐世人不會立言之旨，徒羨其才香色豔、贈答相思之迹，故復成此種。梅取其香而不淫，豔而不妖，處冰霜凜冽之地，而不與衆卉逞芳妍，此貞女之所以自況耳。若徐如山本有情而似無情，巫素媛於無情中而自有情，郭宗解爲貞情所感觸而忽動其俠情，是皆能不失其正而可以風矣。

漱石自序。

梅花簪序〔一〕

柴才

工於賦物者，必妙於言情。物情無定，視其時之所遭有常變。故文人之筆，轉折變化，莫可端倪。譬諸層波疊嶂，忽起忽伏，窮盡處別開洞天，則使人目蕩神移，失聲叫絕。

傳奇者，因奇而傳。若張子漱石《梅花簪》，乃極盡文章奇事矣。本非夫也，竟嫁；謂之夫矣，竟殺。本非妻，呼而求其近；既見妻，讐而迫之遠。展拔地神手，運補天匠心。意外飛來，眼前拾得。畫工乎？化工也。夫簪以梅名，卽以梅喻孤芳，嚼雪而彌烈。杜之苦情，似之鐵幹扶花而直上；解之豪情，似之身且沉香片矣。而柔條欲媚，似巫女之情癡，時當月昏黃矣。而冷眼難回，似徐生之情幻，迷離惝怳中，心雖愈酸，神乃愈王。言情之妙，又奚可方物乎？

漱石，金陵名士。懷其才不遇，乃隱於蓮幕。前年來越，余與相遇於吳山十二峯道院，恨訂交之晚。壬申上元〔二〕，踏雪尋訪，擁爐聯韻。亭前冰花堆樹，梅蕚舒妍。見案頭此種，余笑指謂曰：『梅花冰雪，冠絕羣芳，詎不信夫！』漱石曰：『子不棄是編，曷序之？』余欣然攜歸。閉幃坐讀，不能成寐。評點竟，閣筆，燭焰將殘，爐灰漸冷。啓窗而望，則雪霽雲開，明星在戶簷，梅花正大放。

錢唐同學愚弟柴才次山氏題於百一草堂。

【箋】

〔一〕底本無題名。版心劇名下題『序』。

〔二〕壬申：乾隆十七年（一七五二）。

梅花簪序〔一〕

吴禹洛〔二〕

余幼受詩學於胡致果先生〔三〕，即知里中有張子漱石。因陳子樂愚納交焉〔四〕，時相倡和，無間昕夕。竊幸生當盛世，烈聖相承，文明大啓。廟堂之上，君歌臣賡，黼黻羽儀。草野韋布之士，一吟一咏，亦足以鼓吹昇平。金陵六代舊地，夙稱風雅。我朝自杜茶村、吴梅村諸先輩，軼宋追唐，流風未泯。迄今百年，後賢繼起，名作如林。是時南北兩社，南有姚子玉亭〔五〕、朱子草衣、屈子思齊，常執牛耳，盛集名流，交相唱和；北則古林、樂愚、香山、大川十餘士，旗鼓相望，余亦竊附其次。漱石遊於四方，知名益廣，歸來掉臂兩社間，衆共推服。囊中著作尤富，而填詞四種，特其餘事耳。

《梅花簪》爲第二種，稿甫脱，即爲名優購去，被諸管絃〔六〕。漱石諏吉列筵，召僚友，登場搬演，遠邇競觀，靡不愕然稱奇，黯然欲絶。先是，其家有香櫞，萌芽自發，二十年成樹而不花。是夕，花忽大吐，滿室皆香，氤氲飄緲，若偕歌聲，彩色飛舞席前，衆賓咸異。自是，結實纍纍如金，盛至千顆。昔高東嘉初演《琵琶記》，座上蠟炬光忽交互成彩，因名其地曰『瑞烟樓』。此亦殆其瑞徵與？

樂能宣和導鬱，聖王與《禮經》並垂諸書，豈偶然哉？曹子桓曰：『人而不知音樂，則謂之通而蔽。』既云通矣，又何以蔽？ 蓋惡空談禮義，而矯乎情者也。 夫情不變則不奇，不奇則不至。 奇不失其正，變若履乎常，故凛如秋霜，明如皎日，轟轟烈烈如雷霆，雖婦人牧豎，無不涕泣唏嘘，勃然興起，斯情之至，而無不知所感矣。 獸聞《韶》而舞，魚聽琴而躍，凡天下有情之物，孰不知所感乎？ 讀漱石茲編而不知感，則亦通而蔽者也。 因爲之序。

白門研弟漪園吴禹洛書瑞氏拜稿。

（以上均《傅惜華藏古典戲曲珍本叢刊》第二九册影印清乾隆間刻本《玉燕堂四種曲》第二種《梅花簪》卷首）

【箋】

〔一〕底本無題名。 版心劇名下題『序』。

〔二〕吴禹洛： 字書瑞，號漪園，一作猗園，上元（今屬江蘇南京）人。 著有《北樵詩集》。 傳見陳作霖《金陵通傳·補遺》卷三。

〔三〕胡致果： 即胡其毅，生平詳見本書卷六北紅拂跋條箋證。

〔四〕陳子樂愚： 字號、籍里、生平均未詳。

〔五〕姚子玉亭： 以下至大川，字號、籍里、生平均未詳。

〔六〕柴才於此處眉批云： 『金陵太晟子弟初演是本，易名《賽荊釵》，一時風動，以其苦節，不讓錢、王也。 然究不雅切，仍易今名。』

懷沙記（張堅）

《懷沙記》，《曲海目》著錄，《玉燕堂四種曲》第三種，現存乾隆間刻本，《傅惜華藏古典戲曲珍本叢刊》第三〇册據以影印。

《懷沙記》自敘

張堅

《三百篇》後有《離騷》。騷一變爲詞，再變爲曲，騷固風雅之變體而詞曲之始基也。唐時梨園子弟，惟清歌妙舞而已。自元人傳奇作，則賓白具，而搬演其故事。凡古來忠臣烈士，才人淑女，其行義奇傑者，無不藉是以膾炙於人口，而其名益顯。乃屈子獨不見於傳奇。我朝尤西堂有《讀離騷》一折，而未盡其致。然其時君貪而愚，臣佞而倖，才不見容，忠而被放，皆足激發人心之不平，以垂戒於後世，烏可以無傳也？

屈子《懷沙》，乃《九章》之一。而太史公曰：『屈子作《懷沙》之賦，乃自投於汨羅。』蓋其憂讒畏譏，憤不欲生之志，已決於《懷沙》一賦之中矣。余幼喜讀《騷》，後出遊，攜之客笥。或雨窗月夜，挑燈讀之，輒唏嘘泣下。每歎千古才人之文，莫奇於屈子；而蒙冤被抑，亦莫悲於屈子。若宋玉、王褒、東方、劉向之徒，哀其志，爲擬騷以吊之。兹余變《九哀》、《七諫》之章，爲引商刻羽之句，成《懷沙記》填詞一種。借優孟而識衣冠，聆管絃而生憑吊，仿佛遇三閭忠魂，時飄渺於瀟湘雲夢、月明烟水之中，諒亦懷古情深者之所不棄也。如以山雞無足飾鳳羽，烏語安得效鸞音，屈子有靈，將毋取其意而恕其文可乎？是爲序。

洞庭山人漱石自題①。

（中國國家圖書館藏清乾隆間刻本《玉燕堂四種曲》第三種《懷沙記》卷首）

【校】

①『序洞庭山人漱石自題』九字，《傅惜華藏古典戲曲珍本叢刊》第三〇册影印乾隆間刻本《玉燕堂四種曲》第三種本闕。

（懷沙記）凡例

張　堅

一、是編本《史記》及《外傳》。當楚受秦詐，陳軫諫不聽，則見於《國策》。時原尚仕楚，斷無知而不諫者，《述原》一齣，亦爲史傳補闕耳。以孟嘗爲齊、楚離合作穿插，蓋因田文入秦，有勸歸懷王之請，雞鳴狗盜，咸得其用，正可反照生情，而爲遭讒被逐增慨也。懷王被擄入武關，朝於章臺宮，令執藩臣禮。後亡走入趙，不納，又欲之魏，追兵至，遂入秦而病死。今悉删去。豈謂傳奇幅短，不能備載乎？抑是作本痛哭騷魂，並不予秦人以狡獪爲得計，使過於醜詆楚懷，非所以慰屈子在天之靈也。故寫懷王受詐，雖不若句踐忍恥吞吳，而憤怒捐生，差勝於纍囚被辱。景缺，陣亡之士，借作從死沙場，頓增無限悲涼，足爲南荊生色。

一、《著騷》一齣，塡寫本經，固也。其《卜居》、《漁父》諸齣，亦多遺用原文。要皆體制宜然，非以摭拾成語就易，亦非以適中音節見難也。《天問》、《山鬼》，辭雖仍舊，而機杼獨別。不知者或以畔經誣古見罪，知者則謂旁通奥義，另闢奇思，適足抒寫騷魂之抑鬱，應自得於語言文字之外耳。

一、詞貴淸眞，雅俗共賞。余數種塡詞，雖穠豔典麗，而顯豁明暢。此種代屈抒懷，勢不得不點綴《騷》詞，以入曲調。然其文義淵深，字句古奥，文人學士寢食於《騷》，自展卷而如逢故物。但三閭孤忠，斯世共憫，無論智愚，傳奇一出，或咸欲售觀。恐一時索取注解不及，未免鶻突迷悶，非快目娱心之境也。喜小兒輩私鈔讀本，凡曲中引用《騷》詞，悉依原經，詳加注釋。或歷來舊注未明，聚訟不一，另有會心，間爲表出，而不失吾立言之旨，亦取其說與注並存之。其餘非屈子正文，則《騷經》毋庸牽入。語不勾深，詞惟本色，識者鑒之。

一、商於之詐，係秦惠王事；武關之約，則在秦昭八年。傳中渾而不分者，蓋此爲屈子寫怨，非爲秦楚編年，頭緒一紛，則觀者反致目眩，而情文亦欠警拔。況傀儡場中，不乏借言；即楚懷被擄，何與儀事？而君子惡居下流，不妨以惡歸之也。

一、《戰國策》：楚索秦地不與，曰：『爾以爲我未絕齊耶？』乃遣人東罵齊王。又張儀械繫楚，令寺人通於楚王之寵姬鄭袖，言秦得美女二人，將入楚，贖儀罪。袖恐奪其寵，乃使止秦女，而勸王釋歸儀。傳中《罵齊》及《通袖》，悉本此。

一、或疑因果始自釋氏，似非儒者之言。原時佛未入中國，何得有地獄輪迴之説？余謂不然。儒者不曰因果，而未始不曰報施感應；不曰輪迴，而未始不曰循還反覆。如以爲無，不應以佛入而忽有；如以爲有，亦不應以佛未入而遂無也。傅説爲箕宿，降生惠子，生而有文在手，曰：『爲魯夫人冥冥之際，誰實司之？』伯有之鬼，彭生之怪，《左氏》所傳，即多誕妄。夫君子不重當前之榮貴，而惜沒世之聲名，志士仁人，流芳不朽。即千秋之富壽康寧，佞倖讒邪，自謂快意。不知一經文筆，即劍樹刀山；一入信史，即無間地獄。《示果》一齣，伸正直之氣，褫姦雄之魄，又奚可少乎？

一、小説傳奇，雖云游戲，亦有文章。然妍媸不一，而好惡亦殊。此編賢愚忠佞，離合悲歡，悉依史傳，不敢更易其人其事。即以屈子文詞，重寫屈子生面，而已無與焉。觀者固可不計其工拙，又何所施其愛憎乎？雖有名人題句，猶然憑吊騷魂，此詞自覺形穢。倘藉以掠美沽譽，則予又奚敢？

洞庭山人又筆。

懷沙記序〔一〕

沈大成〔二〕

古來憤懣怫鬱，慷慨悲歌，惟才人；而世人繙繹遺編，咨嗟慨惜者，亦才人。蓋天不欲顯其身，而未始不令傳其文。《離騷》曰『經』，是殆不可僅以文目之。屈子爲楚同姓，憂讒畏譏，本忠君愛國之心，非當時游談利禄之士比，且與後世嘆老嗟卑者不侔也。余每誦其辭，輒掩卷太息。太史公謂：『讀《離騷》，悲其志。』今讀漱石《懷沙記》，而屈子之志，乃益皎然於日星雲漢之中矣，悲夫！

余家茸城，去金陵五百里，耳張君漱石之名久，以時各客遊異地，不得見。甲戌春〔三〕，薄游武林，假館吳山之天開圖畫閣。傅玉笢、金江聲兩先生過訪〔四〕，爲道漱石亦寓兹院之北鄰。乘夜叩其扉，執手歡若生平，坐達旦。自是，昕夕風雨無間，題襟倒笥，都忘逆旅。漱石詩古藝文，諸體悉臻其妙，磳砿磅礴，並駕馬、枚。雖塡詞小道，而清新藻麗，余閲之心醉，每種各有題詠。及讀《懷沙記》，淋漓凄惋，則三閭千載英靈，復生楮葉。此宇宙至文，豈直詞曲小令耶？反覆吟哦，逐加評點。俄漱石往禾中，余亦旋之廣陵，不及爲之序。兹聞漱石遊關内，適太倉王公古巖爲同郡守〔五〕，見其寫本，歎爲奇絶，慫付開雕，而來促余敍。

昔班孟堅志《藝文》，凡詩賦百六家，而屈原賦二十五篇爲之首。傳曰：『不歌而誦謂之賦。』

漱石今不惟誦而歌，歌而觴絃之矣。竽笙狂會，二八接舞，其善得大、小《招》之意乎？夫璜臺瑤圃，非咫尺可求；佚女虙妃，豈丹青能寫？茲則低迴顧盼，若卽乎其人；周浹房皇，若親履其境。舉當日之闇主賢臣，忠貞讒佞；與夫神靈倏俺，奇怪恍惚。祭祀之禮，歌舞之樂，咸假放逐；竄伏苦毒，懷思舒寫，無少遺漏。使觀者搤擥，聞者擊節，莫不傷其時，感其事，哀其不遇而愍其志。其屈子之功臣，而劉、賈之益友乎？

漱石方客於秦，卽昭王使張儀詐楚懷王見脅之地。今取二十五篇之文，獵豔辭，擥華藻，發激楚，被文服，搬演於廣場氍毹之上，則秦楚之風，感於哀樂，緣事而發。若隋有僧道騫者，讀《楚辭》，能爲楚聲，音韻親切，至唐猶豔之。而況播諸樂府，其感人尤易入乎！吾知曲江、鄠、杜之間，必有聽漱石此曲，而豪欷失聲者，俟歸而問之。

乾隆戊寅日長至，雲間同學愚弟沈大成學子甫書於紅橋客館。

【箋】

〔一〕底本無題名。版心劇名下題「序」。

〔二〕沈大成（一七〇〇—一七七一）：字學子，號沃田，一號嵩峯，華亭（今屬上海）人。貢生。家貧，輾轉廣東、福建、浙江、安徽等地，爲幕四十餘年。以通經名，校訂經史典籍，學者稱沃田先生。著有《近游詩鈔》、《學福齋詩集》、《學福齋文集》、《學福齋雜著》等。傳見黄達《一樓集》卷一七《傳》、汪大經《行狀》（《碑傳集》卷一四一）、《清史列傳》卷七二、《國朝耆獻類徵初編》卷四二〇、《國朝詩人徵略初編》卷三三、《清代疇人傳三編》卷一、乾隆《婁縣志》卷二六等。

〔三〕甲戌：清乾隆十九年（一七五四）。

〔四〕傅玉笢：即傅王露（一六七八—一七六一後），字晴溪，一字良木，號玉笥，一作玉笢，别署閬林、石畲老農、信天翁，會稽（今浙江紹興）人。康熙五十四年乙未（一七一五）進士，選庶吉士，散館授編修。雍正七年（一七二九），任江西學政。曾總纂《浙江通志》。後辭官隱居，建信天書屋，以著述書畫自娱。乾隆間，恩加詹事府左中允左庶子。著有《玉笥山房集》、《晴溪詩鈔》等。傳見嘉慶《山陰縣志》卷一六、《鶴徵後録》卷三、《皇清書史》卷二七等。金江聲：即金志章（？—一七五四後），初名士奇，字繪卣，號江聲，别署安遇居士，錢塘（今浙江杭州）人。雍正元年癸卯（一七二三）舉人，授内閣中書，遷侍讀，出爲直隸口北道。曾續《兩鎮三關之志》，輯《吴山志》。著有《江聲草堂詩集》。傳見杭世駿《詞林掌録》卷一、《國朝詩人徵略初編》卷二四等。

〔五〕太倉王公古巖：即王俊，詳見下條箋證。

懷沙記序〔一〕

王　俊〔二〕

《騷》可歌，而不能爲今之歌。古之文人從事於《騷》者，其著述不一，從未有組織其文，叶之聲律，播之管絃，著之形容者。傳奇昉自元人，濫觴至黄石牧之《鬱輪袍》四種〔三〕，莫不令觀者可歌可泣。詞之豪者，銅喉鐵板；豔者，月地花天，從未有咀《騷經》之菁華，供檀奴之唱歎者。漱石此作，前無古，後無今，殆三閭之後身歟？《天問》等篇，則天雨粟、鬼夜哭矣。安得六朝名士，以生香口，遏行雲而抑揚盡致之？【點絳脣】、【畫眉序】，説者謂作者自題其詞，知音鮮矣。知之而付之默契，神傷如是，而遂謂之知音乎？吁，可慨已！安得諸同好，能共解餘橐，亟爲登梨，庶俾世有知音，聽今人之歌，亦無異古《騷》歌，想當掀髯而一快。

婁江學弟王俊古巖樵者識。

【箋】

（一）底本無題名。版心劇名下題「序」。

（二）王俊（約一七〇二—？）：字叔彥，一字松叔，號古巖，別署古巖樵者，太倉（今江蘇蘇州）人。大學士王掞（一六四四—一七二八）孫。康熙五十九年庚子（一七二〇）順天舉人。雍正六年（一七二八），以薦授閿鄉知縣。乾隆間，遷歷城知縣、臨清知州，曾修《臨清州志》。官至同州知府，署潼商道。傳見宣統《山東通志》卷七六、民國《臨清縣志·秩官志·歷代名臣傳》等。

（三）黃石牧：即黃之雋（一六六八—一七四八），字石牧。《鬱輪袍》四種：指黃之雋雜劇《鬱輪袍》、《夢揚州》、《飲中仙》、《藍橋驛》，合刻爲《四才子奇書》。

（懷沙記）題詞

傅王露

【玉宇瓊樓】（依第一齣《述原》元韻）見說雍門繞梁，響遏行雲逐。華筵絲管日紛紛，快意何曾足？六鑿塵根先閒倏，新聲動搖山谷。江南花發，紅豆玲瓏，重翻法曲。　莫訝湘纍吟只，咏些同巫祝。蓀荃盡譜入紅牙，一洗官銜辱。大似青蓮作計爲身謀，遣人快讀。儘容名士，痛飲淋漓，長歌當哭。（李白詩：『平生不解爲身謀，虛作《離騷》遣人讀。』）甲戌初夏〔一〕，武林玉笢山人傅王露拜題。時年七十有九。

【箋】

〔一〕甲戌：乾隆十九年（一七五四）。

懷沙記識語〔一〕

懷德堂主人〔二〕

《離騷》，詞賦之祖也，諸家箋注，亦既發明，而讀者尚多未解。漱石先生《懷沙記》，仿尤西堂一折，本之經歌，參以史傳，塡詞奏曲，不添造一人，而其事其文，更覺發揮盡致，洵傳奇中絕調也。刻公同好，以爲讀《騷》之一助。

懷德堂主人謹識。

（以上均《傅惜華藏古典戲曲珍本叢刊》第三〇冊影印清乾隆間刻本《玉燕堂四種曲》第三種《懷沙記》首封）

【箋】

〔一〕底本無題名。

〔二〕懷德堂主人：明代吳縣（今江蘇蘇州）人，文淵閣大學士王鏊（一四五〇—一五二〇）後人，因感念祖先厚德，於其家舊宅修建懷德堂。故懷德堂主人或姓王，未知是否卽王俊。

玉獅墜（張堅）

《玉獅墜》，《曲海目》著録，《玉燕堂四種曲》第四種，現存乾隆間刻本（《傅惜華藏古典戲曲珍本叢刊》第三一册據以影印）、吴興劉氏嘉業堂原藏鈔本。

（玉獅墜）自敍

張　堅

余少攻時藝，鄉舉屢薦不售。焚稿出遊，轉徙齊、魯、燕、豫間。有憐我者，有愛我、敬我者，有利誘我、禮虚拘我、權術機詐而役我者，卽又有忌我、病我、嫉我、訕我、思擠排驅逐我者。蓋知我者率無力，而力能舉我者，又苦於不知我。且知我而不盡，則不如無知。故交遊日益廣，而窮困如故也。無事則嘿坐，或强弄絲竹，已而寂寥益甚。愁來思驅以酒，飲少輒醉，醉輒醒，而愁復來。乃思一排遣法：借稗官遺事，譜入宫商，代古人開生面。操管凝神，則愁魔遠避而去。得一佳句，便自愉悦。

憶昔從父師受業時，偷看《西廂》、《拜月》諸傳奇。偶一游戲，背作《夢中緣》填詞，懼見嗔責，藏之篋底。十餘年後，始出以示人。繼作《梅花簪》、《懷沙記》。今又成《玉獅墜》一種，故事藍本

《情史·玉馬墜》，而稍變易之。嘗考《月下閑談》所載黄損詩，云『爲其妻裴玉娥見奪於吕用而有作』。唐人《本事詩》則謂：劉禹錫妓爲李逢吉所悦，作此詩投獻。或又以爲李益事。余不敢重誣古人，故仍其姓氏，而不拘其時代，以仙易佛，變馬爲獅，靈異雖同，情文各别。要皆涉筆成趣，爲氍毹場上緼染生動，非有深意也。傳述者或詫謂失真，曷思桃源何洞？槐安何國？彼黄生夫婦，原生長無何有之鄉，獅固非真，馬亦何嘗非幻？吾請爲斯墜下一轉語，曰：『呼我爲馬，則應之以馬也亦可。』

白下漱石張堅齊元氏自敍。

玉獅墜敍〔一〕

張龍輔〔二〕

辛未孟冬〔三〕，余遊浙，與吾宗漱石先生同寓湖上，交甚歡。是時也，余衣裘不足於體，肉食不充於腸，亦良苦矣。而不自苦也，則以得見先生故，則以得見先生，而盡讀其生平著作故。

先生金陵人，博學多才，遊於四方，文章詩賦，膾炙人口，以餘閒贍爲詞曲。余始讀《夢中緣》，歎鍾生早負其才，不見賞於冠裳鬚鬟，乃求知於閨帷之秀，摸索於黑甜之鄉，若舍是而外，絶無可自通其姓名，傷矣。及讀《玉獅墜》，又嘆黄生落魄窮途，囊空如洗。玉娥一誤落風塵弱女子耳，獨能不汙流俗，委身寒儒，具一雙俊眼，矢一片冰心，餌以富貴不歆，臨以威武不屈。與元戎之虚懷下士，爲國舉賢，同一有知人之哲，斯亦奇矣。卽賤如老鴇，卑如癘僕，愚若舟師，輕如狎友，皆各露一種至性，有迥出於尋常萬萬者。借筆墨之游戲，迴狂瀾於既倒，而使人可興而可觀，其用意不更深也哉！

黃生、玉娥之名，雖見於唐人詩中，然當時記載，已傳疑而不一其說。鳳洲《情史》，爲撰《玉馬墜記》，亦未詳著其時代。後人因演爲《天馬緣》傳奇，考之《唐書》，則不見其軼事。今先生復從而變易之。傳奇者，非奇莫傳。其人奇，其事奇，斯其文亦奇。然文既奇矣，又何必實有其人與其事哉？茫茫宇宙，皆幻境也。潛見之用，其猶龍乎？先幾之智，其猶仙乎？觀於此，吾知所以處世矣。

嘉定後學張龍輔叔寶氏拜題。

【箋】

〔一〕底本無題名。版心劇名下題『敍』。

〔二〕張龍輔：字叔寶，嘉定（今屬浙江）人。生平未詳。

〔三〕辛未：乾隆十六年（一七五一）。

玉獅墜敍〔一〕

王汝衡〔二〕

庚辰春〔三〕，余於漢中對南兄署〔四〕，晤金陵張漱石先生。時年八十，鬚白如銀，而體嚴重矍鑠，精氣流露眉宇。與之談，宏通博雅君子也。詩古文詞，無不臻妙，更諧音律。每花晨月夕，過余齋，同坐古漢王臺上，酒酣耳熱，放歌吴騷。余以北人而操南音，先生不余嗤，而謂爲可教也。曰：『吾《夢》、《梅》、《懷》、《玉》四種填詞，俱付剞劂，板留南省。今搜檢客笥，他無存者，獨《玉獅墜》稿本一卷，請質諸吾子。』

余觀其故事，與稗乘所載不同，波瀾串合，别一機杼。若黄生藴藉經綸，風流倜儻，俯視一切，想見當年執筆寫生，原不作第二人想。裴玉娥妓女守貞，以情相結，以俠相成，一見投合，寵辱不加驚，變故無少懼。此等俊眼，選識英雄，求之卿相友朋中，百不得一，而乃出之青樓弱女，此千古有心人所爲觸之而心動也。至安帥之憐才，癡僕之愛主，鴇母能仗義，狎客知報恩，舟子何知，而一種至性，皆可以風。讀至篇終結語，願花面亦變好顔不可，知先生用意之忠厚哉！

抑余且重有感矣。黄生固英傑士，然使後此不遇獅墜，無靈狐鼠糾紛，玉人何處，則雖有豪情奇氣，亦終躑躅於窮途，作合之巧，信有天焉。彼夫士人欲有所圖，而不爲天所玉成者，何異珠光劍氣，龐雜於風塵，而不獲邀世人之一盻，又豈其少也乎！

洛川王汝衡相垣氏拜題於漢南署之清暉亭。

（以上均《傅惜華藏古典戲曲珍本叢刊》第三一冊影印清乾隆間刻本《玉燕堂四種曲》第四種《玉獅墜》卷首）

【箋】

〔一〕底本無題名。版心劇名下題『序』。

〔二〕王汝衡：字相垣，洛川（今屬陝西）人。生平未詳。

〔三〕庚辰：乾隆二十五年（一七六〇）。

〔四〕對南：即王時薰（一七二六—一七七七），字對南，號寅庵，武安（今河北邯鄲）人。廪貢生。乾隆二十一年丙子（一七五六），謁選得湖北隨州牧。二十四年（一七五九），遷漢中知府。官至陝西按察使。著有《冠山堂詩鈔》。傳見民國《武安縣志·附志》卷三畢沅《墓志銘》。

笳騷（唐英）

唐英（一六八二—一七五六），字俊公，一作雋公，又字叔子，號陶人，別署蝸寄居士、蝸寄老人，室名古柏堂，奉天（今遼寧瀋陽）人，隸漢軍正白旗。雍正元年（一七二三），授內務府員外郎，兼佐領。六年，任江西景德鎮監窯，兼九江關監督。乾隆時，歷任淮關、粤海關、九江關，終卒於任所。編輯《問奇典注增釋》，著有《陶人心語》、《陶人心語續選》、《陶冶圖説》、《可姬傳》等。傳見沙上鶴《傳》（清乾隆間刻《陶人心語》卷首）、《清史稿》卷五〇五、《國朝耆獻類徵初編》卷一四五、《國朝書畫家筆錄》卷二、《清畫家詩史》丙集上、同治《九江府志》卷二七等。參見李修生《唐英及其劇作》（《文學遺産增刊》第一二輯）、鄧長風《十位清代戲曲家生平考略·唐英》（《明清戲曲家考略》）、項曉瑛《唐英及其戲曲創作》（華東師範大學碩士學位論文，二〇〇八）、趙麗瑩《唐英戲曲研究》（陝西師範大學碩士學位論文，二〇一一）等。

撰戲曲十九種，總題《燈月閑情》，後人稱《古柏堂傳奇》、《古柏堂曲》、《古柏堂雜劇傳奇》或《古柏堂樂府》等。其中雜劇十四種：《笳騷》、《三元報》、《蘆花絮》、《傭中人》、《清忠譜正案》、《女彈詞》、《虞兮夢》、《長生殿補闕》、《英雄報》、《十字坡》、《梅龍鎮》、《面缸笑》等十二種，今存；《旗亭飲》、《野慶》，已佚。傳奇《轉天心》、《巧換緣》、《天緣債》、《雙釘案》、《梁上眼》六種，均存。《笳騷》雜劇，現存乾隆嘉慶間古柏堂刻本（二〇〇七年學苑出版社《唐英全集》據以影印），過錄古柏堂刻本。

笳騷題辭

唐英

文姬事載諸漢史，弔中郎，予魏武也。姬歸國後，感傷離，追懷悲憤，作詩二章。其《胡笳十八拍》，相傳非其自著，乃後之好事者爲之，考無可據，存而不論可耳。然玩其辭調，亦斷非晉唐以下所能爲役。予悲姬之遭際，喜其能逼肖當年之形神心事，非凡手也。憶予十年前，曾寫《歸夏圖》，兼綴七律二章，客有以『買古人愁』見嘲者。予曰：『嘻！子不聞「悲歌慷慨，古燕趙之風」耶？予眞燕趙間人也，斯愁之買，舍我其誰？』爰更擬其當年之形神心事，鎔鑄其十八拍之節調遺音，不枝不蔓，敷衍引伸。笳吹騷動，騷譜笳傳，使文姬有知，未必不笑啼首肯於筆尖腕下也。

時壬戌上元後二夜[一]，予僑寓於古江州之湓浦郡署。時癡雲蠻雨，月暗更殘。新辭授之阿雪，輕吹合以洞簫，歌聲嗚咽，四壁淒清。予則掀髯而聽，听然而笑，拍案大叫，賡予舊句曰：『偕老那期歸董祀①，可人畢竟是曹瞞！』歌竟雨歇，江風大作，濤聲澎湃，響震几筵，若助予之悲歌慷慨者。

附《歸夏圖》舊作二首

唐英

關山不閉痛離鸞，自分生還故國難。偕老那期歸董祀，可人畢竟是曹瞞！家園重問村烟斷，裙髻初消朔雪寒。轉苦賢王憑塞雁，捲蘆吹月向長安。

莫怨興平擾攘時，漢家寧得似蛾眉！脱身幸是中郎女，遠夢難拋靺鞨兒。當世已同人面改，終天聊補父書遺。可知青冢魂應妒，到死空教斬畫師。

蝸寄居士漫題於琵琶亭側之雙碧樓。

（《唐英全集》影印清乾隆嘉慶間古柏堂刻本《笳騷》卷首）

【校】

①祀，底本作『紀』，據人名改。下同。

【箋】

〔一〕壬戌：乾隆七年（一七四二）。

三元報（唐英）

《三元報》雜劇，《曲録》、《清代雜劇全目》著録，現存嘉慶間古柏堂刻本、過録古柏堂刻本、舊鈔本（《明清鈔本孤本戲曲叢刊》據以影印）等。

（三元報）題辭

蔣士銓〔一〕

原夫孟子棄書不讀，機零母氏之絲；樂羊舍業而歸，杼割賢妻之錦。此傳稱列女，雙垂廢織遺規；乃劇譜名媛，别演斷機故事。表秦門之貞女，紀商氏之孤兒。夫事既足傳，野志可參正史；倘曲勞多顧，妙詞端賴通人。此《三元報》之所由作也。

於是攄忠厚之微忱，著綱常之大義。如秦氏者，未謀郎面，猝遘夫喪。痛妾命之如絲，嗟我心之匪石。靡蕪春死，已拚從一以終；風雨魂單，幾欲登山而化。換麻衣而往哭，也算于歸；酹絮酒以呼天，斯爲合巹。乃年芳而識卓，遂語迫而心專。豈貪一線之生，恃有雙鬟之孕。婦能代子，未亡人孝節兩全；母可兼師，遺腹子詩書獨繼。嗚梭督課，蟲語空堂；泣杖授書，猿啼子舍。前功忍棄，機絲斷即冢①爲有青鬟腹内兒。

課子殘機錦續完，成名天慰此心安。傳人所恃無多物，兒女紛紛著眼看。
制淚聽歌托賞音，排場眞假費探尋。天然組織無金粉，機杼當求②作者心。
時乾隆著雍執徐之歲桂月〔二〕，鉛山蔣士銓題並書於濟寧舟中〔三〕。
（《明清鈔本孤本戲曲叢刊》第一一冊影印舊鈔本《三元報》卷首）

【校】

①周育德校點《古柏堂戲曲集》（上海古籍出版社，一九八七）校稱：『郎』字之下『家』字之上，十七種本缺二頁。十四種本、十五種本無題詞。

②求，底本作『來』，據周育德校點《古柏堂戲曲集》本改。

【箋】

〔一〕蔣士銓（一七二五—一七八五）：生平詳見本卷《一片石》條解題。

〔二〕乾隆著雍執徐之歲：乾隆戊辰年（十三年，一七四八）。

〔三〕題署之後有印章三枚：陰文方章『蔣士銓印』，陽文方章『莘畬』，陰文方章『文彩風流』。

蘆花絮（唐英）

《蘆花絮》雜劇，《曲錄》、《清代雜劇全目》著錄，現存乾隆嘉慶間古柏堂刻本（《唐英全集》據以影印）、《今樂府選》稿本第三四冊所收本、過錄古柏堂刻本、舊鈔本（《明清鈔本孤本戲曲叢刊》

第八冊據以影印）等。

（蘆花絮）題辭

蔣士銓

嘗歎親其底豫，重華斯可解憂；我無令人，《凱風》是以不怨。蓋天下無不是底父母，而古人有獨摯之眞誠。故操《履霜》以自哀，庶幾孝子；苟誦《蓼莪》而不哭，必係忍人。第學士葆爾秉彝，或可涵融自盡；奈愚民忽於天性，必需感發乃堅。此有心世道者，往往卽游戲作菩提，藉謳歌爲木鐸也。倘謂予言未確，請觀斯劇可知。

蓋合萬人一本之天良，百善莫先於孝；遭雙親二弟於門內，大賢獨處其難。事等號泣旻天，人可倫常錫類。前賢不匱，後世堪師。爰吐筆花，爲傳蘆絮。如閔子者，聖門執業，高居德行之科；汶水栖遲，恥作權豪之宰。詎謂萱樹再榮堂北，春暉不照草心？畫荻全虛，縫裳異製。寒衣手紉，較勝荷繭楊綿；草服天成，恨少松針柳線。莫辨緼袍狐貉，尚絅原同；應穿桐帽棕鞵，藏花斯稱。暖掩三冬之眼，寒生六月之心。爾乃弟兄共御高車，陡變炎涼於膝下；風雪偏欺長子，各呈態度於父前。忍凍何爲？裂襟與視。隨風飛去，蘆中人遍體皆秋；引手摶來，漆園吏滿身是蝶。共雪華而歷亂，訝柳絮之飄颻。嚴君怒極興悲，繼室囂難偕處。母兮何恃？伯也堪憐。子舍泥寒，既愧將雛之燕；鵲巢陰重，寧辭逐婦之鳩。戚戚我心，赧赧其色。負初念於夫子，無地自容；貽伊戚於嚴慈，何顏再醮。自古有死，妾當從一以終；到此何言，誰望臨崖而返。乃子抱終天之痛，親憐泣諫之誠。兒寒偶苦一身，母去誰矜諸弟？放聲齊哭，感益恨而悔復慚；引罪捐軀，生有斷而死不惜。遂令父腸本鐵，剛因繞指都柔；母意如焚，愛比親生尤篤。蓋蘆花絮冷，不寒孝子之心；繼母愛偏，終化義夫之訓。故庭闈有憾，不可爲人；必感格無形，斯之謂孝。

演向詞場，未同綺語；傳諸樂府，不愧正聲。鑒其隱，是能處捐階、焚廩之儔；讀斯文，竟可補《白華》、《南陔》之什。作者既費苦心，顧者都無訛字。昔聽度曲，淚拋白雪青尊；今志題詞，時泊蘆花淺水。小詩續尾，黃絹怡神。

大孝曾傳無閒言，身寒心自戀冬溫。哀哀苦語根天性，都是詞人血淚痕。

忍凍惟求膝下依，血誠眞處有慈闈。試看骨肉同袍樂，纔識蘆衣是綵衣。

感極成悲悲復歡，春暉頃刻換嚴寒。分明祇載夔夔訓，莫作尋常粉墨看。

酸風血淚感人深，冷雨幽窗不忍吟。親見紅毹銀燭底，周郎多少爲霑襟。

時乾隆戊辰重陽前，鉛山蔣士銓題並書於汶上之海嶽行館〔一〕。

（《唐英全集》影印清乾隆嘉慶間古柏堂刻本《蘆花絮》卷首）

【箋】

〔一〕題署之後有印章三枚：陰文方章『蔣士銓印』，陽文方章『莘畬』，陰文方章『人淡如菊』。

傭中人（唐英）

《傭中人》雜劇，《曲録》、《清代雜劇全目》著録，現存乾隆嘉慶間古柏堂刻本（《唐英全集》據以影印）、過録古柏堂刻本、舊鈔本（《明清鈔本孤本戲曲叢刊》據以影印）等。

傭中人傳奇序

董　榕〔一〕

論世於勝國之季，朝中可謂無人矣。自熹宗時，刑餘擅弄國柄，附之者以宰執列卿之尊，甘爲其門生義子，甚至厮養僕隸，而不以爲羞，人理幾於滅絶。莊烈帝手翦貂璫，奮然思治，而所用者率皆亡國之臣。其《責臣罪己詔》曰：『張官設吏，原爲治國安民。今出仕專爲身謀，居官有同貿易。』貿易者，傭保之所爲也。莊烈此言，正如漢楊音駡盆子諸臣曰：『卿等皆老傭耳！』其唯唯諾諾，旅進旅退者，伴食之傭也；其眈眈逐逐，竊據要津，擯排異己者，壟斷之傭也；其飾大言以干進，視國事如兒戲，卒至一敗塗地者，畫墁之傭也；其支頤裹手，覩殘局之乘除，緑浪紅塵，付餘樽於夢幻者，寓賃之傭也；其蠧賊於中而受間輸情，蒙蔽於外而納贓豢盜，欲保身家之富貴，等君國於奇貨者，賣販之傭也。嗚呼！彼諸人者，曷嘗不戴髮含齒，頂弁拖紳，儼然自號爲人？而識者視之，直傭等耳。

然猶勿以傭擬之也。以傭擬之，仍不啻尊之貴之，而彼固傭之所不齒也。何者？傭中固大有人在也。余嘗觀甲申殉難中，有菜傭其人，爲之肅然起敬，愴然流涕，念其人與范吳橋以下諸公同一殉節，而更見其難。蓋吳橋諸公，大人也；菜傭，小人也。以小人而立大人之節，斯洒不愧爲人。每思歌之詠之，播之管絃，奏之邦國鄉社，以告世人，而自慚拙陋，詞不達意。今讀古柏先生《傭中人》傳奇，乃爲之拍案叫絕，暢然而無遺憾也。其文筆之妙，抑揚頓挫，忼愾激昂，愈跌愈醒，愈宕愈快，使明季頂弁拖紳、纍纍若若之輩，無地可容。誠足以誅姦腴於既死，發潛德之幽光，與六一居士《馮道傳》後舉一嫠婦以愧之者正同。文如太史公敍高漸離事，如聞怨哀擊筑之音。夫高漸離固爲人傭保者，今此傭得此文，堪與擊筑者并傳不朽矣。傭之姓名，篇中從谷氏《紀事本末》，作湯之瓊，而橫雲山人《史稿》，則載湯文瓊事，未知爲一人否？要如左氏稱介之推，龍門則稱子推，其人之奇與文之奇，固皆同也，吾於斯人斯文亦云。

時乾隆癸酉嘉平下浣〔二〕，漁山董榕題於清暉樓〔三〕。

【箋】

〔一〕董榕（一七一一—一七六〇）：生平詳見本卷《芝龕記》條解題。

〔二〕乾隆癸酉：乾隆十八年（一七五三）。嘉平下浣，即十二月下旬，已入公元一七五四年。

〔三〕題署之後有印章二枚：陰文方章「董榕之印」，陽文方章「漁山」。

傭中人樂府題詞

商　盤〔一〕

亡國臣難禦寇鋒，閒披《明史》到懷宗。外城失守將開鑰，前殿無人尚擊鐘。未及乘騾還渡馬，可憐踣鳳更僵龍。革間求活麒麟楦，愧煞鄉愚□菜傭。

一肩重擔是綱常，蔬蔌能留百代芳①。士守厥根身抗節，民多此色世罹殃。故宮離黍雲千穗，變徵悲歌淚數行。舊事翻成新樂府，褒忠不爲感滄桑。

甲戌蕤賓月〔二〕，寶意商盤。

（以上均《唐英全集》影印清乾隆嘉慶間古柏堂刻本《傭中人》卷首）

【校】

①芳，《明清鈔本孤本戲曲叢刊》影印舊鈔本作『香』。

【箋】

〔一〕商盤（一七〇一——一七六七）：　字蒼雨，一字蒼羽，號寶意，會稽（今浙江紹興）人。雍正八年庚戌（一七三〇）進士，以知縣用，奉旨選庶吉士，散館授編修，充八旗館、國史館纂修。歷官至梧州知府。選八邑詩人之作爲《越風》詩集。著有《質園詩集》、《質園逸稿》、《質園尺牘》、《拾翠集》、《畫聲》等。傳見蔣士銓《忠雅堂文集》卷三《傳》、王昶《春融堂集》卷五六《墓志銘》、《清史列傳》卷七一、《國朝耆獻類徵初編》卷二三〇、《清代七百名人傳》、《鶴徵前錄》、《國朝詩人徵略初編》卷五五等。

〔二〕甲戌： 乾隆十九年（一七五四）。 蕤賓月，即十二月，已入公元一七五五年。

清忠譜正案（唐英）

《清忠譜正案》雜劇，《曲錄》、《清代雜劇全目》著錄，現存乾隆嘉慶間古柏堂刻本（《唐英全集》據以影印）、過錄古柏堂刻本、清鈔本（《明清鈔本孤本戲曲叢刊》第八冊據以影印）。

清忠譜正案題

董 榕

『在昔赤伏盡鉤黨』（漁洋句），腐□蠹政宗廚①幽。 王甫猶解愍孟博，司棣終快來陽球。 異哉莨啓獨魏大，羅織忠亮恣虔劉。 隕虹墮月割箕斗，慘虐那管神人愁！ 天下男子故吏部，憤嘆遠送吳江舟。 百叩御史（倪文煥）媚頤指，李瑠繼劾行捕收。 緹騎至吳縣令泣，雲栖笑灑甘拘囚。 萬人執香爲乞命，五人奮臂稱同仇。 匿廁中丞飛告變，掌刑鍛鍊爲首彪。 忠臣血嘆見高帝，義士掌□歸山丘。 未幾人與國俱滅，百年事往餘沙鷗。 當時誅賞未快意，鸞梟同盡天悠悠。 吳閶社賽演歌舞，榮僇亦未傳眞諏。 徒令觀者氣塡臆，酸鼻灑涕枯雙眸。 琵琶亭主擅雄藻，等身著作皆《陽秋》。 靜夜澄心通帝座，髣髴玉詔來瓊樓。 忠介蓀宜爲民正，翠旍孔蓋驂蒼虬。 五人前驅作游奕，被犀撫彗操吳鉤。 伍胥潮邊看弭節，要離墓畔聽鳴騶。 此方是非惟侯主，北司舊案先校讎。 喚起窮奇與檮杌，牢石纍纍均囊頭。 窮治極勘莫辭瘁，職本帝命同爽鳩。東華仙人語亭主：『授君丹篆紀幾周。筆花開綻老愈横，秋霜鈇鉞寒光遒。笙簧典籍闡心性，鼓吹史傳宣鴻猷。此事不以屬郊、島，恐彼寒瘦思難抽。君其體此作《正案》，以告萬世爲國謀。』亭主笑頷譜宫徵，下筆神助鐙花稠。是皆實語非幻設，判堅山嶽垂鐫鏤。草罷授歌歌已遍，聽觀舞蹈誰能休？賢者快心頑者懼，不覺忠孝生油油。余埋案牘塵眼暗，對此開朗聞琅球。《漢書·黨錮傳》可削，幾番浮白千番謳。大江東去吳練白，惟聞風雨聲颼飂。

乾隆十九年歲在甲戌孟春月，題於古江州之庚樓，庚溪董榕〔一〕。

（《唐英全集》影印清乾隆、嘉慶間刻本《清忠譜正案》卷首）

【校】

①廚，《明清鈔本孤本戲曲叢刊》第八冊影印清鈔本作『府』。

【箋】

〔一〕題署之後有印章二枚：陽文方章『董榕』，陰文方章『恆巖』。

女彈詞（唐英）

《女彈詞》雜劇，《曲錄》、《清代雜劇全目》著錄，現存乾隆嘉慶間古柏堂刻本（《唐英全集》據以影印）、過錄古柏堂刻本。

女彈詞題辭

董　榕

執耳騷壇，妙七襄在手，相題肖物。拈取陳鴻天寶事，不數倫聲宮壁。水碧山青，鳥啼花落，宮女頭如雪。譜來宛合，巇新壓倒詞傑。　眼底白傅遺蹤，琵琶亭畔，正黄蘆花發。刻羽移商聲泛處，流水夕陽明滅。一種風情，千秋霞契，并童顔雀髮。晚涼歌罷，蓮衣還舞香月。調寄【念奴嬌】。

乾隆十九年歲次甲戌中元前二日，漁山董榕題於潯陽郡署紫烟樓下〔一〕。

（《唐英全集》影印清乾隆嘉慶間古柏堂刻本《女彈詞》卷首）

【箋】

〔一〕題署之後有印章二枚：陰文方章「董榕之印」，陽文方章「漁山」。

虞兮夢（唐英）

《虞兮夢》雜劇，《今樂考證》、《清代雜劇全目》著録，現存乾隆嘉慶間古柏堂刻本（《唐英全集》據以影印）、過録古柏堂刻本。

恭跋蝸寄居士虞兮夢塡詞卷後

王文治〔一〕

塡詞雖文人小技，而性情所寄在焉。《虞書》所謂『言志』、『永言』，卽此義也。以項王之英雄，得虞兮之節烈，更覺千載而下，生氣凜然。而王生之激昂慷慨，陶成居士之藴藉風流，互相掩映，俾英雄之氣、兒女之情，與宇宙俱長。文人筆端造化，靈妙如是，洵藝苑奇觀也。文孫東齋先生授之菊部〔二〕，鳳毛麟趾之所傳，自有爲之後者耶？抑奇文之不可磨滅，天寔主之耶？至《梅龍鎮》、《麵缸笑》二種，遊戲神通，涉筆成趣，皆前輩之餘波綺麗爲也。

嘉慶六年辛酉夏四月既望，丹徒後學王文治謹識〔三〕。

（《唐英全集》影印清乾隆嘉慶間古柏堂刻本《虞兮夢》卷末）

【箋】

〔一〕王文治（一七三〇——一八〇二）：生平詳見本書卷八《迎鑾新曲》條解題。

〔二〕文孫東齋：未詳。

〔三〕題署之後有陽文方章二枚：『文』、『治』。

巧換緣（唐英）

《巧換緣》傳奇，《古典戲曲存目彙考》著錄，現存乾隆嘉慶間唐氏古柏堂刻本（《唐英全集》據以影印）、過録古柏堂刻本、舊鈔本（《明清鈔本孤本戲曲叢刊》第六册據以影印）。

巧換緣題詞

董　榕

筆補媧天缺。似陶公、匠心廣運，竹頭木屑。莧巧文章那在遠，野景化成仙闕。赤繩換、寫來奇絶。更看蓬茅鬢鬠，子信心盟，井水標貞潔。墨花舞，噴秋雪。　拈教珠玉雙歸篋。感無端、緣從此起，還從此結。不獨論文兼説法，遺憾不留毫髮。昨夜星河明月下，誦新詞、湛湛星和月。江聲似，廣長舌。調寄【賀新涼】。

乾隆歲在閼逢閹茂大慶之月〔一〕，庚溪董榕題於江州舒嘯臺次〔二〕。

（《唐英全集》影印清乾隆、嘉慶間古柏堂刻本《巧換緣》卷首）

【箋】

〔一〕乾隆歲在閼逢閹茂：乾隆甲戌年（十九年，一七六四）。

〔二〕題署之後有印章二枚：陽文方章「董榕」，陰文方章「恒巖」。

天緣債（唐英）

《天緣債》傳奇，原名《張古董》，《古典戲曲存目彙考》著錄，現存乾隆嘉慶間古柏堂刻本（《唐英全集》據以影印）、過錄古柏堂刻本、清鈔本（《明清鈔本孤本戲曲叢刊》第一〇冊據以影印）。

天緣債題辭

董　榕

古來何債無還？多情況出常情表。盈寰假借，思量未有，簇新紵縞。事本街譚，詞經宗匠，比柯山好。把荊州索取，蟂磯阻絕，興亡恨，消多少！　解道前緣定蚤。此生恩、更須償了。不比尋常，詩逋酒責，匆匆草草。慨嘆人間，中山非乏，拈毫揮埽。羨使君、采盡秦風楚俗，作天星巧。調寄【水龍吟】。

乾隆十九年歲在閼逢閹茂重陽前一日，豐臺董榕題〔一〕。

（《唐英全集》影印乾隆嘉慶間古柏堂刻本《天緣債》卷首）

【箋】

〔一〕題署之後有印章三枚：陽文方章『董榕字曰念青』，陰文方章『東溪釣徒』，陽文方章『漁山居士』。

轉天心（唐英）

《轉天心》傳奇，《今樂考證》著録，現存乾隆嘉慶間唐氏古柏堂刻本（《唐英全集》據以影印）、過録古柏堂刻本、舊鈔本（《明清鈔本孤本戲曲叢刊》第八册據以影印）。

轉天心自序

唐　英

《轉天心》詞塡甫竣，有客索覽，覽竟，卒然問曰：『天有身乎？』余曰：『無之。』『人有身乎？』余曰：『有之。』客咨嗟正色而數之曰：『甚哉，吾子立言之誕而自相矛盾也！天無身，何有心？天無心，何言轉？豈若夫人之有身、有心而可言轉者哉？至於福善禍淫之機、之理，無倖獲，無苟免，作於内而應於外，古今之實事定論也。故聖賢有正心，有放心，有求己自反之訓，彰明較著。責之人心之轉，亦至當而已足矣。而釋老因果報應之教，吾儒者概無道焉。子乃詭奇炫異，創構幻想，委諸空空洞洞、無身無心之天，下此轉語，使蒼蒼者何所任受，而蚩蚩者何所稽考乎？子縱非儒者，嚮曾頗見讀書，何至憒憒迺爾耶？』

余憮然久之，亦復咨嗟正色，唯唯否否而謝曰：『余傖而迂者也。天之外無所信，心之外無所守。守其心以信天，信其轉以驗守。聖賢之訓，何肯自外？釋老之教，亦難妄評。惟卽其事以揆理，卽其理以揆心。心與理洽，而人心轉矣；理與事宜，而天道合矣。夫人爲天之所生，而身心卽爲天之身心。身心爲天之身心，而人心之轉，不卽爲天心之轉乎？此區區鄙陋之見也。至若傖迂之人，齊東之語，原非操觚自命著作名家，不過於燈明月朗、塵緣紛雜之餘，偕卽墨、管城諸君，搬演一棚無聲無形傀儡，聊自娱悦，非敢持贈世人也。脫必欲加以「離經畔道」、「詼諧荒唐」之咎，則有豆棚下閒話不通之老人在。』

乾隆昭陽大淵獻之歲桂花令節〔一〕，蝸寄居士識。

【箋】

〔一〕乾隆昭陽大淵獻之歲：乾隆癸亥年（八年，一七四三）。桂花令節：八月十五日。

轉天心樂府序

董　榕

蒼蒼大圜，一轉輪也。玄運無一息之停，樞機無一豪之滯，槖籥無一絲之蟄，杓衡無一髮之差。轉斯爲天，不轉則非天也。顧談天者率言『天體』與『天氣』耳，而言『天心』者，則見之《易》。《易》曰：『復其見天地之心乎？』蓋天以生物爲心，人得是生生之心以爲心，所謂善也，反是爲惡，猶陽之反爲陰也。陰盛爲『剝』，『剝』極而『復』。陰之轉爲陽，猶人心之惡轉爲善。惟有此轉而天心見，惟有此轉而人心始合於天心。張燕公詩曰：『講《易》見天心。』易卽轉也。有變易以爲轉者，有移易以爲轉者，有互易以爲轉者，更有不易以爲轉者。轉之時義大矣哉！

蝸寄先生《轉天心樂府》之作，其精於《易》者乎！觀吳明之題壁傲慢，是亢龍之有悔也。亢極則變，故換其胎，純陰之際，一陽復生，吳定卽碩果之僅存也。所謂『卦無定象，爻無定位』者，斯其見端歟？當困於幽谷之時，而指點循環消息者，爲注生之南斗，坎陷互離明矣。丐而孝母，以需郊之樂，爲頤養之貞，孝篤天經，幹蠱之高風也。得金矢而堅貞，不使旅人喪其資斧；遇少女之蒙難，返厥歸妹脫於寇弧。合之代孝、代償，老老幼幼，廣及於人。善不積不足以成名，猶彼惡不積不足以滅身。積不善，必有餘殃；如此積善，得不有餘慶乎？自此人心轉而天心亦轉矣。剛健粹精，得天之健，卽得劍之說也。待時而動，時尚潛也。一旦乘時利見，炳爲虎變，剛中而應，行險而順，師出以律，立執三禽，開國承家，極錫命之榮焉。由大困轉而爲大亨，此非天轉之也，實有所以轉乎天者，則在此改過遷善之心轉之而已矣。而此能轉者誰也？卽剝極復生之人爲之。《易》所以取象於碩果也，則豆因豆果之義，不更彰明較著也哉？吾不知作者拈稿時如何落想，而第見其文與事，無之而非《易》也。固知其生平閱歷，究心於盈虛消長之機、悔吝憂虞之故者甚深，是以有取於改過之義而爲此書也。若徒曰『筆如轉環，轉法華不爲法華轉』，是猶操觚家及釋氏之膚譚也。

或曰：『邵子詩云：「冬至子之半，天心無改移。」移者，轉也。果爾，不又有無轉之說乎？』夫轉而無轉，卽易有不易之義。所謂種豆得豆，萬古此豆者似之乎？

或又曰：『善《易》者不言《易》。作者學精象數，姑現化於詞場，實能移風易俗，使人回心而嚮道，允希聲之太音也。而子顧沾沾擬議耶？』余聞之，爽然無以應。

時南山吐雲，天宇清穆，豆餈薦節，玉杓北指，正乾隆昭陽作噩之歲長至日也〔一〕。浭陽董榕題於舒嘯臺次〔二〕。

【箋】

〔一〕乾隆昭陽作噩之歲：清乾隆癸酉年（十八年，一七五三）。

〔二〕題署之後有印章三枚：陰文方章『董榕之印』，陽文方章『念青』，陰文方章『燕山草堂』。

轉天心樂府序並詩

商　盤

原夫茫茫今古，榮枯幾閱春秋；納納乾坤，蜃蛤皆由變化。秉鈞播物，栽者斯培；發軔登程，運之即轉。蝸寄先生，本懲勸意爲傳奇，現宰官身而說法。新聲菊部，如聞吳市吹簫；閒話豆棚，可代道人警鐸。何來齊丐，炙冷羹殘？絕類魯儒，規循矩蹈。卦當否極，積功漸滿三千；神降泰逢，彈指何須二十。福緣心造，善使天回。此如弄叔子之金環，前塵不昧；按鄒生之玉①律，寒谷能融者矣。嗟乎！滄溟萬頃，殊少衆生乘坐之船；因果三生，曾無大覺光明之鏡。椒塗鐶上，銹鑰誰開？獨戾車中，飆輪不動。人心頑頓，佛淚滂沱。憑將豪竹哀絲，散作晨鐘暮鼓。君如不信，請看傀儡登場；予復何言，且待轆轤汲井。

芥菜粒中藏世界，藕絲孔裏避刀兵。何如種豆南山下，後果前因歷歷明。

乞徒氣概壓朝紳，未遇英雄有用身。如唱盛明新雜劇，伐燕處室一齊人。

太乙雌雄百鍊餘，雙丸持贈意何如？空空妙手非非想，敢笑荊軻劍術疎。

人心天意兩相通，不用三千八百功。剝復機關吾默會，只爭方寸轉移中。（以上四首題《轉天心》）

曾與匡君證夙因，九奇五乳解迎人。窟中雲霧重來變，不及先生面目眞。

問年已並喬松古，觀象方知碩果貞。結習莫嫌香雨涴，超凡仙佛總多情。

但論齒德是吾師，兼有元和以後詩。持較醉吟身更健，底須礬駱遣楊枝？

百年藝苑滿荊蓁，隻手能扶大雅輪。水綠山青無恙在，主人畢竟屬陶人。

淡中滋味靜中功，習氣都從道氣融。拈取君詩書座右，樂天翁是信天翁。

鶴髮堂前方益算，鳳毛池上又承恩。一官落落難拋棄，不戀江山戀至尊。（以上六首題各種樂府）

甲戌蕤賓令節〔一〕，寶意商盤。

（以上均《唐英全集》影印清乾隆嘉慶間古柏堂刻本《轉天心》卷首）

【校】

①玉，底本作『王』，據十五種本改。

【箋】

〔一〕甲戌：乾隆十九年（一七五四）。

再生緣（吴蕖）

吴蕖（一六八二—一七六九前），字芳洲，號槐庭，晚號退耕，别署槐庭後覺、退耕老農，本籍徽州歙縣（今屬安徽），江都（今江蘇揚州）人。清貢生。康熙五十二年（一七一三），任刑部主事。乾隆二年（一七三七），改補盛京刑部郎中。著有《瓻餘集》、《瓻餘續集》（清乾隆二年序刻本）。雍正九年辛亥（一七三一），曾改編湯顯祖《南柯夢記》傳奇。撰傳奇《再生緣》，一名《楚江情》，《古典戲曲存目彙考》著録，作『槐庭』撰，現存清鳳羽堂藏板《槐庭雜俎》所收本。參見于小亮《清傳奇〈再生緣〉作者吴蕖考》（《江淮論壇》二〇一五年第六期）。鄭志良《姜任修與〈再生緣〉傳奇》（《明清戲曲文學與文獻探考》），以爲《再生緣》作者係如皋（今屬江蘇）人姜任修（一六七六—一七五一），誤。

《再生緣》序〔一〕

于　振〔二〕

且夫鶡鴠聚睫，疇得辨其形聲；蠻觸爭城，孰更評其勝負？是以維摩示疾，文字俱忘；摩竭掩關，音塵都寂。固不煩於饒舌，但相印於無心。至於馬鳴説法，挽濁海之洪流；龍樹談經，耀中天之法炬。雖多綆汲，不落筌蹄。若夫慧業文人，談天妙口，宿闡三滯之義，今乘五衍之車，豈不勝厥緇流，賢於外道者乎？爾其珠握靈蛇，花生蠟鳳。吟風弄月，本自春容；緝柳編蒲，尤多跌宕。馬蹄秋水，無非奇致玄風；兔管春雲，不少妍詞麗句。寫哀音於別鵠，減字偷聲；問遺事於雙蛾，移宮換羽。香生彤管，韻入清喉，夫其《再生緣》之作也。

江左佳人，隴西才子。人間金屋，方吟卻扇之詩；天上玉棺，忽下修文之召。聞之心悸，見者銜酸。豈知別有奇緣，已成宿業。樓頭燕子，紅葉傳情；匣裏龍盤，青春矢石。謂文簫之有托，冀園客之同歸。詎料成言旦旦，既漏泄於多魚；讒口囂囂，竟喧騰於三虎。以致山雞惜影，海鳥孤鳴。香消玉碎，王處仲亦忍人哉？雁杳魚沉，李十郎眞薄倖也。爾乃端明既去，逢子厚而生還；姬晉言歸，駐緱山而謝客。招邀法侶，大啓昏衢。因而魂以香留，膠仍鸞續。錦襠浴水，事已隔乎三生；犀麈搖風，緣更深於再世。金環覓去，依然李氏佳兒；玉椀攜來，猶記崔家少府。死而生，生而死，誠哉兔角龜毛；情生文，文生情，允矣鏡花水月。嗚呼！離緣求定，卽入野狐；如幻觀空，方成臣象。是以不登無漏，尚居色界之天；未斵無明，莫證空王之法。須信摩登說呪，卽是迦陵；若求法喜拈華，翻同矢橛。

僕也流連縞紵，沉殢尊罍。紅牙象板，細聆玉茗之佳詞；絳蠟宮紗，平視瓊枝之妙舞。銀船夜泛，寧縱撻以何言；金閣頻開，尉卽訶而奚恤。聊爲綺語，以叩禪關。他日金貂宮錦，還看捉月之仙人；遙知紫鳳天吳，絕類浣花之野老。（時方葺李、杜二公遺事，欲另演傳奇。）

丁巳孟秋〔三〕，金壇于振書於京邸之受綠軒〔四〕。

【箋】

〔一〕題下有陰文長方章『情連社』。

〔二〕于振（一六九一—一七四七）：字鶴泉，號秋田，别署漣漪、清漣，金壇（今屬江蘇常州）人。康熙五十九年庚子（一七二〇）順天府舉人，雍正元年癸卯（一七二三）恩科狀元，授翰林院編撰，入南書房侍奉。四年，任湖北學政，遭黜，貶爲庶人。七年己酉復中舉，任行人司司副。乾隆元年丙辰（一七三六），舉博學鴻詞，授翰林院編修，累官至侍讀學士。工書。著有《清漣文鈔》、《南樓詩草》等。傳見《國朝耆獻類徵初編》卷一二五、《詞林輯略》卷四、《鶴徵後錄》、《國朝書人輯略》卷一、《皇清書史》卷四、光緒《金壇縣志》卷八等。雍正十一年（一七三三），爲《揚州鶴傳奇》作序。乾隆十一年（一七四六），爲《九宮大成南北詞宮譜》作序。

〔三〕丁巳：當爲乾隆二年（一七三七）。

〔四〕題署之後有印章二枚：陽文方章『于振之印』，陰文方章『鶴泉圖書』。

再生緣凡例〔一〕

吴　蘔

一、音聲本乎律吕，各有宫調，豈容混淆？前人諸劇，牌套具有成式，後作者不難按譜照塡。獨是同一牌調也，有宜於此劇者，卽有不宜於彼劇。如快板小令，固不合施於綢繆旖旎之場；而長調慢詞，又豈可用於急迫倉皇之際？欲求洋洋盈耳者，選聲一道，誠不可不亟講也。是劇所塡，宫不外移，牌遴衆曉，其疾徐多寡，審配場面攸宜，庶不使潦倒樂工，斟酌吾輩。

一、曲牌每句之字，應用若干，自有定格。或詞意不能暢達，間用一二襯字無傷，多則贅牙矣。至若句讀，斷乎不容增減。是劇悉照《嘯餘》、《九宫譜》格，不敢遷就浪塡。

一、詩有詩韻，曲有曲韻。四聲旣立，操觚家無不奉爲玉律金科。至若曲韻，作者每每顧惜曲文，出入音韻，不獨『支思』、『齊微』互用，『之』、『知』不分，竟『眞文』、『侵尋』混施，開合同押。是劇恪守《中原》，並無一韻假借。

一、曲中之陰、陽平與去上，萬萬不可移易，務頭卽施於其上。今人祇論平仄，置陰、陽、去、上不講，曲雖工，其如不協調何？毋怪優人有拗折嗓子之誚也。至若入聲并歸三聲，乃德清爲北曲而設，南曲仍有入聲在，當與《洪武正韻》參用，此又作曲者不可不知。

一、北詞套數冗長，優伶憚於施唱，不得不爲剪裁。然亦有確乎不可分析者，其先後次序，豈容率意顛倒，任情删汰？至若字句，雖較南曲稍寬，要不可離其本格。而曲尾收煞，平仄去上，必要依式照塡，否則背謬元人，不成其爲北曲矣。

一、傳奇頭緒貴清，脚色貴簡，結構要有氣脈，首尾必須照應。一齣有一齣之起結層次，通本有通本起結層次，增不上，删不去，方稱能手。今人所作，非捃摭前人，陳腐厭觀，卽妄誕翻新，支離可笑矣。孰謂傳奇乃易事乎哉？

一、曲、白、科、介，迺傳奇中之四條目也。其曲、白務宜體肖口吻，不獨生、旦不可類於靚、丑，卽靚、丑亦不可混同生、旦，各有本色，豈可概施？切忌杜撰、背謬、雜湊、勦襲，不可有弱筆、晦筆、累筆、泛筆。至於科、介，謔浪無傷於大雅，新奇不入於荒唐，務須摹揣楚相精神，勿致徒畫孟賁面目。能解此者，方許窺高、王堂奥，不然，一門外漢耳。

槐庭管測〔二〕。

【箋】

〔一〕底本無題名。

〔二〕題署之後有陰文長方章「玉茗堂鈔書吏」。

再生緣題詞〔一〕

吴　蕖

芥園樂府玉茗詞，贏得香名顧曲推。漫道儒生重經學，雕蟲末技亦堪師。

得失文章祇自知，三都覆瓿太玄疑。不如奇字人爭學，尚博侯生酒一甀。

壯心欲耗耗難捐，蘭畹花間浪結緣。遮莫樂遊園上過，阿誰澆酒吊屯田。

滌器臨邛①亦可傷，誰憐名士恕疏狂。自知不似金臺客，抛卻名場戀戲場。

白紵紅牙宴祕園，一彈指頃痛無存。《桃花扇》底《長生殿》，賸得聲容入夢魂。（祕園，外舅宅也〔二〕。家伶演《桃花扇》、《長生殿》二劇最工。今不可覩矣。）

龜年已老善才亡，擊缶歌嗚近擅場。縱有《霓裳》任淪落，不將法曲按宮商。（近日秦聲大行，崑伶佳者絕少。一時愛尚如此，不勝今昔之慨。）

休憶春風得意馳，看花已過少年時。秋聲漸至梧桐院，不禁寒螿泣露枝。

朝舒籬槿夕辭榮，始信寒葩待晚成。解得竿頭贈形影，何妨偶爾賦《閒情》。

《再生緣》院本，乃壬子昔年所作〔三〕。因同人促付教演，故匆匆撰就，未遑計及工拙。越今十餘載，偶爾翻閱，見劇中不無潦草紕繆處，因復細加更竄。校竣，漫弁八絕於首。槐庭自識〔四〕。

（以上均清鳳羽堂藏板《槐庭雜俎》所收《再生緣》卷首）

【校】

①邛，底本作「印」，據文義改。

【箋】

〔一〕底本無題名。吳蕓《瓻餘集》中有此八首詩，題爲《再生緣院本，壬子所作，距壬戌復加改竄，校竣，漫弁八截於首》。按壬戌，清乾隆七年（一七四二）。

〔二〕祕園：康熙間大理寺少卿、揚州李宗孔（一六二〇—一六八九，字書雲）家宅。外舅：即李宗孔之子李錦（一六三九—一七〇八），字晝公，號得庵，江都（今江蘇揚州）人。以廕入太學。官給諫。傳見彭定求《南畇文稿·考選給事中得庵李君墓志銘》。

〔三〕壬子：雍正十年（一七三二）。

〔四〕題署之後有印章三枚：陰文楷圓章「鄉心倒挂揚州」，陽文方章「睡鄉刺史」，陰文方章「槐庭後覺」。

再生緣識語[一]

闕　名[二]

右苗歌，乃新城先生得之商丘冢宰，譯者修和惟克甫也。宜購知苗腔者，譜而歌之。設有不能協處，不妨假借平仄，以入工尺。其苗裝去其鄙俗者，用其飾觀者，亦須仿佛大概。至此劇不過喜其新奇動俗，以便優伶作煞耳。存之可，去之亦無不可。

（清鳳羽堂藏板《槐庭雜俎》所收《再生緣》卷上第十八齣《跳月》末）

【箋】

〔一〕底本無題名。

〔二〕此文當爲吳藕撰。

擊筑記（李鍇）

李鍇（一六八六——一七五五），字鐵君，一字眉山，號睫巢，又號廌青，别署幽求子、焦螟子、廌青山人、廌青樵客等，奉天鐵嶺（今屬遼寧）人，漢軍正黄旗籍。湖廣總督李輝祖子，大學士索額圖壻。隱居廌青山。乾隆元年丙辰（一七三六）舉博學鴻詞，報罷。十六年辛未（一七五一）舉經學，以老病辭。著有《原易》、《春秋通義》、《尚史》、《詩解頤》、《睫巢集》、《睫巢後集》、《含中集》、《李鐵君先生文鈔》、《鷹青山人集杜》等。撰戲曲《擊筑記》、《單刀》。傳見方苞《望溪文集》卷八《合傳》、陳梓《删後文集》卷一三《生壙志》、《清史稿》卷四八五、《清史列傳》卷七一、《碑傳集補》卷三七及卷四五、《國朝耆獻類徵初編》卷一四四、《國朝先正事略》卷四三、《文獻徵存録》卷三、《國史文苑傳稿》卷二、《鶴徵後録》、《詞科掌録》卷六、《八旗文經》卷五八、《國朝詩人徵略初編》卷二五、《昭代名人尺牘小傳》卷一九、《皇清書史》卷二三、《國朝書人輯略》卷四、民國《鐵嶺縣志》卷一〇等。

《擊筑記傳奇》，恩華《八旗藝文編目》著録，已佚。

李鐵君徵君擊筑記傳奇跋

銘　岳〔一〕

鷹青樵客，遼東李鐵君自號也。鐵君名鍇，籍漢軍正黄旗，博學高尚。乾隆紀元，舉鴻詞科不就，隱於盤山，結廬鷹峯下，故以「樵客」自號云。著《尚史》，自五帝迄嬴秦，凡六十餘萬言，久經梓行。平生好爲詩歌，多古穆音，惜皆散佚。傳於世者，《熙朝雅頌》暨《别裁集》中所選之數十篇耳。閒嘗出其餘緒爲院本，如《單刀》之劇，蒼莽激壯，能寫漢壽亭侯義勇儒雅本色。此漸離筑也，變徵慷羽，裂石穿雲，且出自手書，益足貴重。夫荊卿挾匕首，入虎狼之秦，身死而燕亦旋滅。受人國士之知，不能出一計以完人國，徒拚一死，以速燕禍，此古烈士所不爲。而鐵君必淋漓以壯其概，讀者疑焉。然高漸離以亡國一夫，混蹟傭保，入宫矐目，爲故國復仇，以謝死友。則是荊卿之勇，不若曹沫、聶政，而漸離之烈，竟同於豫讓、張良。然則以『擊筑』名劇，鐵君之意，或在此不在彼歟？付諸梓人，爰識數語於後云。

（《清代詩文集彙編》第六〇二册影印清道光二十九年刻本《妙香館文鈔》卷二，頁九六）

【箋】

〔一〕銘岳（一七九九—一八六一），字東屏，號瘦仙，號室名妙香館、佛香館，蘇完瓜爾佳氏，漢軍正白旗人。道光十五年乙未（一八三五）進士。歷任東鄉、臨川、南豐、廬陵、鉛山等知縣，遷宁都知州、广信知府、杭州同知等。咸豐十一年（一八六一），太平軍攻破杭州，戰亡。著有《妙香館詩鈔》、《妙香館文鈔》、《妙香館咏物全韵》、《妙香館啓甕集》等。傳見《碑傳集》卷六二、《道光十五年乙未科會試同年齒録》、《浙江忠義録續編》、《忠義紀聞録》卷二三、《皇清書史》卷一九、《清代畫史增編》卷三六、《遼東文獻徵略》卷八等。

金玉記（沈岐陽）

沈岐陽，字號、籍里、生平均未詳。乾隆初年，撰《金玉記》傳奇，一名《平蠻韻事》，已佚。參見史暉、祁慶富《錢元昌及其〈粵西諸蠻圖記〉考述》（《中央民族大學學報》哲學社會科學版二〇一五年第二期）。

金玉記序

錢元昌〔一〕

乾隆五年，楚南城綏峒蠻叛，黄桑營兵柯會、楊元被禽，長坪寨苗金女、玉女義釋二兵。經略張公既平蠻，嘉二女之義，卽以爲二兵妻，長坪寨蠻數百人並免誅①。沈岐陽填詞傳之，名曰《平蠻韻事》，亦曰《金玉記》。

人之所以異於禽獸者，以有人心也。道莫大乎仁義，而人心具焉，此其去禽獸也遠矣。人之中有苗、猺、獞、狆、狑、狪、狄，紅白黑各以類聚，孳繁於黔楚南越。性雖愚悍，而同命於兩間，則亦人也。乃不引爲同類，而遠之若禽獸，且於歸也，又從而叱咤踐虐之，無怪乎甘心暴棄，忿激而相抗也。是非聖人在上，篤近而舉遠，一視而同仁，專其責於老儒宿將，且俾久於其任，開其愚，遏其悍，抗者誅而歸者撫，卉衣椎髻之徒，豈能漸通聲教？至於婦人女子如金女、玉女者，亦能不失其本心，而咸知嚮往若是哉！夫其知聖朝之不可悖，羣醜之不可附，蠻硐苟合之不可爲偶，義也；決計於危急存亡之頃，釋二弁而并免其族類之誅，仁也。仁與義兼盡，道之大端備矣。

沈子岐陽，傳其事之奇，而協之律吕，播之管絃，爲化行邊徼之徵，且將爲諸蠻勸，而亦愧夫不引爲同類而遠之者。噫，信可傳矣！

（中國國家圖書館藏清道光六年錢吉泰手鈔本錢元昌《益翁文稿》）

【校】

①『誅』字後，底本衍『珠』字，據文義刪。

【箋】

〔一〕錢元昌（一六七六—一七四四後）： 字朝采，號埜堂，晚號益翁，海鹽（今屬浙江）人。康熙四十一年壬午（一七〇二）副貢生。六十一年（一七二二），授廣東長寧知縣。雍正六年（一七二八），以工部郎中出爲柳州知府。九年，調桂林知府。十一年，遷貴州糧驛道按察司副使。十年後，告老歸鄉。能詩，工畫。主纂《廣西通志》、《海鹽縣續圖經》等。著有《益壽翁詩稿》，今存鈔本《益翁文稿》、《行書論畫冊頁》、《粤西諸蠻圖記》等。傳見嘉慶《廣西通志》卷二五三《宦績錄》一三、嘉慶《嘉興府志》卷五六、道光《廣西通志輯要》卷五、光緒《海鹽縣志》卷一六、《國朝畫徵錄》、《國朝畫識》卷一〇、《國朝書畫家小傳》卷三、《清朝書畫家筆錄》卷一等。

勸善金科（張照）

張照（一六九一—一七四五），初名默，字得天，一字長卿，號涇南，別署梧囱、得天居士、天瓶居士、法華山人，室名天瓶齋、既醉軒，華亭（今上海松江）人。康熙四十八年己丑（一七〇九）進士，選庶吉士，授翰林院檢討。雍正元年（一七二三），遷侍講學士，官至刑部尚書。乾隆間供奉內廷。謚文敏。敏於學，富文藻，尤工書。主持編纂《十三經注疏》、《校刻二十一史》、《律呂正義》、《石渠寶笈》等，參修《一統志》等。著有《天瓶齋書畫題跋》、《得天居士集》。傳見《清史稿》卷三〇四、《清史列傳》卷一九、《國朝耆獻類徵初編》卷七一、《國朝先正事略》卷一四、《漢名臣傳》卷一九、《清代七百名人傳》、《昭代名人尺牘小傳》卷一八、《皇清書史》卷一五等。參見梁驥《張照年譜》（吉林大學碩士學位論文，二〇〇七）。

主撰宫廷戲曲《月令承應》、《法宫雅奏》、《九九大慶》，及《勸善金科》十本、《昇平寶筏》十本等。《勸善金科》，一名《渡世津梁》，《曲録》著録，現存康熙間鈔本、清藍格精鈔本、康熙間内府鈔本、清朱絲欄鈔本、乾隆嘉慶間鈔本、乾隆嘉慶間内府鈔本（《古本戲曲叢刊九集》據以影印）等。參見張淨秋《清代西遊戲考論》第二章《〈昇平寶筏〉版本考》（知識産權出版社，二〇一二）。

勸善金科序

闕　名

釋迦牟尼佛，爲大弟子摩訶目犍連母劉氏，破戒殺生，應墮地獄，竭調御丈夫天人師力救之。往往不及一步，仍歷盡十八地獄乃已。於是有盂蘭盆會，普濟衆生。釋迦作此一場漏逗，普天下、亙萬古冬烘先生，笑之齒冷。若殺生者，即如是墮地獄，普天下、亙萬古人皆殺生者也，雖廣十閻君之額，爲萬閻君，猶不能了公案。如云不戒則罪輕，破戒則罪重，是則戒也者，釋迦爲之厲階也，其何以云？

無名氏曰：否否。若固夏蟲不可與語冰也。夫六塵、六識、六入，爲十八變，生既有之，滅何不然？夫此六塵、六識、六入，雖孝子不能同於其父母，雖慈父母不能同於其子，猶人共枕同寢，而其爲夢，必不能以同。夫甚飽夢與，甚飢夢取，子飽而父母飢，則不能强父母之夢取而爲與也；

父母飢而子飽，則不能强子之夢與而爲取也。生滅非他，夢之大者耳。摩訶目犍連之於劉氏，乃如來眞語、如語、實語、不妄語、不誑語，而豈設爲造作，以駭世之婦人女子乎？

冬烘先生聞之，舌撟而不敢下，然猶項强而不肯俯也。有具大悲心，作將來眼者，演而爲劇，名曰《勸善金科》。使天下擔夫販豎，奚奴凡婢，亦莫不耳而目之而心志之，恍如有刀山劍樹之在其前，不特平旦之氣清明，即夜夢亦有所懼而不敢肆。調御丈夫天人師，所願聞者歟！

或曰：『釋迦者，周昭王時人；今譜其弟子大目犍連之事，而雜舉唐代人物，奸良忠佞，混千年爲一時。所謂王舍城者，五印度也；而雜舉西天震旦，城郭人民，越萬里爲一土。甚至倏爲唐朝事，倏又若今日事，奇怪惝怳，誠不可悉也。』曰：『此沒量大人，乃能解之，而非冬烘先生之可語也。肇法師論之詳，無庸蛇足。子取《肇論》讀之，當有悟筆雲墨雨所灑，誠不妨直至今日太平天下也。子若不悟，姑請觀劇。

無名氏序。

勸善金科題詞

闕名

【集賢賓】二闋

大千世界恒沙土，各不相知。細入焦螟兩睫，內列城池。一樣悲歡離合，無端貴賤雄雌。其中亦有華嚴座，法王廣説毗尼。不是莊周齊物，請問釋迦師。悲含同體發深慈，要救拔羣癡。八萬闍梨細行，一乘猋馳。直達菩提寶所，那知絕倒獅兒。道劉氏、可爲榜樣，破僧戒、地獄如斯。調達掀髯大笑，此處久安之。

好春白日東風軟，分付尊罍。齊發鵝笙鳳管，細按妍詞。月有盈虛弦魄，時分中盛興衰。其間只有忠和孝，到頭剩得便宜。駕起尻輿神馬，郁烈國相隨。舞衫歌扇演當時，請復一中之。觸恨蠻爭不已，多少狂癡。收拾紅牙拍下，而今唤做傳奇。莫區分、梵天此土，破斯夢、開眼爲期。不爾珊瑚枕上，且共化人嬉。

勸善金科凡例

闕名

一、《勸善金科》，其源出於《目連記》。《目連記》，則本之《大藏盂蘭盆經》。蓋西域大目犍連事迹，而假借爲唐季事，牽連及於顔魯公、段司農輩，義在談忠説孝。西天此土，前古後今，本同一揆，不必泥也。顧舊本相沿，魚魯豕亥，其間宫調舛訛，曲白鄙猥。今爲斟酌宫商，去非歸是，數易稿而始成。舊本所存者，不過十之二三耳。仍名《勸善金科》云者，其義具載開場白中，茲不複綴。

一、元人雜劇，一事大抵四折。其後《琵琶》、《幽閨》等劇，寖至三十餘齣、四五十齣不等。如湯若士之《牡丹亭》，洪昉思之《長生殿》，至五十餘齣，分上、下二本，又其最多者也。《勸善金科》，舊有十本，則多之至矣。但每本中，或二十一二齣，或三十餘齣，多寡不勻。今重加校訂，定以二十四齣爲準，仍分十本，共二百四十齣。

一、舊本名目，或七字，或八字，參差不齊，且不雅馴。今概以七言標目，當句有對。

一、宮調，用雙行小綠字。曲牌，用單行大黃字。科文與服色，俱以小紅字旁寫。曲文，用單行大黑字。襯字，則以小黑字旁寫別之。

一、曲文，每句每讀每韻，每疊每格每合之下，皆用藍字注之，以免歌者誤斷而失其義。

一、《中原音韻》，塡北曲所用也，故入聲皆分隸平、上、去三音。是刻凡遇北調，其入聲應作平、上、去聲者，皆照發聲之例，用小紅圈一一圈出。其南詞中一字有兩音者，如少少、好好之類，亦皆以小紅圈發聲。

一、從來演劇，惟有上下二場門，大概從上場門上，下場門下。然有應從上場門上者，亦有應從下場門上者；且有應從上場門上，而仍應從上場門下者；有從下場門上，仍應從下場門下者。今悉爲分別注明。若夫上帝神祇、釋迦仙子，不便與塵凡同門出入。且有天堂必有地獄，有正路必有旁門，人鬼之辨亦應分晰，並注明每齣中。

一、古稱優孟衣冠，言雖假而似眞也。今將每齣中各色人之穿戴，於登場時細爲標出。

一、凡古人塡詞，每齣始末率用一韻，然亦間有出入者，則古風體也。舊本多訛，今並改正。

一、詞曲必按宮調，而文人游戲，惟興所適，往往不依規矩。如湯若士之《牡丹亭》，其尤甚者也。是集悉遵宮調，無所出入。

（以上均《古本戲曲叢刊九集》影印綏中吳氏及上海圖書館藏清乾隆嘉慶間内府鈔本《勸善金科》卷首）

渡世津梁序

闕名

夫古之樂府，乃今之彈詞也。警世之談，末不發微至理。戊子之秋〔一〕，歸田於羹里之榕村。獨座無聊，偶閲長春丘眞人《西游原旨》，□所得雖係無稽之談，實乃勸善規旨。反覆捧讀，余心大悟。摘其至要之關，普刪荒謬，編成彈詞。□函分爲六冊，計百四十有四齣，名之曰《渡世津梁》。駁僧家之虛謬，破羽士之忙言，乃吾儒者曰忠曰孝至理，論之章之，丹頭除邪，守拙克己，愛仁之大道也。覽是書，如身入其境；觀其事，如魔在當頭。比吾之規，如吾之□，禮義自見，清濁立分，諸邪自退，百怪不侵。余知世上喜動而惡静，樂而忘憂，故作是書，以繁華爲提綱，以清作收場。世事如夢，人不覺爾。雖願明理諸公，仔細參詳。如有誤筆，訂正爲感。

乾隆丙子冬十月念二日，書於青籐畫室。鎮海梅伯姚燮書〔二〕。

（北京大學圖書館藏清乾隆嘉慶間鈔本《渡世津梁》卷首）

【箋】

〔一〕戊子：康熙四十七年（一七〇八）。

〔二〕姚燮（一八〇五—一八六四）：生平詳見本卷《梅心雪》條解題。

昇平寶筏序

亨壽〔一〕

乾隆初，海宇昇平，純皇帝命張文敏公照製雅曲，以備樂部演習。《昇平寶筏》者，演唐玄奘西域取經事，每於上元前後日奏之。《嘯亭雜錄》謂：『詞藻奇麗，引用內典經卷，大爲超妙。』其他如《勸善金科》，爲目犍連尊者救母事。又《屈子競渡》、《子安題閣》諸齣，皆文敏親製。此卷乃當時院本，流落人間。明窗敬觀，而九天《韶濩》，近在眉睫，非李謩宫牆聽譜者所可同日語也。得獲珍藏，洵可寶矣。

光緒丙子嘉平二日，亨壽敬記於雪北香南館，時大雪繽紛，盆梅蓓蕾矣〔二〕。

（北京大學圖書館藏清藍格精鈔本《昇平寶筏》卷首）

【箋】

〔一〕亨壽：姓名、籍里、生平均未詳。

〔二〕題署之後有陰文方章一枚：『鶴壽』。

蓮花島（程廷祚）

程廷祚（一六九一——一七六七），初名默，字啓生，號綿莊，別署青溪居士、程娘子等，原籍歙縣（今屬安徽），上元（今江蘇南京）人。清康熙諸生，鄉試屢蹶。乾隆元年丙辰（一七三六），舉博學鴻詞，報罷。十六年辛未，特詔舉經明行修之士，以江蘇巡撫薦，復罷歸。著有《易通》、《大易擇言》、《尚書通議》、《青溪詩說》、《春秋識小錄》、《禮說》、《魯說》、《青溪集》等。傳見程晉芳《勉行堂文集》卷六《墓志銘》、袁枚《小倉山房文集》卷四《墓志銘》、《清史稿》卷四八〇、《清史列傳》卷六六、《碑傳集》卷一三三、《國朝耆獻類徵初編》卷四二〇、金天翮《皖志列傳稿》卷三等。撰傳奇《蓮花島》，未見著錄，已佚。

程綿莊先生蓮花島傳奇序

金兆燕〔一〕

綿莊先生，今之師伏也。昔年試鴻詞，不第，歸，益治經。後以經學舉，復報罷。先生之遇，可謂窮矣。然先生遇益窮而志益高，自兩居京輦後，未嘗復屈有司。度《蓮花島》之作，蓋自爲立傳，而與天下共白其欲表見於世者耳。

兆燕少無學殖，日抱簡牘，爲諸侯客，以餬其口。戊寅冬〔二〕，與先生同客兩淮都轉之幕〔三〕。

先生居上客右，操槧著書；　而兆燕不自知恥，爲新聲，作諢劇，依阿俳諧，以適主人意。主人意所不可，雖繆宮商、乖拍度以順之不恤。甚則主人奮筆塗抹，自爲創語，亦委曲遷就。蓋是時，老親在堂，瓶無儲粟，非是則無以爲生，故洟涊含垢，强爲人歡。然每與先生一燈相對，辨質經史，縱論古人，因各訴其生平之轗軻阨塞，未嘗不慷慨悲懷，終夜而不寐也。

是時，先生曾爲余言《蓮花島》之大略，而行笥無稿本。越七年，乃以全部寄示余，余卒讀而深嘆之。使先生得志而行其所學，則《蓮花島》中之奇功偉業，當炳於丹青，著之史策；　乃不得已而僅托之子虛烏有，爲氍毹頃刻之觀，以悅婦人孺子之目，豈不惜哉？　然先生著書等身，從未屈柔翰爲他人借面，卽傳奇游戲之作，亦必自攄胷臆，獨有古今，則先生於文字之際，猶未似其時命之乖蹇也。昔王式受狗曲之詈，轅固罹彘圈之辱，申公胥靡瀖中翁，不獲與女徒復作，同享其報。古之治經者，必如張禹、馬融輩，乃可以泰其身而昌其學。然則抱高尚之志者，其終於蓮花之島也夫！

（《續修四庫全書》第一四四二冊影印清道光十六年贈雲軒刻本金兆燕《棕亭古文鈔》卷六）

【箋】

〔一〕金兆燕（一七一九—一七九一）：　生平詳見本卷《旗亭記》條解題。

〔二〕戊寅：　乾隆二十三年（一七五八）。

〔三〕兩淮都轉：　指盧見曾（一六九〇—一七六八），生平詳見本卷《旗亭記序》條箋證。

迎鑾新曲（吳城、厲鶚）

吳城（一七〇一—一七七二），字敦復，號鷗亭，室名瓶花齋，錢塘（今屬浙江杭州）人。藏書家吳焯（一六七六—一七三三）長子。國子監生。後棄舉業，克承先志，殫心羣籍，精於校勘。編纂《武林耆舊續集》。著有《鷗亭小稿》、《雲蠖齋詩話》等。傳見汪沆《槐塘文稿》卷三《吳太學家傳》、吳顥《國朝杭郡詩初輯》卷一〇等。參見鄧長風《十四位清代浙江戲曲家生平考略·吳城》（收入《明清戲曲家考略》）、楊歡《瓶花齋吳氏父子生平考》（《藝術科技》二〇一五年第二期）。

厲鶚（一六九二—一七五二），字太鴻，一字雄飛，號樊榭，別署南湖花隱、樊榭山民、西溪漁者，錢塘（今屬浙江杭州）人。康熙五十九年庚子（一七二〇）舉人。乾隆元年丙辰（一七三六），應博學鴻詞，廷試被放。南歸，以詩詞自娱。著有《遼史拾遺》、《東城雜記》、《南宋院畫錄》、《湖船錄》、《樊榭山房集》、《宋詩紀事》等。傳見《清史稿》卷四八五、《清史列傳》卷七一、《碑傳集》卷一四一、《國朝耆獻類徵初編》卷四三四、《國史文苑傳稿》卷二、《國朝先正事略》卷四一、《文獻徵存錄》卷五等。參見梁啓超《厲樊榭先生年譜》（光緒二十七年刻本），朱文藻編、繆荃孫重訂《厲樊榭先生年譜》（民國四年刻《嘉業堂叢書》本），陸謙祉編《厲樊榭年譜》（民國二十五年上海商務印書館鉛印本）。

《迎鑾新曲》，含吳城《羣仙祝壽》、厲鶚《百靈效瑞》二種雜劇，乾隆十六年辛未（一七五一）

高宗南巡江浙時，編著於揚州（今屬江蘇），《今樂考證》著録。現存光緒間錢塘汪氏振綺堂刻《樊榭山房集》所收《樊榭山房集外曲》本（民國十八年涵芬樓《四部叢刊初編》據以影印）、光緒二十一年（一八九五）錢塘丁氏嘉惠堂刻《武林掌故叢編》第二二集所收本（《傅惜華藏珍本戲曲叢刊》第三四冊據以影印）。

迎鑾新曲序〔一〕

全祖望〔二〕

予考《尚書大傳》，重華省方，羲伯、和伯而下，各以八方之舞進。曰舞，則歌在其中矣。夫省方進樂，蓋以美盛德之形容，其義主乎頌；而八方各陳其土音①，則其義又未嘗②不兼乎風，斯六義之所以交資也。後世之樂未足以語乎古，然讀《漢志》，則巴渝淮楚之音俱領於奉常③，而唐人盛稱魯山《于蔿于》之歌④，時勢⑤雖殊，其義一也。元人始變而爲曲，要亦樂中流別⑥之以時而變者。

今天子建中和之極，躬奉⑦聖母南巡至吾浙。浙⑧東西老幼士女歡聲夾道。吾友杭人厲君樊榭、吳君甌亭，各爲迎鑾新樂府，其詞典以則，其音噌吰，清越以長。二家材力悉敵，宫商鍾呂，互相叶應⑨，非世俗之樂府所可語⑩。大吏令樂部⑪奏之天子之前，侑晨羞焉。昔人以此擅長者，如元之酸、甜諸老⑫，明之康、王⑬，不過以其長鳴於草野之間。而二君之作，上徹九重之聽，山則南鎮助其高，水則曲江流其清，是之謂夏聲也矣。爰爲之弁其首。

鄞人⑪全祖望。

（《傅惜華藏珍本戲曲叢刊》第三四冊影印清光緒二十一年錢塘丁氏嘉惠堂刻《武林掌故叢編》第二二集所收《迎鑾新曲》卷首）

【校】

①陳其土音，《鮚埼亭集外編》卷二六《迎鑾新曲題詞》作「以其土之所出」。
②未嘗，《迎鑾新曲題詞》無。
③領於奉常，《迎鑾新曲題詞》作「登於史」。
④歌，《迎鑾新曲題詞》作「音」。
⑤勢，《迎鑾新曲題詞》作「世」。
⑥中流別，《迎鑾新曲題詞》無。
⑦奉，《迎鑾新曲題詞》作「逢」。
⑧浙，底本無，據《迎鑾新曲題詞》補。
⑨宮商鍾呂，互相叶應，《迎鑾新曲題詞》作「宮商互叶，鍾呂相宣」。
⑩語，《迎鑾新曲題詞》作「倫也」。
⑪樂部，《迎鑾新曲題詞》作「歌者」。
⑫諸老，《迎鑾新曲題詞》無。
⑬「王」字後，《迎鑾新曲題詞》有「諸子」二字。
⑭鄞人，《樊榭山房集外曲》本作「鄞」，《迎鑾新曲題詞》作「鮚埼亭長」。

【箋】

〔一〕此文又見全祖望《鮚埼亭集外編》卷二六，題爲《迎鑾新曲題詞》（《續修四庫全書》第一四三〇冊影印清嘉慶十六年刻本，頁七）。清光緒間錢塘汪氏振綺堂刻《樊榭山房集》所收《樊榭山房集外曲》本《迎鑾新曲》，卷首亦有此文，僅題《序》（《四部叢刊初編》據以影印），文字與《武林掌故叢編》本略同。

〔二〕全祖望（一七〇五—一七五五）：字紹衣，小字阿補，號榭山，別署鮚埼亭長，鄞縣（今浙江寧波）人。乾隆元年丙辰（一七三六）進士，選庶吉士，散館後以知縣任用，憤而辭官。後曾主浙江蕺山書院、廣東端溪書院。續補黄宗羲《宋元學案》，校《水經注》。著有《漢書地理志稽疑》、《鮚埼亭集》、《鮚埼亭集外編》、《勾餘土音》、《南溪偶刻》等。傳見嚴可均《鐵橋漫稿》卷七《傳》、劉師培《左庵外集》卷一八《傳》、《清史稿》卷四八七、《清史列傳》卷六八、《國朝耆獻類徵初編》卷一二六、《國朝先正事略》卷三四、《文獻徵存錄》卷五等。參見董秉純《全榭山先生年譜》（《鮚埼亭集》鈔本、刻本附）、史夢蛟《全榭山先生年譜》（一九七八年臺北排印《新編名人年譜集成》第四輯）、蔣天樞《全榭山先生年譜》（民國二十一年上海商務印書館排印本）。

迎鑾新曲序〔一〕

杭世駿〔二〕

邃古以來，生而神靈之君，莫如黄帝。恆以太乙與天目在，四維之歲，乘龍而四巡，彭祖前驅，松喬俠轂。入空桐，禮廣成子；遊玄圃，禮雲臺先生；謁峨眉，見天皇眞人；封東岱，奉中華君之具，茨事大隗；入金谷，諮涓子；過楓山，見紫府先生：所遇皆超絕塵坱之眞人。後世迂闒之鯫儒，拘曲之愿士，覽《真源》、《抱朴》之語，輒適適然驚疑而不信。吾欲家到而户喻之，而不勝辭費也。

夫後世之所謂神仙不死之徒，不過於億兆庸人中，獨能離去葷濁，絕滅嗜慾，即可以長生而久視。而以聖王視之，彼所謂方丈麗豐①之區，不能不囿吾域中。囿吾域中，猶吾食毛踐土之百姓也。皇帝撫萬靈，函九夏，水宿星飯，皇然不得寧居，出而省圓首之疾苦。彼爲神仙者，猶復逍遙晏安，藏匿而不肯一見，斯亦女青之律之所不宥者也。西王母在極西之國，見於《山海經》、《爾雅》，不爲無稽也。自黄帝後，而堯見之，而穆滿見之，而漢武見之。彼非所謂育養天地洞陽之極尊者耶？而猶恆出而爲世主見。則凡許玉斧、葛稚川者流，幸而長不死，尤欲得有道之君而引伸其説，崇闡其教，偲偲然亟欲貢其所有，以顯靈異於人主，亦事理之所必至矣。

今上皇帝紀號之十有六載，巡省方俗，臨幸浙土。洞天福地，吾浙十嘗占其三四。四明龍蒼台山，靈異勝迹，往往甲於天下神仙窟宅，於此雲氣往來，豈無聞見？或化而爲嘉禾瑞穀，以答聖主之憂勤；或變而爲②矞雲醴泉，以示蒼昊之靈貺。今上皇帝特厭棄文成、五利之所爲，命珥筆執記之臣，削封禪之文，剟符瑞之志，曉然示天下後世以六五帝、四三王之大道，瓌珍異寶，所在皆有，環溢心目，烏覩所謂使者四出以求神仙耶？

且吾固疑有仙骨者，苦無仙才。木公金母之辭，本王嘉所僞作；《真誥》所載雲林右英之詩，皆拙晦不可曉。降而至於吕嵒、葛長庚，丹經道曲，義淺辭膚，無當於《騷》、《雅》之選。《道藏》中文集之繁富者，莫如陶通明、杜廣成，然求其一篇一句之傳誦於人口者而不可得。使其奏雲璈，吹玉琯，自撰歌曲，樊然雜進於文德誕敷、英略不世出之聖主之前，將恐其逡巡羞恧，而自愧其措辭之不工。則所謂『飄飄有淩雲之氣』，唯吾儒之健於文事者，能勝任而愉快矣。

吾友樊榭、甌亭兩先生，有掞天繪日之才藻，而恥蹈襲揚、馬之常。故⿰犭連犿其辭，詭譎其體，借喬、張之雅調，傳佺③、僑之逸事，率先衢歌巷舞。諸父老迓六飛於天上，被之筦弦，次第進御。聖天子止輦而聽之，每奏一篇，稱賞不置。雖俳優乎，使枚皋、東方朔若在，畢力而爲之，未能有加也。嗚呼，悕矣！ 愚者輒河漢其言，予爲揣物情，徵往典，縱横論列，以秕糠一世之塵濁，使知授符降斗之祥，不得專美於黄帝，而聖天子一遊一豫，彼神仙者皆可折箠而使也。二君子所稱述，詞曲云乎哉！

秦亭老民杭世駿④。

（清光緒二十一年刻《迎鑾新曲》卷首）

【校】

①豐，底本作『農』，據《道古堂全集·文集》卷十四改。

②爲，底本無，據《道古堂全集·文集》卷一四補。

③佺，《道古堂全集·文集》卷一四作『征』。

④《道古堂全集·文集》卷十四文末無題署。

【箋】

〔一〕清光緒間錢塘汪氏振綺堂刻《樊榭山房集》所收《樊榭山房集外曲》本《迎鑾新曲》，卷首亦有此文，僅題《序》（《四部叢刊初編》據以影印），文字與《武林掌故叢編》本同。杭世駿《道古堂全集·文集》卷十四亦有此文（《續修四庫全書》第一四二六册影印清光緒十四年汪曾唯增修本）。

〔二〕杭世駿（一六九六—一七七二）：字大宗，號堇浦，别署秦亭老民，仁和（今屬浙江杭州）人。雍正二年甲辰（一七二四）舉人。乾隆元年丙辰（一七三六），舉博學鴻詞，官翰林院編修，改御史。八年癸亥，因例試不當被劾，赦歸籍里。後主江蘇揚州安定、廣東粵秀書院講席。著有《禮經質疑》、《石經考異》、《史記考證》、《漢書蒙拾》、《後漢書蒙拾》、《詞科掌錄》、《詞科餘話》、《文選課虛》、《道古堂全集》等。傳見應澧《闇然齋文稿》卷二《墓志銘》（《道古堂全集》卷首）、夏孫桐《觀所尚齋文存》卷四《史傳》、許宗彦《鑒止水齋集》卷一七《别傳》、《清史列傳》卷七一、《國朝耆獻類徵初編》卷一二六補録、《國朝先正事略》卷四一、《文獻徵存録》卷五、《國朝詩人徵略初編》卷二四、《國朝書畫家筆録》卷一等。參見鄧長風《關於〈明清戲曲家考略〉的若干補正·杭世駿》（《明清戲曲家考略續編》）。

迎鑾新曲題辭〔一〕

金志章　等

法部雲韶雅樂傳，清詞字字貫珠圓。粲花才子生花筆，合譜仙音各鬭妍。

笙鶴瑤天夐出塵，湖山春麗日華新。百靈擁衛羣真集，齊捧三漿壽一人。

詞源三峽涌波濤，刻羽移宮調最高。裊藻一時歌燕喜，九重天上響雲璈。

樂府新聲妙抑揚，南推高、史北喬、王。鈞天試聽迎鑾曲，未許前人獨擅長。江聲金志章①〔二〕

譜得迎鑾法曲新，廣場二月播陽春。西方壽佛西王母，都作瞻雲就日人。

詞客毫端雅奏多，十平大樂協中和。賡颺他日金華殿，還進康衢《擊壤歌》。東壁吴廷華②〔三〕

重見神人啓玉函，帝車南指五雲銜。誰翻絕調迎鑾曲？法鼓仙璈總不凡。

現來天女將花散，幻作羣仙駕鶴迎。不是一時雙綵筆，紫雲何處寫遺聲？秋涇蔣德③〔四〕

孝治真看邁百王，慈宮親奉九霞觴。新聲擬作無疆壽，才子迎鑾各擅場。

羣仙爭集百靈趨，龍笛鵝笙調自殊。碧落空歌誰敢和？笑他郢雪祗區區。

析角分宮未易才，共將藻思瀉瓊瑰。一時騶豹爭聲價，曾唱鈞天法曲來。

詞筆湯、徐信老成，同時對壘合爭衡。南湖花隱甌亭長，他日應傳供奉名。龍泓丁敬④〔五〕

仙音兩部協宮商，壘玉駢珠各擅場。此曲自從天上奏，不須樂府數康、王。

萬國歡心奉一人，親扶紫闕駐湖濱。山呼不是虛無事，帝德懷柔及百神。

山海仙靈絳節朝，花明行殿競雲韶。欣知聖母西方佛，聽慣瑤房鳳噦簫。

新詞譜出合笙鏞，雙管真堪峙兩峯。卻笑粗才晁協律，祗歌并蔕有芙蓉。西顥汪沆⑤〔六〕

東都詞筆柳、秦妍。北地新聲關、馬傳。西京樂府康、王擅。迓鑾旗，奏御筵。太和音雙管齊宣。價重雲韶部，名高黃絹篇。鈔遍霞箋。調【水仙子】⑥ 半查馬曰璐⑦〔七〕

譜梨園兩部詞章。味合酸甜，響應宮商。不演參軍，不編待制，不唱中郎。百靈走烟排隊仗，羣仙會雲蔚衣裳。宋豔班香。玉輦南巡，供奉君王。調【折桂令】⑧竹町陳章⑨〔八〕

昇平雅奏。付與雕龍手。二妙一時眞罕有。記曲費他紅豆。　譜成山淥湖光，傳來刻羽吟商。五色雲中扇筤。九重天上絲簧。調【清平樂】　堃畝舒瞻⑩〔九〕

八神弭節，七聖隨車，翠華南幸重覩。熊館花明，鵠池柳細，一時行幄同扈。粉箋銀管，話多少迎鑾詞賦。雙成妙曲。誰似仙韶，舜瞳曾顧。　付他關、馬名流，周、秦好手，也難翻譜。移宮換徵，錦心繡口。繪出昇平春宇。六橋三竺，儘贏得錫簫茶鼓。魚龍爭演，壓倒東嘉，瑞光交處。調【慶春宮】　鐵珊張雲錦⑪〔一〇〕

和聲雙鳳穿雲叫，天上人間都滿。調協黃鐘，韻飄白雪，壓盡錦城絲管。幔亭何遠。儼三島羣眞，驂鸞陪輦。王母蓬池，小桃紅映水清淺。　漫論馬、枚遲速，翩翩詞賦手，總輸歌板。絳樹千聲，驪珠一串。好趁花飛鸎囀。重瞳迴眷。正湖鑒澄空，山屏翠展。雅樂流傳，補省方盛典。調【齊天樂】　柳漁張湄⑫〔一一〕

一代酸甜詩並轡，香荃齊按金徽。蘸來湖淥點山霏。虞廷雙玉琯，漢院五銖衣。　福洞仙眞都活現，九天鸞鳳爭飛。至尊含笑駐雲旗。漪風聆鞠部，曳彩看支機。調【臨江仙】　雪舫周宣猷⑬〔一二〕

（清光緒二十一年刻《迎鑾新曲》卷首）

【校】

①江聲金志章，《樊榭山房集外曲》本作『錢唐金志章江聲』。

②東壁吳廷華，《樊榭山房集外曲》本作『仁和吳廷華東壁』。
③秋涇蔣德，《樊榭山房集外曲》本作『□□蔣德秋涇』。
④龍泓丁敬，《樊榭山房集外曲》本作『錢唐丁敬龍泓』。
⑤西顥汪沆，《樊榭山房集外曲》本作『錢唐汪沆西顥』。
⑥『調水仙子』四字後，《樊榭山房集外曲》本小字注『黃鐘宮』。
⑦半查馬曰璐，《樊榭山房集外曲》本作『祁門馬曰璐半查』。
⑧『調折桂令』四字後，《樊榭山房集外曲》本小字注『雙調』。
⑨竹町陳章，《樊榭山房集外曲》本作『錢唐陳章竹町』。
⑩堃畝舒瞻，《樊榭山房集外曲》本作『滿洲舒瞻堃畝』。
⑪鐵珊張雲錦，《樊榭山房集外曲》本作『平湖張雲錦鐵珊』。
⑫柳漁張湄，《樊榭山房集外曲》本作『錢唐張湄柳漁』。
⑬雪舫周宣猷，《樊榭山房集外曲》本作『□□周宣猷雪舫』。

【箋】

〔一〕清光緒間錢塘汪氏振綺堂刻《樊榭山房集》所收《樊榭山房集外曲》本《迎鑾新曲》卷首亦有此文，僅題《題辭》（《四部叢刊初編》據以影印）。

〔二〕金志章：　字繪卣，號江聲，錢塘（今浙江杭州）人。傳見本卷沈大成《懷沙記序》條箋證。

〔三〕吳廷華（一六八二—一七五五）：　初名蘭芳，鄉貢後改今名，字中林，號東壁，仁和（今屬浙江杭州）人。康熙五十三年甲午（一七一四）舉人，五上春官，不第。雍正二年（一七二四），試授內閣中書舍人。三年後，出爲福州府海防同知。十年，以疾致仕。乾隆初，薦修『三禮』，在館凡十年，授朝議大夫。歸，教授於浙江餘姚崇文書院。著有《儀禮章句》、《三禮疑義》、《曲臺小錄》、《東壁集》、《書莊集》等。傳見沈廷芳《隱拙齋集》卷四九《行狀》（《碑傳集》卷一〇二）、《清史列傳》卷六八、《國朝耆獻類徵初編》卷二五二、《清儒學案小識》卷一二等。

〔四〕蔣德（一七一三—一七六六）：字敬持，號秋涇，一作秋經，秀水（今浙江嘉興）人。雍正十三年乙卯（一七三五）舉人，任教諭。後以游幕爲生，乾隆十五年（一七五〇）後，屢游揚州。晚年主講江蘇常熟虞山書院、游文書院。尤工於詩。傳見朱筠《笥河文集》卷一五《別傳》、《國朝耆獻類徵初編》卷四三六、光緒《常昭合志稿》卷四〇等。

〔五〕丁敬（一六九五—一七六五）：字敬身，號硯林，一作研林，又號鈍丁、龍泓、梅農，別署龍泓山人、研林漫叟、硯林外史、孤雲石叟、勝怠老人、玩茶叟、玉几翁等，室名無不敬齋，錢塘（今浙江杭州）人。布衣，隱市廛賣酒。乾隆元年丙辰（一七三六），舉博學鴻詞，不就。擅金石篆刻，工書善畫。其女適厲鶚子厲繡周。著有《武林金石錄》、《龍泓山人印譜》、《硯林詩集》、《硯林集拾遺》、《龍泓館詩集》、《龍泓館文集》等。傳見《國史文苑傳稿》卷三五、《清史列傳》卷七一、《國朝耆獻類徵初編》卷四三六、《文獻徵存錄》卷一〇、《國朝詩人徵略初編》卷二五、《國朝書人輯略》卷四、《皇清書史》卷一九、《清畫家詩史》丙上等。

〔六〕汪沆（一七〇四—一七八四）：字師李，一字西顥，一作西灝，號槐塘，室名振綺堂、小眠齋，錢塘（今浙江杭州）人。諸生。乾隆元年丙辰（一七三六），舉博學鴻詞，報罷。以遊幕爲生。雍正初，浙江總督李衛（一六八七—一七三八）聘修《浙江通志》及《西湖志》。著有《湛華軒雜錄》、《小眠齋讀書日札》、《新安紀程》、《全閩采風錄》、《蒙古氏族略》、《槐塘詩稿》、《板塘文稿》等。傳見邵晉涵《南江文鈔》卷九《家傳》、《清史稿》卷四八五、《清史列傳》卷七一、《國朝耆獻類徵初編》卷四三一、《文獻徵存錄》卷一〇、《鶴徵後錄》卷一一、《國朝詩人徵略初編》卷二七等。

〔七〕馬曰璐（一六九五—一七六九）：字佩兮，號半查，一作半槎，祁門（今屬安徽黄山）人，居江都（今屬江蘇揚州）。與兄曰琯（一六八八—一七五五）齊名，並稱「二馬」。國子監生，官候選知州。乾隆元年丙辰（一七三六），舉博學鴻詞，不就。家有小玲瓏山館，藏書之富，著於江南。著有《南齋集》、《南齋詞》、《叢書樓書目》等。傳見《清史列傳》卷七一、《國朝耆獻類徵初編》卷四三五、《國朝先正事略》卷四一、《鶴徵後録》卷四、李斗《揚州畫舫録》卷四、《國朝詩人徵略初編》卷二七、《湖海詩人小傳》卷六、道光《徽州府志》卷一一之四、同治《祁門縣志》卷三〇、民國《安徽通志稿》卷三等。參見金天羽《馬半查先生年譜》、方盛良《馬曰琯、馬曰璐年譜》（載《徽學》第三卷，安徽大學出版社，二〇〇四）。

〔八〕陳章（一六九六—約一七五九）：字授衣，一字丹綺，號紱齋、竹町，别署竹町居士，錢塘（今浙江杭州）人。布衣。乾隆元年丙辰（一七三六），舉博學鴻詞，以親老辭不就。工詩善楷，乾隆間客揚州馬氏小玲瓏山館。著有《孟晉齋詩集》、《孟晉齋文鈔》、《竹香詞》。傳見《清史列傳》卷七一、《國朝耆獻類徵初編》卷四三三、《湖海詩人小傳》卷六、《皇清書史》卷八、《歷代兩浙詞人小傳》卷八等。

〔九〕舒瞻（？—一七四七）：字雲亭，號堃畝，他塔喇氏，滿洲正白旗人。乾隆四年己未（一七三九）進士，歷官浙江桐鄉、平湖、海鹽知縣。十九年，署乍浦理事同知。著有《蘭藻堂集》。傳見《清史列傳》卷七一、《文獻徵存録》卷五、《國朝詩人徵略初編》卷三〇、楊鍾羲《八旗文經作者考》、光緒《桐鄉縣志》卷一、民國《奉天通志》卷二二一等。

〔一〇〕張雲錦（一七〇四—一七六八後）：字龍威，號鐵珊，一號藝舫，平湖（今屬浙江）人。監生。工詩，尤善詠物，爲洛如詩社領袖。雍正初，浙江總督李衛（一六八七—一七三八）聘修《浙江通志》及《西湖志》。雍正十三年乙卯(一七三五),舉博學鴻詞,省試被放。著有《蘭玉堂集》、《紅蘭閣詞》、《藝舫詠物詩》等。傳見光緒《平湖縣志》卷一七。

〔一一〕張湄(一六九六—一七五一後):字鷺洲,號南漪,一號柳漁,錢塘(今浙江杭州)人。雍正十一年癸丑(一七三三)進士,授翰林院編修。乾隆間官監察御史,累遷至兵科給事中。著有《柳漁詩鈔》、《瀛壖百詠》等。杭世駿《道古堂文集》卷一〇有《柳漁詩鈔序》。傳見《國朝耆獻類徵初編》卷一三六、《國朝詩人徵略初編》卷二六、《詞林輯略》卷三、《皇清書史》卷一五、乾隆《杭州府志》卷八二、乾隆《續修臺灣府志》卷三等。

〔一二〕周宣猷(一七〇八—一七六八):字辰遠,號雪舫,長沙(今屬湖南)人。雍正十年壬子(一七三二)舉人,十一年癸丑(一七三三)進士,選浙江桐廬知縣。調海鹽知縣,遷鹽運司通判,以事罷官。家貧,就館揚州吳氏。乾隆十六年(一七五一),高宗南巡,獻詩,復原銜。著有《史斷》、《史記難字》、《南北史擷》、《雪舫詩鈔》、《柯椽集》等。傳見《清史列傳》卷七一、《國朝耆獻類徵初編》卷二五三、《國朝詩人徵略初編》卷五六、《湖海詩人小傳》卷五、光緒《海鹽縣志》卷一四等。

(迎鑾新曲)跋

汪曾唯〔一〕

是曲手稿,向藏余家振綺堂。首套曰《羣仙祝壽》,吳甌亭太學撰,厲樊榭徵君參定;次套曰《百靈效瑞》,厲樊榭徵君撰,吳甌亭太學參定。咸豐辛酉,粵匪再陷杭城,手稿遂亡。客歲,余讐校徵君古文詩詞,彙爲全集。丁松生太令丙〔二〕,郵寄是曲舊本,屬附刊於集外詩詞之後。舛誤頗多，經諸暹鞠大令可寶〔三〕，參互而考訂之。爰跋數語，以識顛末。

光緒十一年乙酉冬十月，錢塘汪曾唯。

（《四部叢刊初編》影印清光緒間錢塘汪氏振綺堂刻《樊榭山房集》所收《樊榭山房集外曲》本《迎鑾新曲》卷末）

【箋】

〔一〕汪曾唯（一八二九—一八九八）：字子用，號夢師，錢塘（今浙江杭州）人。汪遹孫（？—一八六一）長子。附貢生，以同知銜兼襲雲騎尉世職，湖北補用知州，歷署湖北咸豐、石首等縣知縣。著有《去舊染污錄》，輯錄《振綺堂書目》，編《汪氏全集》（見《清史稿·藝文志》），刊刻厲鶚《樊榭山房集》、杭世駿《道古堂全集》、汲古閣《宋六十名家詞》、汪曾立《汪氏第九十二世小宗譜》、《振綺堂叢刊》等。傳見陳玉堂《中國近現代人物名號大辭典》（續編）。參見張桂麗《汪氏振綺堂藏書、刻書考略》（《中國典籍與文化》二〇一三年第三期）、彭令《誰使振綺堂九野皆知：兼述〈儀禮正義〉的意義》（《收藏家》二〇一五年第九期）。

〔二〕丁松生太令丙：丁丙（一八三二—一八九九），一名國典，字嘉魚，號松生，晚號松存，別署錢塘流民、八千卷樓主人、竹書堂主人、書庫報殘生等，錢塘（今浙江杭州）人。諸生，同治三年甲子（一八六四），以補用知縣薦江蘇，六年（一八六六）加同知銜，迄未赴任。家世經營布業，饒貲財，富藏書，喜刻書，家有藏書樓八千卷樓。輯刻《武林掌故叢編》、《武林往哲遺著》、《杭郡詩》、《西湖集覽》等。著有《讀禮私記》、《說文部目詳考》、《禮經集解》、《庚辛泣杭錄》、《北隅綴錄》、《善本書室藏書志》、《宜堂小記》、《墨林挹秀錄》、《松夢寮詩稿》、《北郭詩帳》、《北郭詩錄》、《三塘漁唱》、《續東河棹歌》、《松夢寮文集》等。傳見俞樾《春在堂雜文六編》卷二《丁君松生家傳》、《續碑傳集》卷八一等。參見丁立中《（先考）松生府君年譜》（光緒二十六年刻《宜堂類編》本）、張慕騫《丁松山先生大事年表》（載民國二十二年編印《浙江省立圖書館月刊》一卷七、八合期）。

〔三〕諸遲鞠大令可寶：諸可寶（一八四五—一九〇三），字璞齋，號遲鞠，一作遲菊，錢塘（今屬浙江杭州）人。同治六年丁卯（一八六七）舉人，官江蘇崑山知縣。遊楚二十年，爲湖北榷局文書，主鄂志局。通算學，善書法，工山水。編《江蘇全省輿圖》。著有《疇人傳三編》、《璞齋詩集》、《姜丹書稿》、《捶琴詞》、《學古堂日記》等。

寒香亭（李凱）

李凱（一六九三—一七六一），字圖淩，號雪崖，鄞縣（今屬浙江）人。雍正八年庚戌（一七三〇）進士。乾隆十九年（一七五四），官紹興教諭。著有《學庸說文》、《越吟草》、《駢體文》。撰傳奇《寒香亭》。傳見光緒《鄞縣志》卷四二、民國《鄞縣通志・文獻志》等。

《寒香亭》，《今樂考證》著録，現存嘉慶二年（一七九七）懷古堂刻、友益齋藏板本，嘉慶間友益齋復刻巾箱本（《傅惜華藏古典戲曲珍本叢刊》第三二册據以影印），民國十三年（一九二四）許之衡飲流齋鈔本（《明清鈔本孤本戲曲叢刊》第一〇册據以影印）。

（寒香亭傳奇）序

范　梧〔一〕

嗟乎！聲音之道微矣。予自束髮，即留心聲律之學。集古今樂府，及宋元詞曲，迄諸院本，靡弗朝夕研究，考其遞變之由，審其流末之失，裁别異同，釐訂譌謬，以辨索於毫釐之介。稍有未安，則取詞律宫譜，暨韻學諸書，逐爲較量，俾清濁高下，長短疾徐，一一不乖於自然之節。蓋已三十餘年於兹矣。顧予平生性迂懶，未嘗與四方賢士大夫遊。里中同學，率多專攻舉子業。故予雖蓄之於心者，積有歲時，而未始一出所有，以與世相質。

歲乙未〔二〕，始與李子雪崖定交。雪崖齒少於予，帖括而外，兼業詩古文詞，尤工聲律，因相與上下其議論。其於五聲七音八十一調，無不剖毫芒，窮窈眇。且間出所譜宫曲相示，於移宫换羽之際，予雖積數十年之精力，尚有未經深究者。因不禁慨然而興，益信聲音之道爲甚微，而不容以鹵莽襲也。

最後見其所填《寒香亭傳奇》，其敍致之妙，研辨之精，視其少作，彌益精當。昔赤水屠先生作《曇花記》竟，後見玉茗諸劇，幾欲自毁其板。予嚮時亦曾譜《紅玉燕》院本，自謂當與《桃花扇》、《燕子箋》相頡頏。今見雪崖之作，乃深悔曩者許負之過。蓋予之所肆力於是者，毋過取其韻之合、律之諧、調之適。兹觀雪崖是編，則其敍事也錯綜委折，直參子長、孟堅之遺；其選詞也極巧窮幽，隱兼漢魏樂府之奥。苟使李卓吾見之，當有不徒以『化工』、『畫工』相例者，則豈予之所能逮其萬一也哉？

嗟乎！予今老矣，縱天假之年，寧復能有所增益？而雪崖方更殫力於經史之旨，欲紹閩洛之微傳，則此猶特一斑之豹耳。爰綴數言，以弁其首。異時苟出而問世，予知雪崖雖不第藉是以傳，而予或轉藉雪崖以傳。夫乃益嘆予之所作，非惟不足傳，固已不必傳也已。

雍正辛亥歲嘉平月，素園范梧書。

【箋】

〔一〕范梧（約一六八六—一七三一後）：字素園，一字寄翁，鄞縣（今屬浙江）人。撰《紅玉燕》傳奇，未見著錄，已佚。

〔二〕乙未：康熙五十四年（一七一五）。

（寒香亭傳奇）序

羅有高〔一〕

雪崖先生《寒香亭傳奇》，何爲而作也？曰：以正倫也。夫婦者，倫之始也，先王重焉，所以教民成孝敬，宜家室，美風化也。剛柔二氣，感應相與之微，古哲人畫《咸》以象之。至其合二姓之好，琴瑟叶均，象之以《恆》。恆，久也。沃若相悦，芸黄相捐，此高則誠①所以發憤於《琵琶》、湯玉茗所以致愴於《紫釵》也。

太史公曰：『匹妃之際，君不能得之於臣，父不能得之於子，而推之於命。』蓋有慨乎其言之也。原其始，則以不慎思之故。冒非禮而動，其後思不專，蕩於外不制，甘處其薄，無可奈何，則諉曰：『豈不爾思，室是遠而。』登徒子非好色者，是有淫行耳。卓文君歸茂陵，吟《白頭》，豈不痛乎？之人也，其於君父朋友之間，尚何言哉？古之人不得於倫，往往專一其思，求通而後止，若有鬼神左右勷之者。所謂顯於微也，禮之所由起，思之所由就範而無邪者也。傳中魏思，字通微，官禮部，命旨深長矣。魏者，陶唐氏之遺民，憂深思遠，故以爲姓也。是以立朝而敢言，籌邊而功集，是能繕思、秉禮、原倫者也。譚素，何也？字棲霞，何也？逸詩曰：『素以爲絢兮。』《記》曰：『忠信之人，可以學禮。』此之謂也。

公子鈞出傳奇示予〔二〕，請爲序，予頗以意測先生造言大旨如此。其當與否，知言君子正之。

乾隆丁酉歲孟春望日，天目山人羅有高序。

（以上均清嘉慶二年懷古堂刻、友益齋藏板本《寒香亭傳奇》卷首）

【校】

①高則誠，底本作『王實甫』，據史實改。

【箋】

〔一〕羅有高（一七三四—一七七九）：字臺山，别署天目山人、吉雲山人，瑞金（今屬江西）人。乾隆三十年乙酉（一七六五），由優貢生中順天舉人。明年歸里，入鳳凰山講學。後屢應會試，不第。一生外服儒風，内宗梵行。著有《臺山詩集》、《臺山文稿》、《羅臺山文鈔》、《尊聞居士集》等。傳見章學誠《章實齋遺書》卷一九《傳》、惲敬《大雲山房文稿》卷三《外傳》、王昶《春融堂集》卷五八《墓志銘》（又見《尊文居士集》卷八）、彭紹升《二林居集》卷二二《述》（又見《尊文居士集》卷八）、《清史列傳》卷七二、《碑傳集》卷一四一、《國朝耆獻類徵初編》卷四三八、《文獻徵存錄》卷九、《國朝宋學淵源記》、《國朝學案小識》卷一一、《清儒學案小傳》卷五、《桐城文學淵源考》卷二、《湖海詩人小傳》卷二九、光緒《瑞金縣志》卷八等。

〔二〕公子鈞：　即李鈞，李凱子，生平未詳。

（寒香亭傳奇）跋

錢維喬〔一〕

曩予遭黄門之戚，因塡《碧落緣》、《鸚鵡媒》傳奇二種。洎一行作吏，塵事束縛，未免效梁敬叔之嘆，雨窗燈青，復點筆成《乞食圖》一種。每當胷有所鬱結，嬉笑怒罵，皆成文章，不自知其灑然而中節也。至於春女秋士，才合情通，不過文人借端，非眞好爲綺語耳。

甬上詞家，推赤水《曇花記》〔二〕，茲復見李子雪崖《寒香亭》之作。其序事也錯綜而有致，其屬辭也清豔而不靡，得玉茗之風神，去笠翁之纖俗。若夫籌邊克敵，經濟裕如；鋤佞除姦，風裁卓爾。吾未知雪崖何如人，略聞其起家甲科，以司鐸老。尋常酸腐頭巾，不能具此胷懷，意者亦有所鬱結而爲之耶？『雖小道，必有可觀』，吾將引爲同調。

乙巳中秋後一日〔三〕，毗陵錢維喬跋。

（清嘉慶二年懷古堂刻、友益齋藏板本《寒香亭傳奇》卷一末）

【箋】

〔一〕錢維喬（一七四〇—一八〇六）：　生平詳見本卷《碧落緣》條解題。

〔二〕赤水：　即屠隆（一五四三—一六〇五）。

〔三〕乙巳：　乾隆五十年（一七八五）。

（寒香亭傳奇）題詞

周塤琴〔一〕

冷遍羅浮夢裏春，無端索笑引花神。暗香巧倩東風遞，攪亂情緣半假眞。

苦探春信走京華，春到南枝第幾家？誰種藍田雙白璧，意中人悟眼中花。

題箋一例摹①寒香，別遣鸚籠喚李郎。自是水萍憐斷梗，尋甜恰與代桃僵。

金門抗策剪姦回，迅掃氛霾玉鏡開。影照新枝還舊蔕，三星合錫九英梅。龍泉周塤琴稿〔一〕

（清嘉慶二年懷古堂刻、友益齋藏板本《寒香亭傳奇》卷首）

【校】

①摹，底本作「暮」，據清嘉慶二年友益齋復刻本改。

【箋】

〔一〕周塤琴：龍泉（今屬浙江）人，字號、生平均未詳。

寒香亭傳奇總評〔一〕

闕名〔二〕

集中寫三人情思，俱已參微入妙，卻各有本性。棲霞性憨，故時帶騃氣；凝烟性快，則多作豔思；凌波性幽，又別具遠致。無論始而傾慕，繼而悲悼，卽至尾末，改面生嗔，亦各從本性中變出，不離其宗。往惟盧次楩《想當然》寫碧蓮、匀箋，有此分風擘流之筆。

（清嘉慶二年懷古堂刻、友益齋藏板本《寒香亭傳奇》卷四末）

【箋】

〔一〕底本無題名。

〔二〕《寒香亭傳奇》正文首頁署『鄞江圖凌李凱塡詞』、『同里素園范梧評點』。故此文當爲范梧撰。

寒香亭傳奇跋〔一〕

李　鈞

鈞不肖，不克承先志。記丱角時，隨侍先君子於越中宦署。每見公休之暇，恆以著述爲事，竟昕多矻矻不倦。蓋先君子生平無他嗜好，日惟讀書，口吟手披，老而彌篤。以故百家九流，罔不泛濫。

憶歲壬戌〔二〕，先君子年五十時，官越中，生徒欲稱觥以慶，先君子固辭之。因請集平時制藝，刊以問世。迄年六十，方訂《學》、《庸》、《說文》，纔脱稿，向時甬上及越中從受業諸君，知先君子不喜觴祝，復請付之剞劂。

先君子素解音律，於轉調換宮處，研究尤精。舊嘗著《寒香亭傳奇》，至親按拍板，中間四聲，略有未協之句，易稿數四。然未嘗出以示人。及門有知之者，並擬於壬午先君子七十時，壽諸梨棗。詎意辛巳〔三〕，先君子病且革。彌留之夕，顧謂鈞曰：『雕蟲小技，壯夫不屑。然曩者既已爲之，且於聲律，頗瘁心力，用是不忍棄去。異時欲刻是編，當覓一知音者爲凡例。』至次年，鈞方斬焉，在衰絰之中，未暇訪求。不得已，檢《越吟草》刻之。由是南閩北汴，奔走數年，卒難其人。

兹今壬子〔四〕，先君子壽屆百齡。回憶辛巳至今，忽忽已三十一載矣。若再更蹉跎，湮沒自懼，用先鋟板。鈞自慚孤陋，且年力就衰，復念兩先兄俱早世，惟鈞一人之責，重以悠忽，有負成命。爰泣書原委，附識卷末，冀覽者或哀鈞之志，賜之凡例，庶異日復補刻焉。

男鈞謹識。

（清嘉慶二年懷古堂刻、友益齋藏板本《寒香亭傳奇》卷末）

【箋】

〔一〕底本無題名。

〔二〕壬戌：乾隆七年（一七四二）。

〔三〕辛巳：乾隆二十六年（一七六一）。

〔四〕壬子：乾隆五十七年（一七九二）。

太平樂府（吴震生）

吴震生（一六九六—一七六九），字長公，一字祚榮，更字彌俄，號可堂，別署舟庵、南村、中湖、武封、又翁、弱翁、鰥叟、玉勾詞客、東城旅客、三讓王孫、延陵主人、重來倒好嬉子、笠閣漁翁等，室名吴村別業、拙娱田舍，歙縣（今屬安徽）人，遷居仁和。諸生，屢試不售，入貲爲刑部貴州司主事。乾隆十五年庚午（一七五〇），遷居仁和，於太平橋側濱河築樓，名『舟庵』。著有《南村遺集》、《性學私談》、《太上吟》、《金箱壁言》、《豐南人事考》、《摘莊》、《大藏摘髓》等。另有《笠閣叢書》（含《無譜曲》、《擬摘入藏南華經》、《老子附證》三種，清嘉慶間刻本）。傳見杭世駿《道古堂全集·文集》卷四五《墓表》（又見《國朝耆獻類徵初編》卷一四六）、厲鶚《樊榭山房集·文集》卷六《舟庵記》。參見鄧長風《〈笠閣批評舊戲目〉的文獻價值及其作者吴震生》（《明清戲曲家考略》）。

與妻程瓊合作批注《才子牡丹亭》。撰傳奇《換身榮》、《天降福》、《世外歡》、《秦州樂》、《成雙譜》、《樂安春》、《生平足》、《萬年希》、《鬧華州》、《臨濠喜》、《人難賽》、《三多全》十二種，總稱《太平樂府》，現存乾隆十七年（一七五二）厲鶚序刻本。乾隆間《笠閣叢書》重刻本，增《地行仙》傳奇，仍稱《太平樂府》，又稱《玉勾十三種》，一名《玉勾詞客十三種》。又有乾隆間武林田翠舍重刻本《太平樂府玉勾十三種》，《鄭振鐸藏珍本戲曲文獻叢刊》第三四—三七冊據以影印。史震林《西清散記》卷一云其『別有《詩仙會》等十餘劇』，已佚。

《太平樂府》序〔一〕

厲　鶚

方輿員蓋，都爲氍演之場；古往今來，不盡梨園之唱。使非移宮換羽，魚里何觀？若無妙手妍辭，虎賁舄肖？　況復升平①巷陌，淡冶樓臺，風月任其佃漁，花鳥供其驅使。邵康節之名詩集，竊取餘音；　楊朝英之選曲林，仍標舊目。此延陵主人《玉勾書屋十二種傳奇》所由作也。

昔者蔡中郎天宫受福，爭說是非；　元相公月地會眞，誰知假托？　莫不播於弦管，膾炙千年；　侑彼尊罍，流連五夜。或者歡愉意少，愁苦詞多；　或者兒女情長，英雄氣短。大抵拾其殘瀋，疇能翻彼陳言。主人逸情雲上，壯采風高。搯盤古髓思，塡世界之不平；　發菩薩心願，補人生之至慾。於是采甘腴於正史，搜痛快於稗官。粉侯香尉，陋措大之宫袍；　豔雨奢雲，笑尋常之花燭。男兒變化，遠徵蜀國蛾眉；　文士尊榮，近數楊家狗腳。誅姦諛於彩筆，鬼妾橫牀；　殲寇盜於火旗，女郎傅粉。斯並鏗鍧樂府，傾倒名流。按歌字則不殊瀲水新聲，呈諢衣則何礙鄱陽暴謔。氍毹鋪處，定須呂仙鶴之雙身；　檀板敲時，勝圖黄幡綽之兩耳。

乾隆壬申春二月花朝日，樊榭居士厲鶚〔二〕。

【校】

①升平，《樊榭山房文集》卷四《吳可堂十二種傳奇序》作『雍熙』。

【箋】

〔一〕清光緒間錢塘汪氏振綺堂刻本《樊榭山房文集》卷四有此文，題《吳可堂十二種傳奇序》（《四部叢刊初編》影印本）。

〔二〕題署之後有印章二枚：　陰文方章『樊榭山民』，陽文方章『太鴻子』。

奉題可堂先生太平樂府

厲鶚

風情垂老尚能兼，試掐檀痕幾折添。更買小伶親教取，不妨留客出重簾。閉門風雨動經旬，寒勒梅花放未匀。不是吴家新樂府，將何消遣寂寥春？音律平生足散懷，除書酒外不相諧。箇中賞遍酸甜味，應笑鮮于號苦齋。（元人有貫酸齋、徐甜齋〔一〕，號『酸甜樂府』；又有鮮于苦齋〔二〕，困學翁子也。）彩筆淋漓譜舊聞，健來紙上掃千軍。先生自信心無妓，不唱秦淮《白練裙》。（吴非熊作《白練裙傳》，馬湘蘭即其族中先輩云。）同學愚弟厲鶚

【箋】

〔一〕貫酸齋：即貫雲石（一二八六—一三二四），字浮岑，號成齋，别署酸齋、疏仙，高昌回鶻畏吾兒人。原名小雲石海涯，因父名貫只哥，即以貫爲姓。蔭襲爲兩淮萬户府達魯花赤，官至翰林侍讀學士。稱疾辭官，隱於杭州。撰有《直解孝經》、《貫酸齋集》等。傳見《元史》卷一四三。徐甜齋：即徐再思，字德可，號甜齋，嘉興（今屬浙江）人。曾任嘉興路吏。善散曲，名與貫雲石相埒，人稱『酸甜樂府』。傳見《録鬼簿》。

〔二〕鮮于苦齋：即鮮于必仁，字去矜，號苦齋，漁陽（今屬天津市蘇州區）人。太常典簿鮮于樞子。以散曲見長。

太平樂府自序

闕　名〔一〕

鍾嗣①成序《錄鬼簿》，極言元人雜劇，非才子不能作。余既於楊柳莊外，構誰園，收伶伎，偶爲《生平足》一劇，付所善優師演之。已而憶眘公作文之訣，一曰歡喜，深以爲然。又有通闊之士，往還觴詠，香銷燭㩗，舍筆墨將無所寄，每日一齣，遂至如是之多焉。雖恐見黜於登場，遂命題之從俗，且自傷湮沒，無所見才，欲姑以此小技，備《雲韶》一日之用，不得不取人間歡幸喧豗之境，譜入宫商，庶契乎貢禹之言，是爲賢耳。

蕭閒多暇，亦嘗與朋儕持論，謂史册甘腴，世曾不覽，傳奇家尚忍其雖有而若無，復何暇索諸烏有之鄉，爲子虚無味之劇，冀以無而爲有也。曲分陰陽清濁，讀來拗者，唱來方順。而應去用上，則不合腔；應上用去，則不起調。傾八斗才，一斗而已。僅十二折者，四序一年之數，時尚雜單，爲留餘地。顧文章之筆筆風來，層層空到，意則孤沉而深往，氣則奔放而飄飛。覺古今綺語，先後英辭，六合以外，方寸以内，遂無才之所不能盡者。戲用李本，而動吾天機，不知所以然。如天厨禁臠，異方雜俎，有旁出之味，與氍毹熟習諸本，霄壤殊別。縱俗説膠固，亦眞見在人心目，自有不約而同者。

嗚呼！穹鑱鉅刻，無能爲役，乃似以此自鳴，其亦可愧也已。如龍湖所云〔二〕：『世之眞能文者，其初皆非有意於爲文也。當其時，必有大不得意於朋友伉儷之間者，蓄極積久，勢不能遏，一旦見景生情，觸目興嘆，奪他人之酒盃，澆自己之磊塊，訴心中之不平，感數奇於千載，其喉間有如許欲吐而不敢吐之物，其口頭又時有如許欲語而莫可告語之處。意者宇宙之內，本有如此可詫可喜之人，既已噴玉吐珠，昭回雲漢，爲章於天矣，遂亦自負，發狂大叫，流涕痛哭，不能自止』，則非所敢承。

【校】

①嗣，底本作『自』，據文義改。

【箋】

〔一〕此文當爲吳震生撰。

〔二〕龍湖：即李贄（一五二七—一六〇二）。引文見李贄《焚書》卷三雜說。

（太平樂府）演習凡例

闕名〔一〕

一、鍾《簿》序言：『登甲第、隱巖穴者，世多有之。若於學問之餘，事務之暇，心機靈變，世法通疎，實能以文章爲戲玩者，須眞才子。』良由傳奇一家，通融入化，無劉知幾所誚『怯書今語，劣效昔言，喜用古文，撰序今事，事不類古，改從雅言，悅夫似史，憎夫眞史』之病也。若復傳歐、蘇之文心，以綿駒之純技，則絃聲曲意，皆非舊得，不無翼而飛乎！

一、事難復古，卽樂可知，未論雅部。祇日用十七宫調，識其美劣是非者幾士？數十年前尚有之，今殆絶矣。北曲出金元，已非雅製，且十七宫調，今但十一，而律又過高，高則哀急，其病本由於絲肉。若今所謂戲文南曲，本出南宋溫州，全無絲髮可成音律，殆禽噪耳，其調果在何處？許當世所云：『今之曲譜，大抵譸張附會者十八九。』夷考其調，僅有黄鐘、南吕二家，諸如仙吕、大石、越調、雙調之名，不知從何根據？如仍出諸十二律，則宫調之首當自黄鐘，而南譜獨首仙吕，何耶？又今譜但有宫、商、羽三調，而無角、徵二音，果何説歟？流傳者之殘缺耶？或曰：由魏三祖清商等樂，存者無幾，隋氏遂以胡樂定雅樂，因龜兹人善琵琶而翻七調，故有大石等國名也。大抵譜法之妙，全在平仄間究心，且要唱出各様曲名理趣。如【不是路】等要馳驟，【刷子序】等要抑揚，【紅繡鞋】等雖疾而無腔，板眼自在。南北曲雖大相懸絶，有磨調、絃索調之分，北曲字多而調促，南曲字少而調緩。而北曲之絃索，南曲之鼓板，猶方圓之必資規矩，有專主腔調而不顧板眼者，又有絃索唱作磨調，南曲配入絃索者，皆未知南曲不可雜北腔，北曲不可雜南字者也。入絃者，須句字流利，健捷激裊；用鼓者，必字清腔純，板正簫管。以尺工俪曲，猶琴之勾剔，以度詩歌，不可；以簫之高低，湊曲之高低，又不若。毛西河《詞話》：『古以七聲乘十二律，今以四聲乘十二律，蓋去徵聲與變宫、變徵不用焉。善歌者以曲爲主，歌出而譜隨以成。宋末始以事實譜詞，猶無演白。金時，扮演者猶隨唱者作舉止。至元而歌舞合一人，顧雜色入場，猶有白無唱。雜色皆唱，自元末改北曲爲南曲始。然北曲有韻，南曲猶詞之無韻，任意雜通，近始以北曲之韻限之』等説①。

一、諸本之作，本由里有伶人，聊作隨身竿木，專爲場上之悦，非圖案上之觀。故爛熳流便，簡至酣暢，晛暾名兒，憐而唾之。而賓白甚少之齣，必是鬧目可多，亦在師家會意而已。

一、古事之有趣有致，時不可行者，惟有借戲場以存羊。古時男子尚且傅粉，今生、旦反不傅粉，是大昧古制一事，況使年邁優伶，竟無掩著之法，尤爲千古缺典。又女腳有與旦稍别，且因班止數人，不得不用淨、丑扮者，意只取其憨佻，絶非取其惡醜，若抹花面，大悖題旨，亦惟濃施脂粉，庶幾稱情。請從此始，永以爲例。（以一腳色扮數人者，亦惟傅粉之厚薄赤白可别。）

一、女人肅拜，則以從今爲美。徐文長云『站堂堂矬到裙邊』，可謂善寫其態者矣。演劇一事，全爲娱悦時人，何得反執舊制，翻然易轍？亦斷自今。

一、弓鞋一種，本反天以悦目，矯揉造作。眞境尚不爲怪，何況戲場之設，尤以悦目爲先，未有裙之下無襪，襪之下無鸞，而能悦目者也；未有裙之下見襪，襪之下又見鸞，因其稍大，而反不悦目者也。斷以優人赤足，籠襪捲綃爲是。況高其跟則長鞋似小，軟其幫而多釘蚌珠，則趾大不覺。如閩中優旦，必少年蓄髮者，稍將枝趾斂束，勝今直露本色萬倍，亦《悦容編》未盡之典②也。如不見從，定爲蠢物。

一、鞋襪既妥，則手加套袖，髻合堆花之類，皆可類推。又紅裙、緑裙、繡裙、翠裙，皆古詩詞所必用，何得戲場反不如是？此後淨、丑當著緋裙及背子，旦富貴者淺絳，或緋而金繡，小旦緑裙，老旦翠裙，最爲當理。全望同志擴而充之，猶紙砲爲戲場必不可少之物耳。

一、世人尚假富貴，戲場益宜效法，況珠衣珠帽，書史所有，豈可戲場反無？女腳之宜於滿頭珠翠，尤不待言矣。更有請者，假蚌珠甚賤，齊整行頭，斷不可用糯珠作鳳冠，猶女履宜紅，只可以緞布別貴賤。

一、古時帝王，有短衣、朱衣時，不必全用黄。而扮丞相者，紫蟒紫袍，尤不可少。生所穿鞋，亦可朱綠。

一、凡事莫不由創而傳，以從前無是格也，生面忽開，即俳詞儘堪膾炙。天縱之使創，腐般迂倕，烏得而繩墨之？矧蓄歌童，請優師，作行頭主，尤爲可以日異月新之事，安得反以吾創爲非耶？諸本褻意，盡施於曲而不施於白，使知音有拊掌之資，而衆人無惑志之慮，最爲獨創之解。例用老媪旁襯，刺裝生者之髓，亦頗奇瑰。

一、『我』『俺』、『哩』『了』等字，正不必以細分爲能。遇蘇白處，不妨説演戲處土語。至於稱呼，人已或用古，或從時，各有所宜，莫拘舊例。

一、戲場唱演腳色，可以極少，而旁觀旁襯，有時必用多人。豪家非止一班，固爲歌舞本色。否則，用班外雜人，權時相助，亦斷不可少之一法。請以此十三本爲之鼻祖。

（以上均清乾隆間刻本《太平樂府玉勾十三種》卷首）

【校】

①『扮演者』十句，底本爲雙行小字加注，但從行文連貫看，應爲正文，故改。

②典，底本作『興』，據文義改。

【箋】

〔一〕此文當爲吴震生撰。

玉勾十三種書後〔一〕

吴震生

余濬心宴内祖所〔二〕，有《聞歌記》云：吴門徐生君見，以度曲名聞四方，與余善，著《南曲譜》，索予序。余爲之序，有曰：南曲蓋始於崑山魏良輔云。良輔初習北音，絀於北人王友山，退而鏤心南曲，足迹不下樓十年。當是時，南曲率平直無意致。良輔轉喉押調，度爲新聲，疾徐、高下、清濁之數，一依本宫，取字齒脣間，跌換巧掇，恒以深邈，助其淒唳。吴中老曲師，如袁髯、尤駝者，皆瞠乎自以爲不及也。良輔之言曰：『學曲者移宫換吕，此熟後事也。初戒雜，無務多，迎頭拍字，徹板隨腔，無或先後之。長宜圓勁，短宜遒然。無剽五音，依於四聲，無或矯也，無鹽。』又曰：『開口難，出字難，過腔難。高不難，低難。有腔不難，無腔難。』又曰：『歇難，閣難。』此不傳之祕也，良輔盡泄之。而同時婁東人張小泉、海虞人周夢山，競相附和。惟梁溪人潘荊南，獨精其技，至今雲仍不絶於梁溪矣。合曲必用簫管，而吴人則有張梅谷，善吹洞簫，以簫從曲；毗陵人則有謝林泉，工擫管，以管從曲，皆與良輔遊。而梁溪人陳夢萱、顧渭濱、吕起渭輩，並以簫管擅名。蓋度曲之工，始於玉峯，盛於梁溪者，殆將百年矣。此道不絶如綫，而徐生蹶起吴門，奪魏赤幟易漢幟，恨良輔不見徐生，不恨徐生不見良輔也。徐生年六十餘，而喉若雛鶯靜女，松間石上，按拍一歌，縹渺遲迴，吐納瀏亮。飛鳥遏音，游魚出聽。文人騷客，爲之惝怳，爲之神傷。妙哉，技至此乎！一日，徐生語予曰：『吾老矣，恐不能復作少年狡獪事，得吾之傳者，乃在梁溪以新秦公，有子五，而孫廿五人，人分一宅，夾河列第，曾、玄幾及三百。爲今太史留仙尊人，所蓄歌姬歌兒，各五六人是也。君倘游九龍二泉間，不可不見此人，聞此曲。』余心識之久矣。庚戌九日，道經梁溪，適潁州劉考功公勇，擁大航西門外，留余方舟，同遊惠山，吳明府伯成觴之。留仙則挾歌者，乘畫舫，抱樂器，淩波而至，會於寄暢之園。於時天際秋冬，木葉微脱，循長廊而觀止水，倚峭壁以聽響泉。六七人者，衣青紵衣，躧五絲履，或綽約若處子，或恂恂如書生，列坐文石，或彈或吹。須臾，歌喉乍轉，纍纍如貫珠，行雲不留，萬籟俱寂。余乃狂叫曰：『徐生，徐生，豈欺我哉！』以其斂袖低簷，傾一坐客也。分韻賦詩，三更乃罷。次日，復宴集太史家，又各奏技，余作歌貽之，俾知徐生之言不謬，良輔之道終盛於梁溪。而留仙父子，風流跌宕，照映九龍二泉間者，與山俱高，與水俱清也。

今録《太平樂府》，恨不得知音識曲、風流跌宕如諸先輩者一序之。

東城旅客書於西園之西樓〔三〕。

（清乾隆間刻本《太平樂府玉勾十三種》卷末）

【箋】

〔一〕底本無題名。版心下方題『書後』。

〔二〕余濟心：即余懷（一六一六—一六九六）。文中所引《聞歌記》，全名《寄暢園聞歌記》，見張潮《虞初新志》卷四。

〔三〕題署之後有印章二枚：陽文方章『玉勾詞客』，陰文方章『三讓王孫』。

地行仙（吴震生）

《地行仙》，一名《後曇花》，《玉勾十三種》之十三，《今樂考證》著錄，題『吴可亭』，誤。現存乾隆間刻《笠閣叢書》本、乾隆間武林田翠舍重刻《太平樂府玉勾十三種》本。

地行仙藏本序〔一〕

程　瓊〔二〕

博士關注避方臘於梁溪，夢仙官謂曰：『邇來歌曲新聲，先奏天曹。他日有樂府曰《太平樂》，汝試先聽之。』此《西青散記》中《玉勾詞客十三種》之所以名也。

吾聞不開今古之心胷者，不足以度百年之身世。而靈頑懸絕，各有所依，葛故蒙薪，蘞只蔓野，卽如目前之四六，實表判爛段耳，以此名六季，宜不復振歟？使駢情麗句，新裁別構，敏心慧悟，具極高勝，則六季可踰，豈時手所可絜輕重、較庸奇哉！自六籍爲迷山霧海，末學率目釘口塞，於是天下有通方之識，不拘於墟，謂隨事從宜，靡有常制，卽儀典且當因時，初無一成可畫，正猶篆之變楷、楷變草，雖姬公不得預也，執所始見，抑何固乎？

歸太僕亦云『古文不泥腐』，説有以破俗人之論乃佳。自頑者第知泛設之詞，遂舉生人耳目楮墨間，悉欺以僞，無可以移人情者；靈者至以殊鄉別趣、逞嗜擅慾爲奇偶，然一唱效尤無已。《漢志》雖空有雜説千家，見於書目，軼事異聞積至今，固已瀰漫極矣。諧説義解之不倫者，未妨別爲一區，以待傳奇之采入。蓋作文家例，不足深校，實如此。歸所以又有『宇宙亦何盡，環海皆生人。陰陽內外靡不有，異物非異亦非神。何必盡合古圖記？任情造意皆成形』。人心之靈，匪如諸地之不相至。列子所稱『華胥』，心靈所幻便有之，若但以不見爲詞，則誰見雀化爲蛤云云。況人生天地運轉、古今代謝之中，患不能在事外耳。在外則觀世如史，觀史如花，不難補眞以假，即夜爲年，鑿天開石，罔襲前裘，止煞遂生，豈無殊願？非於正不足，故變以意開手敏，下筆愈實，取境愈虛，至常之極，至變生焉。如第十三種所引之荈林、盧府，何異金樓，自謂『余之術業，豈賓從之能窺』？而李昱嘆其數十篇僅存一篇，正如見虎一毛乎？

近浙紹張陸舟〔三〕，遊秣陵、廣陵、閩、楚，所至坊曲爭迎，言『樂失其天，壯者淩而勇者憿久矣』。爲院本至數十，放浪嘲謔，或以情摯，或以想深，皆能即拈即撤。鄧州禹峯方伯〔四〕，每啖一肩，仝甫之流作樂府，不仿前人而自暢其旨趣，人所應，無不必，無固，妙得天縱，匪由仰鑽，亦惡夫畸行堅法之不傳於世，第以庸劣冒中行也。

韻祇宮、商、角、徵、羽五部，北人無入，自周德清北曲韻出，遂發此覆。漢唐歌器譜俱不傳，南曲祇五音，北曲全尚二變出調之聲。今雖金元曲，明明可按，惜其分宫、分調，雖本隋後所立，多有似是而非處。沈吴江《九宫譜》僅協陰陽，其分别注解，仍然模糊，致何聲入何調，千古夢夢。暨儒竟以首一字當之，不知世無一詩字字皆宫聲、一曲句句皆官調，爲可恨耳。然字韻、器色、律吕之實，既得鴻儒毛氏駁辨全書，爲玉勾事事私淑之師，又有陳氏後出易勝，按牌填曲，豈復來眇陋之譏？ 矧禹錫造《竹枝》，及入樂，方知當作黄鐘之羽？ 製詞是製詞，協律是合樂，兩不相謀。作詞者不必顧宫調，可俟後人之考訂，無庸越俎耶？

鴻儒固曰：『唐宋即猥瑣事，尚可見寬澤娱樂之象，令讀者徘徊感念，至於流涕。』温、李稱才子，韓、柳、杜反不預，以獨豔也。或以喁喁少之，烏知閨房粉黛，賢豪寄感？ 故黄皆令有『未呈空裹色，先結想中身』，《萬首絶句》有『蛟廚嬌淚墮，嗔拍《後庭花》』。稼軒寄内，竟有『空卻許多鴛被，没興趣，如何睡』語。冰心寄姊：『聞説緑窗無暑到，日對乘鸞跨鳳人。』牧翁題玉映象：『而今才子，是西施休扺，劉楨敢平視。』《憶昔》云：『虞山老人太癡絶，有脣屢竊鸚哥舌。』才人伎倆，何所不成？ 留連興會於情之所至，非心思質木者，能舍而談正則，豈謝、陸所難也？

使漢魏已尚演劇，則梁甫長吟，分桃念少，而偏情舞柘，寄旨尋橦，爭先創體，爰作倆聲，庾信摛詞，李白捉筆之事，亦所必有宜乎？ 元初取士，承金章宗十二科詞曲舊法，曲白本一代文章，致足嬗世，要非算行比句，範聲印字，仰不識天、俯不識地之技。奈何作《元史》者，執持道學，芟不一存，祇載仁宗改八比，以爲斥詞而崇義，夫豈悟記事失實，已非信史哉？ 其睥睨古今，横潰矩矱，堊飾民物，韻流鋒發，下筆高卓，摛文浩蕩，情逐勢起，語隨興溢者，猶愛山不畏高，愛桃不畏虫。其於未腐之尸、無可當情之輩，入山則儘言山遲，道韞千錦帳，尚不足以副其婉孌之談。務使耳目攸窮，心神欲絕，如滲血入髓，不仁者皆逡巡痒接而不能自禁，亦風會之攸趨，淫靡之漸逮云爾。

無他，以想造境者，眞境可視爲幻色，里①言可等諸鼾囈，等爲臭氣熏天，卻有玄機格外，此非可向世之冒昧强僻，尸歌偶舞，牛硬豕倔，入門死漢，說夢中事矣。獨惜夫崇竑者自晦，寡淺者日升，世近則多忌嫉，稍遠又易忽略，求悅於纖微猥渫之目，則彈詞塞空，或倡狂叫噱，售其欺冒於標的。畦稜志、言異向者，如蠻人非不食酪，終不能定其味，則存毀之數未可卜耳。天用一筆，士輕於螻，世不乏傖。鈴騾鞍馬，術難澤物，學不章身。而海若、青門，一壺自適，情文爛然，以衍空山之歲日，覺蛾兒自負清涼國也。

玄黓攝提格，雲開淑節〔五〕，轉華氏書於柳于莊院松間茅屋之選夢閣〔六〕。

（清乾隆間刻本《笠閣叢書》所收《玉勾十三種》之十三《地行仙》卷首）

【校】

①里，底本作『裏』，據文義改。

【箋】

〔一〕底本無題名，據版心題。

〔二〕程瓊：　別署轉華夫人，吳震生室。

〔三〕張陸舟：　即張淑（一六〇七—一六八〇後），字荀仲，號陸舟。

〔四〕鄧州禹峯方伯：即劉中柱（一六四一—一七〇三後）：字砥瀾，號雨峯，一作禹峯，寶應（今屬江蘇）人。官至眞定府知府。

〔五〕玄黓攝提格：即壬寅，康熙六十一年（一七二二）。

〔六〕題署之後有印章四枚：陰文方章「程瓊」，陽文方章「轉華」，陰文方章「大心眾生」，陽文方章「閨門秀士」。

地行仙總評

闕名

古今字文不同，南北語音或異。故古歌無定韻，平固未始常爲平，仄亦未始常爲仄；清固未始不叶爲濁，濁固未始不叶爲清。然自王元長、沈休文定爲「八病」，新安吳棫補音補韻之後，則雖嘷呶縱肆、輕儇剽殺之俗樂，亦罕用叶，足見古今之變，斷不相復，事事皆然。至於作者學識，全寓彥先談佛一段，足掩宋祁《唐書》贊，又勝元僧圓至說矣。

（清乾隆間刻乾隆間武林田翠舍重刻《太平樂府玉勾十三種》之十三《地行仙》卷末）

玉田樂府（袁棟）

袁棟（一六九七—一七六一），字國柱，一字漫恬，號玉田，別署玉田仙史，吳江（今屬江蘇）

人。清監生，屢困場屋。後棄舉子業，坐鋤經、書隱二樓，讀書著述。著有《四書補音》、《禮記類謀》、《書隱叢說》、《唐音拔萃》、《漫恬詩鈔》、《漫恬詩餘》、《漫恬文存》、《陶笙吟稿》、《大學改本稿》等。傳見《國朝耆獻類徵》卷四一九沈德潛《墓志銘》、《國朝畫識》卷一二、光緒《吴江縣續志》卷二一等。

撰雜劇《陶朱公》、《賺蘭亭》、《江采蘋》、《姚平仲》、《白玉樓》、《鄭虎臣》、《鵜籠書生》、《桃花源》八種，合稱《玉田樂府》，《清代雜劇全目》著録，現存乾隆間刻本、嘉慶間重刻本。參見趙婷婷《清代中期戲曲家袁棟研究》（南京師範大學碩士學位論文，二〇一三）。

玉田樂府自序

袁棟

聲音之道與政通，樂其能事矣。自《樂經》失傳，後世有《鐃歌》、《横吹》諸曲，播之絃管。歷代因之，諸史志載之甚悉，大都五古、七古、長短句之類。宋代詩餘盛行。金元之際，遂多北曲雜劇。入明以後，南曲院本漸繁。詩流爲詞，詞流爲曲，一脈相傳，其氣體乃各别耳。而曲之婉轉委曲，節奏鏗鏘，不失樂府遺意。故後世仍名曲曰樂府者，良有以也。

南曲體段短而音調緩，北曲體段長而音調促。短則其情淡，長則其氣盛；緩則其音靡，促則其聲高，勢使然耳。余嘗曰：南曲當詩之律、絶近體，北曲當詩之五七古風、長短句，則謂之曰樂府，不亦宜乎？其爲體也，似乎詞易於詩，曲易於詞，謂詞僅輕清，曲多淺近耳。不知造其極者，輕清不足以盡詞，而淺近又豈易以概曲哉？顧其中之難易，反有迥然而各殊者。何則？詩之五七古，雖有天然音節，猶可稍爲變通，而詞之平仄拗句，一定不移，稍有未安，不得不易句以就也。至於曲，平聲之中，又有陰陽，仄聲之中，更分去上，一有不諧，未免佶屈，則曲律之嚴，不尤難乎？昔人曰：『一藝成名，必造深微。』豈可淺忽視之歟？故能詩者有不能詞，能詞者有不能曲，能曲者未有不從詩詞洗伐而出者也。

今人粗曉牌名，動輒製曲，非惟文采無可觀，卽聲律亦有未諧者。盲塡瞎唱，止可於酒筵上，嚇不識字人，豈足當具眼者之一噱乎？況夫北曲，氣機一片，縈繞千端，非具浩瀚文江者，尤未易窺其涯涘哉！

僕吟詩四十餘載，塡詞之暇，復好度曲。今者年齒已暮，世故日深，世味日淡。閒窗弄墨，輒取古人往事有觸於心者，仿元人體，爲譜其始末，所謂『借他人之酒杯，澆自己之磊魂』也。如莊生之才而狠，蕭翼之才而詐。采蘋之才而抑，抑而遇；平仲之才而窮，窮而仙。又如虎臣之俠，書生之幻，桃源之避世，長吉之登天，大約足以盡人世之紛紜矣。有能爲我演之氍毹上者，寧不撫掌而稱快乎？

乾隆十有九年歲在甲戌冬十月，吳江玉田仙史題。

（南京圖書館藏清乾隆間刻本《玉田樂府》卷首）

玉田樂府題識[一]

闕名

吴江袁棟漫恬著。沈歸愚稱[二]:『漫恬雅擅吟詠,高遠閒放,自露天眞,長於塡詞,好北宋之作,而清新秀雋,自然超逸。』其推重如此。

(南京圖書館藏清乾隆間刻本《玉田樂府》卷首外封)

【箋】

[一]底本無題名。

[二]沈歸愚:即沈德潛(一六七三—一七六九),生平詳見本卷《長洲沈歸愚先生題詞》條。

烟花債(崔應階)

崔應階(一六九九—一七八〇),字吉升,號拙圃,别署研露老人、研露樓主人,室名研露樓、香雪山房,江夏(今屬湖北)人。康熙五十九年(一七二〇),以父蔭授順天府通判,尋陞西路同知。歷官知府、按察使、布政使、巡撫等職。乾隆三十三年(一七六八),擢閩浙總督,加太子太保。三十七年,授刑部尚書,尋遷漕運總督。四十一年,調都察院左都御史。四十五年,解組歸,歿於途。編輯《授時分收圖》、《東巡金石録》、《研露樓琴譜》、《靳文襄公治河方略》、《官鏡録》等。編《陳州府志》、《雲臺山志》等。著有《拙圃詩草》、《拙圃吟稿》、《黔游紀程》、《憐香草》等。撰雜劇《烟花債》、《情中幻》，傳奇《情中幻》，與吴恆宣（一七二七—一七八七後）合作傳奇《雙仙記》，今皆存，合稱《研露樓曲》。傳見《國朝耆獻類徵初編》卷七四《國史館本傳》、同治《江夏縣志》卷六、《清史稿》卷三〇九等。參見湯歡《崔應階年表》（《崔應階戲曲研究》附録，中國人民大學碩士學位論文，二〇一六）。

《烟花債》雜劇，《曲海目》著録，現存乾隆九年甲子（一七四四）研露樓刻本（北京大學圖書館藏）、乾隆間刻《研露樓兩種曲》本（中國國家圖書館藏）、民國間鈔本。

烟花債小引

崔應階

汝海投閒，繁臺僑寓，雪飛梁苑，疇爲授簡。才人草沒夷門，孰問鼓刀游俠？南華之喻，斥鷃十步俾翔；茂先之賦，鷦鷯一枝安借。屠龍莫學，失馬何嗟。攀藥桂以淹留，據槁梧而偃息。於是青春白日，喜無案牘勞形；小巷閒門，幸有琴書寄傲。《廿一史》、《十三經》，久作聖賢糟粕，何能驅我牢騷？《千家詩》、《十種曲》，翻成藝苑精華，竟可供人笑語。爰搜豔異，日對塗朱傅粉之人；欲逞新奇，試塡换徵移宫之曲。則《符郎傳》一劇，實奪他人之酒杯；而《烟花債》數番，乃澆自己之塊壘者也。

若夫春娘窈窕，早賡君子之逑；單子風流，舊是淑姬之匹。佳人薄命，偏遭風雨摧花；公子多情，未效樂昌破鏡。烽烟忽起，鴛侶分飛；隔斷紅絲，莫傳青鳥。章臺落籍，依然柳色青青；綺席徵歌，宛是蘇家小小。蕭娘臉際，許多淚滴相思；卓女眉邊，無限怨含離別。春風夜月，何曾握雨攜雲？舞榭歌臺，詎肯乞憐獻媚！丁香結恨，恨隔蓬山；芳草牵愁，愁深洛浦。爾乃天人作合，月老繩牽。日暖藍田，仍種舊時白璧；月明合浦，猶還此夜驪珠。采采蘼蕪，會見故夫之面；團團紈扇，無勞白髮之歌。迎盼盼於燕子樓中，放瓊瓊於砑羅裙上。行雲流水，固何害於春娘；野草閒花，亦無妨於單子。盟香未冷，負心不似王魁；綠葉成蔭，失約豈同麗玉？藍橋上聲聲玉杵，裴航已見雲英；秦樓中咽咽瓊簫，弄玉還歸簫史。

嗟乎！僕本恨人，久居散地，覩斯情種，寧不生憐？況杏靨桃腮，春色惱人如醉；鶯啼燕語，歌聲入耳羞簧。對此韶華，何能消遣？傷春杜牧，空赢薄倖之名；恨別江淹，未有銷魂之句。因翻南部，竊效西崑。風雪旗亭，豈稱雙鬟之唱？華燈夜宴，難教紅粉之迴。刻畫無鹽，自蹈泥犁之戒；唐突西子，任來狹斜之譏。原以自遣閒情，安敢質之大雅。

乾隆辛酉暮春之初，楚鄂研露樓主人題於大梁客寓。

（清乾隆間刻本《研露樓兩種曲》所收《烟花債傳奇》卷末）

烟花債贈言

朱　繡〔一〕

叨附金蘭，獲窺管豹，登高作賦，甘拜下風久矣。兹覩《烟花債》一劇，舊事翻新，創草於梁苑培風之日。知此中純是英雄牢騷氣概，特借兒女子口頭發洩之耳。篝燈卒業，不覺撫掌狂叫曰：『滑稽哉，崔使君也！是眞龔、黄、元、白，合而爲一人者也。』於是賓客傳觀，人人作擊碎唾壺之態。

或云：『是宜彈懷風、吹居巢佐之，以索丞之箏、桓子野之笛，可使飛鳥迴翔，淵魚出聽。』或又曰：『不然。元人以傳奇爲取士程式，置此本於《百種曲》中，當與關漢卿輩爭魁奪元，豈得以紅氍毹褻之？』或又曰：『不然。作者寓意深遠，直將與子虛、亡是公諸篇，並駕千古。視爲元人試卷，是猶卑之無甚高論也。』異義雜陳，幾同聚訟，然膾炙服膺之情，則滿堂賓客，與區區謭陋主人，皆不約而同。是知妙腕靈心，雅俗共賞，洵乎龔、黄、元、白，合而爲一人者也。

亦欲勉製一言，庶幾附鴻才於不朽。奈筆墨久荒，中書絳人輩，大率皆如强項令，不任驅使。卽欲借寳丹山，而時乏鄒、枚之士，正未可漫應以褻吾知己。爰書數語，以志欣賞云。

癸亥良月〔二〕，金筑寅弟朱繡書。

（清乾隆間刻本《研露樓兩種曲》所收《烟花債傳奇》卷首）

【箋】

〔一〕朱繡：號霞谷，金筑（今貴州貴陽）人。康熙五十年辛卯（一七一一）舉人，雍正五年丁未（一七二七）三月會試後，奉旨揀選，任江蘇淮徐道員。乾隆十年乙丑（一七四五）進士。傳見《貴陽府志》卷七〇。

〔二〕癸亥：乾隆八年（一七四三）。

烟花債序

任應烈〔一〕

藐姑淖約，攬莊叟之寓言；湘浦嬋媛，慨靈均之幽思。蓋和倪鳴律，則曼衍以何傷；志潔稱芳，亦怨誹而不亂。況夫繡簾綠雨，譜出歐陽；紗幌①朱顏，唱傳司馬。希文先憂後樂，亦有昝間心上之歌；稚圭出召入周，更聞病起花前之調。可見清詞嫵媚，自無妨鐵石心腸；誰謂雅韻風流，不益裨弦歌政事也哉！

研露樓主人，五龍世胄，三載名家。幼詩對日之聰，燦若金沙見寶；少秉掞天之藻，皎如玉樹臨風。屏紈綺以操觚，掩翠於鳳凰山畔；弄縹緗而染翰，流丹於鸚鵡洲涯。筆架珊瑚，爭誦洞庭新詠；書裝璹瑁，久傳嶽麓名篇。隨虎節而馳𨋢雲，屯閩海競呼才子；襲龍韜而彎弧月，落邊關羣識英流。未幾，奮迹南州，承恩北闕。吟蘆溝之曉月，緋魚聲動鑾坡；握汾水之清風，紫馬名喧雁塞。既已家絃元、白，戶頌龔、黃矣。及其敷政天中，澤深巷舞；行春鴻郄，化美農歌。廬陵之守拙循常，眞從逐耳；寇恂之崇經修學，何多讓焉。

無何，離懸瓠池邊，暫效匏瓜之不食；別平輿城畔，頓令熊軾之停輪。桂何寂寂兮梁園，竹何蕭蕭兮艮岳。侯嬴門側，誰與執鞭；倉頡臺前，惟堪造字。學優而仕，仕優而閒，天假文章九命；詩餘爲詞，詞餘爲曲，人傳樂府一編。此《烟花債》傳奇，牛馬走所以得讀也。

原夫借豔異以成題，譜宮商而吹活。描香刻黛，排成關、鄭新聲；琢月搜烟，塡作高、施妙劇。南音杳麗，既驚玉潤珠圓；北調砰磅，可使雲飛石裂。冷若竹敲幽澗，細如絲裊晴空。悲則楊柳啼烟，歡遂芙蓉笑日。苟非得夫九宮三昧，烏能爲此《白雪》、《陽春》？至若宋玉微詞，舉堪醒目；東方諧語，盡可解頤。則嘻笑皆文，差勝妄言之蘇子；牢騷成趣，聊磨壯志於楊生者也。偶逢佳辰，遠來名部。演耆卿之曉風殘月，入河陽之檀板銀箏。聲繞梁間，不殊下王渙旗亭之拜；曲來天上，奚啻邀吳蘭羅帕之求。雖有他音，不敢請已；從前院本，尚可存歟？僕交附飲醇，敢效周郎之顧；心忘食味，竊擬齊國之聞。洵冗際之奇逢，亦塵餘之佳話。於虖！冷風清思，治淮陽者，久賡雅奏於西園；介節恤民，繼瑗梃者，更煥奎光於東壁。聖賢豪傑皆情種，情至處可登萬姓於春臺；事業功名舉戲場，戲成時竚調八風於嶰谷。

乾隆九年歲次甲子小春，錢塘寅弟任應烈拜題。

【校】

①幌，底本作『愰』，據文義改。

【箋】

〔一〕任應烈（一六九三—一七六八）：字武承，一字處泉，錢塘（今浙江杭州）人。雍正八年庚戌（一七三〇）進士，選庶吉士，散館授編修。乾隆元年（一七三六），補授河南懷慶府知府。四年，以父憂歸里。服闋，補授南陽知府。傳見杭世駿《道古堂文集》卷四〇《墓志銘》。

烟花債題詞

許佩璜(二)

名家列宅，晴川鸚鵡之洲；才子題詩，驚代鴛鴦之號。乞一麾而出守，歷四郡以頒條。地是淮陽，何妨臥理；人如張詠，遙接風流。偶采稗官，演作元人雜劇；爰抽繭緒，撰成樂府新聲，則《烟花債》一編是已。

原夫單生玉潤，爲邢大令之賢甥；邢媛苕姿，即單夫人之女姪。絲蘿締結，本推自出之恩；襁褓提攜，各有指婚之約。夫何邢官宛葉，遇寇身殲；單宦臨安，征蓬梗斷。死生契闊，音驛浮沉。嗟邢女之遭俘，失身樂籍；惟單男之受蔭，隨牒州僚。迴溯舊盟，已同隔世。豈知定婚店內，赤繩一繫而不移；冤孽海中，白浪千層而終息。則有州堂公宴，綺席徵歌，覩一麗人，翩其獨立。紅蓮入幕，豔稱司戶風華；翠袖持觴，驟得彼姝顧盼。於斯時也，盈盈桃李，嘆薄命以誰憐；采采蘼蕪，逢故夫而詎識？幸值同僚之作合，偶就曲室以言歡。詢及家門，遂弗及於亂；知爲伉儷，乃默識於心。此則單子以禮自持，欲明其配；而在邢女願身有屬，翻愧自媒者也。是以寓書若翁，陳其顛末；乞咨太守，爲救沉淪。並有邢氏諸昆，曾爲承務；往與單族，亦屬通家。款語纏綿，從中慫慂；親賫符牒，遠歷間關。重以州將垂慈，竟爲邢娃脫籍。通守請爲作伐，承務倚以主婚。遂賦結褵，並稱嘉耦。伶倫雙琯，韻仍叶夫鳳凰；大夏兩環，形復蟠夫龍雀。

詎非定數，夫豈偶然！

嗟乎！宣和之間，璇璣失政；靖康之難，板蕩興悲。慨九廟之鼓鐘，都隨電掃；痛七陵之鳧雁，忍逐灰飛。戰血殷川，積屍平塹。公之所譜，固爲兒女私情；事之流傳，亦是水天閒話。惟是鍾情特甚，歷劫難銷；宿願忽諧，匪臆可測。女媧氏石煉五色，補完離恨之天；費長房身隱一壺，縮盡相思之地。益信文心之妙，足奪造化之權。技至此乎，觀其止已！蔡文姬配入笳拍，歌成出塞之聲；鄭中丞按以檀槽，迸作忽雷之響。走爲擊節，請付剞人；公謂知言，遂傳槧本。

乾隆癸亥八月既望，屬吏許佩璜謹序。

【箋】

〔一〕許佩璜(一六八七—一七四四)：字渭符，號雙渠，江都(今江蘇揚州)人。許迎年(一六八二—？)子。乾隆元年丙辰(一七三六)，舉博學鴻詞。官河南衛輝府管河通判。後陞知州。著有《抱山吟》等。傳見梅成棟《津門詩鈔》卷二九、《清代官員檔案全編》第一四册等。

烟花債序

龔崧林〔一〕

在心爲志，悲愉各有性情；發言爲詩，歌永用諧金石。溯絺衣之姚帝，肇正八音；追衮繡之姬公，首開六義。以彼稟神靈之哲，操君相之權，得志於時，大行其道。猶且工於賦物，賡卿雲復旦之華；善於言情，繪思婦勞人之隱。用以導揚悅豫，宣洩幽微。矧是才高八斗，收百世之闕文；學富五車，采千篇之遺韻。能無課虛無以責有，演藻聯翩；叩寂寞而求音，摛辭拂悅也哉！且夫屈伸異致，離合無常。李廣數奇，長材或傷於短馭；馮唐齒盛，修翎每困於卑栖。恨塊壘之難澆，曷禁雅琴變調；維幽芳之在抱，何嫌流徵揚聲？所以思公子而難言，寄閒情以染翰，長歌當哭，短曲度愁。夢曰南柯，繫感遇之續也；記稱東郭，亦不平之鳴歟！

若夫時際晏清，遇欣梧鳳。圭璋特達，卞和弗泣於秦庭；騏驥高騰，伯樂一空夫冀野。方且人歌《擊壤》，士賦《卷阿》，又何事過湘水而吊娭媓，經汨羅而悲屈子？然而空亭闃寂，旅館蕭森。次公之蓋欲迎，司馬之車未駕。夜曼曼其若歲，懷鬱鬱其未更。因而翻藝文，蒐豔異，借殘編之韻事，擬樂府之新聲，亦足以鼓吹休明，拓開胷臆爾。

敬披緗帙，載誦瑤章。擬人於倫，比物象志。肌如素雪，迺混迹於師曹；志若青霜，仍守貞於樂籍。處空樓而斂恨，固知盼盼多情；舉翠袖以操弦，非類鸞鸞嫵媚。逮至鵲橋既遇，始賦三星；亦惟鳳侶重逢，方諧二姓。則紅綃之鏡，崔生不得窺；紫雲之名，杜牧不能識也，亦明矣。孰謂秦樓姝子，猶是水性楊花；而郢客高詞，非卽美人香草也哉！迺者樗蒲成質，抱愧織丁，案牘勞形，未遑度曲。撫幽蘭之操，不免心盲；聆《白雪》之聲，何殊耳食。惟是流連短韻，雅類緣情；諷詠長言，工同體物。亦未嘗不興懷於觀海，幸列於下風也。爰屬小言，恭呈大雅；敢云同調，自託知音。

乾隆八年歲次癸亥小春上浣，蘭陵任西京令末員龔崧林封五氏謹題於飲和亭。

（以上均清乾隆間刻本《研露樓兩種曲》所收《烟花債傳奇》卷首）

【箋】

〔一〕龔崧林：字塵園，號封五，武進（今江蘇常州）人。舉賢良方正，奉發廣東，以知縣用，歷署三水、從化、電白等。雍正十年（一七三二），任海陽知縣，調番禺。乾隆七年（一七四二），授洛陽知縣。十年，陞陝州直隸州知州。編纂《洛陽縣志》、《直隸陝州志》。參見洛陽市地方史志編纂委員會編《洛陽市志》第一八卷《人物·附錄》（中州古籍出版社，二〇〇二，頁一六五）。作此文時，龔崧林在洛陽知縣任上。

奉題烟花債後

嚴遂成〔一〕

單符郎，邢春娘，同住東京孝感坊。美人脂盝調鸚鵡，公子華衫鬭鳳皇。兩家本是內兄弟，玉鏡一枚盟伉儷。草短蘼蕪金埒開，花新荳蔻珠房閉。待年牛女水盈盈，雀屏絲線心空繫。一夕烽烟警汴梁，莽伏草竊紛豺狼。圖書燒殘平樂觀，珠幣捆載牟駝岡。金枝玉葉路隅泣，何況蓬絮隨風狂。鐵絙鎖連生翡翠，竹籠囚拆睡鴛鴦。春娘流落秋娘妒，縷月裁雲等閒度。翕挑彩筆畫啼粧，背剔銀燈給窮袴。誓此泥蓮不染身，一枝連理韓憑墓。符郎天遣到全州，司戶曹閒夜暗游。問柳依依馱細馬，采蘋宛宛蕩扁舟。香車油壁無消息，缺月難圓水不收。誰知目送楊家女，望夫山前風雨語。寶鏡重歸徐德言，繡鞋早餉程鵬舉。風流此段合傳奇，宛丘太守有情癡。醮將紅粉耆卿淚，彈出黃沙毛嬪絲。我飲一杯歌一曲，顧影悽惶喉斷續。任其所之王可兒，未能遣此張光祿。榴花不死死朝雲，雲落山丘念華屋。琵琶按譜不成聲，空灘孤雁蘆梢宿。舊屬吏烏程嚴遂成呈本

（清乾隆間刻本《研露樓兩種曲》所收《烟花債傳奇》卷末）

【箋】

〔一〕嚴遂成（一六九四—？）：字崧瞻，號海珊，烏程（今浙江）人。雍正二年甲辰（一七二四）進士，授山西臨縣知縣。乾隆元年（一七三六）舉博學鴻詞，值丁憂歸。後補直隸阜城知縣，遷雲南嵩明州知府，創辦鳳山書院。轉鎮雄知州，因事罷。復以知縣補，尋卒。著有《海珊詩鈔》、《明史雜詠》、《詩經序傳輯疑》等。傳見程晉芳《勉行堂文集》卷六《小傳》、《清史列傳》卷七一、《國朝耆獻類徵初編》卷二二八、《文獻徵存錄》卷一〇、《詞科掌錄》卷五、《國朝詩人徵略初編》卷二四、《湖海詩人小傳》卷三、《昭代名人尺牘小傳》卷二〇等。

奉題烟花債後

吳𤇆文〔一〕

南都石黛寫魂消，一種烟花百種嬌。何處有臺堪避債，彩鸞畢竟嫁文蕭。
小別東京孝感坊，巒雲瘴雨墮荒唐。紫釵不斷長條玉，忍作無情李十郎。
凝粧薄怒啓朱脣，愧汗交流滿座賓。枉煞岑牟單絞客，鼓鼙聲動阿瞞嗔。
薔薇盥手鼎焚香，瀫雪寒燈按羽商。妙悟自含絃外意，不須親看舞《霓裳》。樸庭吳𤇆文拜手

（清乾隆間刻本《研露樓兩種曲》所收《烟花債傳奇》卷首）

【箋】

〔一〕吴倫文（一七〇六—一七六九）：字樸庭，一字樸存，號文璞，會稽（今浙江紹興）人。清雍正時國子監生，屢舉不第。工詩，喜藏書。著有《樸庭詩稿》。傳見蔣士銓《忠雅堂文集》卷三《傳》、《國朝耆獻類徵初編》卷四三七、《湖海詩人小傳》卷一一等。

情中幻（崔應階）

《情中幻》雜劇，《曲海目》著録，誤入「國朝傳奇」，現存乾隆間刻本（中國國家圖書館、北京大學圖書館藏），乾隆間刻《研露樓二種曲》本（中國國家圖書館藏）。按，乾隆三十二年（一七六七）《雙仙記》完稿後，崔應階復據此雜劇及闕名傳奇《情中幻》（現存清乾隆元年丙辰汝南郡鈔本，中國國家圖書館藏），合並增删，編定《情中幻》傳奇，吴恒宣加以校訂，現存清乾隆間刻本（朱希祖舊藏，今歸中國國家圖書館），其前後序跋，均同《情中幻》雜劇。參見湯歡《崔應階戲曲研究》（中國人民大學碩士學位論文，二〇一六）第四章《〈情中幻〉：從雜劇到傳奇的擴寫》。

情中幻序〔一〕

硯林居士〔二〕

班《書》馬《史》，亦載五行；《博異》、《搜神》，恆言二氣。與之偶到，何妨續彼《齊諧》；事苟可傳，於以宣諸樂府。則有青丘九尾，遊乎紫陌三春。綽約花魂，少女風前爛熳；褊褼蝶影，王孫草上悠揚。遇谷口之檀郎，贈湘江之蘭佩。伊其相謔，適我願兮；攜手同車，惟君在矣。紅樓遙指，妾家楊柳堤邊；白馬聞嘶，郎到桃花門下。洞中臺樹，金碧輝煌；壺裏乾坤，麝蘭芬鬱。遂握巫峯暮雨，爰行洛浦晴雲。乍諧秦晉之歡，永締朱陳之好。

至若讌開鈴閣，聯舊雨於酒杯；晝敞銀屏，出新聲之歌板。雲和一曲，腸斷蘇州；緱嶺數聲，魂銷子晉。翠黛骨幾化石，錦筵心醉如泥。欲發狂言，慚非杜牧；徒穿望眼，淒絕韋臯。葉法善之已亡，桂輪難入；古押衙兮不作，蕙質空思。於是友訪鄭玄，姝逢阿紫。論嫌疑之當別，竟兄妹以相呼。暢敍衷腸，倍申款洽。酒波搖舞袖臘花，齊放山香；燈影爍仙裳隋苑，迴旋剪綵。正幽賞之未已，更妙術之宏施。飛燕身輕仙掌，月明蟬鬢冷；春鶯夢醒蘭房，燈灺鳳幃寒。絕技拂青萍，宵柝驚迷虎。旅梯空挾紅粉，曉籌未報雞人。天上金光，杜蘭香去；雲中笑語，萼綠華來。莊嚴則座擁貔貅，出牆頭之紅杏；威重則門高棨戟，探頷下之明珠。

迨夫挈眷之官，驅車載道。關山越而邈邈，烟水望以茫茫。夫倡婦隨，謂可天長地久；雷轟電掣，詎期興盡悲來。一年之鐘鼓瑟琴，蜃消海市；半路之風霜雨露，蟻散槐柯。慘來甲馬天兵，脫去蛻蟬塵殼。繞林巒而奔走，避鋒鏑以崎嶇。螓首蛾眉，化作靈君藍面；珠顏玉腕，變成党尉金睛。當灰劫之難逃，幸黎瓊之蒞止。指揮如意，屏退遊神；俯伏皈依，留陪妃子。亦云幻矣，其奈情何？

此絳蠟填詞，紅牙按拍所由來也。將梨園學香豔之歌，不減《玉臺》雅韻；藝苑播鏗鏘之調，爭傳《金縷》風流。秋雨滴芙蓉，馬東籬眞當失步；春風薰荳蔻，王實甫應與扶輪矣。

時乾隆辛巳赤熛日，硯林居士序於花南小閣〔三〕。

【箋】

〔一〕底本無題名。

〔二〕硯林居士：疑爲沈廷芳（一七〇二—一七七二）。

〔三〕題署之後有印章二枚：陽文方章「椒園小草」，陰文方章「益畦翁」。

情中幻序〔一〕

裴宗錫〔二〕

夫詩之餘爲詞，詞之餘爲曲。議者曰：『是不過藝苑騷壇餘事之餘者也。』雖然，豈易言哉？傳奇之道，實通樂府，故全美最難。工於詞調者，每率於賓白科介；而精於科白者，又絀於詞曲，甚至按譜填詞，不便當場度曲。

元人以詞取士，舉凡宋豔班香，莫不托之吴歈越調，彬彬乎一代風雅，宜其文采可觀，自必音韻諧合。乃《百種》流傳至今，紅氍毹上絶少音容，何也？蓋彼盡北調，假借爲多。而其楔子，即南曲之引子，與定場白、吊場詩，均誦而不歌，稍不合拍，猶可藏拙。若過曲，啓口動是務頭，一有違拗，則不入歌矣。《九宫譜》法律甚嚴，平有陰、陽之別，仄有上、去、入之殊。填詞家得一佳句，遇有失拈，往往不肯割愛，以致音韻參差，不可入調，職此故也。

若《情中幻》則不然。其事固奇而可傳，而其句語香豔，字法清新，若玉茗、石巢則無論矣。賓白科介，則似云亭山人，而湖上笠翁又不足道矣。是其義可以觀感而適情，幻而眞，眞而逸，洵人間之妙部，不獨爲案上之奇觀，直可上溯樂府，而旁及詩詞之微妙矣。且聞之主人，每一齣成，輒付之月下牙簫，花前檀板，故詞甫塡而歌已演，惟句句斟酌，斯字字鏗鏘，不數日間，而雲鬟子弟，脆管繁弦，早已登之場面。予雖懵於此，而既快讀其書，又喜暢聆其曲，主人索序，戲爲論詞曲之源流如此，請還質諸主人。

午橋居士序〔三〕。

【箋】

〔一〕底本無題名。

〔二〕裴宗錫（一七一二—一七七九）：字午橋，號二知，别署午橋居士，曲沃（今屬山西）人。幼年隨父於雲南、江西讀書，後入國子監。以捐貲入仕，乾隆十四年（一七四九），授山東濟南府同知。歷官青州、濟南知府。二十四年分巡濟東道，二十七年調糧道。擢直隸按察使、安徽布政使，安徽、雲南、貴州巡撫等。參見『山西文學大系』第五卷《清代與民國初期文學》（山西人民出版社，二〇〇五）。

〔三〕題署之後有陽文方章二枚：『宗錫』、『午橋居士』。

情中幻題詞

小須彌山頭陀和南〔一〕

嘗閲《廣記》，至『任氏偶鄭六郎』一則，未嘗不廢書三嘆焉。聞之狐百歲則化爲美女，冶容之誨，人盡可夫。乃任氏之拒韋生也，貞操卓然，有藺相如抱璧倚柱之概。且狐性多疑，乃周旋韋生寵奴之間，直與張一妹、崑崙、押衙俠烈者流抗衡千古，是殆所謂狗子亦有佛性者歟？洎乎馬首載途，虞人斯斃，竊怪貞操俠烈如任氏者，曾不若端溪袁氏長嘯歸山，豈又所謂以殺身爲解脱者歟？

今讀《情中幻》填詞，花爛映發，簇簇皆新，幾令六郎諸人三毫添頰。至黎山指點，皈我覺途，何異太眞宮裏雪衣誦佛，幸脱危機。知其拈管按牙之下，直欲以大慈悲施大解脱矣。雖然，有情皆幻，色色空空，兔角無形，龜毛不實，此又六如境界，呈露當場，卽以爲普天下有情人當頭一棒可耳。

春水一波，秋風一葉。梭柳啼鶯，抱花寒蝶。觀造物之遷流，若轉丸於眥睫；惟達者之鑒虛，乃悠然而理愜。當其玉麈揮殘，超超玄箸；雪兒歌罷，嚦嚦清圓。王夷甫之談無，興來如答；江文通之賦別，情往無邊。遂令愁盡烟波，頓生眥上；香聞薝蔔，入我毫顛爾。其弄色欲仙，埋愁無地。時而隔紗私語，紫燕雙栖；時而窄袖淩虛，蒼鷹萬里。時而阿難弟子，原解拈花；時而羅刹前身，居常挾匕。或乍合而乍離，或之生而之死。返魂香烈，珠有摩尼；續命絲還，木無連理。莫不茹嘆含酸，心驚骨毀。彼積愛以成迷，孰觀空而悟止。

原夫千燈入鏡，九劫皆塵。芝洞閒房，鳥名共命；檀林邃宇，花號長春。未免有情，不過鏡花水月；此中皆幻，何殊墜溷飄茵。是以參石火之微明，浮生若夢；借笙歌以說法，舊面重新。於是屑玉提斤，剪雲秉鋸。車乘鸚鵡，魚山之梵唄初傳；舌吐珊瑚，天際之法蠡斯布。宋廣平之作賦，別有會心；陶靖節之閒情，偏多綺慕。漆園寓旨，直窮罔象之形；貝葉眞詮，翻託秦優之誤。樂莫樂於新知，悲莫悲於岐路。翳縱縱與莘莘，奚朝朝而暮暮？

乃爲之歌曰：『蘭受露兮楸離霜，望美人兮天一方。悟一無於三皤兮，補離恨兮媧簧。』

小須彌山頭陀和南〔二〕。

【箋】

〔一〕小須彌山頭陀和南：姓名、籍里、生平均未詳。

〔二〕題署之後有印章二枚：陰文方章『小須彌頭陀』，陰文方章『縮不盡相思地』。

情中幻序〔一〕

岳夢淵〔二〕

蓋聞二氣絪緼，原自情中幻出；五行交互，無非幻裏情生。微笑拈花，釋帝示有因之覺；咸亨成象，聖人垂應物之文。凡屬含知，奚逃是理？況彈璈天女，烟鬟曾降於人間；鼓瑟靈妃，羅襪亦游乎江上。

彼任氏者，賦青丘之異骨，得紫府之眞詮。態比花妍，韞就媚珠弄色；面嫌粉涴，生成美玉堪憐。三德克修，役日月而陰陽洞達；千年已邁，覩鸞鳳而風月纏綿。乘白鵠之晴雲，覓彩鴛之佳偶。正曲江景麗，綺羅間桃柳以蹁躚；東陸風和，鶯燕雜笙歌而旖旎。行春微步，相逢采藥仙郎；嘶草驕驄，邂逅爲雲神女。卿何乃爾，遽伸君子之逑；我見猶憐，無勞吉士之誘。於是春濃荳蔻，溫柔鄉裏魂消；蔕並芙蓉，玉鏡臺前心醉。此所謂情之感而情之合也。

乃劍童語洩，驚聞蕚綠華來；袁子神搖，欲捧杜蘭香去。而芳心如石，甘玉碎以貞全；蘭欬如金，使蝶狂而夢醒。感君致愛，泛綠蟻以舞瓊葩；爲子周旋，盜紅綃而探虎穴。繡裙錦衲，飛來翠水眞人；良夜好風，擁出瑤池豔質。女崑崙卓矣於今，古押衙瞠乎其後。此又情之貞而情之俠也。

至於彩雲易散，秋風慣碎琉璨；璧月常虧，夜雨偏摧芍藥。金鞍珠勒，方揮之任絲鞭；怒電奔雷，驟值降魔鐵杵。旌旗獵獵，往時之花柳成虛；戈戟層層，昔日之恩情如幻。感黎山之化，俯首皈依；悟槐國之迷，洗心證果。此卽情之終而情之覺也。

雖然，唯情難訴，玉茗曾言；『觀色知空』，貝多有偈。若非掀翻幻海，打破情關，安能換羽移宮，以成筆歌墨舞？可知雲霄皓露，凝華於研露樓中；鸚鵡新詞，弄舌於塡詞座畔。『紅杏枝頭春意鬧』，宋尚書退舍應三；拾翠洲邊得羽毛，趙少卿奪標如一。鵾絃鐵板，豪雄高並眉山；鳳噦鸞吟，瀏亮駕乎實甫。且也發造化之機，作傳奇之事。使有情人劈開幻境，無懷氏逃出情禪。

假此鉗椎，度衆生於氍毹氈上；代乎喝棒，縮大千於簫管場中。洵紺宇之青霞，豈紅兒之《白雪》也哉！

清涼山樵岳夢淵謹識〔三〕。

（以上均清乾隆間刻本《情中幻傳奇》卷首）

【箋】

〔一〕底本無題名。

〔二〕岳夢淵（一六九九—？）：字峙亭，號仲子，又號水軒，別署清涼山樵，湯陰（今屬河南）人。諸生，以遊幕爲生。著有《海桐書屋詩鈔》。傳見《國朝耆獻類徵初編》卷四三三、《墨香居畫識》卷七等。

〔三〕題署之後有陰文方章三枚：『精忠世胄』、『清涼山樵』、『水軒』。

情中幻跋

來鶴軒主人〔一〕

夫幻何以傳？傳其情也。情有何奇？奇其幻也。太上忘情，其次不及情。忠孝節義之不可奪者，其情堅也，古今來一大情境也。情之天，女媧氏莫補；情之地，費長房難縮。情也者，可以之生而之死，《舟樓相對》是也；亦可以之死而之生，《人面桃花》是也。蓋鍾此情，必欲遂此情，藉非然者，鮮不爲情累。故長吉云『天若有情天亦老』也。然發乎情，又須止乎禮義，於是托之花月之妖可也，歌舞之妓可也，而金屋蘭房不與也。雖然，正唯妖，甫克神其術；正唯妓，方免誚其奔也。既以遂其情之眞，而寔傳其情之幻也。幻由情出，情以幻通。情乎？幻乎？吾不禁一往情深也已。

來鶴軒主人跋尾。

【箋】

〔一〕來鶴軒主人：姓名、籍里、生平均未詳。

奉題情中幻後

挹華齋主人〔一〕

花下相逢窈窕娘，嫣然一笑效鸞凰。漢臯環佩三生幸，湓浦琵琶半面妝。步步金蓮穿蔓草，蕭蕭白馬傍垂楊。天台祇在人間世，洞口桃開逗阮郎。

遮莫投梭拒謝鯤，仲堅兄妹締佳人。霓裳綽約花千朵，翠袖殷勤酒數巡。銀漢爲憐勞望眼，蓬山不遠指迷津。許將紅豆相思子，如意珠穿一串勻。

窄袖輕裝結束行，飛身幕府攝芳卿。茜裙露濕牆頭草，寶劍霜驚帳下兵。排闥藐他欒五利，吹笙還汝董雙成。月明萬戶天街裏，空有朱門擊柝聲。

等閒歡喜幻成愁，狼藉飛花逐水流。畫轂繡簾同坐處，珠顏玉腕霎時收。今生緣解成人美，無妄災翻不自由。聖母慈悲開覺路，留隨妃子到瀛洲。　挹華齋主人漫草

【箋】

〔一〕挹華齋主人： 姓名、籍里、生平均未詳。

奉題情中幻後

東園居士

無端流睇各鍾情，片語停驂意倍傾。鶯囀花明歸正好，聽冰未泮百年盟。
天台咫尺隔凡塵，狂直偏教驀地親。揚袂滿堂花散處，素娥引恨曲江濱。
飛身玉帳刼明珠，緩步尋香夜月孤。兩地相思牽合得，夢中疑信認歡娛。
巫山雲散色成空，零落桃花頃刻風。從此仙蹤難再覓，蓬萊遙隔意何窮？ 東園居士題

【箋】

〔一〕東園居士： 姓名、籍里、生平均未詳。

奉題情中幻後

得樹樓主人〔一〕

紅袖青衫邂逅緣，殷勤下馬讓絲鞭。雲英何必藍橋遇？ 祇在東風桃柳邊。
聯成棣萼頓相親，莫認天台訪玉眞。羅袂動香花萬種，幻娘原是散花人。
宵驚虎旅劍花痕，紅線輕敲紅拂門。十萬貔貅環玉帳，青天飛下女崑崙。

一年琴瑟恰和諧，頃刻穠華化劫灰。不是黎仙留阿紫，玉環誰伴到蓬萊？得樹樓主人題

【箋】

〔一〕得樹樓主人：姓名、籍里、生平均未詳。

奉題情中幻後

熊之渙〔一〕

玉洞桃花本是秦，無端飄落到寰塵。風流著意尋佳侶，雨迹偏能締夙姻。寶馬翩翩方問柳，黄鸝兩兩正懷春。多情恰有鍾情遇，又結人間未了因。

偕將國色近東家，青鳥歸時訪麗華。幻女尚然貞有志，韋生從此愧無涯。杯添繞席三巡酒，袖舞當筵幾樹花？一霎瑶池仙子歇，教人翹首玉鈎斜。

金屋朱扉掩寂寥，紅妝燭影暗魂銷。情殷歌席人空遠，身在侯門路已遥。裊裊飛來心上使，雙雙歡會可憐宵。就中不是偷香技，誰向情根架鵲橋？

鴛行偏使遇辛年，須識紅顔運每慳。一載穠華遺繡履，半天風雨折朱絃。雖逢劍甲勞雙袖，幸有慈航接上緣。回首馬嵬春寂寂，深情都付鏡中懸。了如熊之渙謹題

（以上均清乾隆間刻本《研露樓兩種曲》所收《情中幻傳奇》卷首）

【箋】

〔一〕熊之渙：字了如，籍里、生平均未詳。

情中幻跋〔一〕

王　昇〔二〕

蓋聞性發爲情，情防燕溺；眞逸而幻，幻或譸張。若夫紫閣玄關，青丘素頰。幽姿善媚，時聽響於冬冰；婉質多疑，忽結懷於春怨。不納藏嫗之諫，清課爲捐；輕從芃婢之詞，芳心益動。御泠風於列子，羽化其身；逅溫玉於潘車，蓮如其面。隨波騰驤驕馬，度柳穿花；授余綽約絲鞭，盟山誓海。

時有曲江公子，閥閱畸人。侍新宴於戟轅，情縈有美；傳舊戚之別墅，屋貯多嬌。假君十年樓臺，久已解囊以贈；抹我三千粉黛，勢將載豔而歸。爾乃魂則堪銷，烈眞難犯。向梁門以齊案，卿埒伯鸞；共張妹而焚香，余同仲儉。溶溶夜月，攝來豔骨繽紛；寂寂空亭，舞出名花爛熳。於焉獲完白璧，思報紅粧。無借銅符，劍揮而退戍卒；未開金鑰，霞舉以度崇垣。綵線飛於空中，暗笑崑崙鹵莽；赤繩牽於月下，還嗤紅拂伶仃。方期中表相依，永遇甲子；夫何灭人交迫，歲值庚辛。劍閣初臨，嘆虎威之莫假；馬嵬不遠，望御座以難升。蛻去當年衣粧，徒傳琴外；還出本來面目，深悔化人。

然而貞可弭凶，術或窮於灌口；義能格遠，心自鑒於黎山。仍懋穴居之修，待朝金闕；更深濡尾之戒，靜俟玉環。我公天上文星，人間武庫。慈航渡世，不妨四道同登；花筦宜人，聊借一車垂訓。蓋天地無可更之匹，物且有然；而古今有必報之恩，妊猶知此。敲金戛玉，振木鐸於道人；刻羽引商，流曉鐘於法界。從此移風易俗，言性者不必廢情；抑且返樸還淳，傳眞者無庸略幻矣。

時乾隆辛巳桂月下浣，屬吏翼城王昇謹跋〔三〕。

（清乾隆間刻本《情中幻傳奇》卷末）

【箋】

〔一〕底本無題名。

〔二〕王昇：字藏華，翼城（今屬山西）人。生平未詳。

〔三〕題署之後有印章二枚：陰文方章「王昇印」，陽文方章「藏華」。

奉題情中幻後

聚芳亭主人〔一〕

春之日，秋之月，山之容，水之態，花之笑，鳥之歌，天地之物之胥於人有情也。顧未幾而風馳雨驟，柳急花忙，迎繁送謝，翠減紅衰，夫乃嘆向之所欣，固亦未始非幻焉。然而春秋佳日，自昔品題；江山勝迹，茲復登臨。而自顧百年，忽如榮華之飄風，好音之過耳，則又以嘆我身之爲幻，而天地之情之固未有終極也。

研露樓主人，今之鍾情者也。念天地之情無終極，而此生爲幻，故寄情傳奇。使後人覩瓊筵之醉客，而如遇漢卿； 覩花間之美人，而如遇實甫。 則主人幻身之，將自爲春之麗，秋之輝，山之潑黛，水之擁媚，且生花活鳳之長相映於其間也。 嗚呼，余亦安知主人之情之所終極也哉！

蘋州聚芳亭主人拜手〔二〕。

【箋】

〔一〕聚芳亭主人： 或名少儀，姓字、籍里、生平均未詳。

〔二〕題署之後有陽文印章三枚： 方章『少儀』，長方章『本是美人小景』，方章『珠玉爲心以奉君』。

奉題情中幻後

豔畫溪居士〔一〕

情者，色也； 幻者，空也。 顧人但解色是空，則枯木寒烟矣。 故曰： 『色即是空，空即是色。』而闡揚《華嚴》宗旨，亦曰： 『眞空得之而不空。』然則豔色歸空之爲任幻娘乎？ 爲寵奴乎？ 世亦知研露主人以粲花之舌，拈花之手，傳奇千古，而不知有句無句，千花萬朵。 然而彼之談胭脂禪者，又烏足與解之？

豔畫溪居士謹跋〔二〕。

【箋】

〔一〕豔畫溪居士： 姓名、籍里、生平均未詳。

〔二〕題署之後有印章二枚： 陰文方章『鰈化印』，陽文圓章『意氣淩空』。

奉題情中幻後〔一〕

吟崗夔〔二〕

雅韻翻宮譜，奇情幻裏傳。仙期應不遠，塵慮每難捐。興惹韶光動，神緣麗景綿。輕盈辭玉洞，縹緲步瓊巔。柳絮沾雲鬢，梅風拂翠鈿。尋芳三月豔，訪勝六郎賢。彷彿巫峯裏，依稀洛水邊。劇憐塵外地，莫是鏡中天。帶綰同心結，花開並蒂蓮。鶯林推月駟，柳陌奉瑤鞭。攜手珠簾外，盟心繡幕前。藍橋人意滿，紅粉客心懸。幻女情何慕？韋生意獨憐。堅貞懷皎潔，悔恨鬬嬋娟。謝過聯華萼，感恩列綺筵。稱觴光爛熳，獻伎舞蹁躚。萬點花盈座，三巡月照淵。早知鴛侶在，願教鵲橋連。劍拂霜花麗，妝成彩色鮮。金吾威莫禁，玉女意方堅。桂閣風烟裊，蘭閨密緒牽。忽來心上使，巧構意中緣。白璧湊雲獻，明珠繞霧穿。移來承寵妓，飛去步虛仙。雅意共明月，貞心託逝川。無端逢卯歲，有數遇辛年。誰識調鸚鵡？惟聞泣杜鵑。百年期未了，一載恨難填。黎母開先路，楊妃待共旋。元神歸正果，妙悟契眞詮。景幻情非幻，詞妍意更妍。風流高格調，落紙盡雲烟。吟崗夔謹識

【箋】

〔一〕底本無題名。

〔二〕吟崗夔：姓名、籍里、生平均未詳。

奉題情中幻後

鄭　位〔一〕

窈窕多姿善媚人，修眞未了又懷春。偏來吉士尋芳騎，柳陌花間遘夙姻。守貞正色拒狂生，何事招仙動客情？想爲聯盟多意氣，名花侑酒舞傾城。本來面目慣飛身，夜入侯門劫麗人。撮合巫山雲共雨，方知月老術通神。無端情劫幾銷形，幸遇黎山作解星。從此色空空是色，曲終何處數峯青。立軒鄭位拜手

（以上均清乾隆間刻《研露樓兩種曲》所收《情中幻傳奇》卷首）

【箋】

〔一〕鄭位：號立軒，姓名、籍里、生平均未詳。

奉題情中幻詞後

闕　名〔一〕

梨花堂掩春如雪，香囊錦襪人輕訣。此恨當時無絕期，杜鵑早染枝頭血。長安三月天氣晴，金鞍百寶殷車聲。雄蜂雌蝶盡無賴，引動玄丘一種情。碧沙紅樹家何處？三生重覓他生侶。蘼茈江皋目易成，流連陌上心相許。借得名園貯阿嬌，玉笙低和夜吹簫。櫻桃未妒專房寵，鸜鵒偏騰放蠻謠。顛狂罔識前頭忌，醉眠誰信無他意？主父難忘覆酒疑，美人頓釋牽衣戲。舞遍山香

落帽多，團圞一妹共三哥。藏形不藉坤靈扇，執斧寧辭月下柯。纏綿異族癡生愛，新緣夙業千金債。空解名姬劫贈人，天荒地老誰相貸？槐里官如夢裏游，二郎催起六郎愁。雲開突騎搜何急？宴罷瑤池駕暫留。解紛投體身歸主，巨靈爲惜摧花斧。孰買犀株鎮瞻鶯，碧桃滿樹啼朝雨。破驛淒涼幾度中，芙蓉帳暖尚春風。袁家從此抛衣履，蛟妾徒煩辨吉凶。珠寒玉瘦非難判，鶴書鴛牒成哀怨。好向瞿曇悟六如，電光泡影情原幻。新聞此段合傳奇，彈出烏絲絕妙詞。兩部清聲排小隊，千林胡語呪禪枝。十年我已青袍濕，百端感此茫茫集。石黛初翻烏夜歌，淋鈴如聽騾綱泣。味盡枯蘭舊日回，無聊一事尚生嗔。蓬萊山返鴻都客，不問青門玉面人。

（清乾隆間刻《研露樓兩種曲》所收《情中幻傳奇》卷末）

【箋】

〔一〕中國國家圖書館藏清乾隆間刻本《情中幻傳奇》，卷末有此詩，署「小樹童鑒拜草」。

雙仙記（崔應階）

《雙仙記》傳奇，《曲海目》著録，崔應階與吳恒宣（一七二七—一七八七後）合撰，現存乾隆三十二年（一七六七）家刻本、乾隆間香雪山房刻本（《傅惜華藏古典戲曲珍本叢刊》第三三冊、《古本戲曲叢刊六集》據以影印）、乾隆間刻《研露樓三種曲》本。

雙仙記序〔一〕

崔應階

夫傳奇者，所以傳其奇也。必其人其事或有忠孝節義之奇行，且實有其人、有其事，而後傳之，庶愚夫愚婦藉以觀感而興起，其於世道人心，不無小補，所謂『今樂猶古樂』也。如湯若士之《還魂記》，不過裁雲剪月，麗句豔詞，架空中之樓閣，藉花妖木客以肆其譏誣耳，於詞義何取哉？即高則誠之《琵琶記》，寫趙五娘之苦孝，似亦奇矣，然考其寔，亦無其人，無其事。若夫洪昉思之《長生殿》，孔東堂之《桃花扇》，其事實矣，則又無與於觀感。

余間嘗閱稗官野史，每愛邢春娘之守舊盟，鄭六郎之遇貞狐，及無雙、古押衙之節義。邢春娘、鄭六郎之事，予已譜之聲律矣〔二〕。而無雙、古押衙之奇人奇事，雖有《明珠記》傳演，究之未暢其情。竊思無雙、古押衙與段張掖、李西平同時，其奇忠奇烈，讀史者人人擊節，而愚夫愚婦則未之聞也。夫段司農之忠烈，甚於顏常山，而李令公之勳業，更不減郭汾陽。然而一晦一彰，豈亦有數存乎其間哉！特恨傳其奇者，不並及之耳。因於退食之暇，欲增其事，以公天下之同好。用錯綜其同異，敷衍三十六齣。已填六齣，而政務倥偬，遂東高閣。荏苒四十餘年，原目與填詞，俱已等之烟雲矣，而胷中時徘徊而不能去。

丁亥春〔三〕，邂逅來旬吳子〔四〕，知其長於音律，余與之商榷。來旬隨擬三十六齣之目，適與前題吻合，而更周密焉。遂煩其捉筆，余亦以餘暇，分塡數闋，不踰月而稿成。雖音律詞藻，未敢謂與前人分道揚鑣，然付之梨園，亦未見有聱牙佶屈之累。既可以著段司農、李令公之遺芳，亦可以表古押衙、無雙等之逸事。人非木石，雖愚夫愚婦，未有不感動而興起者，其與海市蜃樓、淫詞豔曲，不稍愈乎？

乾隆歲次丁亥荷月，鄂渚研露樓主人題於香雪山房〔五〕。

【箋】

〔一〕底本無題名。

〔二〕邢春娘鄭六郎之事予已譜之聲律矣：指《烟花債》雜劇，參見本卷該條解題。

〔三〕丁亥：乾隆三十二年（一七六七）。逆推「四十餘年」，當爲雍正五年（一七二七）前，時崔應階任順天府西路廳同知。

〔四〕來旬吳子：即吳恆宣（一七二七—一七八七後），生平詳見本卷《義貞記》條解題。乾隆三十二年，吳恆宣入崔應階幕府。

〔五〕題署之後有印章二枚：陰文方章「研露樓主人」，陽文方章「香雪山房」。

雙仙記題詞

梁翥鴻〔一〕

富平山中饒泉石，月窟龍泉徑深僻。烟霞蒼翠鎖幽巖，代有高人時托迹。逸史曾傳古押衙，匹夫任俠聲稱赫。當年本意入山深，絶巘層巒未可尋。衡門自許抒懷抱，空谷何須有足音？情根不斷青山杳，義氣還隨白雲繞。直排禁闥出蛾眉，幾同枯骨回春草。青萍一試鬢眉横，都爲兒女酬恩情。御溝流水憐幽怨，孤館殘燈續舊盟。一時鼓舞爭攘臂，肝膽全傾盡血氣。小婢猶知報主恩，阿奴亦自懷貞意。吁嗟感應本相通，當時朝野同英風。因思奪笏擊叛賊，千秋節烈惟司農。西平咸寧著忠義，重扶社稷推奇功。麟閣昭昭屬元老，兔罝肅肅留英雄。惜乎史策失傳贊，誰爲奇男染詞翰？姓字終隨沒草萊，英光祇自淩霄漢。研露主人摛藻思，搜羅祕笈成新詞。非徒士民得觀感，將令婦稚咸聞知。悲歡離合多繾綣，曲折閨中情畢見。壯士如聞《易水歌》，忠臣並寫淩烟面。我家近接頻山陽，頻山烟樹含蒼茫。惟從稗史窺遺事，莫向空巖問草堂。細按宫商入絲竹，百折文情聽未足。他時歸訪富平人，應有雙仙傍林麓。三原梁翥鴻

【箋】

〔一〕梁翥鴻（？—一七七〇後）：三原（今屬陝西）人。廕生。乾隆五年（一七四〇），除授順天府通判。十年，推陞刑部山西司員外郎。十三年，陞浙江司郎中。次年，授直隸天津府知府。歷任湖北、廣西、山西等地按察使。二十年，任山東布政使，與崔應階合輯《東巡金石錄》。二十八年，陞山東巡撫。三十四年，任漕運總督。次年，補四川永寧道。傳見《清代官員履歷檔案全編》第三冊。

雙仙記題詞

徐　績〔一〕

禽鳥有摯性，比翼飛雲衢。草木含眞情，連理枝扶疎。動植尚若此，人生胡不如？所以兒女情，生死良不渝。誰謂事瑣瑣？王化由《關雎》。藉非摛藻才，何以流歌歈？昔有王家郎，抱質美且都。零丁隨孀母，依彼舅氏閭。舅女字無雙，靜婉神仙姝。髫齔其嬉戲，誦讀同步趨。亭亭雙玉樹，堂前問起居。阿母顧相笑，愛若掌中珠。願以金閨彥，配此千里駒。無何兩成立，猶未聯葭莩。花下締盟約，密托千金軀。風波一朝變，涇卒起狂呼。頓驚下殿走，宮闕且丘墟。鴛鴦忽分散，搔首悲城隅。尚書奮忠義，匹馬走躊躇。欲從司農死，身已去京都。欲效西平功，空拳無兵符。貝錦肆頑讒，縲絏拘囹圄。可惜如花貌，長門供掃除。碎我青銅鏡，收我錦裌襦。長裙事箕帚，廣袖奉盤盂。迢迢悲永夜，宮漏催銅壺。御溝斷消息，明月增欷歔。郎君敦密誓，異地兩情俱。顧念青衣婢，侯門甘曳裾。將軍篤譜誼，仗義還相扶。慷慨贈侍妾，力薦宰名區。淒涼富平驛，邂逅逢宮輿。紅葉杳無迹，青鳥誰傳書？女奴充驛役，尺素遺雙魚。開緘不忍視，淚落雙眼枯。蒼頭爲我言，偕訪山中廬。磊落古押衙，攘臂橫眉鬚。茅山訪靈藥，矯詔傳刑誅。紿以金蟬蛻，載歸七香車。卸我宮中衣，脱我葬時襦。荊釵與裙布，膏沐新粧梳。長揖辭公廨，扁舟歸五湖。方期隱名姓，無復戀華膴。月吐蝕後彩，松挺霜前株。金吾一辨雪，廊廟申冤誣。遂令同貴顯，骨肉重歡娛。我昔披逸史，百讀情有餘。惜無生花筆，千載爲揚揄。研露有主人，錦繡胷中攄。新詞按敲拍，字字珍璠璵。借彼閨中事，直將節義敷。悲歡與離合，結構非虛無。豈徒播藝苑，且以興頑愚。浣露日三復，齒頰清芬濡。東海門人徐績謹識

【箋】

（一）徐績（？—一八一一）：字毅齋，號樹峯，漢軍正藍旗人。乾隆十二年丁卯（一七四七）舉人，入貲授山東兗州泉河通判。乾隆三十年至三十三年（一七六五—一七六八），任山東濟南府知府。三十四年，擢山東按察使。三十六年，擢山東巡撫。嘉慶間，官至大理寺少卿、宗人府府丞。十年辭官。傳見《清史列傳》卷二七、《清史稿》卷三三二、《國朝耆獻類徵初編》卷八九等。

雙仙記題詞

吴恆宣

一曲新詞付管絃，尚書才筆大如椽。分明兒女恩情事，忠義鬚眉箇箇傳。
花下姻緣締死生，多情端不負初盟。千秋逸史流佳話，唯有雙仙最著名。
平頭奴子走風塵，爨下青衣意氣眞。多少悲歡離合事，相逢俱是有心人。
押衙義俠古今傳，幻術重聯已斷緣。不似崑崙稱猛劣，祇從金屋盜嬋娟。
西平重建造唐功，張掖孤標擊賊雄。絶勝《明珠》空點綴，獨將事實表雙忠。
親承指點按宮商，花底分題續瓣香。今日梨園新譜出，龍門何幸附詞場。淮陰後學吴恆宣謹識

（以上均《傅惜華藏古典戲曲珍本叢刊》第三三册影印清乾隆間香雪山房刻本《雙仙記》卷首）

雙仙記跋語

胡德琳〔一〕

粤自《風》詩道廢，遞變新詞；宫調譜傳，互流豔曲。《黄驄》、《烏夜》，率皆移宫換羽之音；《白苧》、《紅鹽》，大都刻徵引商之韻。是以齊梁之樂府，即爲唐宋之歌吟。迨乎元季，傳奇始托古今故事；迄於明人，演劇更分南北新腔。然而虢國麗人，爭誇羅綺；石家豪士，競鬭珊瑚。剗襪香堦，半是胭脂染色；庭花玉樹，無非粉黛銷魂。倩曉風殘月之溫柔，寫傾國名花之濃豔。即使將軍鐵板，間有雄風；復嫌鄰女銀箏，不兼韻事。海中樓市，且多托虚無縹緲之形；世外神仙，究悉循離合悲歡之態。何如讀無雙之傳，逸事千秋；溯押衙之風，奇觀一代。閨中兒女，同堅花月之盟；爨下婢奴，共勵風塵之節。訪隱淪於巖穴，俠骨猶香；問功烈於朝端，威光宛在。特以未逢卓識，莫寓興觀；致令雖有鴻才，難爲潤色。

維我鄂渚老夫子，胷羅星斗，雅擅文章；思入風雲，尤精音律。庾公逢月，情每寄於詩歌；謝傅登山，興輒徵諸絲竹。《情中幻》述鄭郎之遇，户誦家弦；《烟花債》傳邢女之貞，筆歌墨舞。爰借雙仙之遺事，補昭李、段之奇忠。非徒才子佳人，情文曲盡；直使忠臣義士，歌泣交生。海外雞林，重購白公之稿；　洛中童稚，盡聞司馬之名。琳章句書生，風塵俗吏。《高山流水》，素不習於知音；《白雪陽春》，實有慚於顧曲。幸承訓迪，按歌略辨於宮商；　謬托校讐，別字猶嫌於豕亥。擲金聲而細繹，莫贊片詞；　附驥尾以求彰，敬成短跋。試聽琵琶按拍，遍唱青衫太傅之《行》；　請看梨棗流傳，何如紅杏尚書之句？

桂海門人胡德琳謹跋。

（清乾隆間香雪山房刻本《雙仙記》卷末）

【箋】

〔一〕胡德琳（？—一七八三後）：　字書巢，號碧腴，別署碧腴居士，室名碧腴齋，原籍休寧（今屬安徽），臨桂（今屬廣西桂林）人。袁枚（一七一六—一七九七）妹壻。乾隆十七年壬申（一七五二）恩科進士，授四川什邡知縣，調山東濟陽、歷城，陞濟寧、東昌、萊州、登州知州，擢濟南知府。後罷官，主講曹州書院。主修《濟陽縣志》、《歷城縣志》、《濟寧直隸州志》、《東昌府志》等。著有《碧腴齋詩存》、《西山雜詠》、《入蜀紀行》、《東閣閒吟草》、《書巢尺牘》、《燕貽堂集》等。傳見《晚晴簃詩匯》卷八一、嘉慶《廣西通志》卷二六〇、光緒《續修歷城縣志》、光緒《臨桂縣志》等。參見李玉安、黃正雨《中國藏書家通典·清》。校閱《雙仙記》傳奇。

夢釵緣（黃圖珌）

黃圖珌（一六九九—一七六五後），字容之，號守眞子，別署蕉窗居士、花間主人，華亭（今上海松江）人。清監生。雍正七年（一七二九），補杭州府同知缺，後兼湖州同知。十三年，改衢州同知。乾隆二十六年（一七六一），遷河南衛輝府知府。三十年，因年老，吏部勒令休致。著有《看山閣全集》。撰傳奇九種，合稱《排悶齋傳奇》或《看山閣樂府》，《夢釵緣》、《解金貂》、《溫柔鄉》、《雷峯塔》、《棲雲石》、《雙痣記》六種，今存；《玉指環》、《洞庭秋》、《梅花箋》三種，已佚。參見杜穎陶《雷峯塔傳奇的作者》（《劇學月刊》第四卷第八期，一九三五年八月）、鄧長風《十三位清代戲曲家的生平材料·黄圖珌和方成培》（《明清戲曲家考略三編》）、汪超宏《石龐和黄圖珌的生卒年》（《明清曲家考》）、華瑋和陸方龍《黄圖珌及其孤本傳奇〈解金貂〉與〈溫柔鄉〉》（《戲曲研究》第八一輯，文化藝術出版社，二〇一〇）、鄧雯超《黄圖珌戲曲研究》（南京師範大學碩士學位論文，二〇一二）、張麗偉《黄圖珌戲曲研究》（河北師範大學碩士學位論文，二〇一一）等。

《夢釵緣》傳奇，《古典戲曲存目彙考》著錄，現存康熙五十七年（一七一八）排悶齋原刻本、民國間據排悶齋原刻本影鈔（《傅惜華藏古典戲曲珍本叢刊》第三四册據以影印）。

夢釵緣序〔一〕

楊錫履〔二〕

丙齋江夏名家，春申華裔。蜚英綺歲，雕華金粉之篇；馳譽通都，窈窕玉釵之句。奪凡聲於巴里，不殊郢雪陽春；擅絕唱於旗亭，何異隋珠趙璧。於是八叉妙手，借紅蠟以填詞；三影仙才，撮銀箏而製曲。紫簫紅笛，譜出新翻；綠酒春燈，傳茲佳話。

則有西河公子，寂寞吟窗；南國佳人，飄零巷曲。神交有素，爰擘彩以傳心；倉語無期，乃撫絃而寫怨。梅花曲贈，高懷與冰魄同清；翡翠釵橫，香夢並文心俱幻。嗟乎！天上有銷魂之曲，人間有長恨之歌。如許深情，何慮山長而水遠；完茲夙契，不憂地老與天荒。得此妙筆生花，頓覺詞壇飛豔。溫柔旖旎，荳蔻含梢；清麗芊緜，芙蓉漬粉。長歌短拍，足傳名士風流；滴粉搓酥，曲寫香奩芳韻。施、高妍逸，方此非誇；湯、沈清新，擬斯猶遜。假遇聆音季札，定觀止而無譏；即逢醻酒周郎，亦神怡而罔顧。貂蟬盈坐，胥知風調無雙；簫鼓當筵，共識才情第一。

余未諳音律，竊慕宮商。遲暮興嗟，寄幽情於芳草；鬱伊誰語，吟物候於秋蟲。唱瓊枝璧月之詞，强名解事；覩《蘭畹》、《金荃》之製，不覺移情。豈曰知音，實欣見獵。從此水天閒話，君其操玳管而書；花月新聞，僕亦挾蠻箋而至。

康熙戊戌花朝，同學楊錫履拜題〔三〕。

（《傅惜華藏古典戲曲珍本叢刊》第三四冊影印民國間影鈔康熙五十七年排悶齋原刻本《夢釵緣》卷首）

【箋】

〔一〕底本無題名。

〔二〕楊錫履：字葆素，松江（今屬上海）人。內閣學士兼禮部侍郎楊瑄（一六六〇——一七二三後）長子。諸生。曾隨父戍黑龍江璦琿。父卒，遇恩赦歸，杜門著述。有《自適齋文稿》、《口外山川紀略》。傳見嘉慶《松江府志》卷五八、光緒《金山縣志》卷二一等。

〔三〕題署之後有印章二枚：陰文方章『錫履』，陽文方章『葆素』。

解金貂（黄圖珌）

《解金貂》傳奇，一名《清平樂》，《排悶齋樂府》第三種，現存康熙間排悶齋原刻本，傅惜華《日本現存中國善本之戲曲》著録，久保天隨舊藏，今歸臺灣大學圖書館。

解金貂題詞

白雲來〔一〕

元以來名家輒多，其詞章之富者，惟《西廂》、《琵琶》爲最。以《西廂》較之《琵琶》，如懸天壤矣。《西廂》工於北，摹神刻骨，首尾可觀，無怪乎傳。《琵琶》工於南，音調非爲不佳，但嫌其用韻甚雜。就其一二闋論之，如『中秋玩月』諸曲，乃東坡絶妙好詞，采入其中，殊不知物各有主，毫釐莫可取也。再味其賓白中，則和盤托出，乃見高東嘉自爲之也。若以《北西廂》才，宛如美玉，天生玲瓏，何待假於琢工之手耶？今之爲傳奇者，《西廂》一劇，便宜不時翻閲，斷不能釋手，即可謂於詞壇中得其三昧矣。

余非能曲，敢發狂論。今觀蕉窗黄先生新著《解金貂》傳奇，無一字不領古人之妙，無一語不翻古人之案，摹聲協律，超羣絶倫，比之《清平調》，更出一頭矣。即如所用典故，亦在有無之間，自得天然別致，清新俊逸，絕無脂粉氣，始可爲較勝於先輩者。

余深憶之，蕉窗之才，豈非仙乎？ 嘗讀其詩集中，有『未叨一第皆由命，李杜原來是布衣』。此等碎金，從何處得來？ 噫！ 今之爲李太白，但能一斗，頹然而醉，豈見獨擅百篇之長才，而堪自號李太白者乎？

己亥春日譜成〔二〕，示余索序，故偶以雨夜挑燈，爰贅數言，高山流水，豈敢云知音也。

湘水女弟白雲來拜題〔三〕。

（清康熙間排悶齋原刻本《解金貂》卷首）

【箋】

〔一〕白雲來： 湖南人，字號、生平均未詳。《看山閣集·今體詩》卷一〇有《白雲來留酌窈窕窗觀雨》：『竹西新鼓吹，花下舊壺觴。素月臨高座，綠陰搖滿房。彈棊維賭酒，喜雨偶成章。既醉當歸也，流連猶未央。』

〔二〕己亥： 康熙五十八年（一七一九）。

〔三〕題署之後有印章二枚： 陰文圓章『白雲來』，陽文方章『湘水女弟』。

溫柔鄉（黃圖珌）

《溫柔鄉》傳奇，一名《二美圖》，《排悶齋傳奇》第五種，傅惜華《日本現存中國善本之戲曲》、莊一拂《古典戲曲存目彙考》著錄，現存康熙間排悶齋原刻本，久保天隨舊藏，今歸臺灣大學圖書館。

溫柔鄉傳奇序

王空世〔一〕

蕉窗先生當終賈之年華，負海内之重望。英才獨步，江夏無雙，卽如所著文集，雜之唐宋名家，無復可辨。更服遊戲筆墨，托興宫商，善補前人之恨事，翻成今日之新聲。是以信筆疾書，毫無思索，非才高七步，胷藴五車者，豈可得乎？初刻《玉》、《洞》、《金》、《梅》四種（《玉指環》、《洞庭秋》、《解金貂》、《梅花箋》），已堪壓倒元人，可稱絶調，乃見三吳紙貴，獨擅風騷者矣。

丁酉秋仲〔二〕，余適同寓西湖，每逢花辰月夕，抱琴載酒，盤旋於孤松片石之間，拈韻聯吟，彷彿晉人風味。一日得歌妓二人，娥眉淡掃，風韻可人。酒至半酣，乃歌《牡丹亭》《驚、尋夢》諸曲，嬌絲急管，宛轉悠揚，滿座寂然，惟蕉窗是一知音也。

是夜别後，杜門累日，《溫柔鄉》譜成。緘余覽之，不忍釋手。嘗讀《飛燕外傳》，令人飛揚起舞，至若譜入新詞，文彩自麗。於是朱門綺席，酒社歌鍾，纏頭爲之增價。嗟乎！蕉窗之才大若此，始可謂出造物之外矣。

中秋前三日，雨窗無事，聊贅數言，附垂不朽。《陽春白雪》，惟恐和者寥寥也。

社弟亦庵王空世題於西湖寓所〔三〕。

（清康熙間排悶齋原刻本《溫柔鄉》卷首）

【箋】

〔一〕王空世：號亦庵，齋名此木軒，生平未詳。《看山閣集·今體詩》卷一有《過王亦庵此木軒領略林泉之勝因賦》七律二首，卷一五有《客歸遇雨王亦庵別余先行余遂假宿程園風雨漸止因賦》七律二首。

〔二〕丁酉：清康熙五十六年（一七一七）。序作於是年中秋前三日。

〔三〕題署之後有印章二枚：陰文方章「王空世章」，陽文方章「亦庵」。

雷峯塔（黄圖珌）

《雷峯塔》傳奇，《曲海目》著錄，列入清無名氏傳奇目。《曲考》、《曲錄》亦然，恐非此本。現存乾隆三年（一七三八）序黄氏看山閣刻本（《中華再造善本》據以影印）、乾隆間刻《看山閣全集》本。

（雷峯塔）序

黄圖珌

余作《雷峯塔》傳奇既成，自亦不知其情之果否，事之有無，不過借前人之脣吻，發而成聲。惟此說鬼談仙，效而爲之者，以消吾閒；筆歌墨舞，從而和之者，以怡吾情也。然則天地之大，江海之寬，既難信其必有，亦何所知其必無？當此傀儡登場，宮商協①調，音清韻逸，竹嫩絲嬌，宛若以輕脂淡□□□□□頰而出之，目所見，耳所②聞，豈盡屬子虛□□□□。酒闌筵撤，住拍停歌，□有一團明□□□□□□然侵吾室廬，洞洞然逐之不及。□□□□□□□，其目之所見，耳之所聞，幽微杳渺，仍歸烏有之境矣。則此一編，情也，事也，疑其固然而又否也。曰有則有，曰無則無。所貴乎無中生有，尤難其既有仍無。非登天竺而參上乘之妙，入無二之門，又安知其情之果否，事之有無耶？吾願觀覽者論之於情固有，而揆之於事必無。然而人世間眞眞假假，怪怪奇奇，無所不至，何可窮其根源？情不能盡，事不能完，汲汲營營，勞勞碌碌，又何所見其眞，何所知其假耶？卽可見其眞，知其假，亦終歸於色空空色而已矣，尚何言其情之果否，論其事之有無邪？噫！當頭一棒，直喝醒無數瞌睡漢也。是爲之序。

乾隆三年八月十二日，峯泖蕉窗居士題於錢塘之二桂軒〔一〕。

（清乾隆三年黄氏看山閣刻本《雷峯塔》卷首）

【校】

①『商協』二字，底本漫漶，據文義補。

②『耳所』二字，底本漫漶，據文義補。

【箋】

〔一〕題署之後有印章二枚：陰文方章『圖珌字容之』，陽文方章『蕉窗居士』。

棲雲石（黄圖珌）

《棲雲石》傳奇，一名《人月圓》，《今樂考證》著録，題蕉窗居士。現存乾隆間寫刻本（《古本戲曲叢刊六集》據以影印）、乾隆間刻《看山閣全集》本。

（棲雲石）序

黄圖珌

吾嘗謂情之爲患最大，其故何也？夫宇宙間，事有始卽有終，有磨卽有滅，有變卽有化，有眞卽有假。譬如風雲有一時之聚散，草木有四季之盛衰，富貴繁華何能悠久，桑田滄海亦易變遷，其非有始有終、有磨有滅、有變有化、有眞有假而否乎？獨情之所鍾，始終不易，磨滅不畏，變化不窮，眞假不借。始不能終，磨不能滅，千變萬化，似眞疑假，於是生可以死，死可以生。生死不能自主，此情之所鍾，自亦不知也。所以謂情之爲患最大，豈比夫風雲之聚散，草木之盛衰，富貴繁華之不固，桑田滄海之無常，易始易終，易磨易滅，易變易化，易眞易假者邪？其爲情也，綿綿無盡，杳杳常存，雖石爛海枯，天荒地老，猶無盡而常存也。

如《棲雲石》傳奇者，一笑定情，情之始也。始則易，終則難，乃有如許波瀾，如許盤折，甚至歲月磨窮，而情終不能滅，可死可生，且變且化，而吾情眞切，無所假也。嗟乎！若此始可爲鍾情者矣。其爲連理枝、比翼鳥，亦情不能終、情不能滅、情不能化、情不能假而然也，又安若宇宙間事方始即終，既磨且滅，倏變忽化，似眞若假者邪？則知其生而死，死而生，可生可死而不能自主者，情也。蓋情之爲患大矣哉！

乾隆八年二月二日，峯泖蕉窗居士題於甌東之春雨軒〔一〕。

（清乾隆間寫刻本《看山閣樂府棲雲石》卷首）

【箋】

〔一〕題署之後有印章二枚：陰文方章『蕉窗居士』，陽文方章『月朋竹友』。

棲雲石書後〔一〕

張廷樂〔二〕

我輩鍾情玉茗傳奇，以情之不死，已創其說於前。此借舊事翻新，曲曲傳神，情無不至，意無不達。其本色白描似高，淋漓酣暢似王，直入元人三昧。李卓吾有云：『《琵琶》，畫工；《西廂》，化工。』可謂兼而盡之矣。敬服敬服！

癸亥中秋〔三〕，同學寅弟張廷樂僭評。

【箋】

〔一〕底本無題名，據版心題。

〔二〕張廷纍：字儀九，苕溪（今浙江湖州）人。生平未詳。

〔三〕癸亥：乾隆八年（一七四三）。

棲雲石題辭〔一〕

陸汝欽〔二〕

段橋佳話昔年留，笙譜新翻付部頭。安得樽前檀版按，從教歌破楚天愁。

《棲雲石》比《牡丹亭》，香豔無分尹與邢。只恐騃男癡女看，渾忘才筆自通靈。

釋言生死總由情，道說忘情方久生。綵筆描情情味好，卻愁仙佛學難成。

同死雙生古未聞，聲情綺似夢中雲。從今傳唱歌樓去，不獨《雷峯塔》軼羣。當湖陸汝欽題

（以上均清乾隆間寫刻本《看山閣樂府棲雲石》卷末）

【箋】

〔一〕底本無題名。

〔二〕陸汝欽（一六九九—？）：字恪庭，平湖（今屬浙江嘉興）人。雍正二年甲辰（一七二四）進士，授湖廣湘潭縣知縣。十一年，改溫州府學教授，兼掌東山書院。以憂歸。擅長書法。著有《澹兮吟稿》。傳見乾隆《溫州府志》卷一七、光緒《平湖縣志》卷一六等。

雙痣記（黄圖珌）

《雙痣記》傳奇，周越然《言言齋劫存戲曲目》、莊一拂《古典戲曲存目彙考》著錄。現存乾隆間承恩堂刻本，題『山陰蕉窗主人編』，上海圖書館藏，《古本戲曲叢刊六集》據以影印。

雙痣記

黄圖珌

聞昔年有萊姓者，忘其名，爲人誠篤，□□硜硜，欲挾貲客嶺南。里中人共訕其非良賈才，必蹈反薛故事。萊生奮其言而果行，卒爲姦儈所獲，遂淹留不歸。先曾向人言：『必盡復其本。』人亦笑之。無何，而衣食不給。遂隱姓名，肩輿餬口，風餐露宿，一十八年，即鄉中人之久客於此者，亦莫知其蹤迹也。其妻本儒家女，痛夫不返，恐墮家聲，乃盡散其貲業，課子成名，後爲嶺南司馬。赴任之初，萊生應募，適荷其妻。蓋萊生頸上有赤痣，如豆大，遂爲其妻物色得之，共偕老焉。予初哀其遇，繼喜其終於遇也，因援筆而敷衍成文。言雖過實，事逼眞耳。是爲記。

時乾隆十四年歲在己巳端陽後三日〔一〕，山陰漢胄氏書於珠江書屋〔二〕。

（清乾隆間承恩堂刻本《雙痣記》卷首）

【箋】

〔一〕乾隆十四年歲在己巳：是年黃圖珌任職衢州。

〔二〕題署之後有印章二枚：陽文方章「承恩堂圖書」，陰文方章「蕉窗」。

石恂齋傳奇（石琰）

石琰（一六九八後—一七七四前），一名璿，字子佩，號恂齋，室名清素堂，吴縣（今屬江蘇）人。清諸生，早孤，家貧授徒。時偕友結社賦詩，優游泉石。習岐黃術，治病輒愈。年七十三卒。與沈德潛（一六七三—一七六九）交素善。著有《遏淫敦孝篇》、《傳家寶訓》（南京圖書館藏乾隆間重刻本）。雅好填詞，撰戲曲二十餘種，風行海內。今存傳奇五種：《天燈記》、《忠烈傳》、《錦香亭》、《酒家傭》、《兩度梅》。前四種合刻，稱《石恂齋傳奇四種》，現存乾隆間清素堂刻本。傳見石鈞《清素堂文集》卷一《先大父恂齋公行略》。參見嚴敦易《石恂齋傳奇四種》（《元明清戲曲論集》）、王銀潔《清代戲曲家石琰生平、家世與交游考》（《江淮論壇》二〇一八年第三期）。

石恂齋傳奇序〔一〕

張　鵬〔二〕

昔宋廣平鐵心石腸，無嫵媚態，而作《梅花賦》，清新富豔，得南朝徐庾體。今觀於石君恂齋，若有相似者。然石君與余交，幾五十年矣，學問迴軼輩流，挹其心腸，饒有金石風。與余談論經史，上下數千載事，瞭如指掌。其於元、白、溫、李詩集，歐、蘇、黃、秦詞譜，元董解元北曲九宮十三調，靡不綜覽。故出其餘暇，雅好填詞以傳奇，悲壯激烈，縱横跌宕，繪聲肖貌，無不應弦而合節。偶成一劇，授諸梨園，按紅牙以歌之，觀者如堵牆，不脛而走，風行四國。由是所著之本最多，綜其生平，不下二十種。今擇其尤者五本，將付剞劂，問序於余。

余流連三復，爲之擊節長嘆曰：『四大本空，萬緣俱幻。知其爲空爲幻，而後可萬變以用其情；知其爲空爲幻，而後可不變以正其情。情之所觸，善者可以感發人之善心，惡者可以懲創人之逸志。然則是譜也，以爲詩人風騷之遺也可，即以爲壁經降祥降殃之説也，亦無不可。雖游戲之筆墨，寓有維風化、植綱常之義存焉，豈漫爲靡漫之音以娱耳快目也哉？』而其譜曲之擅場，遠追若士，近掩笠翁，正如廣平之《梅花賦》，膾炙人口已久，不待予之復贊一辭也。

乾隆歲次庚寅秋日，年家眷同學教弟楚門張鵬書〔三〕。

（清乾隆間清素堂刻本《石恂齋傳奇四種》所收《天燈記》卷首）

【箋】

〔一〕底本無題名，版心題『序』。

〔二〕張鵬：字紀常，一作寄瑒，號楚門，吳縣（今屬江蘇）人。乾隆十七年壬申（一七五二）舉人，教授時文，錢棨（一七三四—一七九九）、陳初哲（一七三六—一七八七）、嚴福、沈起鳳（一七四一—一八〇二）等皆及其門。郡守重其名，延主平江書院。卒年六十六。著有《讀史别情吟》（一作《棋枰草》）、《橘膜編》、《楚門詩文稿》、《楚門詩餘》等。傳見同治《蘇州府志》卷八三，沈起鳳《諧鐸》卷三《老面鬼》載其軼事。

〔三〕題署之後有印章二枚：陰文方章「張鵬書印」，陽文方章「楚門」。

附　敬題先大父恂齋公新樂府

石鈞〔一〕

簾幕風微細雨寒，摩挲手澤簡編殘。江村花落知多少，仙曲淒涼不忍看。

紅顏迢遞玉門關，兩度梅花得再攀。兒女恩仇成底事？月明紫塞唱刀鐶。（題《兩度梅傳奇》）

傭保相將變姓名，鬚眉凜冽見王成。平生屈盡雄豪氣，肝膽還從筆底傾。（題《酒家傭傳奇》）

（清乾隆六十年刻本《清素堂詩集》）

【箋】

〔一〕石鈞（一七五五—一八〇五）：字秉綸，號遠梅，別署遠梅居士，吳縣（今屬江蘇）人。石琰孫。工詩，棄儒服，游歷遼、沈、燕、薊，以布衣稱詩吳下。著有《清素堂文集》（嘉慶八年刻本）、《清素堂詩集》（乾隆六十年刻本）。傳見同治《蘇州府志》卷八三。

一笑回春（伊小癡）

伊小癡，名號、生平均未詳。疑爲河南洛陽人。撰戲曲《一笑回春》，葉德均《戲曲小說叢考》

卷上《曲目鉤沉錄》著錄，謂『至遲亦爲乾隆初作也』，已佚。

伊小癡一笑回春樂府序

黄圖珌

吾友小癡，才傾洛下，名滿寰中。李鄴侯之富藏萬卷，張安世之博雅五車。積玉成文，料是神仙有分；懷金請賦，疑其心舌俱耕。不愧世稱繡虎，獨擅雕龍者矣。每於研鍊之餘，譜爲樂府；花月之下，按作新聲。於是參差燕翦，無非綵筆縱横；宛轉鶯簧，盡是繡腸鼓吹。或寓言香草，留意楚雲；或託興子虛，傳情烏有。固已擷蘭苕而霏雲月，奪凡聲而傳絕唱矣。

其藻思横流，精靈特出者，尤見於《一笑回春》之樂府也。如明珠十斛，滚滚瀉於盤中；玉屑一團，霏霏見於紙上。又如南華秋水，受清徹之無塵；西苑桃花，妒嬌妖之莫敵。更能無熏以烟火，不飾以粉脂。其勇也，能拔地而倚天；其華也，欲淩雲而貫日。其寫豔也，令月閉而花羞；其言情也，必魂銷而魄落。但其劌目鉥心，標新領異，只作莫愁聲以動容，不爲子夜歌而墮淚耳。維何其蘭襟瀟灑，吐心坎之靈芽；逸韻蹁躚，發毫端之音彩。不啻蓬萊之外，突出數峯；瀛海之旁，幻成一閣。豈以怨寫琵琶、恨遺笳拍者比哉？

嗟嗟！實甫如花下美人，漢卿似瓊筵醉客。《紫簫》紅笛，須知嫺雅之聲；鐵板銅琶，未免粗豪之習。余既謬託會心，强言解事。洛間妙意，收來孺子之琴；天上仙音，偷入李謩①之笛。

其非落珠唾於瑤天，墮金針於凡世乎？無疑神手，已極化工。他日簪花粉院，願攜我以同遊；貰酒旗亭，當讓君於首座。

（《四庫未收書輯刊》第一〇輯第一七冊影印清乾隆間刻本黄圖珌《看山閣集·序》卷二，第二二四頁）

【校】

①謩，底本作『摹』，據人名改。

玉劍緣（李本宣）

李本宣（一七〇三—一七八二後），字蘧門，江都（今江蘇揚州江都區）人。流寓南京二十年。嘗於康熙六十一年（一七二二），重訂徐釚《本事詩》刊行。有《板輿花徑奉母圖》，遍徵時人題詠。乾隆六年（一七四一），爲吴敬梓（一七〇一—一七五四）《文木山房集》撰序（乾隆間儀徵方嶟刻本《文木山房集》卷首）。四十七年，在金陵以《乘槎圖》徵題。家世生平見《鎮江揚州李氏合譜》（清鈔本）。參見鄭志良《〈儒林外史〉的人物原型及其意義——以蘧公孫、趙雪齋爲中心》（《中國文化研究》二〇一七年春之卷）。

撰傳奇《玉劍緣》，《曲海目》著録，現存乾隆十八年癸酉（一七五三）蘇州涵經堂刻本，《傅惜華藏古典戲曲珍本叢刊》第三四冊據以影印。

（玉劍緣）序

田　倬〔一〕

久知李蘧門先生爲嵇①、陸後身，屈、宋畏友，予雖浪迹江湖，未獲把握而已，仰二十八峯在芙蓉天際矣。辛未夏〔二〕，予自塞外歸來，晤蘧門於廣陵城東之益思堂中。時明月在天，涼風入户，兩人促膝，若嵇、阮一面，氣洽金蘭。語次，攜所著詩古文詞見示，其品則峨嵋天半，氣則霞舉雲蒸，致則落花流水，情則春愁秋怨，骨則梅花冰雪。蓋蘧門素本家學，肆力稽古，有嵛岡先生以爲之祖，其爲河源岱脈，率非諸才人所能及者，宜其超前踔後，有如此也。蘧門年來客遊江寧。考古之江寧流寓者，陸機、孫楚、沈約、江淹、李白、孟郊，才之擅場者也，蘧門步其後矣。

壬申冬〔三〕，同寓眞州客樓，篝燈夜話。出《玉劍緣》傳奇，讀之，秀神高朗，餘唾成花，別有一種光馥，居聲調外。而杜生、李娘婉孌之情，纏綿之致，騰隱於錦胷繡口間。併張鐵漢之肝膽鬚眉，亦於筆歌墨舞時，勃勃生動。予欣賞不已。蘧門遜謝曰：『此少時之作，恐士林譏笑。』予曰：『不然，張敞不愧於畫眉，韓偓何妨於咏手。謂玆傳奇爲才人游戲之筆可，爲無聊寄托之音亦可。夫李太白坐七寶牀，御手調羹，寵禮之隆，幾千古一時矣。使蘧門處此，當不止沉香亭畔，咏《清平調》三章，爲後人傳頌耳。予坎壈支離，鬢鬢半白。謝草不靈，江花無夢。誰操鐵網而漉珊瑚？誰折琅玕而摛結綠；未免覩《玉劍》而神傷鋒斂矣。』

汾陽同學弟田倬雁門氏拜題。

（清乾隆十八年蘇州涵經堂刻本《玉劍緣傳奇》卷首）

【校】

①嵇，底本作『稽』，據人名改。下同。

【箋】

〔一〕田倬：　號雁門，汾陽（今屬山西）人，寓居江都（今江蘇揚州）。倜儻有才，善諧謔。少游幕府，頗有名。著有《雁門詩鈔》。傳見道光《濟南府志》卷五五。

〔二〕辛未：　乾隆十六年（一七五一）。

〔三〕壬申：　乾隆十七年（一七五二）。

《玉劍緣》敘

吴敬梓〔一〕

君子當悒鬱無聊之會，托之於檀板金樽以消其塊磊。而南北曲多言男女之私，必雕鏤劖刻，暢所欲言，而後絲奮肉飛，令觀者驚心駭目。且或因發於一時，感於一事，非可因玉釵挂冠、羅袖拂衣，遂疑宋玉之好色也。

吾友蘧門所編《玉劍緣》，述杜生、李氏一笑之緣，其間多所間阻。復有鐵漢之俠，鮑母之摯，雲娘之放，盡態極妍。至《私盟》一齣，幾於鄭人之音矣，讀其詞者，沁入心脾，不將疑作者爲子衿佻達之風乎？然吾友二十年來，勤治諸經，羽翼聖學，穿穴百家，方立言以垂於後，豈區區於此劇哉！子雲悔其少作，而吾友尚未即悔者，或以偶發於一時，感於一事，勞我精神，不忍散失。若以此想見李子之風流，則不然不然也！

全椒吳敬梓敏軒氏書。

【箋】

〔一〕吳敬梓（一七〇一—一七五四）：字敏軒，又字粒民，晚號文木老人，別署秦淮寓客，全椒（今屬安徽）人。康熙六十一年（一七二二）秀才，屢試不第。雍正十一年（一七三三），移居南京（今屬江蘇）秦淮水亭。乾隆十九年（一七五四），病逝於揚州。著有詩文集《文木山房集》、小說《儒林外史》等。參見孟醒仁《吳敬梓年譜》（安徽人民出版社，一九八一）、陳汝衡《吳敬梓傳》（上海文藝出版社，一九八一）、陳美林《吳敬梓評傳》（南京大學出版社，二〇一一）等。

（玉劍緣）敘〔一〕

甯　楷〔二〕

樂府之傳，至於唐而倏變。唐人新樂府之製，後世多病之，謂其音不類於古也。自宋元以來，又變爲詞曲，其體日卑，其思日靡。雖志古之士，亦往往抽毫濡墨，假婚媾離合之故，以自寫其幽沉抑鬱之情。而君子不盡病之者，謂其文苟可觀，或亦美人芳草之所託也。

吾友李君蓮門，志古之士也。研經窮史，糾舛訂誤。所著詩古文辭，既皆卓然可傳於後，足以成一家之言。金閶坊友請刻其少作《玉劍緣》一編，乞余點次以行於世，豈謂其音之有類於古耶？不然，胡置其大而急其小也？夫泰山之雲，少布之亦遍數國；豐山之鐘，小叩之亦鳴百里。吾友於古人之書無所不讀，故其流露於性情之間，與發揮於顰笑之際，渾脱瀏離，頓挫備焉。初未嘗拘拘規畫於古，而其宫還徵應，漸近自然，已不在宋元人下，又不得薄其小而忽之也。雖然，陶五柳以《閒情》一賦見詘於梁昭明，李青蓮又謂《文選》一書可存者惟文通《别》、《恨》兩賦。後之君子，持此編而論之，又不知視吾友爲何如也。

江寧同學弟寧楷端文氏書。

（以上均《傅惜華藏古典戲曲珍本叢刊》第三四册影印清乾隆十八年蘇州涵經堂刻本《玉劍緣傳奇》卷首）

【箋】

〔一〕此文又見寧楷《修潔堂初稿》（中國科學院圖書館藏乾隆間鈔本）卷一九，題《玉劍記填詞序》。

〔二〕寧楷（一七一二—一八〇一）：字端文，號櫟山，江寧（今江蘇南京）人。家貧，十三歲輟學，十四歲賣卜養家，十七歲始教授私塾。後入鍾山書院肄業，先後冠軍者七十五場。著有《修潔堂初稿》、《修潔堂集略》。傳見寧燮《先府君家傳》（嘉慶八年寧燮刻本《修潔堂集略》卷首）。參見鄭志良《〈儒林外史〉新證——寧楷的〈儒林外史題辭〉及其意義》（《文學遺産》二〇一五年第三期）。《玉劍緣傳奇》刻本卷首署「江寧寧楷端文點次」。

議大禮（劉𡋫）

劉𡋫（？—約一七九五），字漢翔，號藹堂，別署夢華居士，室名嘯夢軒，丹徒（今江蘇鎮江）人。清貢生。乾隆三十三年（一六六八），任浙江蘭谿知縣。遷遂安、壽昌知縣，既而罷官。寓居蕭山二十餘年。著有《再甦吟》。傳見民國《蕭山縣志稿》卷二一。參見鄧長風《十四位明清戲曲家生平著作拾補——美國國會圖書館讀書札記之十五·劉𡋫》（《明清戲曲家考略》）。

撰雜劇《楊狀元進諫謫滇南》，簡名《議大禮》，《今樂考證》著錄，現存乾隆三十六年（一七七一）序刻本，近人潞河王孝慈珠還室據以影鈔，《中國古代雜劇文獻輯錄》第四册據以影印，一九五九年中國書店東安市場舊書店據以謄印。前有校訂姓氏：「壽陽葉繼皋愚溪，蔣澍雨階，方纘基貽哲，方榮曾步期，邵宗慶春堂，方來曾雲仲，方耀曾芳林，方振曾載河，蘭江諸葛雯素存」。

議大禮劇題詞

劉𡋫

昔人謂，有明一代才人，惟升庵與義仍兩先生而已。義仍先生慷慨建言，爲當軸所抑，仕弗達，故功名亦弗顯。升庵先生則以新都名閥，弱冠登朝，心地光明，學問淹博，極其才智，其功名正未可量。乃以泣諫大禮，遠戍滇南。投荒之餘，肆力古學，於書無所不窺。嗣因長流不反，益復韜光晦迹，縱酒自放。間於春秋佳日，插花丫髻，翬行市中，鑾童僰婦，舞拜道路，酒旗歌扇，墨瀋淋漓。嗟乎！天既生才，不使展其宿負於九閽之上，乃極之竄謫遐方，淪落以老，終其身不能復進，是可哀也已。先生著述最富，近於詩文集外，單行者甚尠，惟《藝林伐山》、《丹鉛錄》、《廿一史彈詞》數種而已。

余以三餘之暇，采綴成劇，非謂能傳先生諤諤謇謇之大節，聊以見先生當日蒙難艱正，其流風餘韻，付之優孟衣冠，或可爲教孝教忠者勸。至於換羽移宮，諧聲赴節，余既素非所長。且行笥蕭然，樂府諸譜，未經隨攜。惟就胷中記憶熟調，約略塡詞，謬誤甚多，尚望當代周郎正其得失也。劇成，因題其首。

夢華居士劉翬並書〔一〕。

【箋】

〔一〕題署之後有印章三枚：陽文方章『功不可以虚成名不可以僞立』，陰文方章『翬字漢翔』，陽文方章『藹堂』。

（議大禮）序

方廷熹〔一〕

將取千古第一等風流人物，刻劃其性情，摹擬其神彩，并以發其忠孝悱惻之思，俾千載而下，可興可觀，可以廉頑而立。懦者自非，沉思大力，足與其人其事相副，蓋戛戛乎難哉！此余於藹堂劉先生《議大禮》北劇，不能不爲之擊節三歎也。

劇爲有明楊升庵先生作。升庵以高明伉爽之質，宏博豔麗之學，卓然爲一代才人。而議禮一節，忠孝斐然。觀其永昌諸詩，惓惓君父，遭困頓而意彌篤，是其性情神彩，豈復詹詹瑣瑣者所可得而彷彿？不謂二百餘年後有爲之刻劃摹擬，發其隱幽，攄其素抱。時而激昂慷慨，奮不顧身；時而感喟欷歔，憂來若結；時而雅髻蠻粧，頹唐適志；時而美人香草，婉孌寄情。使於鐙紅酒綠之餘，鐵撥銀箏之會，向鬼門而呼之以出，不眞令人一時同喚奈何也哉！每慨世之傳奇者，不過規倩盼之令姿，寫閨襜之纖致，柔情膩理，騁其研心，翠帳翡衾，送其美睇，敷藻雖工，誨淫不少。以視斯作，其於雅俗之間，相懸奚翅萬萬？

藹堂先生才氣閎放，既足與其人其事相副，而又殫究於音律之學，嘗見酒酣興發，按拍長謠，句必動魄而驚心，韻則投袂而赴節。凡所點綴，皆屬意到筆隨，而施之當場，適如頰上添毫，使當日風流宛然可見，洵辭壇之極觀而歌筵之快覯也。世有名優，當亟開演，爲梨園添一段佳話。至如前輩尤展成、孔東塘、洪昉思諸樂府出，學士大夫爭相購讀。以是編之徵詞協律，無妙不臻，方將與諸賢後先輝映。宇內名流，均屬同調，猶應什襲藏之，以供嘯咏，又不僅付之旗亭，登諸曲部，取悅於庸耳俗目，爲隋珠卞璧增價矣。是爲序。

乾隆歲次辛卯嘉平月望後一日，西塘方廷熹拜書於陳源山莊[二]。

（以上均《中國古代雜劇文獻輯錄》第四冊影印清乾隆

間原刻本《嘯夢軒新演楊狀元進諫謫滇南雜劇》卷首)

【箋】

〔一〕方廷熹：字霽庵，號西塘，别署西塘主人，壽陽(今屬山西)人。乾隆十五年庚午(一七五〇)舉人，十九年甲戌(一七五四)進士，授直隸保定府定興縣知縣，終任山西寧武府五寨縣知縣。致仕回籍，歸隱田園。傳見民國《壽昌縣志》卷八。《議大禮》劇卷首署『壽陽西塘主人方廷熹霽庵批評』。

〔二〕題署之後有印章三枚：陰文方章『廷熹之印』，陽文方章『霽庵』、『甲戌進士』。

介山記(宋廷魁)

宋廷魁(一七一〇——一七八六後)，字其英，號竹溪、了翁，别署竹溪居士、竹溪了翁、竹溪山人，介休(今屬山西)人。邑諸生，屢試不第。能詩善畫。著有《竹溪山人詩文鈔》、《雪籟集》、《鶴鳴集》等。傳見乾隆《介休縣志》卷九、嘉慶《介休縣志》卷八。

撰傳奇《介山記》，又名《竹溪山人介山記》，《古典戲曲存目彙考》著錄，現存乾隆二十年(一七五五)跋刻本，《傅惜華藏古典戲曲珍本叢刊》第四二册據以影印。參見楊斑《宋廷魁〈介山記〉傳奇研究》(山西大學碩士學位論文，二〇一二)。

（介山記）或問

宋廷魁

或問於余曰：『子作傳奇，曷爲而取於介公也？』曰：『吾聞治世之道，莫大於禮樂；禮樂之用，莫切於傳奇。何則？庸人孺子，目不識丁，而論以禮樂之義，則不可曉。一旦登場觀劇，目擊古忠者、孝者、廉者、義者，行且爲之太息，爲之不平，爲之扼腕而流涕，亦不必問古人實有是事否，而觸目感懷，啼笑與俱，甚至引爲佳話，據爲口實。蓋莫不思忠、思孝、思廉、思義，而相儆於不忠、不孝、不廉、不義之不可爲也。夫誠使舉世皆化而爲忠者、孝者、廉者、義者，雖欲無治不可得也。故君子誠欲鍼風砭俗，則必自傳奇始。介公清風高義，尤足以懲頑起懦，洵砭俗之良膳①也，余故有取焉。』

或曰：『《園眺》以下諸折，類皆相思相憐之曲，獨無犯於綺語之戒乎？』曰：『文公、齊姜，雖相思相憐，而有介公以爲冰人，則發乎情，寔止乎禮，可以爲偷香竊玉者懲矣。』

或曰：『《訊病》諸折，君臣之間，似涉詼諧，何如？』曰：『若在哲王賢佐，自當有都俞，無詼諧。文公，伯者耳，此時沉緬酒色，已在詼諧中，其體又爲傳奇，故無傷於詼諧耳。』

或曰：『介公之去，明以子犯邀君耳，而子以爲拂衣而去，何也？』曰：『此《春秋》微意耳。《春秋》之意，爲賢者諱，子犯賢者也。河上之語，白璧微瑕耳，何可質言之？且謂介公拂衣而去，其風不更偉歟？」

或曰：『然則，驪姬、豎刁，何不少爲諱乎？』曰：『自古國之大蠹，莫甚於讒、色二者。豎刁之讒，驪姬之以色而讒，《春秋》之法所不容，正當極其情態，以爲千秋之明鑒，又何諱焉？』

或曰：『史家取於核實，傳奇，傳記之遺也。歸林以後，似涉空幻，何如？』曰：『大凡事不幻，文不奇；文不奇，則無可傳，亦不必傳。且宇宙光明正直、精靈灝博之氣，其絪緼而賦於物者，在天爲日星，在地爲山河，在物爲麟鳳龜龍，在人爲高人義士，在上爲忠臣，其沒則爲神爲仙，胥是物也。介公卓卓清標，炳耀千秋，廟食萬世，其精英固有不可磨滅者，何幻之有？』

或曰：『笠翁云：「詩爲學人觀，曲爲不學人觀，故無傷於俗。」若《介山記》，雅則雅矣，恐世不皆雅人，奈何？』曰：『昔吳人有云：「世間不皆雅人，亦不絕雅人。」故百俗人詆之，一雅人譽之，不爲少；一雅人詆之，百俗人譽之，祇增愧耳。《牡丹亭》，曲家俎豆，恐雅人有不盡解；《西廂記》，至今膾炙人口，俗人可解矣，竊恐非其妙處。笠翁之談，何足錄乎？』

或曰：『《牡丹亭》，若士俱能按譜而歌乎？』曰：『不能。昔若士既作《牡丹亭》，爲一友人借觀，大行改竄。詰之，曰：「取便歌耳。」若士曰：「割蕉加梅，冬則冬矣，非摩詰之冬景也。」由斯推之，若士或不能自歌也。』

或曰：『《牡丹亭》落場詩，未有不集唐者。《介山記》則有集有不集，何也？』曰：『若但爲優孟衣冠，何難一一集之？文固莫妙於切耳。《介山記》無論集與不集，工與不工，要皆按折命意，庶免陳言之誚。』

或曰：『按《廣輿記》，侯諱王光，而子曰介子推，何也？』曰：『誠有是說。然按《左氏春秋》，則曰「介子推」，而介山之稱，亦由茲肇。若《介山記》而標曰王光，人幾莫知爲誰何矣。』

癸亥秋仲〔一〕，客有訪余者，語及《介山記》，論難移日。客去，憶所問答，俱箇中語也。爰括其大指，列爲十條，筆之於篇云。

竹溪居士宋廷魁自識。

（《傅惜華藏古典戲曲珍本叢刊》第四二冊影印清乾隆二十年跋刻本《介山記》卷首）

【校】

①膳，底本作『臍』，據文義改。

【箋】

〔一〕癸亥：乾隆八年（一七四三）。

介山記跋〔一〕

宋廷魁

《介山記》既脫稿十餘年，一二同志之士，與夫四方大人先生、文人騷客，轉相郵致，轉相說項，往往有穠花過目、好鳥過耳之憂。然而，余終不可自問也，烏敢問世？況余年來方欲收召魂魄，凝壹志慮，矻矻於研經琢史、修眞養性之事，雖學道未成，而回憶此書，眞不啻兒童俎豆，而又奚足以問世也？ 然每當同儕讌集，杯酌鳴歡，或風前月下，觸境流連，輒悠然灑然，歌吟不輟。 古人云：『其歌也有思。』是亦情之不得自禁者矣。

且余嘗縱觀古今之文，而見冊府中一大梨園也。『六經』之文，生也；《史記》、《離騷》，淨也；枚、馬、沈、宋、王、楊、盧、駱、歐、黄、梅、賈，諸子之詩賦，旦也； 漢魏樂府，李唐梨①園，以及宋人之詩餘，元明之南北宮傳奇，丑也。 梨園有生、旦、淨而無丑，則樂不成； 文章有經、史、詩、賦而無傳奇，不足以窮文之變，達文之趣。 由是以談，傳奇豈小道乎？

蓋吾輩境地有限，而筆有化工，則無形不造，亦無人不爲。 故忽而爲幽燕老將，忽而爲三河少年； 忽而爲下吏，忽而爲顯宦； 忽而爲翠袖佳人，忽而爲荷衣仙子； 忽而爲鬼怪，忽而爲神靈； 忽而俗，忽而雅； 忽而癡，忽而黠； 忽而身在九天之上，忽而身在九府之下，忽而身在八極之遙。 極宇宙荒蕩必不可至之境，極人生尊顯奇幻必不可爲之人，而皆可以至之，而皆可以爲之。 蓋作者直以億千萬手目，化作億千萬色目，而寔以一身而化作億千萬身也。 是則傳奇之筆，豈非吾輩抒寫幽懷，滌蕩湮鬱，極豪爽、極雋雅、極奇快之事也哉！

獨愧余韈線無長，效顰無似，比之瓊筵醉客、花間美人，眞不啻刻劃無鹽，唐突西施，然其靈氣光芒，亦自有埋糞土而不可泯沒者。 且夫傳奇以鼓吹名教爲宗，此編之作，余雖不敢謂名教之功臣，顧以爲名教之罪人焉，吾知免矣。 然則此雖兒童俎豆，詼諧末技，詎忍棄捐乎？

顧邇年來，書雖成，與俗伶齟齬，而梨棗之事，北地尤艱，是以久而未出也。己巳春〔二〕，友人劉君正三客楚黃〔三〕，攜之以往。過長洲②，樸齋周君頗叶宫商〔四〕，始付伶人以行。自是虚名流播，索覽者益衆。余正苦以墨本不能遍給同好，適余内弟康子陽三如金陵〔五〕，臨别請梓，余遂舉以屬焉。他日書出，若遇中郎，固當祕帳，然或遇士衡，即取以覆瓿，亦未可知。而要之，是役也，一則了十年之苦心，一則公四方之同好，且以解大人先生、文人騷客之宿憂也。因復次其緣起，姑題數行，以贅其後。

時乾隆十五年歲在庚午陽月小春，竹溪居士宋廷魁自跋。

（同上《介山記》卷末）

【校】

①梨，底本作『犁』，據文義改。

②洲，底本作『州』，據地名改。

【箋】

〔一〕底本無題名，據版心題。

〔二〕己巳：乾隆十四年（一七四九）。

〔三〕劉正三：字號、籍里、生平均未詳。楚黃：指今湖北武安、黄岡、鄂州一帶。

〔四〕樸齋周君：周樸齋，長洲（今江蘇蘇州）人，名字、生平均未詳。

〔五〕康陽三：字號、籍里、生平均未詳。

《介山記》敘

方　苞〔一〕

向嘗職掌翰院，時文之暇，未嘗不課及於諸君子之詩詞曲調，而無如其氣骨之不古樸，詞意之不新警①也。至欲求其以風華之筆，發潛德之光，而且出入於騷人韻士之心坎間者，益空谷足音矣。蓋近日非無院本，而其中無一段精光不可磨滅之氣，是猶取隔宿之塵羹，以充飢者之空腹，鮮有不出哇者。

偶值三晉松崖世兄〔二〕，以其夙構之詩詞，請質於余，余亦嫌其陳腐。而世兄遂道及『三晉有《介山記》之一書者，乃西河竹溪氏宋子所作也。大義闡介推之廉靜，而繪以新聲，此從未經人道者也，先生豈猶以陳腐目之耶？』余聞其名，想其義，不禁改容曰：『此書之號果新警矣，但恨未窺半豹。子歸，爲余購訪之。』乃世兄還定羌，不數月而已登鬼錄。嗚呼！《薤露》、《蒿里》，倏忽百變，故人長逝，可勝浩嘆。因想前言，不禁出涕。然言雖在耳，料其付之東流矣。

不意余解組後，臥泣西風，而忽來世兄之遺札，並所稱《介山記》全稿以惠余，余始知世兄之不寡信輕諾，而種意騷壇也。覩物懷人，蒼涼何似？第余病沉疴，不能仰視，因命書奴爲余朗誦，則見其修詞立格，亦不出元明諸家之藩籬，而其詞義新警，則寔有一段精光不可磨滅之氣。余因口跋數語，命童子錄之，並回札附去，一以答泉下人依戀之意，一以鼓後進者激昂之才。雖余墓木將拱，不及見此書之流傳海內③也，而亦何傷焉？

古吳方苞望溪氏題於集賢齋之東軒。

【校】

①警，底本作『驚』，據文義改。下同。

②『內』，底本無，據文義補。

【箋】

〔一〕方苞（一六六八—一七四九）：字鳳九，一字靈皋，號望溪，桐城（今屬安徽）人。康熙三十八年己卯（一六九九）舉人，四十五年丙戌（一七〇六）進士。五十年，以戴名世《南山集》案被牽連入獄，赦出後，隸漢軍旗籍。五十二年，復召入南書房，累官翰林院侍講學士、內閣學士兼禮部侍郎。乾隆初，再入南書房，遷禮部右侍郎、經史館總裁等。著有《方望溪先生全集》等。傳見全祖望《鮚埼亭集》卷一七《神道碑》、雷鋐《經笥堂文鈔》卷下《行狀》、《清史稿》卷二九〇、《清史列傳》卷一九、《碑傳集》卷二五、《國朝耆獻類徵初編》卷六九、《國朝先正事略》卷一四、《漢名臣傳》卷二五、《國朝詩人徵略二編》卷一五、《昭代名人尺牘小傳》卷一八、《文獻徵存錄》卷四、《國朝學案小識》卷七、《清儒學案小傳》卷六等。參見蘇惇元《方望溪先生年譜》（咸豐元年桐城戴鈞衡刻本《方望溪先生文集》附）、孟醒仁《桐城派三祖年譜》（安徽大學出版社，二〇〇二）。

〔二〕三晉松崖世兄：即姜基（？—約一七四二），號松崖，定羌（今山西保德）人。生平未詳。

介山記敘〔一〕

張正任〔二〕

文無奇氣則腐，無雋才則俗。腐也俗也，古來才子決不屑，則一段奇氣之所發，雋才之所攄，安得不於春花秋月，出其錦心繡口，以寫其胷中所欲鳴也哉？況夫事有可傳，且屬當傳而不傳，且第使學士大夫、文人詞客心知之，口能道之，而編氓士女不能遍喻，爭相月旦，豈伊古人之遺憾，我輩良有責矣。

乃者余里世兄竹溪，感介山之勝事而爲之記，振如椽之大筆，繪本地之風光，一龍數蛇，顛末俱見。而尤著意處，能使林中禁火，三月寒烟，灼灼爛爛，萬載如生。慈母與神，始則同其窮，繼則同其隱，又同其飛昇，浮雲萬鍾，敝屣軒冕。與夫一切可歌可泣、可驚可喜、可憎可愛之人、之物、之事、之景、之情，千態萬貌，會萃於茲記中，行將譜之宫商，奏之霓羽，令觀劇者揚其清而激其濁，詎非一盛事哉！

且記中以忠孝爲綱，禮義廉恥爲維，至德要道，靡一不備，是直爲風俗教化慮，不寧惟是弄筆尖嘯風月而已。蓋作者至性過人，故立説以盡意有然。往嘗見其《鶴鳴集》，詩詞傳記，概登厥上。其警①句逼人，則工部之驚神泣鬼也；攄灑風生，則青蓮之咳嗽珠玉也；其妙齡輒作絕世吟，則長吉之《高軒過》也；博聞强記，累牘連篇，則李守素之『人物志』、王仁裕之『詩窖子』也。且其爲文卓卓如、巍巍如，具造五鳳樓手段，面壁九年，人庶幾臻此，不意宋子英畏，遽爾壓倒前人，開掖後輩，有如許矣。

茲記成，不以余少文，倩爲言。余惟宋子之奇氣儁才，求一毫腐俗而不得，寓英豪於風流，藏磊落於藴藉，心期有爲，志抱無窮。是集刻意填詞，其辭文，其旨遠，卽起王公、湯老於今日，亦樂爲另置一席，詎不度越恆流也哉！

乾隆五年庚申蒲月，澄川年家侍教生張正任書於四柏齋中。

【校】

①警，底本作『驚』，據文義改。

【箋】

〔一〕底本無題名。

〔二〕張正任：介休（今屬山西）人。雍正四年丙午（一七二六）舉人，授晉州州判。官至直隸定州司馬，以勞勩致仕。著有《勉應集》、《警躬草史議》等。傳見乾隆《介休縣志》、《山西通志》等。

（介山記）敍

彭遵泗〔一〕

《龍蛇之歌》，余兒時①讀而傷之。然竊嘆騈脅公子，非如越烏喙漢，龍隼不可安樂共也；而負母潛逃，甘心灰燼，全身之智，遠不逮少伯、留侯，毋乃匹夫匹婦之爲諒與！及觀子犯投璧河中，要盟返國，以肺腑至戚，猶惴惴過慮②如此，何論他人？介子③之逃，誠非過激，亦④先幾於魏犨、顛頡之辱，而不得已而蹈於此⑤也。

余嘗游歷三晉，沿汾河，越陽谷，望所爲介山者，寒雲斷續，隨風隱顯，欲迹綿上而不可得⑥。而彼都人士猶太息咨嗟，謂⑦：『吾鄉寒食，數十年以來未之或改。嗚呼！追慕之誠，一至於此哉！夫⑧從亡本末，炳於盲公，而《逃祿》一篇，詞深旨遠。故子推之事，止曉於學士文人，而不能遍通村婦豎子、悍卒武夫，即三晉之人能知之，而能悼⑨之，而能思之，而不能使天下窮鄉僻壤，相與共聞之而共道之也。

宋子竹溪，生於其鄉，藍本《左氏》，譜之新聲。拍板調腔，纏綿鬱憤，每齣中蓋三致意焉。其或有托而逃，奪他人之⑩酒杯，澆自己之塊壘⑪，所不敢知。要使狷⑫士登場，鬚眉改色，天下之覽者歡者⑬悲，歌者泣，頑廉懦立，如聞西山之風，其用心亦良厚矣。

嗟乎！樂府失而有詩餘⑭，傳奇窮而爲詞曲⑮，其懲姦誅佞，遂良顯忠，亦足以補王化之窮而備史冊之所未及。然而嫉忿之士，借是⑯污衊人倫，墮入惡道，亦獨何與？覽是記者，亦可愿然返矣。至子推不能爲少伯、留侯，豈其智弗若與？曰：非然也。

眘山石甫氏彭遵泗題⑰。

（以上均天津圖書館藏清乾隆間刻本《介山記》卷首（二））

【校】

①『兒時』二字，《傳惜華藏古典戲曲珍本叢刊》第四二冊影印本無。

②猶惴惴過慮，《傳惜華藏古典戲曲珍本叢刊》第四二冊影印本作『戒心』。

③介子，《傳惜華藏古典戲曲珍本叢刊》第四二冊影印本作『綿上』。

④『非過激亦』四字，《傳惜華藏古典戲曲珍本叢刊》第四二冊影印本無。

⑤於此，《傳惜華藏古典戲曲珍本叢刊》第四二冊影印本作『之』。

⑥『欲迹綿上而不可得』八字，《傳惜華藏古典戲曲珍本叢刊》第四二冊影印本無。

⑦猶太息咨嗟謂，《傳惜華藏古典戲曲珍本叢刊》第四二冊影印本作『云』。

⑧『數十年以來未之或改嗚呼追慕之誠一至於此哉夫』二十一字，《傳惜華藏古典戲曲珍本叢刊》第四二冊影印本作『追摹介公，數千年來，未之或改。嗚呼！感之所致，久而益思，不其然與！雖然』。

⑨悼，《傳惜華藏古典戲曲珍本叢刊》第四二冊影印本作『言』。

⑩『他人之』三字，《傳惜華藏古典戲曲珍本叢刊》第四二冊影印本無。

⑪『自己之』三字，《傳惜華藏古典戲曲珍本叢刊》第四二冊影印本無。塊壘，底本作『傀儡』，據文意改。

⑫狷，《傳惜華藏古典戲曲珍本叢刊》第四二冊影印本作『烈』。

⑬『歡者』二字，《傳惜華藏古典戲曲珍本叢刊》第四二冊影印本無。

⑭有詩餘，《傳惜華藏古典戲曲珍本叢刊》第四二冊影印本作『詩餘興』。

⑮爲詞曲，《傳惜華藏古典戲曲珍本叢刊》第四二冊影印本作『詞曲作』。

⑯『借是』二字後，《傳惜華藏古典戲曲珍本叢刊》第四二冊影印本有『報復』二字。

⑰《傳惜華藏古典戲曲珍本叢刊》第四二冊影印本題署作『乾隆庚午履端月眘山彭遵泗題於岐亭』。

【箋】

〔一〕彭遵泗（一七〇四—一七五四）：字磐泉，號丹溪生，丹棱（今屬四川）人。雍正八年庚戌（一七二九）拔貢，十三年乙卯（一七三五）舉人，乾隆二年丁巳（一七三七）進士，選庶吉士，散館授兵部主事。擢兵部員外郎，歷官至江防同知。工詩，與兄端淑（一六九七—一七七八後）、肇洙並稱『丹棱三彭』。著有《蜀碧》、《蜀故》、《丹溪遺編》、《丹溪時文稿》、《求志堂集》、《丹棱縣志》等。傳見乾隆《丹棱縣志》卷八、法式善《清祕述聞》卷五等。參見羅建新《彭遵泗〈蜀故〉版本源流考》（《文藝評論》二〇一四年第一二期）、崔富雅《彭遵泗〈蜀故〉研究》（西華師範大學碩士學位論文，二〇一六）。

〔二〕《傳惜華藏古典戲曲珍本叢刊》第四二冊影印清乾隆二十年跋刻本《介山記》卷首有此文，文字多有出入，蓋係乾隆五年原作，先付板刻，即《叢刊》影印本； 後經彭氏修改，予以重刻，替換原序，即天津圖書館藏本。其餘卷首諸序，二本悉同，惟《介山記題詩》，於郝世衡題詩下，增王弘都一首，補刻於原板空白處。《傳惜華藏古典戲曲珍本叢刊》第四二冊影印本卷末復增孫人龍乾隆二十年跋。

介山記敍〔一〕

李文炳〔二〕

余友宋子竹溪，介山之逸才也。少穎悟，童試時即有才名。爲人肢體清癯，雙眸炯炯，精彩射人。性好紀覽，爲詞章，下筆敏妙，縱横不羈。所著《鶴鳴集》二十萬餘言，詩古文辭，力追古人。其精神萃會，尤在《介山記》，經營醖釀，刮垢磨光，爲之殆無遺力矣。發而讀之，第見逸氣虹流，眞精蟠結； 結構謹嚴，詞意雋雅。蒼涼之際，仍帶烟霞； 詼笑之中，不忘慎重。而一種清風逸韻，雄心灝氣，更貫注於筆墨之中，而溢於意言之表，則卓乎其關、湯之再生，而不朽之慧業也。

竊嘗論之，元明以來，作者林立。然或言忠、言孝、言情、言節、言仙，俱各祖一意以成書。若《介山記》，其首則言孝言忠，中則言情言節，末則言仙，舉諸家之要指，櫽括而成是書，幾於打倒詞場，踢翻文案矣。則是書豈特一世業哉！ 要之，天生逸才，必有以用之。況此書研鍊苦心，其精神可以不腐，即不能遽傳，然星月之光，豈烟雲所能久蔽也哉？是爲序。

同學侍教弟李文炳竹泉氏拜題。

（《傅惜華藏古典戲曲珍本叢刊》第四二册影印清乾隆二十年跋刻本《介山記》卷首）

【箋】

〔一〕底本無題名。

〔二〕李文炳：號竹泉，介休（今屬山西）人。庠生，多義舉。傳見嘉慶《介休縣志》卷一〇。

介山記題詩

徐開第　等

傑筆開生面，幽光日照空。介山新有記，汾水舊無翁。逸氣幽人韻，雄懷國士風。荊山終有價，勿近楚王宫。年家侍教生徐開第拜題〔一〕

幾年風火懷奇韻，譜作宫商海市奇。借古分明題小像，傳眞猶欲見來兹。定羌姜基松崖氏拜題

眞個逸才堪愛，常惜年華恁快。惟傳一卷等身書，留得精神在。後代一披開，便見忠貞態。凝眸想像染毫時，人出風塵外。同學弟陳之縞繪元氏拜題〔二〕

雄才弱植飲香茗，一片宫商丰韻清。潤比春雲王箱錦，明齊秋月馬囊精。悲歡離合天眞露，忠孝潔廉名義轟。白鳳吐來徵夢隱，昇平雅頌卜和賡。通家世教弟郝世衡拜題〔三〕

闡幽成逸調，人巧奪天工。韻壓《紅梅》上，香分玉茗中。淵光江月碧，雋色吉雲紅。青簡兼留影，千秋認了翁。學弟王弘都十州氏拜題〔四〕

（天津圖書館藏清乾隆間刻本《介山記》卷首）

【箋】

〔一〕徐開第：字號、籍里、生平均未詳。

〔二〕陳之縞：字繪元，號林濤，籍里、生平均未詳。宋廷魁《竹溪山人詩文鈔·詩》卷二有《秋日與林濤君東郊晚眺》。

〔三〕郝世衡：字號、籍里、生平均未詳。

〔四〕《傳惜華藏古典戲曲珍本叢刊》第四二冊影印本無王弘都題詩。王弘都：字十州，籍里、生平均未詳。

竹溪先生像贊

姜廷鏐〔一〕

秋水精神，明月心地。楊柳風姿，芝蘭氣味。掩卷悠然，水流花媚。高瞻遠矚，綿邈無際。拍坡仙肩，把臨川袂。道人襟懷，儒家服製。翩若佳人，冒有俠氣。頗見一斑，在《介山記》。定羌弟姜廷鏐拜題。林濤弟陳之縞寫真。

（《傳惜華藏古典戲曲珍本叢刊》第四二冊影印本《介山記》卷首）

【箋】

〔一〕姜廷鏐：定羌（今山西保德）人，字號、生平均未詳。

介山記跋〔一〕

孫人龍〔二〕

古來傳介子推事者，惟《左傳》及《呂氏春秋》得其實。史遷之《記》，亦第曰『環綿上，山封爲推田，號曰介山』而已。迨屈原《九章》謂：『忠而立枯。』莊周《盜跖篇》謂：『抱木燔死。』由是，東方朔《七諫》、《丙吉傳》、長安士伍尊《書》、劉向《說苑》、《新序》並因之。厥後，周舉之《書》、魏武之《令》，與夫汝南之《先賢傳》，陸翽之《鄴中記》皆未考。周官之制，每歲仲春，命司烜氏以木鐸修火禁，上以順天，下以惠民，乃戒火之盛，而輒謂介之推三月三日被焚，後世爲之禁火，抑何妄①耶！余視學滇粵時，嘗爲士子辨其誣。今閱竹溪山人《介山記》傳奇，竟稱介之推仙去，是又化臭腐爲神奇，而並使天下村夫俗婦咸知感發興起，謂惟忠孝廉節，不愧天上神仙，則其有功於世道人心，豈不偉哉！

乾隆乙亥禊節後五日，苕上孫人龍附識。

（同上《介山記》卷末）

【校】

①妄，底本作『忘』，據文義改。

【箋】

〔一〕底本無題名，據版心題。

〔二〕孫人龍（？—一七六三）：字端人，號約亭，又號頤齋，烏程（今浙江湖州）人。雍正八年庚戌（一七三〇）進士，選庶吉士，散館授編修。歷官雲南學政、右中允、廣東肇高學政等。乾隆十九年（一七五四），任會試同考官，爲紀昀房師。二十二年（一七五七）乞休，主講蕺山書院。著有《約亭未定稿》、《頤齋未定稿》、《杜工部詩選初學讀本》、《陶公詩評注初學讀本》、《昭明選詩初學讀本》等。傳見乾隆《烏程縣志》卷四、光緒《歸安縣志》卷三七、民國《菱湖孫氏族譜》、悔堂老人《越中雜識》等。

吟風閣雜劇（楊潮觀）

楊潮觀（一七一〇—一七八八），字閎度，一作宏度，號笠湖，室名吟風閣，金匱（今江蘇無錫）人。乾隆元年丙辰（一七三六）舉人，入實錄館供職。九年起，歷任晉、豫、滇等地知縣。三十三年，任四川邛州知州，四年後因故落職。四十四年，復任瀘州知州，以老乞歸。精音律，善書畫，尤工度曲。著有《左鑒》、《周禮指掌》、《易象舉隅》、《家語貫珠》、《心經指月》、《金剛寶筏》、《吟風閣詩鈔》、《吟風閣詞稿》、《吟風閣文》等。傳見《錫山歷朝書目考》卷五、乾隆《固始縣志》卷一九、嘉慶《四川通志》卷一一六、光緒《無錫金匱縣志》卷二二等。參見周妙中《楊潮觀和他的吟風閣》（《文學遺產增刊》九輯，中華書局，一九六二）、劉世德《楊潮觀生卒年考辨》（《文史》第五輯，中華書局，一九七八）、趙山林《楊潮觀年譜》（《中國古典戲劇論稿》，安徽文藝出版社，一九九八）、杜桂萍《楊潮觀生平創作若干問題考論》（《晉陽學刊》二〇〇八年第三期）等。

撰雜劇三十二種，總名《吟風閣》（又名《吟風閣譜》、《吟風閣雜劇》、《吟風閣傳奇》），《曲目表》、《今樂考證》等著錄，現存乾隆二十九年甲申（一七六四）恰好處刻本、乾隆三十四年己丑（一七六九）恰好處重刻本（《續修四庫全書》第一七六八冊據以影印）、嘉慶二十五年庚辰（一八二〇）屋外山房主人重刻本、嘉慶二十五年庚辰（一八二〇）屋外山房主人重刻《吟風閣》附錄本、清鈔本、民國二年（一九一三）六藝仁記書局據吳氏寫韻樓鈔本排印本等。另配有《吟風閣曲譜》，一同行世。參見謝錦桂毓《吟風閣雜劇研究》（台北：華正書局，一九八四）。

吟風閣自序〔一〕

楊潮觀

《吟風》之曲，往年行役公餘，遣興爲之。其天籟邪？人籟邪？殊不自知。年來與知音商榷，次第被諸管絃，至茲始獲刊定。夫哀樂相感，聲中有詩，此亦人事得失之林也。士大夫詩而不歌久矣，風月無邊，江山如畫，能不以之興懷？惟是香山樂府，止期老嫗皆知；安石陶情，不免兒輩亦覺矣。

時乾隆甲午之秋笠湖〔二〕。

【箋】

〔一〕底本無題名。

〔二〕乾隆甲午：清乾隆三十九年（一七七四）。按《清代雜劇全目》稱作者自序於乾隆甲申（二十九年，一七六四），誤。題署後有方章二枚：陽文『淨瓶一枝』、陰文『補陀萬頃』。

吟風閣題識〔一〕

楊文叔〔二〕

《吟風閣》，余笠湖先伯之所作也，迄今四十餘年矣。板藏於家，近復散失，而索觀者甚眾。遂出舊本而重刻之。

時嘉慶二十五年春正月，梁溪楊文叔記〔三〕。

（以上均清嘉慶二十五年庚辰屋外山房主人重刻本《吟風閣》卷首）

【箋】

〔一〕底本無題名，小字寫刻於《吟風閣自序》末。

〔二〕楊文叔：字雲生，無錫（今屬江蘇）人。生平未詳。

〔三〕題署之末有陰文方章『雲生』。

（吟風閣）小序

闕名〔一〕

《新豐店》，思行可也。命世無人，而馬周巷遇，爲世美淡。敷陳其事，聊慰夫懷才未試者。

《大江西》，思任運也。江行萬里，消受無邊風月。懷古之餘，倚帆清嘯，忘其于役之遙。

《行雨》，思濟世之非易也。以學養才，斂才歸道，非大賢以上，其孰能之？

《黄石婆》，思柔節也。《易》用剛，黄老用柔。光武言：『吾治天下，亦欲以柔道行之。』柔勝剛，弱勝强，柔之時義大矣哉。

《快活山》，思分定也。卽榮啓期之意而長言之。至樂性餘，至靜性廉。雖異『伐木』之旨，其亦神聽和平者乎？

《錢神廟》，思狂狷之士也。豐嗇由天，狂者胷中無物。若狂而不狷，君子奚取焉？

《晉陽城》，思雪讒也。溫郎固英物，在當時國士無雙，而有絶裾之謗。『求忠臣，孝子門』，吾決其必不然。而事或有因，如茲之所云云爾。或者曰：『近世征衣之製，多缺一襟，非獨便鞍馬，蓋卽溫郎遺事，以儆夫遊子忘歸者。』

《邯鄲郡》，思失職也。譬之鹽車駿馬，能無仰首一鳴？然知命者怨而不怒，有風人之義。

《賀蘭山》，思知己之難遇，而賢者忠愛之至也。汾陽偉人，太白奇士，思其事，想見其爲人。

《朱衣神》，思賢路也。文章一小技，而名器歸之。九品中正以後，舍此則其道無由。及其權『慨當以慷』，庶幾乎登場遇之。

《夜香臺》，思慎罰也。武、宣之際，吏事刻深，不疑亦快吏也，史稱其嚴而不殘，訓由賢母，獲重而取精用宏，進退予奪之際，可勝慨哉！

以功名終。若夫嚴延年，母雖賢，曾莫救其子之惡，悲夫！

《發倉》，思可權也。爲國家者，患莫甚乎棄民。大荒召亂，方其在難，君子飢不及餐，而曰待救西江，不索我於枯魚之肆乎？《詩》曰：『載馳載驅，周爰咨度。』汲長孺有焉。

《魯連臺》，思達節也。戰國策士縱横，干秦貨楚，惟魯連於世無求，獨伸大義於天下，其賢於人遠矣。世稱『魯連不死』。嘗讀太史公書，子房東見滄海君，求力士，而不著其姓氏。誰爲滄海君？其卽魯連子非耶？

《荷花蕩》，思托孤寄命之難也。自昔衣冠多賢智，而愚不可及，每於廝養中得之。

《二郎神》，思德馨也。《禮》有功德於民者則祀之，能捍大災、禦大患者則祀之。『灑沉澹菑』，禹之明德遠矣。三代以降，遠續禹功而大庇民者，其惟蜀之二郎乎？香火千年，蜀人尊爲川主，思其德而歌舞之，宜矣。惟是神之姓氏，傳聞異辭，在正史爲李氏子，在虞初家皆以爲楊，豈灌口有兩二郎耶？

《笏諫》，思遺直也。唐人有《相笏經》，當時吉凶頗驗，而不知美惡之在人。若夫萬笏朝天，而魏鄭公用以諫君顯，段太尉用以擊賊聞，此眞笏之美者也。物以人重，信夫。

《配瞽》，思重匹也。孝子順孫，義夫節婦，天性淳篤，可維風化者，輶軒所及，代有旌揚，而連類及之，從無特獎義夫者。近事可徵，是用隱其名，顯其事，以備激揚之缺典云爾。

《露筋》，思勵俗也。烟花三月，歲歲揚州，詎二十四橋月色簫聲之外，有自苦如露筋娘者？

來往邗江，敬瞻祠宇，輒借絲哀竹濫，寫其幽怨焉。

《挂劍》，思古交也。一劍何足道，而死生然諾之際，情見乎詞。

《卻金》，思祖德也。家藏有《四知圖像》，並被諸絃歌，亦白圭三復之義。

《下江南》，思武德也。夫武，禁暴戢兵，安民和衆。宋初，李煜出降，錢氏納土，皆以全取勝，東南之民晏然。孰知百年而後，東南卽其子孫獲以偏安處也。曹彬之後當昌，又其小焉者爾。

《藍關》，思正直之不撓也。道之在天者日，其在人者心。心君氣母，內不受邪，則光耀直達，通徹三界。吾於昌黎發之。

《荀灌娘》，思奇節也。至性所動，無鬚眉巾幗，無總角成人，臨事激昂，則智勇俱出。如當日灌娘之救父，豈非動天地而泣鬼神者乎？

《葬金釵》，思補遺也。當日信陵破秦歸魏，封侯生之墓，弔晉鄙之魂，而爲如姬發哀，蓋情事之所必有，而史不及載，輒用悲歌以補之。

《偷桃》，思譎諫也。遊方之外，飾智驚愚，愚實易驚，非仙實智，知之者其滑稽之雄乎？

《換扇》，思攖寧也。攖寧者，攖而後寧。若夫得全於天，胷無滯碍，非夢亦非覺，何入而不自得乎？

《西塞山》，思物外觀也。風雨晦明，安危憂喜，頃刻萬端，用參物變。

《忙牙姑》，思死封疆之臣也。周有遺戍及勞旋帥之詩，所以慰其心者至矣，而於死事者缺焉。

孔明瀘江酹酒，哀動三軍，僉曰：『吾帥待死者如此，況其生者乎？』

《凝碧池》，思志義之士也。妻子具則孝衰矣，爵祿具則忠衰矣。上失而求諸士，士失而求諸伶工賤人焉。昔晏子有言：『非其私暱，誰敢任之？』若雷海青者，其可同類而共薄之耶？

《大蔥嶺》，思返本也。是儒是釋，誰見道眞？求諸語言文字之間，抑亦末矣。

《罷宴》，思罔極也。『長言不足而嗟嘆之』，不自知其淚痕漬紙，哀絲急管，風木增聲，恐聽者與《蓼莪》俱廢爾。

《翠微亭》，思英特也。蘄王忠智，出則夫婦同奬王室，退則闔門養威重，不出家而得泉石之友，似此唱隨，亦賢矣哉！

【箋】

〔一〕此文當爲楊潮觀撰。

吟風閣題詞

闕　名〔一〕

【南呂引子】【滿江紅】（末上）世界雲浮，遍樓閣飛空人物。平白地，爲誰顰笑，等閑凝絕。對酒當歌何處好，憑高弔古無人識。但自家陶寫性中天，閒評跋。百年事，千秋筆；兒女淚，英雄血。數蒼茫世代，斷殘碑碣。今古難磨眞面目，江山不礙閒風月。有晨鐘暮鼓，送君邊，聽清切。

【中呂慢詞】【沁園春】美景良辰，賞心樂事，人生幾場？自新聲鄭衛，淫哇競起；悲歌燕趙，感慨多傷。大雅云遥，陽春絶少，子孝臣忠闕幾章。移情處、風流宏獎，別譜絲簧。吟風閣下徜徉。有短笛横吹信口腔。借丹青舊事，偶加渲染；漁樵閑話，粗與平章。顛倒看來，胡盧提起，青史何人姓氏香？呼僮至，相將好去，細按宫商。

（以上均清乾隆三十四年己丑恰好處重刻本《吟風閣雜劇》卷首）

【箋】

〔一〕此文當爲楊潮觀撰。

吟風閣雜劇序

楊　懋〔一〕

詞曲之名起於宋，盛於元。勝國以後，文人學士，相繼而作，其膾炙人口，傳之優孟衣冠者，大抵言情居多，或致有傷風化，求其激昂慷慨，使人感動興起，以羽翼名教，殆不可得。

吟風閣者，懋伯祖笠湖公著書之室也。公嚴氣正性，學道愛人，從宦豫蜀，郡邑俎豆，爲學人，爲循吏，著作甚富。公餘之暇，復取古人忠孝節義足以動天地泣鬼神者，傳之金石，播之笙歌，假伶倫之聲容，闡聖賢之風教。因事立義，不主故常，務使聞者動心，觀者泣下，鏗鏘鼓舞，淒入心脾，立懦頑廉而不自覺。刻成，因以《吟風閣》名之。以是知公之用心良苦，公之勸世良切也。

往歲，先君子宦蜀，同僚索觀甚眾。舊板在梁溪，郵寄非易。先君子乃出家藏之本而重鐫之，手自讎校，用力甚勤。丁亥秋〔二〕，先君子沒，此板謹藏於家，二三同志，求者益多，乃爲刷印傳布。慤生也晚，不獲親承訓誨，以爲立身行己之準。又少遭孤露，父書懼不能讀，勉承先志，幸無墜失。尤願觀者觸目警心，以爲作忠作孝之助，庶無負公化俗之盛心與先君子重刊之意也夫。

歲在柔兆涒灘陽月〔三〕，姪孫慤謹識。

（一九八三年上海古籍出版社排印本胡士瑩校注《吟風閣雜劇》，頁二四四〔四〕）

【箋】

〔一〕楊慤：字文泉，無錫（今屬江蘇）人。楊潮觀子。生平未詳。

〔二〕丁亥：光緒十三年（一八八七）。

〔三〕柔兆涒灘：即丙申，光緒二十二年（一八九六）。

〔四〕胡士瑩稱據嘉慶刊本，《清代雜劇全目》稱出自嘉慶間屋外山房主人重刻本。然今存本未見此文。

附 吟風閣傳奇序

陳俠君〔一〕

傳奇行世者，不及章回說部至繁。社會所歡迎，除普通之《西廂記》、《桃花扇》，次則《牡丹亭》、《長生殿》、《琵琶記》、《燕子箋》等，諸書傳播人口，風行一時。如李笠翁《十六種曲》、蔣心餘《九種曲》，無新本印行，故知者亦尟①。此外著者，或拙詞藻，或乖音律，厭人觀聽，隨出隨滅，無著作之價值，不得長留於世界矣。間有一二佳文傑構，雖年久湮沒，斷簡殘編，好事者珍而藏之，親友展轉借鈔，文字顯晦有數，優勝劣敗，豈無定評者？

江蘇楊君笠湖，名潮觀，無錫人，以名進士宦蜀。初任邛州刺史，有政聲，善詞曲。於官廨廳事之西，築吟風閣，公餘聚賓僚，觴詠賡歌其中，揮毫著書，以爲娛樂，志乘猶志其事。嘗與袁隨園文字詰難，隨園視爲畏友。先生譜《吟風閣傳奇》三十二回，將朝野隔閡，國富民貧，重重積弊，生生道破，心摹神追，寄託遙深，別具一副手眼。文情豔麗，科白滑稽，光怪陸離，獨標新義，掃盡浮詞，不落前人窠臼，似非尋常隨腔按譜、塡曲編白可比也。

頻遭兵火，是書傳本甚稀。余先得殘本，無敍跋，無作者姓氏。後見友人藏有袖珍小本，亦佚遺下半二冊，是爲渠縣令楊文泉明府得貲②重刻，卷首文泉小序，以笠湖先伯稱作者。考閱《邛州志》所志，益悟吟風閣爲先生按譜之所，而《卻金》思祖德，《大江西》之自爲寫照，皆有寓意，愈了然於心目間矣。

去年歸里，在坊肆得獲全書，係寫韻樓鈔本，吳瓊仙女士點勘〔二〕，硃墨燦然。吳女士爲隨園女弟子。閱竟，爲之狂喜。今春，友人持原刻本來，慫慂付梓，將吳女士點勘校正本互相對勘，以聚珍版印行，以供世間欲讀是書者。因志數語，拉雜記之。

中華民國四月，海昌陳俠君識。

（民國二年六藝仁記書局據吳氏寫韻樓藏本排印本《吟風閣雜劇》卷首）

【校】

①鈔，底本作『妙』，據文義改。

②貲，底本作『質』，據文義改。

【箋】

〔一〕陳俠君：海昌（今浙江海寧）人。曾編《中西醫學叢書》（光緒三十三年刻本）、《籌鄂（俄）龜鑒》（上海書局本，收入《近代中國史料叢刊》）。

〔二〕吴瓊仙（一七六八—一八〇三）：字子佩，號珊珊，震澤（今屬江蘇吴江）人。待詔徐達源室。能詩，爲袁枚（一七一六—一七九八）女弟子。著有《寫韻樓詩集》、《寫韻樓詞草》。傳見《碑傳集補》卷五九、《清代閨閣詩人徵略》卷六。

恰好處藏板吟風閣雜劇題識

闕名

湯曾輅大奎云〔一〕：無錫楊笠湖，少以詩筆著名，中年絲竹陶寫，寄情聲律。嘗著《吟風閣雜劇》，深得元人三昧。昔人論製曲須是鉅才，與詩詞另是一幅筆墨，既宜傳演，又耐吟諷，摹神繢影，中人性情，斯爲能事。東塘、昉思而後，笠湖其嗣響矣。

琴詠賡主僭注云〔二〕：筆驚風雨，詞泣鬼神，胷臆牢騷，時展卷一讀，幾乎擊碎唾壺。《快活山》、《錢神廟》二齣，尤爲奇特之至。

（浙江圖書館藏清乾隆三十四年己丑恰好處重刻本《吟風閣雜劇》卷首墨筆題識）

【箋】

〔一〕湯曾輅：字大奎，武進（今江蘇常州）人。著有《炙硯瑣談》（亦有生齋刻本）。

〔二〕琴詠廔主：姓名、籍里、生平均未詳。

魚水緣（周書）

周書（一七一〇？——一七六六後），字天一，號澹廬、淡圃，别署澹廬居士，華亭寶山（今屬上海）人。年十六補諸生，後屢試不第。乾隆十三年（一七四八），同邑淩存淳（一七一三——一七八〇）出宰粤東，招與偕往。三十一年，曾任《恩平縣志》總纂。終循例入貢。著有《澹廬遺稿》、《月浦志》。撰傳奇《魚水緣》。傳見光緒《寶山縣志》卷一〇。參見鄧長風《十二位明清戲曲作家的生平材料》（《明清戲曲家考略續編》）。

《魚水緣》，《曲海目》著録，現存乾隆二十六年辛巳（一七六一）博文堂刻本、乾隆四十四年己亥（一七七九）知稼堂據博文堂本重刻袖珍本、道光四年甲申（一八二四）暨陽聚珍堂據知稼堂本翻刻袖珍本。

魚水緣自敍〔一〕

周　書

晝長人靜，兀坐無聊，閲安陽酒民所著《情夢柝》〔二〕，選詞構局，差可人意。遂節取其事，參以鄙見，作傳奇三十二劇，踰月告竣。以胡、沈之緣，實於賣魚之換晶珮始，易其名曰《魚水緣》。付伶倫歌之，頗合節。

客有以梓請者，余笑應之，曰：『樂府不作，降而傳奇，風斯下矣。然而其人奇、其事奇、其文奇，必有可傳者存，是以傳焉。傳奇者，傳其奇也；不奇，何能傳？襲他人之舊本，譜以新詞，而遂攘爲己有，其異於曹阿瞞者幾希？』

客曰：『焦尾之琴，爨下之桐也，而卒以琴傳。今子所作，何以異是？况《夢詫》、《借騎》諸劇，豈猶是安陽氏之舊乎？』余未及答，客攜以去。

庚辰陽月〔三〕，澹廬居士記〔四〕。

【箋】

〔一〕底本無題名，據版心補。

〔二〕安陽酒民：姓名、籍里、生平均未詳。撰小說《情夢柝》，一名《醒世奇書》，現存清康熙間嘯花軒刻本，題『蕙水安陽酒民著』、『西山灌菊散人評』。

〔三〕庚辰：乾隆二十五年（一七六〇）。

〔四〕題署之後有印章二枚：陰文方章『周書之印』，陽文方章『澹廬居士』。

《魚水緣》序

王永熙〔一〕

周君澹廬，曠逸士也。淞滹印銓、曹宰臨允時常爲余言，心竊慕之。第君家六泉，余家袁浦，雖同籍江左，而相距千餘里。余又少遊燕冀，壯宦嶺南，居鄉日少，未嘗不嘆會晤之無由也。庚辰歲，雲間淩公移守端州〔二〕，余以屬吏晉謁。君爲淩公世好友，遂得親芝宇於蓮幕間，恂恂儒雅，善氣迎人，則又恨相見之晚，而幸相見之奇。嘗敍其譜誼，君與余同見知於桐城張少宗伯。因把臂定交，相得歡甚，各出所製，互討論焉。

君抱才不遇，放浪天涯，而妙解聲律，閒情逸興，往往托之傳奇，《魚水緣》其一也。讀之，幽雅韻折，博大沉雄。元明諸前輩而外，目前之士，蓋鮮有能頡頏者。古人云：『詩有別才。』此豈無別才者能之耶？

余不善歌曲，間一究心，而知選詞命調，較詩文爲倍難。蓋情不眞則病在枯寂，老僧槁木之禪也；語不俊則失在庸腐，迂儒章句之學也。調不分則宮黃錯亂，而和者膠絃，綠林烏合之衆也；音不審則陰陽倒置，而歌者抑嗓，南蠻鴃舌之響也。是之弗講而欲搦寸管，以馳驟於歌場曲部之中，其不爲老伶所竊笑者！我來之前，聞澹廬斯劇，其有是乎，其無是乎？世必有知之者，又奚假予言爲輕重哉？

澹廬囑余言，遂書以遺之，亦以記我兩人作合之緣。言之無文，弗深論也。

乾隆庚辰歲小春之月，袁浦愚弟王永熙拜書〔三〕。

【箋】

〔一〕王永熙（約一七一六—一七八六）：字映庚，號小史，清河（今屬江蘇淮安）人。乾隆六年辛酉（一七四一）拔貢，由宗人府教習，授香山知縣。二十年（一七五五），調龍川。遷高要，以事去官。晚居郡城，布衣葛屨，以書自娱。工詩善書，學者稱『小史先生』。卒年七十餘。著有《杜詩推》、《淮上草堂詩鈔》、《替查集》、《綠蔭堂詩》等。傳見丁晏《山陽詩徵》卷一九、《皇清書史》卷一六、光緒《淮安府志》卷三二、光緒《續纂淮關統志》卷一三、光緒《清河縣志》卷二〇等。

〔二〕雲間淩公：即淩存淳（一七一三—一七八〇），生平詳見下條箋證。

〔三〕題署之後有印章二枚：陰文方章『王永熙印』，陽文方章『小史』。

魚水緣傳奇序〔一〕

淩存淳〔二〕

庚辰之秋〔三〕，余自五羊返端江，澹廬居士出所著《魚水緣傳奇》，屬余評點。公餘清暇，手披目覽，覺胡、沈諸人，恍然在眉睫間。余既喜澹廬①之名之得以傳，而尤惜澹廬之名之僅以是傳也。澹廬爲寶山名諸生，工詩文，性落拓，不修邊幅。試於有司，弗獲售，遂益放廢，哀哉！

戊辰〔四〕，余方守淩江〔五〕，澹廬從家鄉來，相見握手，歡若平生。自是南北往還，晨夕與俱，迄今十有三年矣。每當花朝月夕，分韻聯吟，驛路旗亭，托歌志慨。澮廬濡毫揮灑，若不經意，而性情所發，絕不猶人。然皆隨手散失，篋無賸稿。故當世不知有澮廬，而澮廬亦不求當世知。

夫近代之士，以帖括取功名，鮮通聲韻，能究心於陰陽清濁之分者，蓋百不獲一焉。以澮廬之才，苟能鋭志科名，置身通顯，當必有清廟明堂之作，黄鐘大吕之音，以鼓吹休明，頌揚風雅。即不然，舉平昔詩文，裒而成集，亦足馳譽於騷壇雞社之間。乃皆不出此，而僅僅以傳奇傳，豈不惜哉！

雖然，司馬之名，孺子咸知；香山之詩，老嫗亦解，世皆侈爲美談。是編一出，付之梨園，燕賓客於華堂，走兒童於村社，上之名公鉅卿，下之販夫牧豎，莫不知有《魚水緣》，澮廬之名，亦遂因以不朽。傳奇雖小技，其所傳不更廣且遠哉！

余既爲之評，復序數言於簡端，以復澮廬。澮廬其以余爲知音否？

庚辰九秋重陽前四日，竹軒主人書於端江郡齋〔六〕。

（以上均清乾隆二十六年辛巳博文堂刻本《魚水緣》卷首）

【校】

①『廬』字下至『驛路』，底本闕一頁（頁一b、頁二a），據道光四年甲申（一八二四）暨陽聚珍堂據知稼堂本翻刻袖珍本《繡像魚水緣》補。

【箋】

〔一〕底本無題名。版心題『序』。

〔二〕淩存淳（一七一三—一七八〇）：字鯤游，號竹軒，別署竹軒主人，雲間（今上海）人。乾隆初附貢生，入京充五朝國史館謄錄。乾隆十年（一七三六），敍廣東雷州府同知，宦粵十餘年。將以循聲薦瓊州知府，會母老乞歸。著有《竹軒詩草》、《粵遊草》、《西山雜詠》等。傳見錢大昕《潛研堂集・文集》卷四七《墓志銘》（《碑傳集補》卷二一）、《松江詩鈔》卷四二、嘉慶《上海縣志》卷一三、嘉慶《松江府志》卷六〇、同治《上海縣志》卷二一、光緒《寶山縣志》卷一〇、光緒《廣州府志》卷一〇八、楊逸《海上墨林》卷二、《松江詩鈔》卷四二等。參見徐俠《清代松江府文學世家述考》卷二《上海縣、青浦縣文學世家・淩存淳世家》（上海三聯書店，二〇一三）。

〔三〕庚辰：乾隆二十五年（一七六〇）。

〔四〕戊辰：乾隆十三年（一七四八）。

〔五〕淩江：今江西宜豐。以江在縣南，故借以稱。

〔六〕題署之後有印章二枚：陰文方章『淩存淳印』，陽文方章『竹軒』。

袖珍魚水緣傳奇序

譚尚忠〔一〕

知澮廬久矣。澮廬含英咀華，署之旗亭畫壁間者，耳而目之矣，而未見其人也。己丑春〔二〕，澮廬自電來高，余見之，神閒以靜，言實而文，誠哉邃養士也。名著騷壇，人推風雅，誰曰不宜？越數月，余因公次五藍塘，遇澮廬於館，剪燭劇談，至漏下三鼓乃散。政體宦情，澮廬亹亹言之，深中機要。余聆而歎曰：『賢哉，澮廬獨學也乎哉？澮廬，才也。』夫人生遇合之故，人爲之，天寔主之。充澹廬之才之學，内而鼓吹休明，外而理煩治劇，何所不可？而一編長守，擬賦《登樓》，澹廬之遇艱矣。豈非天哉？豈非天哉？雖然，白雲蒼狗，變態無常；幻影空花，情形何定？此中通塞之故，愚者迷之，智者悟焉。譬之烟波浩渺，高下萬帆，當其乘風鼓蕩，迅駛如雲，幾於神助；一轉瞬間，風迴浪轉，此安其順，即彼值其逆，升沉起落，異狀殊觀。局中人欣戚異情，各狃所遇，而登高而望者，早已覽其全勢，辨之於其先，處之乎其外，無他，其自爲位置者得也。然則澹廬雖不遇，澹廬得其天矣，何憾焉？

《魚水緣傳奇》以文人之妙筆，寫才子之幽思，入情出理，藴藉風流。授之梓人，衒售市井，或持之以交酒茗者，幾等香山詩句，郵候之壁無不書，牛童馬走之口無不道也。兹復取便行囊，改爲袖珍，則又不啻雞林賈人之百金一換矣。余愛澹廬之才之學，而重其人也，乃舉遇合之故，設爲一解，書之簡端，與知澹廬者質之。

乾隆歲庚寅夏月，古愚學者書於高州道署之瑞芝軒〔三〕。

【箋】

〔一〕譚尚忠（一七二四—一七九七）：字因夏，號古愚，一號蒼亭，别署古愚學者，南豐（今屬江西）人。乾隆十六年辛未（一七五一）進士，分發戶部。十九年（一七五四），留補戶部主事。陞員外郎、郎中、御史等。官至安徽巡撫。因忤和珅，降福建按察使。遷刑部右侍郎，調吏部左侍郎。著有《紉芳齋詩文集》。傳見陳用光《太乙舟文集》卷八《墓志銘》、江濬源《介亭外集》卷六《墓志銘》、姚鼐《惜抱軒文後集》卷六《神道碑》、《國史列傳》卷六二、《碑傳集》卷三六、《國朝耆獻類徵初編》卷九〇、《國朝詩人徵略初編》卷三二、《湖海詩人小傳》卷七、《皇清書史》卷二二等。

〔二〕己丑：乾隆三十四年（一七六九）。

〔三〕題署之後有印章二枚：陰文方章『尚忠之印』，陽文方章『古愚』。

繡像魚水緣序〔一〕

曾　蕚〔二〕

寶山瀹廬居士客端州，著《魚水緣傳奇》，端守上洋淩竹軒先生爲之評，吴興沈君爲之鐫版。書出，人爭賞之，時庚辰秋九月也。明年辛巳〔三〕，余涖南平，得諸鴛湖陶君。陶君雅善居士，亟稱其才，余亦傾慕，願一見顔色，而居士束裝歸矣。居士既歸，坊人見其書者，以爲奇貨可居也，謀諸沈君，售其版，還檇李。自是粤中無《魚水緣》，人之求而未獲者，輒咨嗟太息，有鄭公子不及嘗黿之嘆。

歲甲申〔四〕，居士重遊東粤，余介陶君要致之。因得盡窺其著作，如崑崙玄圃，珠玉琳，目不暇接，《魚水緣》特全豹之一斑耳，以是爲居士重，亦輕量居士矣。會修邑志，屬居士綜其成，筆削謹嚴，得《春秋》遺意。而筆墨高古，議論正大，與傳奇若出二手，夫乃嘆史家、詞家各擅專門者，非全才也。

志成，友人耳居士名者，知余爲居停主，郵書索《魚水緣》，脛走翼飛，日三四至。詢之居士，篋中無存者，版已入他人手，不可復得。余乃出嚮時藏本，命吏繕寫，幅僅如掌，付之梓，以應求者。

序言於端，俾讀是編者，知居士之才不僅以傳奇見，一鴒不足，以至於再，大版不復，易以小帙，皆他人爲之，非居士意也。若夫構局之縝密，修詞之姸麗，選調之精純，竹軒先生評之甚詳，久爲有目所共賞。余生長僻陋，未諳聲律，不敢强作解事，以貽識者哂。

時乾隆歲在丁亥春三月清明日，九和曾㷀書〔五〕。

（以上均清道光四年甲申曁陽聚珍堂據知稼堂本翻刻袖珍本《繡像魚水緣》卷首）

【箋】

〔一〕底本無題名。版心題《序》。

〔二〕曾㷀（一七二一—一七九七）：字麗元，號清溪，平和（今屬福建）人。乾隆十五年庚午（一七五〇）舉人，次年辛未（一七五一）進士。歷任廣東恩平、潮陽等五縣知縣，羅定等四州知府，陞直隸連州知州。誥封奉政大夫，告老還鄉。纂修《恩平縣志》。著有《易卦闡義集》、《詠歸集》。傳見光緒《平和縣志》。

〔三〕辛巳：乾隆二十六年（一七六一）。

〔四〕甲申：乾隆二十九年（一七六四）。

〔五〕題署之後有印章二枚：陰文方章『㷀之印』，陽文方章『青溪』。

魚水緣跋〔一〕

陳世熙〔二〕

自唐復樂府四十八調爲二十四調，而後詩餘、套曲，由大晟①以迄金元，其所爲九宮十三調，皆二十四之遺也。何良俊謂：『詩亡而後有樂府，樂府闕而後有詩餘，詩餘廢而後有歌曲。』蓋歌曲者，古詩、樂府之流亞，減字偷聲之濫觴，文人游戲所及，藉爲陶寫哀樂之具，寄託諷諭之義者也。顧歌苦知希，曲高和寡；狹邪蕩檢，淫佚居多。抑嗓聱牙，村沙莫耐，好音之嗣，戛乎難之。

澹盧先生，以淹雅通才，妙解聲律，借香奩之逸史，寓懲感之深情。偶一染指，栩栩欲活。正如鄭德輝之九天珠玉，費唐臣之三峽波濤，高文秀之金盤牡丹，沈和甫之翠屏孔雀。標新領雋，追魄繪神，要不失古樂府遺意，而與元人諸院本相頡頏焉。客窗孤悶，作曼聲讀之，漏下三鼓，忽忽忘寢。先生之移我情，抑何深耶！

庚辰孟冬朔夜，山陰陳世熙拜跋〔三〕。

（《傅惜華藏古典戲曲珍本叢刊》第四〇冊影印清刻巾箱本《魚水緣傳奇》卷首）

【校】

①晟，底本作『晨』，據文義改。

【箋】

〔一〕底本無題名。

〔二〕陳世熙：字賡颺，號蓮塘，別署蓮塘居士，山陰（今浙江紹興）人。禮部侍郎陳其錕（一七九二—一八六一）祖父。諸生。遊幕粵東，遂家番禺（今屬廣東）。編輯《唐人說薈》（又名《唐代叢書》），現存清乾隆五十七年（一七九二）挹秀軒刻本等。著有《蓮塘詩鈔》。傳見《國朝詩人徵略二編》卷三〇、《粵詩人彙傳》卷九、同治《番禺縣志》卷二七、宣統《番禺縣續志》卷一九等。

〔三〕題署之後有印章二枚：陰文方章『陳世熙印』，陽文方章『蓮塘』。

（魚水緣）題詞

項又新　等

鵝管笙囊韻自悠，水紋簾外雨聲秋。誰將桂序新翻曲，付與江南鞠部頭。（中秋後一日，過陳蓮塘先生寓，聽歌《魚水緣》新曲。）

雅調眞堪追玉茗，麗詞直欲壓《金荃》。人間簫管恐難和，乞借飛瓊廿五絃。錢塘項又新武瞻〔一〕

春風玉笛，按清歌而樹葉皆搖；明月芳尊，發奇響而梁塵欲墮。溯風流於畫壁，神往旗亭；追雅韻於懸瓠，情移禁苑。其如世無才子，孰譜烏絲？座有佳人，空拈紅豆。滄廬周君，家本長貧，才偏獨富。早蜚聲於藝圃，芹水芬流；久蠖屈於黌宮，蓬池路隔。爾乃梅關遠度，蓮幕高棲。珠海濤飛，是處則俗原慷慨；花田春盎，此時則人尚冶遊。依小令以成聲，援微詞而通志。楚三閭之騷賦，寄興蛾眉；晉五柳之閒吟，託言鴛枕。是情是夢，移來面目自稗官；如水如魚，嘔出心肝成雅調。是則花生犀管，麗句雖多；繡得鸞箋，愁懷不少矣。然而飄零何恨，汗漫奚憂？離合悲歡，便是當場說法；窮通得喪，無非借景傳情。不信予言，請觀斯劇。古杭應際泰曉山〔二〕

吞吐珠璣，換移宮羽，翻出鮮新樂句。魚水爲緣，神明做美，作合世間仙侶。無限歌容舞態，著手皆生趣。　應顧取，是周郎重開面目。親譜就，淑女才人奇遇。更俠氣丹心，都付與銀箏璚柱。嫋嫋清音，試搬場深沉院宇。看粱間簷外，自有白雲來去。（【法曲獻仙音】）

及人〔三〕

會稽王恩浹

周郎老去倍多情，自按宮黃作曼聲。好付雪兒歌宛轉，畫簾風細坐調鶯。

衍波膩滑淨於脂，譜出新翻樂府詞。楊柳曉風汾水鴈，不須腸斷聽龜茲。

閒塗金粉寫香奩，綠意紅情信手拈。自此旗亭多韻事，舊人應不唱烏鹽。

鐵板紅牙兩擅場，吐花妙筆更生香。靜聽絲肉中宵發，玉潤珠圓繞畫樑。山陰胡德林恭木〔四〕

一讀新編失舊編，析聲重向曲中傳。情當覺後原無夢，局更翻新別有緣。三疊清歌催象板，十年客思寄蠻箋。才人自古誇江左，畢竟風流許練川。武原湯璘幼珍〔五〕

練川周子文苑豪，摩空健筆翻秋濤。閒情忽忽託宮羽，審詞譜出雲林璈。元音入手汰繁響，《紅鹽》、《白苧》皆風騷。忽如深柳鶯百囀，悠揚嘽緩無喧嘈。忽如萬籟夜闃寂，戛然一鶴唳九皋。或如列陣班馬肅，微風颯颯吹旌旄。或似海水驟澎湃，魚龍角觝鳴蒲牢。麗於蜀錦潤於玉。爽若哀梨快并刀。予亦風塵羈行役，作詩大似寒蛩號。讀君歌曲輒慷慨，背癢卻得麻姑搔。試調六引遲清唱，花臺布席漱松醪。鈿箏錦瑟互搏拊，玉簫金管相由敖。鴛鴦起舞芙蓉笑，但見碧雲不動霜天高。古越馬學禮非林〔六〕

烟凝紫岫，適逢青女司辰；菊綻黃華，誰遣白衣送酒？嗟旅懷之闃寂，取樂無方；喜豔曲之喧傳，消愁有物。若其系自盤龍，人如洗馬；偶餘篆畫，旁涉雕蟲。花飛鈿笛，譜成緩緩之詞；　雲遏玳梁，度出紅紅之曲。妍思妙發，抽鳳紙以爲書；　逸響孤吹，調鸞笙而作韻。搓酥滴粉，聊抒羈客之閒情；　刻羽移宮，遙托騷人之雅興。沾綠醑而按樂句，僕亦解人；　拈斑管而縷冰紋，君眞名士。會稽陶思沂德載〔七〕

舊事拈來，頓教情夢翻新局。鑄金鎔玉。更韻諧絲竹。　顧誤周郎，自譜烏絲曲。倩誰讀，雪兒牙簸，判取珠論斛。（【點絳脣】）　武林沈維炘菊園〔八〕

不相因處若相因，畫裏廬山面目眞。唱到擅場還顧影，何妨我即是他人！

我作吾詞自有因，《琵琶》、《拜月》亦非眞。文章豈必追前代，不信今人讓古人。平江徐廷僑東里〔九〕

籍甚周公瑾，名將樂府傳。調高翻《白雪》，詞豔失青蓮。不盡江湖思，都成筆墨緣。宵來歌一曲，魂夢鎮相牽。鑒湖金如龍雲飛〔一〇〕

才高鸚鵡少人知，聊借笙簧譜豔詞。楊柳曉風誰唱出？好將金屋貯紅兒。

秦樓簫咽一燈青，惆悵巫山夢易醒。今夜讀君《魚水傳》，不須更唱《雨淋鈴》。（時予甫斷絃。）

會稽王棟培南〔一一〕

君臣以義合，男女以情聯。物情千萬變，惟正乃能傳。情至物自感，忻戚豈徒然！蠢爾木石人，安知魚水緣？嘉禾陶滌霍亭〔一二〕

聞君懷古曲（孫萬壽），頓足託幽深（張翰）。舉世無知者（陶潛），孰爲勞寸心（謝朓）。風雲能變色（庾信），簫管有遺音（阮籍）。殊響俱清越（謝靈運），繞枝驚夜禽（孔紹德）。同邑范江容齋〔一三〕

花箋好作斷腸文（皮日休），把酒相看日又曛（韋莊）。風格只因天上有（李羣玉），人間能得幾回聞（杜甫）？

莫奏開元舊樂章（薛逢），衆仙同日咏《霓裳》（李商隱）。夜來省得曾聞處（許渾），猶是微塵繞畫梁（崔珏）。會稽沈德麟振三〔一四〕

古調久不作，新聲聽忘疲。少年强解事，侈口工塡詞。工詞不工調，歌者咸苦之。周君妙聲律，放浪才不羈。拈題構新劇，情至文益奇。心花發江管，藻彩紛離披。佳人親按板，座客互調絲。乍令壯夫感，忽動羈人悲。選詞復選調，盡善無瑕疵。一讀一擊節，使我神爲移。申江淩存濟耐亭〔一五〕

緣從魚水生，不從魚水滅。願以此因緣，廣爲衆生說。現彼魚水身，即得魚水度。是名魚水緣，本無魚水故。會稽朱璋寶香〔一六〕

天遣多情不自持（韓偓），瑩然冰玉見清詞（盧綸）。等閒遊戲（孫光憲），又白幾莖髭（方干）？且飲清樽消磈壘（孫氏），細聽金石怕低迷（曹唐）。儘黄昏也（元宗），不醉莫言歸（宋之問）。（中秋後一日，過陳蓮塘先生齋頭，聽伶人歌《魚水緣》新曲，偶集唐句，成琴調【相思引】。）會稽沈基培風〔一七〕

居士天生眞率，不會人前修飾。張著口說地談天，信著手塗牆抹壁。四海空囊也不愁，說到功名便不答。世人指作狂夫，自己稱爲廢物。忽然示我傳奇，前後三十二折。配腳色或莊或諧，肖聲情忽歌忽泣。南詞與玉茗爭衡，北調使漢卿避席。余乃拍案大呼曰：『必傳！必傳！』居士搖頭徐應道：『未必！未必！』華亭范嘉璧曰齋〔一八〕

故人千里外，貽我新翻曲。平生無限情，展卷便相觸。

蘇蕙機中錦，徐熙畫裏花。豈知相賞處，顔色不堪誇。上海王榮鑒鏡齋〔一九〕

大雅淪胥久，宫黄已漸訛。繁音淆木笪，豔體失金蓑。詎有周郎曲，偏宜郢客歌。謝箋鏤月細，江管吐花多。調逸諧絲竹，詞妍薄綺羅。意珠縈翠羽，心錦織龍梭。笛倩桓伊合，笙招子晉和。韻應追穆護，節自勝陽阿。才富如君少，知希愧我何？興來攜酒讀，醉眼幾經摩。雲間顧鴻志學遜〔二〇〕

緑波畫舫，易觸離愁；紫陌花驄，每增塵夢。誰憑寸楮，遄聞蠲忿之思？難遣迴腸，不作有情之累。則有文苑仙才，騷壇名宿。偶托喁喁之細響，聊抒寂寂之羈懷。譜成拾翠之詞，豔胎孕麝；翻出吟紅之曲，秀骨含葩。象外傳神，迴異人間粉澤；情中寓景，倏生筆底烟雲。引以曼聲，能無擊節？銀箏按罷，更浮鸚鵡之杯；彩筆投來，須贈珊瑚之架。平江徐元鼎羹梅〔二一〕

逸致高懷迥出塵，更從詞曲見精神。雪兒按拍宫商穩，鮑老當場面目新。縱使無情觀亦感，分明是戲認須眞。風流公瑾依然在，莫問前身與後身。稽山馬學講思齋〔二二〕

記室千年翰墨孤（陸龜蒙），案頭筠管長蒲蘆（韓偓）。綵衣才子多吟嘯（方干），一字新聲一顆珠（薛能）。

撚玉搓酥軟復圓（趙光遠），不煩良匠更雕鐫（陸龜蒙）。陽和本是烟霄曲（楊巨源），留與工師播管絃（湯悅）。崇川兄玉燮庭〔二三〕

夫子茂遠猷（陸機），蕙風入懷抱（謝朓）。篇翰靡不通（鮑照），詩書敦夙好（陶潛）。羽翼自摧藏（阮籍），悠悠涉長道（古詩）。奇唱發幽情（廬山諸道人），清辭灑蘭藻（謝靈運）。奐若春華敷（張華），萬頃陂色縹（梁武帝）。變故在斯須（曹植），憂喜相紛擾（孫楚）。寓目理自陳（王羲之），懷情徒草草（范雲）。文章不經國（應璩），榮名以爲寶（古詩）。門人淩格心孚陞〔二四〕

緊維金元，厥有歌曲。自北而南，各成杼柚。猗歟斯編，十法具足。一字一音，分清辨濁。鑄古鎔今，儷紅配緑。俚而能文，雅亦通俗。其圓如珠，其潤如玉。有色有聲，宜絲宜竹。譬若寫眞，各肖面目；譬若行兵，此應彼伏。綺席慢歌，芸窗細讀。志士怒呼，旅人夜哭。實甫之遺，東嘉之續。《拜》、《殺》、《荊》、《劉》，不堪作僕。誰實爲之？吾家癡叔。受業姪學易允昌〔二五〕

（清乾隆二十六年辛巳博文堂刻本《魚水緣》卷首）

【箋】

〔一〕項又新：字武瞻，錢塘（今浙江杭州）人。生平未詳。

〔二〕應際泰：字曉山，古杭（今浙江杭州）人。生平未詳。

〔三〕王恩浹：字及人，會稽（今浙江紹興）人。生平未詳。

〔四〕胡德林：字恭木，山陰（今浙江紹興）人。生平未詳。

〔五〕湯璘：字幼珍，武原（今浙江海鹽）人。生平未詳。

〔六〕馬學禮：字非林，古越（今浙江嘉興）人。生平未詳。

〔七〕陶思沂：字德載，會稽（今浙江紹興）人。生平未詳。

〔八〕沈維炘：號菊園，武林（今浙江杭州）人。生平未詳。

〔九〕徐廷僑：字東里，平江（今屬湖南嶽陽）人。生平未詳。

〔一〇〕金如龍：字雲飛，鑒湖（今屬浙江嘉興）人。生平未詳。

〔一一〕王棟：字培南，會稽（今浙江紹興）人。生平未詳。

〔一二〕陶滌：號霍亭，嘉禾（今浙江嘉興）人。生平未詳。

〔一三〕范江：號容齋，華亭（今屬上海）人。生平未詳。

〔一四〕沈德麟：字振三，會稽（今浙江紹興）人。生平未詳。

〔一五〕凌存濟：號耐亭，申江（今上海）人。生平未詳。

〔一六〕朱璋：字寶香，會稽（今浙江紹興）人。生平未詳。

〔一七〕沈基：字培風，會稽（今浙江紹興）人。生平未詳。

〔一八〕范嘉璧：號曰齋，華亭（今屬上海）人。生平未詳。

〔一九〕王榮鑒：號鏡齋，上海人。生平未詳。

〔二〇〕顧鴻志：字學遜，雲間（今屬上海）人。生平未詳。

〔二一〕徐元鼎：字羹梅，平江（今屬浙江嘉興）人。生平未詳。

〔二二〕馬學講：字思齋，稽山（今浙江紹興）人。生平未詳。

〔二三〕周玉：字燮庭，崇川（今屬上海）人。周書之兄。生平未詳。

〔二四〕淩格心：字孚陛。籍里、生平均未詳。周書門人。

〔二五〕學易：即周學易，字允昌。華亭（今屬上海）人。周書之姪，周玉之子，生平未詳。

芝龕記（董榕）

董榕（一七一一—一七六〇），字念青，號恆巖，又號定巖，别署謙山、漁山、繁露樓居士，直隸豐潤（今屬河北）人。雍正十三年乙卯（一七三五）拔貢，廷試第一，歷任鞏縣、孟津、濟原、新野、夏邑知縣，陳州通判，鄭州、許州知州，金華、南昌、九江知府，官至江西吉南贛寧道。著有《浭陽詩集》、《庚溪集》、《詩意》、傳奇《芝龕記》等。傳見《大清畿輔先哲傳》卷一九。

《芝龕記》，《今樂考證》著錄，現存乾隆十七年（一七五二）序刻本、乾隆間補刻本、道光二年壬午（一八二二）補刻本、光緒十五年己丑（一八八九）董氏重刻本、光緒十五年湖南道州刻本、光緒十五年資中刻本等。參見劉曉麗《〈芝龕記〉及其版本》（《四川圖書館學報》一九八六年第四期）。

芝龕記凡例

闕　名（一）

一、記中惟闡揚忠孝節義，並無影射譏彈。所有事蹟，皆本《明史》及諸名家文集、志傳，旁采説部，一一根據，並無杜撰。雖詞場餘技，而存心必矢虛公，命意必歸忠厚。深知刻薄譏刺，無益世風，徒傷心術，一言造孽，三世成瘖，誠戒之也。至於姓名官爵，古今最易相重，閲覽君子，諒不以此致疑。

一、此記大意，爲秦忠州、沈道州二奇女衍傳。而二女者，非尋常閨閣之人，乃心乎國事，有功名教之人也。《明史》秦良玉本傳，起於神宗中葉，卒於鼎革之初。三朝戰功，一門殉節。初平播州，功第一而不言功，有介子推之風，是其德與量之不可及也；歷平奢、安，敗流賊，百戰不挫，有趙順平之風，是其勇略勞勩之不可及也。洎乎按壘談兵，嘆息於武陵之以蜀爲壑，捷春之坐以設防；後圖全蜀形勢而不見用，請益兵守十三隘而無兵可發，痛哭而歸；以兄弟皆死王事，不肯以餘年事逆賊，事事俱見英風，言言皆有生氣。他人有其一節，即已可傳，兼綜衆美，歷久不渝，屈指季明，鬚眉有幾？而沈雲英道州救父破賊，全城奉敕，褒授遊擊將軍，實與秦總兵可稱雙美。毛西河《沈志》曰：『將軍於父爲孝，於國爲忠，於夫爲節，於身爲貞。既擅女德，又兼婦訓，文能傳經，武足戡亂。嗚呼！人能如此，抑又何求？謂之神女聖女，非過量也。』今以此二奇女爲題，較之《虎口》之任丘，《桃花扇》底之商丘，頗有實事大節，可以貫敍。

一、記中既以二女爲題，則所敍無非關合二女之事。欲敍女功，先推女禍，蓋明季一純陰之世界也。自神宗靜攝，鄭妃擅寵，爲陰之始凝。嗣即閹宦四出，案獄迭興，至熹廟之客魏亂政，陰盛極矣。内有璫禍，故外釀兵禍。始有播州田雌鳳，繼有水、藺之奢社輝、安氏等流寇之起也。既由閹黨之婪虐，又因毛夫人之馳驛，激裁驛遞。闖賊之韓、牛、紅娘子，獻賊之敖、高，皆本題之反面。二女戮力於此，不得不敍。記中璫禍兵禍夾寫，皆陰中陰，且有陽變爲陰者。獨二女爲陰中陽，以陽勝陰，在才德而不在體質，實以勉乎陽也。至《圓圓》一曲，剝極而復，否極而泰，天開聖朝，始爲純陽世界。篇中一意到底，精《易》君子，定鑒苦心。

一、記中敍事雖多，實一意貫串。且較原傳原文，已多用翦裁檃括之法。如秦之東援，及邦屏之戰死渾河，用影敍追敍。良玉先後克紅崖墩、觀音寺、青山墩諸大巢，蜀中底定，復援貴州等事，用串敍。天啓三年上書，兼劾李維新一節，用代敍。秦翼明豫楚戰功，用議論撮敍。崇禎十三年，良玉盛兵雒門，百子溪扼渡一節，亦用追敍。秦拱明殉普名聲之亂，沈雲祚殉成都之變，皆用帶敍。不知者謂其繁，知者當許其簡。且文字原不在長短皮相，惟以達意爲主。達而不已，固不可；不達而竟已，亦不可。一意孤行，意盡而止，前人名論也。況敍事之文，尤必窮源竟委，非敢故爲冗長。

一、記中人物腳色，以秦、沈、馬、賈爲主，二旦二生，扮演到底。其餘或其骨肉，或其恩讐，或其使令，皆不得不現於場上。其人物裝扮，原各不同。如秦邦屏與其子翼明，爲良玉胞兄、兄子，前後各有事蹟，場上俱用末腳，前扮邦屏應帶鬚，後扮翼明不帶鬚，便有分別。又如淨腳扮李闖，用粉墨，扮彭仙則洗去粉墨。餘仿此。

一、善善欲長，惡惡欲短。傳奇有生旦，不能無淨丑。此記中淨丑，不過閹人閹黨，或誤國之人，及蠻寇流賊而已。然皆一秉虛公。如敍閹黨之亂，而於追敍門監張敏，結敍王承恩，兩監忠節，未嘗不三致意焉。又如論楊武陵處秦、沈，議論不同，而其爲國惜才之意，則一記中曲爲傳出。

餘可類推。

一、是非著則勸懲明，原不必談因果。然彭生大豕、趙王蒼犬等事，見之《左》、《史》。漢唐以後，紀載尤多。有明之末，人鬼混雜，《五行志》已不勝書。九蓮菩薩著靈等事，見之列傳，毛西河《彤史拾遺》、張白雲《玉光劍氣》所載，歷歷不爽。舞榭歌場，亦可稍爲烘託。記中前後兩層，上下果報昭彰，皆有依據，未敢偏枯。但亦不過偶一點染，以爲文章伏應。或如司馬相如傳中子虛烏有之倫，無不可也。

一、朱竹垞《明詩綜》，選莊烈帝賜秦良玉詩，注載：『良玉忠勇，多大略。』《野紀》謂：『良玉有男妾數十人。』而夔州李吉士長祥力辯其誣，謂川撫嘗遣陸緜州遜之按行諸營，良玉冠帶，飾佩刀出見，設饗禮，論兵事。遜之誤曳其袖，良玉引佩刀自斷之。其嚴肅如此。又有一鉅公，偶忘其姓氏，集中辯男妾猶言男婦也。横雲山人《史藁》並新頒《明史·良玉傳》內，於此等處，並皆刪淨。夫歷代史傳所載，取大義而略小節者甚多。卽有此事，原無傷其忠勇。但前人既已代爲辯冤，事關名節，不可不附記於此。

一、記中極小人物，皆無虛造姓名。如小丑腳色中，石砫小奚來狩，見褚稼軒《堅瓠集》；顧崑山青衣馬錦，取侯朝宗《壯悔堂集》。餘仿此。

【箋】

〔一〕此文當爲董榕撰。

芝龕記序

黄叔琳〔一〕

昔賢謂文章一小技，則詞曲樂府，又莫不以爲文章末藝也。余謂學者立言，不拘一格。苟文辭有關乎世教人心，則播諸管絃，陳諸聲容，其感發懲創，視韶鐸象魏，入人較深而鼓舞愈速，則是警動沉迷，不異羽翼經傳，而開聾啓聵，與正誼明道者，固殊途而同歸。夫作史者必具三長，惟詞人亦然。是故有學、識而無才者，不可爲詞人，恐其泥於腐也；有才、學而無識，與夫有才、識而無學者，皆不可爲詞人，一恐蔽於固陋，一恐溺於俚俗也。

董君恒嵓，工文章，具卓識。爲政之餘，以高才博學，著作自娱。壬申秋〔二〕，郵近製《芝龕記》院本，屬余序，余受而讀之。蓋以一寸餘紙，括明季萬曆、天啓、崇禎三朝史事，雜采羣書野乘、墓志文詞，聯貫補綴爲之，翕闢張弛，褒貶予奪，詞嚴義正，慘澹經營，洵乎以曲爲史矣。其中以石砫女官秦良玉、道州遊擊沈雲英爲綱，以東林君子及疆埸死事諸賢與殉烈羣貞爲之紀，而以彭、曇兩仙經緯其間。至排場，正變遞見，奇險莫測。狀戎旅則風雲變色，寫戰鬬則草木皆兵。灑嫠婦孤臣之淚，滿座沾巾；幻鬼神仙佛之觀，一堂擊節。若夫詞令之工，組繡編珠，鏤肝鉥腎，雄傑微婉，譎辯諧謔，無不各肖其人。能使賢姦善惡，一啓口而肺肝畢露；邊荒軍國，一指掌而光景悉陳。汪洋縱恣，行間海立山飛；細膩幽微，字裏月明花淨。至其穿插迴暎之巧，比屬裁剪之精，又如亂絲就理，萬派尋源，妙緒環生，匠心獨運。要其旨趣本於忠孝，紀載根諸史册，析疑補闕，闡微表幽，作者激昂感慨，設施蘊蓄，又可想見也。

近代詞人，以洪昉思、孔東塘爲巨擘。第《長生殿》終始明皇，《桃花扇》包羅南渡，宜其跋扈詞壇，比肩絕唱。斯編事該三世，什伯其人，欲令一丈紅毹，歷歷皆現。無論披風抹月之輩，閣筆不下；卽使具良史才者傳之，恐亦殫心戟手。而恆嵩操三寸不律，獨爲其難，所謂現大千於指輪，納須彌於芥子，知音者固不當以詞曲觀之也。

余老矣，既無東山絲竹，令家伶衍此大觀，又不能從太守顧曲芳筵，賞音浮白。惟願讀是編者，求作者苦心所在，則感發懲創之下，固凜然有關世道人心之文，又何得不服其三長，而漫以凡響忽之耶？

八十一老人黃叔琳序〔三〕。

【箋】

〔一〕黃叔琳（一六七二—一七五六）：字宏獻，一字崑圃，號研北，學者稱北平先生，原出歙縣（今安徽）程氏，宛平（今北京）人。康熙二十九年庚午（一六九〇）舉人，三十年辛未進士，授翰林院編修。雍正元年（一七二三），以刑部侍郎典試江南。官至吏部侍郎。通經義，善詩文。著有《硯北易鈔》、《詩統説》、《周禮節訓》、《黃氏詩鈔》、《養素堂文集》等。傳見《清史稿》卷二九〇、《清史列傳》卷一四、《碑傳集》卷六九、《國朝耆獻類徵初編》卷六四、《國朝先正事略》卷一〇、《漢名臣傳》卷二六、《國朝詩人徵略初編》卷一六、《昭代名人尺牘小傳》卷一四、《大清畿輔先哲傳》卷四、《國朝學案小識》卷一一、《道學淵源錄・聖清淵源錄》卷二一、《清儒學案小傳》卷七等。

參見顧鎮《黄崑圃先生年譜》（一題《黄侍郎年譜》），清乾隆刻本、《畿輔叢書》本）。

〔二〕壬申：乾隆十七年（一七五二）。

〔三〕題署之後有印章二枚：陽文方章「黄叔琳印」，陰文方章「崑圃」。

（芝龕記）序

邵大業〔一〕

風琴雅管，和平要眇之音；瞋目衝冠，慷慨悲歌之調。惟發至情於忠孝，斯稱樂府元音；苟宣正氣於坤乾，寧似香奩豔曲。名都才子，記演芝龕；綺席詞人，神遊蓮座。笙歌入耳，恍五夜之清鐘；傀儡登場，儼三朝之寔錄。

慨自深宫靜攝，内監兇張。熾門戶以陷封疆，戮忠良以啓流寇。大憝伏法，仍驅虎而入狼；小醜跳梁，竟鯨波而豕突。義兵苦戰，慘甚爲魚；飢卒羣奔，怨同使鶴。然而恩深棫樸，節義獨盛於他朝；瑞表芝蓮，貞烈尤奇於往代。杖夫而披萬衆，驍果邁劉氏之妻；救父而透重圍，孝勇等荀家之女。岷江翻血浪，夫人城上不豎降旗；楚澤徹狼烟，娘子軍中對開幕府。兄及弟後先死事，盡室勤王；父與夫彼此衝鋒，滿門殉難。麒麟象服，隨宸翰以齊輝；龍虎分符①，借卹典而并渥。曹娥濟美，重刊幼婦之碑；花蕊含羞，誰解男兒之甲？天子預開麟閣，將軍願借明駝。心迹雙清，更冰霜之共凜；圭璋聯耀，兼詞翰之如神。

爾乃董子窺園，周郎顧曲。雕龍繡虎，寫來英氣如生；檀板金樽，看去儀型宛在。新亭淚灑，偏令氣壯山河；故壘烟消，未許浪淘人物。彤管光浮青簡，全忠盡孝，大倫何分於巾幗鬚眉；白蓮瑞靄黃芝，敵愾鉏姦，正氣常在乎星辰河嶽。煉就補天之石，健筆獨扛；試作擲地之聲，清詞誰敵？詩史詞史，與正史以參稽；事奇人奇，并傳奇而不朽。豈止秦淮舟次，烟花悲亡國之音；玉茗堂前，朝暮琢斷腸之句也哉！

時乾隆辛未嘉平，析津邵大業書於大梁郡署之一鸛樓〔二〕。

【箋】

〔一〕邵大業（一七一〇—一七七一）：字在中，號厚庵，別號思餘，大興（今北京）人。雍正十一年癸丑（一七三三）進士。乾隆元年（一七三六），授湖北黃陂知縣。官至徐州知府。著有《謙受堂集》。傳見鄭虎文《家傳》（嘉慶二年刻本《謙受堂集》附）、錢大昕《墓志銘》（《謙受堂集》附）、《清史稿》卷四七七、《清史列傳》卷七五、《碑傳集》卷一〇五、《國朝耆獻類徵初編》卷二三一、《大清畿輔先哲傳》卷二一、《昭代名人尺牘續集小傳》卷一、《皇清書史》卷二八、《清代七百名人傳》等。

〔二〕題署之後有印章三枚：陽文長方章『康節公二十五世裔孫』，陰文方章『邵大業字在中號厚庵別號思餘』，陽文方章『子丑元魁』。

芝龕記引訓

王陽明　等

王陽明先生《傳習錄》曰〔一〕：『古樂不作久矣，今之戲子，尚與古樂意思相近。《韶》之九成，便是舜一本戲子；《武》之九變，便是武王一本戲子。聖人一生實事，俱播在樂中。所以有德者聞之，便知其盡善盡美與盡美未盡善處。若後世作樂，只是做詞調，於民俗風化絕無干涉，何以化民善俗？今要民俗反樸還淳，取今之戲本，將妖淫詞調刪去，只取忠臣孝子故事，使愚俗人人易曉，無意中感發他良知起來，卻於風化有益。』

劉念臺先生《人譜類記》曰〔二〕：『梨園唱劇，至今日而濫觴極矣。然而敬神宴客，世俗必不能廢。但其中所演傳奇，有邪正之不同。主持世道者，正宜從此設法立教，雖無益之事，未必非轉移風俗之一機也。先輩陶石粱曰：「今之院本，卽古之樂章也。每演戲時，見有孝子悌弟、忠臣義士，激烈悲苦，流離患難，雖婦人牧豎，往往涕泗橫流，不能自已，旁視左右，莫不皆然。此其動人最懇切，最神速，較之老生擁皋比、講經義，老衲登上座、說佛法，功效百倍。至於《渡蟻》、《還帶》等劇，更能使人知因果報應，秋毫不爽，殺盜淫妄，不覺自化，而好生樂善之念油然生矣，此則雖戲而有益者也。近時所撰院本，多是男女私媟之事，深可痛恨。而世人喜爲搬演，聚父子兄弟，并幃其婦人而觀之，見其淫謔褻穢，備極醜態，恬不知愧。曾不思男女之慾，如水浸灌，卽日事防閑，猶恐有瀆倫犯義之事，而況乎宣淫以道之！試思此時觀者，其心皆作何狀？不獨少年不檢之人，情意飛蕩，卽生平禮義自持者，到此亦不覺津津有動，稍不自制，便入禽獸之門，可不深戒哉！」』

陳榕門先生《訓俗遺規》曰〔三〕：『《人譜類記》一則，與陽明先生之意相發明，均爲近時良

藥，故附錄於此。更有演戲不以邪淫爲戒，偏以悲苦爲嫌，以姓名爲諱，則其惑尤甚矣。』〔四〕

【箋】

〔一〕王陽明：即王守仁（一四七二—一五二九），幼名雲，字伯安，號陽明，別署陽明子，餘姚（今屬浙江）人。弘治十二年己未（一四九九）進士，歷任刑部主事、貴州龍場驛丞、廬陵知縣、右僉都御史、南贛巡撫、兩廣總督等職，官至南京兵部尚書、都察院左都御史。平定宸濠之亂，因功封新建伯，隆慶年間追贈新建侯。謚文成，後人稱王文成公。著有《王文成公全書》。傳見《明史》卷一九五。

〔二〕劉念臺：即劉宗周（一五七八—一六四五），初名憲章，改名宗周，字起東（一作啓東），號念臺，別署秦望中山人、還山主人、讀易小子、山陰廢主、克念子、蕺山夫子、蕺山劉子、子劉子等，友人稱念臺子，山陰（今浙江紹興）人。萬曆二十五年丁酉（一五九七）舉人，二十九年辛丑（一六〇一）進士。會母喪，居家守制三年。三十二年，授行人司行人。屢次因上疏忤旨而被黜。天啓元年（一六二一），召爲禮部儀制司主事，歷右通政，削籍歸。崇禎間，官至都察院左都御史，復革職爲民。清順治二年（一六四五），杭州失守，絕食卒。門人私謚正義，魯王謚忠端，唐王謚忠正，乾隆間追謚忠介。輯《劉氏家譜》、《古小學集記》、《古小學通紀》等，删定王守仁《傳習錄》，定《經籍考》、《古學經》等。著有《劉子全書》、《劉子全書遺編》等。傳見黄宗羲《子劉子行狀》（《南雷文案》附印本）、毛奇齡《西河合集》卷七六《傳》、邵廷寀《思復堂文集》卷一《傳》、《明史》卷二五五、《明儒學案》卷六二等。參見劉汋《劉宗周年譜》（清刻《劉子全書》附刻本）、姚名達《劉宗周年譜》（商務印書館，一九三三）。

〔三〕陳榕門：即陳弘謀（一六九六—一七七一），因避乾隆帝諱，改名宏謀，字汝咨，號榕門，臨桂（今廣西桂林）人。雍正元年癸卯（一七二三）進士，選庶吉士，授檢討。官至東閣大學士兼工部尚書。卒謚文恭。著有《大學衍義輯要》、《五種遺規》、《培遠堂偶存稿》、《培遠堂文集》、《培遠堂手札節要》、《陳榕門先生遺書》、《課士直解》等。傳見孫星衍《孫淵如先生文補遺・傳》、袁枚《小倉山房文集》卷二七《傳》、彭啓豐《芝庭先生集》卷一四《墓志銘》、《清史稿》卷二九一及卷三〇七、《清史列傳》卷一八、《碑傳集》卷二七、《國朝耆獻類徵初編》卷二〇、《國朝先正事略》卷一六、《漢名臣傳》卷二七、《國朝名臣言行錄》卷一四、《國朝臣工言行記》卷一五、《國朝詩人徵略初編》卷二四、《昭代名人尺牘小傳》卷二〇、《國朝學案小識》卷五、《道學淵源錄・聖清淵源錄》卷一八、《清儒學案小傳》卷七、《皇清書史》卷八等。參見陳鍾珂《先文恭公年譜》（道光十七年刻《培遠堂全集》本附）。

〔四〕此文後有《芝龕記詩銘》，略。

（芝龕記）題詞

湯聘等

一曲《芝龕》夢已醒，隔簾好鳥尚修翎。秋風幾度芙蓉蕊，脈脈浮光散綠萍。

烏烏金石度商音，千古才人報國心。事業兩朝歸女子，莫將檀板更相尋〔一〕。錢塘湯聘稼堂〔二〕

昭華玉琯紫檀槽，刻羽移商調最高。絕埽狂花與輕綺，摘他前史張風騷。

跐跋詞壇久冠軍，淋漓彩筆矯如雲。閒將惜孝憐忠意，譜出崢嶸兩茜裙。

雲鬟大義壓雲臺，曾掃乾坤黑眚開。不有《芝龕》新樂府，束蘭焚玉可勝哀〔三〕？

事到南朝重可嗟，賊氛瑠禍痛紛拏。廣川別有如霜筆，不向蘭臺借齒牙。錢塘丁敬敬身〔四〕

【箋】

〔一〕『烏烏金石度商音』一首，清光緒十五年己丑董氏重刻本無。

〔二〕湯聘（？—一七六九）：字莘來，號稼堂，仁和（今浙江杭州）人。乾隆元年丙辰（一七三六）進士。任陝西鄉試正考官，提督江西學政。官至湖北巡撫。編定《律賦衡裁》（乾隆二十五年刻本）。著有《稼堂漫存稿》。傳見《國朝耆獻類徵初編》卷一七七、《國史列傳》卷五五、宣統《諸暨縣志》卷三二、《雲間孝悌錄》等。

〔三〕『雲鬟大義壓雲臺』一首，清光緒十五年己丑（一八八九）董氏重刻本無。

〔四〕丁敬（一六九五—一七六五）：字敬身，一字硯林，號鈍丁，別署龍泓山人，錢塘（今浙江杭州）人。乾隆元年丙辰（一七三六），舉博學鴻詞，不遇。著有《丁敬身先生詩集》、《硯林詩集》、《硯林集續拾遺》、《龍泓館詩集》等。傳見杭世駿《道古堂文集》卷三三《傳》、《清史列傳》卷七一、《國朝耆獻類徵初編》卷四三六、《文獻徵存錄》卷一〇、《國朝先正事略》卷四一、《國朝詩人徵略初編》卷二五、《詞科餘話》卷七、《昭代名人尺牘小傳》卷一九、《皇清書史》卷一九、《國朝書人輯略》卷四、《清畫家詩史》丙上、《清代畫史增編》卷二一、《續印人傳》卷二等。

題董恆巖觀察芝龕記

沈廷芳〔一〕

事關忠孝始通神，古調新翻樂府眞。南董自操良史筆，況承三策貫天人。

芝閣芝山顯豫章，《芝龕記》又冠詞場。紛紜多少前朝事？表盡忠魂斥孽璫。

石砫奇媛重良玉，吾家烈女數貞英。不妨巾幗傳風雅，別署夫人更有城。

英豪馬賈是良夫，蕭史裴航事有無？若與道州共開濟，也如褒鄂繪成圖。

作難驅除有此曹，卅年氛祲一時消。中原逐鹿龍方見，勝國君臣戴聖朝。

《長生殿》與《桃花扇》，洪孔才名動百年。何似此編能索隱，橫雲遺稿可同傳。

我昔曾參朵殿班，校紬《明史》感時艱。從來叔季偏多故，三案傳疑板蕩間〔二〕。

儔札初逢縞紵投，清詞盥讀記虔州。幾時把酒論遺事，章貢臺前水合流。仁和沈廷芳〔三〕

【箋】

〔一〕沈廷芳（一七〇二—一七七二）：字畹叔，一字荻林，號椒園，仁和（今浙江杭州）人。乾隆元年丙辰（一七三六），召試博學鴻詞，官至山東按察使。著有《隱拙齋集》。傳見汪中《述學別錄·行狀》、《清史稿》卷四八五、《清史列傳》卷七一、《碑傳集》卷八四、《國朝耆獻類徵初編》卷一七七、《國朝先正事略》卷四一、《國朝學案小識》卷一三、《清儒學案小傳》卷五、《文獻徵存錄》卷五、《國史文苑傳稿》卷二、《鶴徵後錄》、《詞科餘話》卷三、《詞林輯略》卷四、《湖海詩人小傳》卷六、《國朝詩人徵略初編》卷二六、《桐城文學淵源考》卷二、《昭代名人尺牘小傳》卷二〇、《國朝書畫家筆錄》卷一、《皇清書史》卷二六、《國朝書人輯略》卷四等。

〔二〕光緒十五年己丑（一八八九）董氏重刻本無第一、第二、第四、第五、第七首。

〔三〕題署之後有印章三枚：陰文方章『沈廷芳印』，陽文方章『茱園』，陽文方章『隱拙齋學人』。

芝龕記題詞〔一〕

蔣　衡〔二〕

西方曾送女如來，三百鴻基后德開。一瓣香留慈聖續，白頭宮監禮蓮臺。

巾幗標名恥左侯，直須快劍斬綿州。錦袍名馬留遺恨，不負思陵寵錫優。

辟易千軍救父還，不堪重唱念家山。明駝歸里傳經日，衛媛曹娥伯仲間。

扇上桃花燕嘴箋，徒將綺語鬪鮮妍。譜忠直溯《春秋》筆，彤史傳芳勝紀年〔三〕。吳門蔣衡拜手題〔四〕

【箋】

〔一〕底本無題名。

〔二〕蔣衡（一六七二—一七四三）：原名振生，字湘帆，一字拙存，號江南拙叟、拙老人、函潭老布衣、再生人，金壇（今屬江蘇）人，居無錫（今屬江蘇）。貢生。博涉晉、唐以來各家名迹，積學既久，名噪大江南北。以小楷冠絕一時。昭槤《嘯亭續錄》卷一云：『雍正中，有生員蔣衡字湘帆者，善書法，立志書《十三經》，十餘年乃成，於乾隆初上之。特賜國子監學正，藏其書於大內。乾隆庚戌，上念衡尊經之功，未忍磨滅，乃命刊其書於太學中，乙卯春告成。筆力蒼勁，燦然兩廡間，士大夫過者，無不摩挲賞鑒焉。』著有《拙存堂文初集》、《拙存堂文集》等。傳見余集《秋室學古錄》卷五《傳》、翁方綱《復初齋文集》卷一三《合傳》、《清史稿》卷七一、《清史列傳》卷七一、《國朝耆獻類徵初編》卷一二二、《初月樓見聞錄》卷六、《昭代名人尺牘小傳》卷一九、《國朝書畫家筆錄》卷一、《皇清書史》卷二六、《國朝書人輯略》卷三等。

〔三〕『扇上桃花燕嘴箋』一首，光緒十五年己丑（一八八九）董氏重刻本無。

〔四〕題署之後有印章二枚：陰文方章『蔣衡』，陽文方章『芷岡』。

芝龕記題詞

黃爲兆〔一〕

銅馬神州嘆陸沈，繡旗捲出陣雲深。蛾眉各抱勤王志，馬革偏存救父心。三案釀成金鼓禍，五溪愁聽玉簫音。祇今舞罷氍毹夜，多少鬚眉愧玳簪？

玉杵瓊簫有宿緣，前生同謫月輪天。魂銷劍閣提戈壘，淚滴娥江競渡船。萬國兵戎悲望帝，九歌忠孝證飛仙。笑他宮裹無愁曲，只進風流《燕子箋》。

蛇豕長貽九廟憂，衣冠肉食笑無謀。丹青一代傳賢媛，縞素三軍殉國讐。蠻僰有心能破敵，釵笄誰道不封侯？還分繁露《春秋》筆，繪出英風錦水頭。

岷江水碧越山青，鏡閣都堪勒石銘。九品蓮花成眷屬，一龕芝草聚英靈。吳鉤寶劍鋒猶鋭，蜀錦征袍血尚腥。寫盡銅駝荊棘恨，清歌緩緩酒闌聽。

青犢黃巾戰氣驕，愁雲玉壘最蕭條。牙旗義旅初嘶馬，繡甲蠻姬慣射雕。養寇空多雄節鎮，酬功獨讓女驃姚。娉婷誰與圖麟閣？御墨前朝尚未銷。

螺浦蠶叢兩渺茫，木蘭舟上結英皇。仙書已約秦簫史，劍術應傳聶隱娘。紅粉女兵誇義烈，白頭宮監話興亡。留將樂府梨園在，文彩江都自擅場。古歙黃爲兆題〔二〕

【箋】

〔一〕黃爲兆（一七二三—？）：號墨莊，歙州（今安徽歙縣）人，江都（今江蘇揚州江都區）籍。貢生。乾隆二十六年（一七六一），由江西饒南九道内遷，任戶部貴州司郎中。著有《虛白齋詩存》、《虛白齋詩餘》。傳見光緒《增修甘泉縣志》卷一〇、《清代官員履歷檔案全編·乾隆朝》等。

〔二〕題署之後有印章二枚：陽文方章「黃爲兆印」，陰文方章「墨莊」。

芝龕記題詞〔一〕

曹秀先〔二〕

繁露樓居士著爲是記，胷含史傳，筆仿《春秋》，蓋欲扇夷虜之風，冀有助於名教，非猶夫以文爲戲者也。吁！可以觀已。爰題四章以紀之，題曰：

艱難一飯憐汪母，蠱惑中朝恨鄭妃。明室興亡全局定，雄哉二女起戎衣。

塵世非男非是謫，門楣有女有何悲？子規啼向蛾眉月，《采葛》歌聞越水湄。

陰疑陽戰數逾多，襧水釀成九派波。骰淡致憐忠義事，爲誰哭也爲誰歌？

芝草如雲石作根，蓮花似玉月侵魂。盡知天上神仙事，織女人間有子孫。新建曹秀先〔三〕

【箋】

〔一〕清光緒十五年（一八八九）資中刻本有此四詩，置於秦費題詞之後，但無詩序。

〔二〕曹秀先（一七〇八—一七八四）：字冰持，一字芝田，號地山，一號恆所，別署地山鹿門子、地山學人，新建（今屬江西）人。雍正十年壬子（一七三二）舉人，乾隆元年丙辰（一七三六）進士，選庶吉士，散館授編修。擢國子監祭酒、内閣學士，歷工、戶、吏三部右侍郎，官至禮部尚書、上書房行走，卒謚文恪。著有《賜書堂文稿》、《移情堂四六》、《地山初稿》等。傳見彭元瑞《恩餘堂輯稿》卷二《墓志銘》、《清史稿》卷三二七、《清史列傳》卷二〇、《國朝耆獻類徵初編》卷八一、《國朝先正事略》卷一七、《鶴徵後錄》、《詞科掌錄》卷八、《詞林輯略》卷四、《湖海詩人小傳》卷七、《昭代名人尺牘小傳》卷二〇、《漢名臣傳》卷三一、《皇清書史》卷一二、《國朝書人輯略》卷五、同治

《新建縣志》、同治《吉安縣志》等。

〔三〕題署之後有印章四枚：陽文長方章『秀先』，陰文長方章『幾希』，陰文方章『鹿門子』，陽文方章『新建曹氏地山學人』。

（芝龕記）題詞

蔣士銓

西河特筆志鑾司，更得才人絕妙詞。不用千金教歌舞，明朝傳遍郢中兒。

降旗獵獵走蟲沙，不見宗爺與岳爺。畫取美人名馬像，寶刀如雪滚桃花。

督師袞袞少長城，養賊寧南死負君。可惜官家相見晚，中原誰及女將軍？

豈有摩崖片石傳？讓人開國畫淩烟。紅顏不具封侯骨，合向蓮花證上仙。

玉貌花驄勇絕倫，木蘭原是女兒身。三生歸與曹娥證，不向沙場吊鬼燐。

仙佛荒唐信有之，因緣響應是微詞。百端動我茫茫感，安得人間有導師？

滕王閣下騎如雲，巾幗眞宜贈領軍。曾向空江弔蓮舫，怒濤嗚咽不堪聞。

監軍都插侍中貂，破碎山河誤勝朝。忍看殘棋如此結，黨人寃魄可曾消？

蘇豪柳膩半麄才，礧塊塡胷眼倦開。行遍曉風殘月路，江南我亦賀方回。

空勞詞賦動江關，下第仍從塞鴈還。棖觸平生忠孝淚，一聲牙板一潺湲。

文章無處哭秋風，歲月驚心嘆轉蓬。贏得雙鬢垂手拜，不須買劍事猿公。

年年彈燭譜烏絲，抹煞孫郎帳下兒。非我佳人應莫解，細商宫徵訂他時。

壬申秋暮〔一〕，落第京華，從稷邨師處，得讀董恆巖太守所爲《芝龕記》。月昏燈灺，按節歌詠之，於《曇援》、《救父》、《題閣》、《江還》等篇，感觸欷歔，不自知其悲從中來。因剪燈疾書，題詞數章，即托稷邨師轉郵浙中。聲足移人，會心不遠，視未同之言，當有别也〔二〕。鉛山喟然居士蔣士銓書於春融齋乙夜〔三〕。

【箋】

〔一〕壬申：乾隆十七年（一七五二）。

〔二〕光緒十五年己丑（一八八九）董氏重刻本無詩跋。

〔三〕題署之後有印章三枚：陰文方章『蔣生士銓』，陽文方章『莘畬』，陰文方章『側身天地更懷古』。

芝龕記題詞

陳士璠〔一〕

宦官宫妾禍前朝，四海干戈民不聊。畊鑿百年忘帝力，衣冠且演女中驍。

邂逅交歡有夙因，蜀江越水乍相親。若非繡虎雕龍手，難寫當年綺閣春。

戡亂從來武備難，男兒報主未全丹。閨房毓秀標彤管，祖述天人補治安。

蠻兵坐擁女將軍，帕首鞾刀迥出羣。忠孝神仙非兩事，乾坤正氣可淩雲。

無瑕白璧誓歸貞，再世姻緣續舊情。寄語須麋慚愧客，人間節義莫違行。

芝蓮到處自呈祥，仙佛神工兆瑞長。試看勝朝三百盡，卜年卜世祚無疆。

經經緯史語非迂，庶子春華不愛敷。笑殺譚玄揮麈尾，曾聞頑石點頭無？

李益詞成圖畫傳，君平麗句進華筵。旗亭試唱誰家曲？此日《芝龕》徹九天。

錢唐陳士璠〔二〕

【箋】

〔一〕陳士璠（一六九〇—一七五六）：字魯齋，號泉亭，錢塘（今浙江杭州）人。邑增生，十試不售。乾隆元年丙辰（一七三六），薦試博學鴻詞，選庶吉士。散館授户部河南司額外主事，歷轉員外郎、郎中。爲郎十一年，出知江西瑞州知府，卒於任。著有《使蜀集》、《夢碧軒詩文鈔》等。傳見杭世駿《道古堂文集》卷四五《墓表》、《清史列傳》卷七一、《國朝耆獻類徵初編》卷二三三、《鶴徵後錄》卷一、《國朝書畫家筆錄》卷二等。

〔二〕題署之後有印章二枚：陽文方章『士璠』，陰文方章『粉郎官署』。

芝龕記題詞

柏　超〔一〕

昭忠表孝繪興亡，逸史幽光特筆揚。譜出詞壇新樂府，梅花細嚼和宮商。

金聲玉律韻清和，麟閣前朝女節多。大雅傳來光史冊，香魂千載未消磨。

受職分曹各有班，時艱報國剩紅顏。酒闌讀罷清秋夜，血淚空彈月一灣。

蛾眉忠義動乾坤，劣馬輕裝率虎賁。金鼓令申雲陣列，奇兵白梃敵驚魂。

簫聲縹渺入雲天，描寫當年弄玉仙。不有裙釵擐甲胄，播州猖獗入西川。

秦媛義勇九天聞，忠孝誰將漢土分？　養士國恩三百載，凜然名節女將軍！
勤王粉面覲天顏，不事雲鬟列將班。奏答新詩和淚著，幾回頻感御書頒？
風流義俠沈雲英，夙世良緣續舊情。只爲當年頗、牧少，軍中娘子荷長纓。
匹馬提戈入萬軍，桃花濺滿白羅裙。曹娥救父三生約，巾幗雄風動地聞。
本是藍橋謫世仙，道州今日一嬋娟。退身分袂江還日，南渡衣冠更可憐。
女將洪都最勇驍，揮刀拔劍氣沖霄。而今蓮舫歸何處？　澆酒江心慰寂寥。
滕王閣下怒波濤，秋月寒潭想大刀。世胄英風猶在耳，清江珠淚水滔滔。
哭罷荊民哭代民，沙場戰骨夜爲燐。可憐節烈雄關上，飛焰紅雲火化身。
外無援救內無兵，血染霜鋒獨力爭。往事銷沉遺恨在，雁門飛鴈叫哀情。
插貂閹宦禍前朝，幼婦軍資亦莫饒。不向滎陽尋舊策，繡旗兩兩各天遙。
芝龕九品現蓮花，天眷忠良報未賒。砥礪倫常光化日，百年事業自仙家。

中秋月省旋，舟次捧讀憲製《芝龕記》，幾於欽其實，莫名其器。細繹之，見詞華清麗，聲調慷慨，而褒貶勸戒，言外傳神。直覺洪、孔諸名手，尚不免月調風絃，近兒女子淒淒切切也。隨口得數絶句，自以學步未成，置之。適憲臺諭及，不以鄙陋爲嫌，錄呈斧削，則仰沐薰陶，又在於紀綱風憲之外矣，幸何如之〔二〕。丁丑小春月〔三〕，屬吏柏超拜稿〔四〕。

【箋】

〔一〕柏超：字號、籍里、生平均未詳。

〔二〕光緒十五年己丑（一八八九）董氏重刻本無詩跋。

〔三〕丁丑：乾隆二十二年（一七五七）。

〔四〕題署之後有印章三枚：陰文方章『柏超之印』，陽文方章『雲咫』，陽文方章『醉心經』。

《芝龕記》題句

吴世賢　等

萬里烽烟落日驚，鼉叢愁聽亂蛙鳴。繡襦甲帳桃花馬，知是秦家白棓兵。

降書昨夜出漁陽，寶劍平提卸靚粧。愁説沙蟲與風鶴，薛濤箋上報勤王。

青犢黄巾匝漢陰，將軍百戰陣雲深。悲涼冼氏成城意，慷慨曹娥救父心。

忠孝神仙不二門，玉芝苕秀佛龕温。竹林蕃露《春秋》筆，莫共香奩一例論。海上吴世賢〔一〕

錦水添春，紗溪浣月，冰奩慣畫眉嫵。那知翠羽明璫，便是碧油幕府。黄金斗大，許齊佩平羌降鹵。算古今如此江山，能幾女媧來補？擁廿萬左軍遁去，開四鎮永嘉飛渡。繡幡願供珠龕，彩管好填《金縷》。神仙忠孝，莫鈔付梨園鞠部。但手炷睡鴨香沈，坐對玉盃新箸。【東風第一枝】鶴沙吴省欽題〔二〕

勤王師出動明君，土舍家財盡犒軍。肉食男兒滿方鎮，平臺御墨賜釵裙。

當筵論戰最知兵，孱婦拳拳披血誠。好仗玉杯繁露手，《霓裳》譜出女長城。

千秋忠孝著麻灘，神勇當年過木蘭。玉臂麾兵金甲冷，單騎退賊女兒難。

陰符抛卻便傭書，一卷《麟經》教授廬。紗幔竟同蓮舫隱，英風寂寞吊菰蘆。

秦淮半壁更誰支？馬、阮爭工樂府詞。多少衣冠門戶盡？綱常大節屬蛾眉。雙溪舊吏馮渠拜稿〔三〕

【箋】

〔一〕吳世賢：字掌平，號古心，南匯（今屬上海）人。乾隆六年辛酉（一七四一）貢生，十三年戊辰（一七四八）進士，選貴州安化知縣。宦遊鄂、湘、豫、粵，歷三十餘年。年七十餘，卒於廣東樂昌知縣任上。善書畫。著有《香草齋集》、《古心堂詩文稿》。傳見光緒《南匯縣志》卷一四、《清畫家詩史》卷下、《墨林今話》卷一、《清代畫史增編》丙下等。題署之後有印章二枚：陰文方章『吳世賢印』，陽文方章『掌平號古心』。

〔二〕吳省欽（一七三〇—一八〇三）：字充之，號白華，南匯（今屬上海）人。乾隆二十八年癸未（一七六三）進士，歷任禮、工、吏部侍郎，官至左都御史。著有《白華詩鈔》、《白華前稿》、《白華後稿》等。參見吳省欽撰、吳敬樞續編《吳白華自訂年譜》（嘉慶十五年刻本《白華後稿》卷首）。傳見王昶《春融堂集》卷五六《墓志銘》、《清史列傳》卷二八、《國朝耆獻類徵初編》卷一二六、《國史列傳》卷一〇、《滿漢大臣列傳》、《詞林輯略》卷四、《國朝詩人徵略初編》卷四〇、《湖海詩人小傳》卷二九等。題署之後有印章二枚：陰文方章『吳省欽印』，陽文方章『充之』。

〔三〕馮渠：字映青，嘉興（今屬浙江）人。乾隆十年乙丑（一七四五）進士，授靖安知縣。被劾罷官，主講濂溪書院，卒於贛。工詞賦，著有《文選牖》、《蓼園詩文集》等。傳見光緒《嘉興縣志》卷二一、《梅里詩集小傳》等。題署之後有印章二枚：陰文方章『臣渠』，陽文方章『映青』。

（芝龕記）題詞

張　香　等

風流太守舊東坡，嚼徵含宮按節歌。小部紅牙譜忠孝，肯教椽筆讓西河？

蜀山螺碧越江清，孕出蛾眉總善兵。卻笑明妃並西子，千秋徒擅美人名。

鸞刀帕首躍花驄，爭避蠻中女總戎。玉鈿金釵作梁棟，鬚眉幾輩愧英雄。

粉面朝天擁節旄，九重珠玉對含毫。欃槍未掃思陵逝，淚濕從征蜀錦袍。

蠻姬都戴鐵兜鍪，佩劍懸弧玉貌柔。解甲纔歌紅袖落，當筵魂斷陸綿州。

鳴玉溪頭打槳迴，蛾江春浪痛珠摧。情根自種瓊漿約，生死堅持杵臼媒。

陣前阿父得生還，匹馬橫戈頩玉顏。青犢萬人齊破膽，解圍年少髴雲鬟。

黃鵠歌餘孝女碑，將軍羣識木蘭雌。兒家注有《麟經解》，歸作山陰老塾師。

獄底黃芝漸啓萌，清宵解脫萬緣輕。騎凰不約吹簫侶，應爲勤王績未成。

報國孤忠死未休，恥隨養賊擅通侯。君恩俎豆麻灘驛，配食元陽兩道州。

荊南小捷散征塵，夢醒潛驚露布新。欲向藍橋尋舊侶，蓮花先化火中身。

北寺纔銷黨錮冤，觀軍容又遣朝恩。插貂爭拜潢池馬，誰解攀髯哭寢園？

鼎湖龍去北雲高，灑血南昌女大刀。滕閣詩成蓮舫閉，秋江殘月咽寒濤。

宮中鈿合情緣重，扇底桃花恨未消。爭似江都老才子，《芝龕》史筆貫三朝。

勝國三百年，女戎璫禍，內訌外蠹，定陵實始之，熹廟爲極，至莊烈帝，元氣剝盡，不復能支，此讀史者不能無遺恨也。殘年風雪，旅次無聊，偶取江州郡伯恆巖老先生所著之《芝龕記》讀之，至《招魂》、《弔藩》諸齣，掩卷唏噓，不能自已。若《題閣》之激昂忼烈，《江還》之感慨咨嗟，眞如海上琴心、城邊夜嘯，歎先生能移人情矣。燈灺寒宵，譬竹作簌簌聲，驚夢醒枕上，若有所得。呼童子敲石取火，披凍衣起，呵筆草十四截。嫫母忘形，輒自呈醜，諒大方家，自有以匡其不逮也〔一〕。

桐山後學張香拜識司馬官署之東軒〔二〕。

散亂楸枰一局殘，傷心斷錦並零紈。誰知玉瑁瓊簫裏，都作前朝信史看。
滿天風雨繫人愁，釀作沉陰一片秋。自是中朝多禍水，還教厄運到清流。
岷山重疊翠螺稠，鳴玉春深碧水流。一種可憐名字好，貔貅虛擁漢江秋。
墮馬粧成舞柘枝，人人傅粉競塗脂。中華枉笑空如許，剩有英雄女土司。
風淒日黯捲蜺旌，鐵礮①聲中萬馬鳴。不愧曹娥江上住，英姿更自過緹縈。
拋殘血淚染湘雲，保障孤城娘子軍。父骨痛還憐母在，紗帷重啓學宣文。
俠氣空留屬玳簪，靈葩雲影現優曇。當階蘭蕙芟除盡，卻遺神芝聚石龕。
紛紛雲鳥化蟲沙，繞膝兒孫笑語譁。回首銅駝荊棘滿，西風腸斷九蓮花。
人哭殘春拜杜鵑，南朝歌舞劇流連。不須悵嘆齊梁主，六代宮庭鎖暮烟。
碧血長凝蔓草芊，忠魂貞魄自年年。驂鸞跨鶴歸瑤島，天上原無懊惱仙。

才人奮筆勝千將，弔盡山川浩劫場。今日當筵齊演出，綠章底用乞巫陽。

繁露樓中家有師，評章風月信無私。神仙忠孝原非兩，便是千秋絕妙詞。桐山姚[氵冉]閬澤〔三〕

趙嬈曹節羅鉤黨，黃②八朱三亂蜀秦。標榜羣賢一網盡，朔西連歲起邊塵。

桃花馬上耀紅粧，娘子威名震遠方。瓦解漸看移鎮後，偏教一女繫興亡。

長城失守勢難支，腸斷君王掩面時。朝野臣民爭盡難，哀鴻何限感流離。

版蕩南天半壁存，荒淫縱酒繼東昏。笙歌未歇雲龍破，聽樂渾忘俘馘身。

雲英、良玉是兵神，從古兵書顯婦人。大業未成天意去，青蓮花底懺他生。

寬大深仁數本朝，乾坤氛祲一時消。萬年基業隆千古，敕葬思陵禮數超。

譜成麗句付何戡，樂府新翻三秀龕。今日不堪論舊事，落花五度唱江南。〔四〕吳門沈剛中需尊〔五〕

（以上均《傳惜華藏古典戲曲珍本叢刊》第三五—三六冊影印清乾隆十七年序刻本《芝龕記》卷首）

【校】

①礮，底本作『駁』，據光緒十五年己丑（一八八九）董氏重刻本改。

②黃，底本作『王』，據光緒十五年己丑（一八八九）董氏重刻本改。

【箋】

〔一〕光緒十五年己丑（一八八九）董氏重刻本無詩跋，並無『蜀山螺碧越江清』一首。

〔二〕張香：桐山（今屬安徽太湖）人。生平未詳。
〔三〕姚渹：字閬澤，桐山（今屬安徽太湖）人。生平未詳。
〔四〕光緒十五年己丑（一八八九）董氏重刻本無第三、第四、第六首。
〔五〕沈剛中：字霈尊，吴江（今屬江蘇）人。幼棄舉業，肆力於詩古文詞，布衣以老。陸燿序其文集。著有《北溪草堂詩文集》。趙藺佩《江震人物續志》卷一、光緒《吴江縣續志》卷二一等。

芝龕記序〔一〕

石光熙〔二〕

曲昉於元，盛於明，而歸墟於本朝。玉茗、稗畦而外，率皆短齣雜劇。隸事較詳者，惟《桃花扇》一種，然僅擅勝乎俳優，而無當於激勸也。《芝龕記》一書，規依正史，博采遺聞，以秦、沈忠孝爲綱，而當時之朝政繫焉。山林之孤棲，閭閻之瑣事，亦罔不備焉。

光熙往官石砫，復治忠州。剖符賜錦之鄉，秉牧誕珠之地，綜論良玉忠績，實非冼①太君、柴氏婦之屬所可等量而齊觀也。公餘瀏覽是編，覺英颯往來，動乎闢目。比擬重鐫廣傳，而量移匆匆，未暇及此。

今春霈次成都，出示高君怡樓〔三〕。怡樓故嗜古重義者，亟慫恿之，因遴告同志。若路君訪巖、胡君星石、劉君仁齋、羅君濟川、陳君幼芝、徐君輔廷、周君少傅、唐君直夫，咸各輸資，以付剞劂。任校讐者，許君捷三、張君南湖、孫君鷗舫、胡君延仲之力爲多。

此書舊版已湮，據本影刊，流播必廣。而矇絃里唱，俾愚夫愚婦，亦曉然於大義之歸，是光熙之志也。至於鉤乙宮商，界乎分刌，精諳《大成宮譜》者，自能辨之，玆不具論。若云徵文考獻，有《明史》列傳，及諸家之著錄在。今之所傳者，傳《芝龕記》云爾。

光緒丁亥冬十二月，貴筑石光熙記。

【校】

①洗，底本作『洗』，據姓氏改。

【箋】

〔一〕底本無題名，據版心題。

〔二〕石光熙：字小南，貴筑（今貴州貴陽）人。曾官石砫同知，復治忠州，移成都。

〔三〕高怡樓：即高培穀（一八三六—一八九六），生平詳見下條箋證。

芝龕記序〔一〕

高培穀〔二〕

曲昉於元，盛於明，而歸墟於本朝。玉茗、稗畦而外，率皆短齣雜劇。隸事較詳者，惟《桃花扇》一種，然僅擅勝乎俳優，而無當於激勸也。

往時，吾鄉石小南官石砫同知，獲《芝龕記》舊本，間出視余。其書規依正史，博采遺聞，以秦、沈忠孝爲綱，而當時之朝政，山林之隱逸孤棲，暨閭閻之瑣瑣，罔不備論，頗存其時是非得失之眞，蓋傳奇中之最善者也。

顧其舊版已湮，尠見傳本。因遴告同志，集貲影刊，使此書流布寖廣，而矇絃里唱，雖愚夫愚婦，咸曉然於大義之歸，是余之志也。至於鉤乙宮商，界乎分刌，精譜《大成宮譜》者，自能辨之，茲不具論。若云徵文考獻，有《明史》列傳，及諸家之著錄在。今之所傳者，傳《芝龕記》云爾。

光緒十三年冬十二月，貴筑高培穀記。

【箋】

〔一〕底本無題名，據版心題。此文與石光熙《序》相校，文字頗有雷同者。意此文當撰寫在先，而石文改定在後。二文先後付刻，分別見於資中刻本之不同版次。

〔二〕高培穀（一八三七—一八九六）：號怡樓，貴筑（今貴州貴陽）人。弱冠入縣學，納貲捐知縣，分發四川。同治八年（一八六九），任梓潼知縣。調西充、綿竹、大邑、巴縣。光緒七年（一八八一），陞資州知州，創辦藝風書院。主修《西充縣志》。傳見俞樾《春在堂雜文六編》卷五《墓志銘》。參見林見曾等《貴州著名歷史人物傳·高培穀》（二〇〇一）、貴陽市地方志編纂委員會辦公室編《貴陽市志·人物志·高培穀》（方志出版社，二〇一一）。

芝龕記序〔一〕

路朝霖〔二〕

光緒丁亥冬，得貴筑高怡樓直刺書，擬約同人醵貲，重刊《芝龕記》。先是，同里石曉南司馬權石砫同知，纂獲舊本，乃乾隆辛未雕板，距今將及百四十年矣。怡樓見之，以原板久歸湮沒，非重刊無以傳世久遠，將於戊子春開雕〔三〕，郵寄原書，屬余敍其緣起。

余維怡樓以諸生仕蜀，歷辛赤緊，承其大父青書先生，暨太翁秀東府君，兩代治譜。所到之處，首以忠孝節義，倡導斯民，民胥化之，風俗丕變。宜其覩《芝龕記》，亟欲刊刻，以警醒愚蒙，不僅賞其詞曲之工，爲士大夫宴遊娛悦耳目之觀已也。賈生有言：『俗吏所務，在刀筆筐篋，而不知大體。』如怡樓之識見，卓卓如是，可以一雪斯語矣。

至《芝龕記》隱括明末史事，描寫秦、沈兩女子奇節，則乾隆時諸老輩言之綦詳，故不具論云。

光緒十四年正月，畢節路朝霖序。

【箋】

〔一〕底本無題名，據版心題。

〔二〕路朝霖（一八五二—？）：字覃叔，號訪巖，一號蕙櫋，畢節（今屬貴州）人。光緒二年丙子（一八七六）進士，散館改知縣，由四川道員改官河南候補道。工行楷。著有《壬辰蜀道雜詩》、《紅鵝館詩鈔》等。傳見《近世人物志》、《詞林輯略》卷九、《皇清書史》卷二七等。

〔三〕戊子春：光緒十四年（一八八八）。

芝龕記題詞

秦黌等

重圍救父孤城守，萬里勤王數世勳。養賊中原成一慟，誓師空臢女將軍。

南朝無地哭唐衢，《燕子》風流尚極娛。一曲微詞攄大義，人間惟有董江都。

樂府新題久擅名，鬱孤臺下按商聲。果然海雨山風逼，不是搓酥膩粉情。

九蕊蓮花面面圓，歸眞同到閬風巔。信知碧落無成格，一點丹臺證上仙。秦爨〔一〕

院本年來最濫觴，忠貞顛倒溷興亡。誰能搜括三朝史？學富江都自擅場。

新詞讀罷汗通身，如此英雄是美人。可怪當時無史筆，女將軍略沈兼秦。

世間忠孝總堪師，莫厚男兒薄女兒。讀到貞媛心苦處，《芝龕》眞不愧傳奇。章甫〔二〕

三朝疆場壞何人？黔蜀鑾司盡犬狺。不是秦家女豪傑，誰知大義有君臣？

手戮鯨鯢轉戰孤，勤王萬里奮長殳。可憐不上淩烟閣，繪出金鍪繡鎧圖。

天子題詩策戰勳，錦衣親賜女將軍。四川營裏宵風雨，畫角金鐃髣髴聞。

單鞭怒奪父屍還，黃虎奔逃血灑殷。九品蓮花天證果，又看奇媛出人間。

夫橲親扶海上歸，麻衣如雪換戎衣。人從斑竹巖前望，猶見蟠空鐵騎飛。（康熙年間，沈女帥以陰兵驅道州山賊，見《道州志》。）

何須生恨不爲男，遁帥降藩見此慚。璧合珠聯一時事，香風先繞石芝龕。

滅賊誅姦志未償，啣哀飲恨事堪傷。何如直奮書生筆，斧鑕淋漓快劇場。

錦車錦繖紀封崇，娘子軍曾立大功。可有銅琶和鐵笛，新詞撰合兩英雄？

草野偏多奮義聲，紅粧報國快捐生。銜戈亦有長沙女，可惜匆匆失姓名。（余嘗擬撰《雙虹碧傳奇》〔三〕，中有長沙女子殺賊事一齣，記中先述及之。）

滋蘭堂上月流波，紅燭當筵簇綺羅。老去何戡雖散盡，重繙舊譜欲徵歌。（甲戌〔四〕，曾於外舅梁氏滋蘭堂〔五〕，觀演茲記十二齣。）

張九鉞〔六〕

史冊賢姦少定評，滿朝躋沓嘆前明。獨持褒貶《春秋》筆，譜就琳瑯樂府聲。製錦巧裁千貉腋，調羹細合五侯鯖。表彰奇節歸忠孝，不比尋常說豔情。

讀罷新詞嘯也歌，滿腔熱血灑如河。貂璫釀禍同胠篋，蟢蟻貪生孰執戈？一代英風歸浙秀，千秋浩氣屬秦娥。可憐養士經多載，退食委蛇不類他。

名同實異最堪嗔，枉作皇家食祿臣。良玉不良眞是左，土司有土應歸秦。兵稱白棓軍威壯，詩賜黃綾御墨新。不有寫生繁露手，忠魂千載嘆沉淪。

雲英再世號仙姬，矯矯香閨拔俗姿。匹馬潰圍匡父難，孤軍赴壘急夫危。歸來閒抱蘭亭寫，老至還將絳帳垂。武緯文經誰得似？絃歌譜出愧鬚眉。

白馬青絲劇擾攘，紛紛調禦計非良。金堤漸潰蟻穿穴，玉粒空耗鼠嚙倉。幸有將軍妻赴焰，驚傳宮掖女揮鋌。搜羅巾幗無遺漏，次第都將節烈揚。

辟易英風想大刀，提戈又見女兒曹。滕王閣下投醪飲，蓮舫庵中繡佛逃。南渡何人堪屈指？北征無計且垂櫜。扁舟曾向章門過，嗚咽猶聞哭怒濤。

神仙恍惚是耶非，旋轉乾坤用意微。欲把忠良聯眷屬，先教節烈聚巾衣。刀圭續命危能救，馬革封屍死若歸。一片婆心培善類，巧翻舊案變新機。

最是神州大運移，虞淵日墜寐無知。馨香尚祀麻灘驛，壁壘空留石砫司。荊棘銅駝都有恨，

黍苗膏雨復誰施。聖朝德澤眞巍蕩，敕葬歸婚事事奇。宋啓傳〔七〕

（以上均清光緒十五年孟春月資中刻本《芝龕記》卷首〔八〕）

【箋】

〔一〕秦黌（一七二二—一七九四）：字序堂，一作序唐，號西巖，別署石研齋主人，江都（今江蘇揚州江都區）人。乾隆十七年壬申（一七五二）進士，選庶吉士，散館授編修。八年中七持文衡。改四川道御史，官至湖南岳、常、澧道。告養歸里，負江淮耆宿之望者數年。著有《易詩書三經傳說鉤提》、《周禮纂注》、《史鑒雜錄》、《石研齋詩鈔》、《石研齋集》、《享帚詞》等。傳見《詞林輯略》卷五、光緒《增修甘泉縣志》卷一二等。

〔二〕章甫（一七五五—？）：字申友，台灣人。著有《半崧集簡編》等。另有一章甫，字子卿，號完素，桐城（今屬安徽）人。乾隆四十四年己亥（一七七九）舉人，官至東鄉知縣。著有《如不及齋文鈔》。傳見《桐城文學淵源考》卷四。未詳是何人。

〔三〕《雙虹碧傳奇》：《今樂考證》著錄，云『記長沙女子殺賊事』。佚。

〔四〕甲戌：乾隆十九年（一七五四）。

〔五〕外舅梁氏滋蘭堂：待考。

〔六〕張九鉞（一七二一—一八〇三）：生平詳見本書本卷《六如亭》條解題。

〔七〕宋啓傳：字號、籍里、生平均未詳。

〔八〕中國國家圖書館藏清光緒十五年孟春月資中刻本《芝龕記》有兩種：一爲索書號三三三一〇，僅有石光熙序；一爲索書號一〇二四五九，僅有高培穀序。但兩本皆無董象垚、郭世欽、董耀焜、吳家枏、姚重光、劉受爵等跋。

芝龕記跋

范泰恆〔一〕

人性之善也，忠孝節義之事，儒生有之，武夫亦有之；大丈夫有之，婦人小女亦有之；中華士女有之，蠻荒巾幗亦有之。沈雲英報讎保土，秦良玉仗節勤王，烈烈轟轟，奇之著、庸之謹也。嗚呼！此豈徒氣爲之乎？

抑余觀故明末造，口談道學，鬚眉如戟輩，或俯首降賊；中原陸沉，辦賊者又多束手無策。何儒生不如武夫，丈夫不如婦女，而處中華不如生蠻荒也？然武夫、婦女、蠻荒中，且能有此，則性之善，益信而有徵。其不忠孝、不節義者，氣爲之，而無疑於性矣。噫！古樂云亡，民行不興；傳奇導俗，事半功倍。觀察公意念深矣，豈曰小補之哉？

河内范泰恆敬跋。

（《傅惜華藏古典戲曲珍本叢刊》第三五—三六册影印清乾隆十七年序刻本《芝龕記》卷末）

【箋】

〔一〕范泰恆（？—約一七六〇）：字崧年，號無崖，河内（今河南沁陽）人。乾隆十年乙丑（一七四五）進士，選庶吉士，外補江西崇義知縣。歷主衡山書院、同州書院、關中書院、豐登書院等。著有《燕川集》、《經書巵言》等。傳見《詞林輯略》卷四、《道學淵源錄·聖清淵源錄》卷二七等。

芝龕記跋

董象垚〔一〕

先觀察公《芝龕樂府》，板存家鄉數十年。嘉慶己卯，豐亭伯兄託友人載來鄂省，仲兄復初檢收板片，逐細點查，無大遺失。惟歷年既久，間有朽蠹及字畫漫滅者。垚敬照初刷繕寫，倩工補刊，以成善本。

道光壬午五月廿六日，孫象垚謹識。

（清道光二年壬午董象垚據乾隆十六年原刻本補板印行《芝龕記》卷末）

【箋】

〔一〕董象垚：　號芸臺，直隸豐潤（今屬河北）人。董榕之孫。

重刊芝龕記書後

郭世欽〔一〕

右董定巖先生《芝龕記》凡六卷，分六十齣，爲石砫女帥秦良玉而作也。戊寅春〔二〕，先生元孫厚齋刺史權吾邑篆〔三〕，出是書示余，曰：『此先人之遺也，今當重鐫，請書數言於簡。』余觀是編，於良玉忠勇，表揚備至，而明之所由亡者亦在焉。流傳百餘年，樂部尚能奏其曲，令人感發而興起。此世道人心之所繫，安得以傳奇之類而少之？

當明之末世，未嘗無才也。雖貂璫之禍，一時賢士大夫略盡。而熹宗以還，崇禎之初，可用者不少。其間忠義奮發，不忍其國之顛危，經百戰而不少屈，不但鬚眉男子爲然，下及婦人女子，如良玉其人者，尤爲難得而可貴。是豈造物者之生才，會逢其適耶，抑世亂而才始見耶？蓋高皇帝尊賢禮士，開國之規模宏遠，一代人才輩出，至是益發其奇，何其盛也！然而卒無救於亡者，何哉？古之亡國多矣。或以敵國，或以强臣，而明特以流賊。非流賊之果能亡明也，有救亡之臣而不知用之也。救亡之臣不用，則速亡之臣進。賊之初起，不過延綏一隅，非無可剿之勢。乃禍始於楊鶴，成於陳奇瑜，而熾於熊文燦、丁啓睿。其始也惑於撫，而機屢失；其終也專於剿，而術已窮。雖有盧象升、孫傳庭蓋世之才，卒不免以身殉，則其他可知。然則明之無救於亡，非無才之故，有才而不能盡其用之故也。

試以良玉論之。史稱良玉爲人饒膽智，善騎射，兼通詞翰，儀度嫺雅；而馭下嚴峻，每行軍發令，戎伍肅然。所部號白桿兵，爲遠近所憚。其爲當時所重如此。及綜其前後戰功謀畫，又非諸將所得而比。方永平四城失守，奉詔勤王，傾家財濟軍。召見平臺，賜詩四章，彩幣羊酒，寵命渥焉。莊烈帝蓋已知其賢矣。吾想此時爲良玉者，自以一巾幗婦人，躬膺知遇，上急公家之難，下顧私門之仇，聞雞起舞，枕戈待旦，出萬死不顧。一生之計，惟上所用。若畀以秦晉豫楚之任，不從中制，奮其智勇，必能芟夷大難，與古名臣爭烈。乃四城甫復，遽命之歸。既歸蜀矣，又不付以封疆之重，捍禦鄉土，徒令與張令等比列。及督師以蜀爲壑，前後三巡撫，皆不能用其謀，賊遂入川。所部三萬人，折衄殆盡，令蜀之民死者六百萬①有奇，惟石砫之境，賊不敢犯。此天下奇女子，竟不能盡其才，俾齎恨以死。此先生《芝龕記》之所爲作也歟！張獻忠攻道州，守備沈至緒戰没。其女再戰，奪父屍還，城獲全，卽記中沈雲英者也。

先生諱某，字某，定巖其號也，又自號繁露樓居士。博綜羣書，明於治亂。此外著有《周易觀象》、《渼陽詩集》行世。仕至南贛觀察，有惠政。生有至性。其在江西也，聞太夫人訃，倉皇奔喪，過南昌，没於水。惟忠孝之人，而後喜道忠孝之事，吾觀於《芝龕記》，益信。今刺史恐是書久而就湮，重爲刊布，以廣其傳，則又繼述之義也。爰攄所見，附於卷末。

光緒五年歲次己卯春三月，桃源郭世嶔書於洑波灘上之冷坡巷。

【校】

①『萬』字下，底本衍一『萬』字，據文義刪。

【箋】

〔一〕郭世嶔：桃源（今屬湖南常德）人，字號、生平均未詳。

〔二〕戊寅：光緒四年（一八七八）。

〔三〕先生元孫厚齋刺史：卽董耀焜，生平詳見下條箋證。

重刊芝龕記跋〔一〕

董耀焜〔二〕

先高祖中憲公所著《芝龕記》樂府，行世久矣。板由原籍豐潤縣，載至江夏，間有朽蠹。道光壬午，先伯祖芸臺公補刊完善。咸豐壬子，賊陷鄂城，板與家藏圖書，悉成灰燼。耀焜冀得善本重刊，訪覓歷十餘年，始得諸書肆，僅一部，如獲珠貝，亟予善價購歸。而字多漫漶，且有殘缺，苦無從校補。

尋堂弟治服官江右，偶於差次續獲一部。光緒戊子，耀焜權篆道州，由子堅從叔攜之來署，出而相視，較爲明備。遂分簿書之暇，篝鐙審閱，並請戚友劉君仲山、張君壽亭、吳君梓庭、周君頌堯、姚君石牧，暨鄭聱先蔭，相與審校，倩工鐫刻。因原本於秦忠州，僅載嚴氏雜詠二首，檢《明史》本傳增之，以與沈志並證原起。

三閱月，板既竣，志歲月於後。不敢乞序言於當代名公卿，有違沿舊存真之旨，謹以桑弢甫先生所作墓志銘冠之簡端，庶幾讀其書，知先高祖之學行有如如此。至先世手澤，失而復存，得垂久遠，則又不可謂非吾族之幸事也。

光緒己丑年季春月朔，元孫耀焜謹識。

【箋】

〔一〕底本無題名，據版心補題。

〔二〕董耀焜：號厚齋，任常德刺史，權篆道州。

題重刊芝龕記後

張炳昌〔一〕

巾幗居然有范、韓，銘忠誓孝各登壇。英雄實錄名人筆，莫作尋常小說看。

本來至性邁羣倫，忠孝書原著等身。此日遺編重付梓，後先輝映有傳人。

又調寄【滿江紅】

滿幅琳瑯，點染處、都非虛設。曾記得、前明舊事，女中英傑。良玉報君何鄭重，雲英救父眞夐絕。似者般懿行演傳奇，殊難得。具隻眼，褒忠烈；抒妙手，寫貞潔。是忠臣孝子，披肝瀝血。一曲永偕金石潤，千秋足補輶軒闕。願從頭字字細吟哦，欽前哲。

光緒己丑年季春月，長沙張炳昌壽亭氏敬題。

（南京圖書館藏清光緒十五年貴筑石光熙資中刻本《芝龕記》卷末）

【箋】

〔一〕張炳昌：字壽亭，長沙（今屬湖南）人。生平未詳。

芝龕記跋

吴家枏〔二〕

凡著書以傳奇者，必其所著之書有裨於世，而後其書傳，其人傳，並其所傳之奇與之俱傳。若僅借人之事，渲染結撰，逞其詞華，譜爲香奩豔曲，是徒悦人一時之目耳。彼自謂傳奇，而於風世勵俗之道無有焉，烏乎傳？

《芝龕記》樂府，董厚齋刺史先德定巖公所著。公由拔貢爲令尹，洊至江西南贛觀察使。孝友篤於家庭，忠愛見諸政迹，詳載桑弢甫主政所撰《墓志》。其著作，則有《周易觀象》，探《姤》、《復》之奧；《湹陽詩集》，登韓、杜之堂。人品學問，固均足不朽。是記，其餘緒耳。然即是書以觀，以秦、沈兩奇女性情功業爲經，以明季三朝事蹟爲緯，詞麗而正，音雅而諧，令人讀之，忠孝之心，勃然油然感發而興起，所以扶翼綱常，而有裨於世道人心者不淺。蓋本可傳之事，遇能傳之人，抒必傳之文，以是傳奇誠足傳矣。

余因假館刺史署，得讀公之書，而知公之爲傳人。刺史重鐫是記，倩余爲校讎。爰不揣固陋，謹綴數語於簡末，以志景仰云。

光緒己丑季春，古虞梓庭吴家枏謹跋於道州官舍之可耐軒。

【箋】

〔一〕吴家枏：字梓庭，古虞（今江西上虞）人。生平未詳。

芝龕記跋

闕名

《芝龕記》，蓋因《桃花扇》擴充而作，非不包羅全史，獨惜其用意太拙耳。《桃花扇》事本韻雅，貫串南朝事本不多，所以易於著筆。又值孔東塘詞筆勝人，遂爾盛傳一代。竊尋此記首末，可詠詞闋，指不多屈。惟有賓白，頗有剪裁穿搭之才。竟能將秦良玉數十歲一婦人扯長，作二百七十年閲歷，《明史》事蹟，無不具備，用意故是新奇，特恨其不曾有《訪翠》、《眠香》諸麗句。不如編一部貧話，當足稍醒三更時垂頭瞌①睡耳。此用意之謬也。呵呵，僕嘗笑石、李偏正欲鬬富，忽遇早田乞兒，搬出土灶繩牀，堆滿金谷；桓宣武正欲清談，卻遇王景略捫蝨擲地，緣入麈尾。僕正欲讀麗句以會美人，卻不料此君命我看《芝龕記》。偏見無頭寃鬼也。長夏無聊，强勉閲畢，病其拉雜糾纏，聊評數語，願以質之世間好事者讀此書者。

【校】

①瞌，底本作『榼』，據文義改。

重刊芝龕記題詞〔一〕

姚重光〔二〕

誰云巾幗無奇節？巾幗如斯節更奇。只有《芝龕》善摩擬，鬚眉愧殺幾男兒。
漫題軼事沈兼秦，如此詞尤絶等倫。信有一腔忠孝淚，不徒家學貫天人。
韓文舊本劫餘烟，猶是當年手自編。我亦家傳書萬卷，不如魯殿獨巍然。
簿書叢裏理青箱，遺篋光芒萬丈長。一字一珠重檢校，幾人繼述似營陽。
辨訛敢謂識魚虚，藉讀人間有數書。慚愧姓名繫篇末，也如郭象注《莊》初。
珠玉如林久冠英，豈勞蟲鳥亂爭鳴？譬猶韶樂鈞天奏，不廢陶宣瓦瓚聲。

董丈厚齋，於治道州之明年，重刊其先世定巖公所爲《芝龕記》，屬余襄校讎，而綴以序跋。余不敏，且少失學，況於公又數葉後輩，何敢以一詞贊公著？無已，謹口占六截句，聊以塞責。明知珠玉滿幅，亦東施適忘其醜也，方家鑒之。光緒十有五年歲在屠維赤奮若月在著雍執徐病穀雨前三日，世姻家子漢陽姚重光石牧甫並識於道州官署之漪蘭室。

【箋】

〔一〕底本無題名，據版心補題。

〔二〕姚重光：號石牧，漢陽（今屬湖北武漢）人。

重刊芝龕記跋〔一〕

劉受爵〔二〕

光緒戊子，董厚齋刺史來治春陵。不期年而春陵治，州人士爭頌其德。爵敬異之，知其治之必有本也。歲臘過從，見鳩集手民，重刊定巖觀察所著《芝龕記》，乃知觀察刺史之高祖，刺史之治本於觀察也。觀察爲熙朝名宦，著作宏富，類皆有益身心性命之書。是篇以忠孝之經，吐爲醲鬱之詞。使人讀之興感，流溉性地，油油然而不自知。至描寫弋神，穿度盡巧，其餘事耳。當湖陸子曰：『天之風雷，聖人之筆削，無非至教。』爵於是篇亦云。

星沙劉受爵謹跋於春陵學署。

（以上均南京圖書館藏清光緒十五年貴筑石光熙資中刻本《芝龕記》卷末）

【箋】

〔一〕底本無題名，據版心補題。

〔二〕劉受爵：字仲山，長沙（今屬湖南）人。生平未詳。

遺眞記（廖景文）

廖景文（一七一三——一七八七後），字覲揚，一字琴學、琴皋，號古檀，別署檀園，青浦（今屬上海）人。乾隆十二年丁卯（一七四七），以密雲籍中舉。十九年甲戌會試，登明通榜。二十一年，由教習選安徽合肥知縣。二十七年，以事去官。歸鄉，築小檀園，與文友詩酒酬唱。著有《吟香集》、《古檀吟稿》、《情史續編》、《盥花軒詩話潄芳集》、《罨畫樓詩話清綺集》。撰雜劇《遺眞記》，今存；另有《比槍記》、《顧曲記》二劇，已佚。傳見王昶《青浦詩傳》卷三〇、《江蘇詩徵》卷一四四、光緒《重修華亭志》卷一六、光緒《青浦縣志》卷一九等。參見鄧長風《廖景文和他的〈清綺集〉》及《十四位明清戲曲家生平著作拾補——美國國會圖書館讀書札記之十五·廖景文》（《明清戲曲家考略》）、周鞏平《上海明清戲曲家考略·廖景文》（《戲曲研究》第二四輯，文化藝術出版社，一九八七）。

《遺眞記》，一名《桃花影》，又名《小青雜曲》，《言言堂曲本書目》、《古典戲曲存目彙考》著錄，現存乾隆三十八年（一七七三）跋青溪廖氏愜心堂刻本。

遺眞記序

廖景文

稗史傳小青事，讀者酸鼻，莫不憐其才色若此，而薄命又若此。雖然，終不如小青之自憐者深也。夫青惟自憐其才，憐其色，憐其薄命，而欲後人共憐其明慧而貞靜更若此。是以有楊夫人之最相憐者，而不相從，此青之大可憐也。

近有《療妒羹》傳奇，以青改嫁。嗟乎小青，一厄於傖夫，再厄於妒婦，歿世而後，於傀儡場復遭唐突。生而玉質摧殘，死而冰心湮沒，更可憐矣。

余諸生時見此，卽欲釐正之。迺風塵浪迹，忽忽十餘年。今在汝陽，又經五稔，官齋餘暇，與友話及，覺胷次怦怦，不復能已。輒塡數齣，令家樂演成，以正《療妒羹》之誤。始見青之深可憐者，非止才色而薄命也。

夫小青之有無，固不必考。小青而無其人則已，小青而果有其人，則其玉潔冰清，貞魂不朽，當與孤山一拳石，共孑然於西湖風月中矣。

乾隆辛巳孟夏上浣，古檀氏書於平梁之愜心堂〔一〕。

（清乾隆三十八年跋青溪廖氏愜心堂刻本《遺眞記》卷首）

【箋】

〔一〕題署之後有印章二枚：陰文方章『臣景文印』，陽文方章『琴皋』。

遺眞記題詞

廖景文　等

桃花黯影暗生春，一幅生綃畫美人。粉本飄零誰省識，恰憑倩女爲傳神。

菱角當筵麗若雲，半生幽怨曲中論。香魂冰操均千古，合傍孤山處士墳。青溪廖景文古檀

夢醒西泠迹已陳，闌幽惻惻爲傷神。三生無感超形感，一曲《遺眞》敵《會眞》。才大定遭嫫母笑，情多誰免刺規嗔。（河魨一名規魚，生江北者有刺。）勞君飽蘸如椽筆，苦吊千秋失意人。邗江畢懷圖花

江〔一〕

蘭香謫下西泠路。消受塵緣苦。小桃花底葬啼痕。誰解冬青麥飯吊芳魂。　鏤冰才子江花夢。簫引秦樓鳳。《霓裳》一曲譜真真。愁煞當筵雙淚孟才人。（調寄【虞美人】）　練塘高景光桐村〔二〕

春情不可狀（李群玉），款曲擘香箋（權德輿）。贈遠聊攀柳（溫庭筠），相思寄采蓮（萬齊融）。倉欺楊柳葉（白居易），鬢濕杏花烟（李賀）。舊事參差夢（杜牧），風流合管絃（姚合）。　震澤馬載青〔三〕

六橋烟柳岸，空翠落西湖。玉腕埋塵土，桃花黯畫圖。《遺真》堪不朽，《療妒》底相誣。料得孤山墓，青青滿碧蕪。

不學章臺柳，心同介石堅。綠珠堪絕世，紫玉已成烟。薄命三生定，芳名一死傳。歌成清淚落，腸斷斷橋邊。　青溪廖雲龍承狩〔四〕

一片花飛萎綠蕪，夢中幽恨月輪孤。新粧別是春風面，應作當年第幾圖？

調鉛殺粉爲傳神，瘦影紅顏總幻因。惆悵芳魂招未得，幾回畫裏喚真真？　青浦胡師謙茘山〔五〕

西子比西湖，淡抹濃粧入畫圖。千古傷心何處所？模糊，不那青山一點孤。　花月暗銷磨，誰把春光刻意摹？斷碣荒墳斜日畔，經過，倩女亭亭定有無？（調寄【南鄉子】）　嘉定王鳴盛西莊〔六〕

簾外一聲杜宇。問東君，脈脈渾無據。斷送幾番風雨。爭奈命逐桃花，魂離倩女。　蘭因絮果何處？算兔毫欲腐，寫不盡斷腸的詞句。憑著小史如花，爲我留住春光，翻將曲譜。（調寄【芭

蕉雨】）　青浦徐鄰坡藕汀〔七〕

小閣香殘，孤山翠冷，蘚痕一徑欹斜。倩女亭亭，夕陽墳畔，桃花看他。瘦影臨春水，但東流流怨，天涯在誰家？　兩頁濤箋，一幅冰紗。　憐卿好奠梨和酒，爲翻成《白雪》，按就紅牙。傳與歌人，姍姍來者非耶？　還教寫出昭陽貌，盼新粧第一無差。　漫吁嗟，畫苑騷壇，恨補皇媧。（調寄【高陽臺】）　婁村汪烈峭匡〔八〕

美人命薄秋蟬翼，仙令情多春繭絲。　一曲《遺眞》腸斷處，池邊顧影獨吟時。　婁村汪杰江峯〔九〕

香消玉冷百餘春，誰向孤山吊美人？　惟有青溪老名士，紅情如海記《遺眞》。

曾訪貞魂過碧湖，裙腰空繡綠蘼蕪。　緣慳不識春風面，金粉新詞卽畫圖。

冰心印徹老逋梅，地老天荒句壯哉。　翻笑賞音楊氏女，嫚辭唐突比章臺。

胷中磊塊苦難澆，歌罷眞如癢得搔。　絕代佳人新樂府，普天才子小《離騷》。

粉本飄零何處存？　百年豔影屬梨園。　酒痕紅到櫻桃靨，眞現亭亭倩女魂。

縱教并蔕灑楊枝，猶怕生當妒婦溪。　何似琉璃寶地好，盡塡情海證菩提。　山陰孫大濩雨田〔一〇〕

湖上春初歇，桃花隱墓門。　孤山一片土，千古共銷魂。　譜入鶯聲細，歌殘燭影昏。　第三圖不見，鴻爪賸纖痕。　婁村汪熙笠夫〔一一〕

粉殘翠管記《遺眞》，瘦影傳來淡有神。　爲憶歌筵看妙舞，夜闌愁殺倚樓人。

素女芳魂巧樣粧，生綃一幅粉痕香。　何當再倩江郎筆，添個盈盈小六娘。　華亭馬元瀓宛山〔一二〕

明璫翠羽女中仙，謫下紅塵十八年。　西子縱教里醜妒，羅敷寧受使君憐。　修蛾脈脈顰秋水，香髩姍姍貼寶鈿。始悟莫梨人未死，《遺眞》妙曲正當筵。

重調丹粉寫瓊姿，可是當年畫譜遺？一片夕陽花外影，幾篇殘稿病中詩。蘭因絮果幽懷結，地老天荒雅操垂。《療妒》而今經顧誤，離魂倩女亦神怡。福安陳奎元榆台〔一三〕

西風吹折夢中花，薄命崔徽早自嗟。解透蘭因與絮果，芳心一點玉無瑕。

明粧欹坐病逾妍，十八年華了宿緣。踏著罡風歸玉殿，霞衣還惹御爐烟。

夕陽倩女影亭亭，是處遊人吊小青。直得西湖身一死，白花飛蝶有餘馨。青溪廖雲魁斗齊〔一四〕

無端雲雨繞晴空，摘豔薰香有化工。如灑楊枝瓶上水，湖山花柳盡春風。

對影空憐現在身，當時焚草又焚眞。那知埋玉藏香後，三百餘年有解人。

孤山何處是芳魂？梨酒無因奠墓門。一片清心終不滓，暗香應在月黄昏。

分明剪取吳淞水，寫出亭亭倩女神。何事此情人不解？畫中人是意中人。侯官薛元春位中〔一五〕

秋浦斜陽短柳，孤山細雨荒墳。無限斷腸詩句，依然流水行雲。

湖上平添佳話，詞中苦吊香魂。記取歌珠一串，桃花豔影猶存。（己卯冬，曾留合署觀劇。）松江唐景蕉村〔一六〕

埋玉藏香湖水清，蘭因絮果證前盟。汝陽仙令情如海，倩女亭亭爲寫生。

西泠橋下短碑存，曾采青茆薦墓門。今日春風重回首，暗香疏影與招魂。（庚午秋〔一七〕，同人奠小青墓，碑識巋然。今不知所去。）

一曲當筵乏賞音，周郎顧誤到於今。傳神賴有江毫健，浣出千秋冰雪心。仁和費辰榆村〔一八〕

美人香草地，愁思落西湖。命逐桃花薄，墳依處士孤。遺眞誰省識，顧曲已模糊。憑仗多情吏，傳神入畫圖。華亭姚碧天璞〔一九〕

西子西湖舊得名，孤山片土更含情。冰心羞泛鴟夷棹，恰比湖波到底清。

畫圖幾易態輕盈，十八年來幽恨縈。梨酒一杯澆奠處，曉風殘月尚聞聲。

蒲團一夢萬緣空，法界慈雲咫尺通。太息章臺柳千樹，楊枝灑遍倚春風。

墨灑吳箋絃管新，零香剩粉足傷神。當筵一曲貞心見，漫把《遺眞》比《會眞》。吳江費建勳東嘉〔二〇〕

何處天涯可寄愁？孤墳斜照六橋秋。清貞千古誰堪并？金谷佳人墜玉樓。

新詩結得後生緣，剩粉零香太可憐。讀罷《遺眞》新樂府，淚花紅染薛濤箋。

一讀新詞一愴神，披圖無術喚眞眞。阿儂亦有多情癖，不獨先生是解人。長白張寶林〔二一〕

人間才美難雙并，得一已傷妾薄命。何況美人更有才，那容得地長歡慶？竹西仙子最堪憐，謫向西泠得幾年？孔雀金花愁被觸，鴛鴦繡襆擁孤眠。孤眠豈爲多情惱？惜此容華眾中少。風吹蘭蕙燼猶香，水照芙蓉影亦好。影滅香銷春夢醒，孤山片石葬娉婷。感懷詩在應腸斷，得意人聞也涕零。涕零好借宮商按，忍把貞姬風節換？百年幽恨待知音，一曲《遺眞》寫生面。寫恨翻成樂意新，舵樓一語壽千春。君看垂柳章臺下，才色眞爲薄命人。元和顧元揆端卿〔二二〕

浙山明媚黛眉痕，湖水清泠雅操存。三百餘年知己淚，《遺眞》一曲吊芳魂。

風月依然事已非，披圖誰更識芳徽？ 釣遊每憶西泠路，愁見桃花片片飛。

處士芳鄰墓草留，（林處士山莊中，有放鶴亭，小青墓在山阜。）當年粉黛一齊休。 遊春堤上人偏鬧，指點孤山片石秋。

美人環珮靚粧樓，韻事傳來幾度秋。 尋到斷橋空綠浦，（湖分內外，中亙西泠斷橋，壓綠、跨虹、慶春、秋浦諸橋，訪青墓者，須過橋進浦。）清暉掩映碧波流。

百幅濤箋墨瀋浮，焚餘無復見風流。 花鈿巧襯殘詩稿，傳與西泠作話頭。

湖內芙蕖湖外紅，（內湖多藕花，外湖惟澄波浩渺而已。）娉婷形影畫圖中。 幽魂應化楊枝水，夢覺蓮臺一夜風。

南北峯高土一抔，香消玉隕盡成灰。 曾聞芳樹多才色，殘碣何人憑吊來？（芳樹與小青，同爲鍾生之妾。）

挑燈閒誦轉添愁，雙淚盈盈日夜流。 癡絕佳人同不朽，牡丹亭畔斷橋頭。

古粵西湖我舊游，（在惠州府西關外）朝雲墓在碧峯頭。 小青又續風流債，兩地清標共不休。

鬱鬱荒阡長碧蕪，芳名長自占西湖。 崇坊若表佳人節，前有青孃後秀姑。（秀姑葬岳墳後，土人稱烈女墳。）

武林何法上遜之〔一三〕

遺眞記題詞次韻

落盡桃花春復春，踏春誰吊意中人？ 青溪名士風流甚，詩寫芳心畫寫神。

翻覆人情薄若雲，河東獅吼總休論。 管絃傳出《遺眞記》，好并殘碑立古墳。

海鹽富灝觀瀾〔一四〕

集桃花影填詞五截句

踠地長條葉葉愁，東風吹絮上簾鉤。紅樓不盼韓郎馬，燈下孤吟掩翠幬。

南樓楚雨暗三更，春水西湖一夜生。挑盡寒燈雞未唱，滿懷幽恨夢難成。

冷雨幽窗人斷腸，梅花消歇嶺頭香。闌干淚濕芙蓉帳，夢入傷心杜麗娘。

可奈與花同命薄，淒涼詞句苦難聽。落紅如夢東風驟，豈獨傷心是小青？

春風省識佳人影，紅顏標出憑毛穎。瘦比梅花冷似冰，芳名應占孤山墳。海鹽許煌庭輝〔二五〕

鷺門官齋題桃花影填詞後

《遺眞》一曲譜眞眞，舊事傳來墨暈新。物換星移家樂散，十年春恨細如塵。

鶴放孤山舉手招，綠迷秋浦水迢迢。何時重訪貞姬墓，紅帽青衫過六橋？　廖古檀

乙未九秋訪小青墓（時攜舊友姚天璞、姜甥敬銘暨山右白少君）

葉葉丹楓分外鮮，香魂一縷美人天。如何青冢無人問？　舊約蹉跎又十年。

別業難尋高士湖，尚留片石壓蘼蕪。桃花豔影分明見，不似巫山事有無。（武林詩友費榆村云：數年前見『小青之墓』四字石碣。）

西泠橋罨青蕪路，可憐玉腕埋塵土。有心人覓轉無蹤，遠山一角斜陽暮。（天璞友人張某，曾訪得其墓，惜張君物故，不可復識。）

抔土曾依處士梅，探梅訪墓重低徊。一時魚鳥都相識，紅帽青衫令又來。

蘇小風流石碣新，（墓在西泠橋左，徐補桐方伯近爲修葺。）憐才一片意何眞。斷橋還仗生花筆，特爲貞

姬表墓人。廖古檀

次韻題桃花影塡詞

西泠佳話事全眞，拂袖珠璣字字新。小部音聲裝點出，春愁牽惹隔花塵。（前聞歌童王佳卿，能摹小青情態，故云。）

一片香魂夢裏招，玉京仙子路迢迢。裴航漫索瓊漿飲，不是藍橋是斷橋。婁村陳惕雲煓〔二六〕

次韻訪小青墓

十里琉璃荇藻鮮，西風疏柳斷腸天。可憐髑骨渾無主，霧鬢雲鬟想昔年。

如黛山容繞聖湖，古來陳迹半荒蕪。埋香幸傍孤山勝，曾見林逋蘇小無？

西泠橋外淒涼路，美人高士同黃土。滿山紅葉夕陽明，芳魂休認桃花暮。

傍水依山百樹梅，水邊梅畔重徘徊。一抔渺渺迷芳草，多謝詩人訪覓來。

幽思柔腸百載新，空山何處喚眞眞？貞魂應效啣環報，我見猶憐有幾人？長白張泓花農〔二七〕

次題桃花影塡詞後韻

紅牙按拍記《遺眞》，黃絹題來別樣新。唱到夢兒亭畔路，夕陽一片淨無塵。

渺渺香魂妙手招，松嵐秀處暮雲迢。空中色相誰尋得？記取西陵第一橋。海鹽陸以諴和仲〔二八〕

次訪小青墓韻

草綠裙腰一帶鮮，尋芳恰近送春天。生香活色依然在，識字寧惟三十年？

閒訪高蹤過望湖，斜陽細柳映平蕪。飄殘紅雨何人問？果作劉安雞犬無？
芳魂夢斷孤山路，是耶非耶一抔土。段家橋畔立移時，弱絮風中春欲暮。
話到酸心卻似梅，荷絲蓮性轉徘徊。遙憐風雨孤燈夜，淚灑羅衣誰復來？
樓開教妓景還新，底事當年氣獨眞？未了夙緣難再辱，漫云蘇小意中人。海鹽陸以誠和仲

和題桃花影訪小青墓

桃花豔影尚分明，一曲風流千古情。唱徹鷺門聲欲斷，春風吹遍會稽城。（徐方伯在杭〔二九〕，已令名優唱演。）
斜陽斷碣記前曾，（見原詩第二首注）爲訪佳人覓舊朋。秋草依依人已去，（見其第三小注）不知何處照魚鐙？海鹽黃運亨夢腴〔三〇〕

次韻訪小青墓

雨過秋山濕翠鮮，爲尋香冢向湖天。傷心紫玉成烟後，零落荒丘不計年。
鏡水空濛西子湖，新愁難剪似春蕪。不知黃葉西風裏，仍有高人訪得無？
輕烟漠漠西泠路，風流絕世埋黃土。蛩吟疏柳更無人，夕陽一片青山暮。
占斷清芬嶺上梅，幾經墓下思徘徊。天涯尚有憐才客，可許追陪再去來？
吊古淋漓翰墨新，銀燈官閣記《遺眞》。憐他一種如花女，網結千絲錯贈人。海鹽何配金儒珍〔三一〕

次題桃花影填詞韻

樂府才人妙寫眞，墨痕猶帶淚痕新。卻將意怨情貞處，譜得風流絕點塵。

亭亭倩女向誰招？欲訪仙蹤路鬱迢。慚愧當年蘇小小，香魂猶傍六條橋。　海鹽張世基畬堂〔三二〕

次訪小青墓韻

綽約桃花泣雨鮮，緘愁何必問青天。天公要斷銷魂種，情字分開十八年。

瘞玉埋香記此湖，只今青草漫平蕪。《桃花》曾譜纖纖影，肯試春風一笑無？

踏青誰訪西泠路，一杯何處澆墳土？青衫紅帽謫仙人，歸去南屏鐘欲暮。

孤山曾認墓門梅，欲訪仙姬首重回。莫道先生情不甚，十年舊約幾回來？

譜入歌筵事更新，亭亭素女認還眞。風流第一傳神筆，冰雪文描冰雪人。　海鹽張世基畬堂

次韻題桃花影填詞後

偶將《白雪》譜《遺眞》，宛轉歌喉一曲新。記取桃花分豔影，不教遺恨墮紅塵。

惆悵芳魂那可招？西泠烟水碧迢迢。斷腸只有江南句，贏得風流滿六橋。（徐補桐方伯近命梨園演唱，杭人豔傳之。）　海鹽陳石麟賓摩〔三三〕

次韻訪小青墓

雨洗秋湖著意鮮，短筇閒步菊花天。美人香草知何處？檀板清樽憶往年。

愁比盈盈西子湖，空山曾記采蘼蕪。最憐並蒂情如許，化作楊枝一滴無？

短碑零落西泠路，埋香瘞玉空黄土。夕陽一片杳難尋，桃花影失孤山暮。隱隱孤山千樹梅，暗香疏影足徘徊。遥吟别有關情處，不爲羅浮入夢來。詞成幼婦意翻新，每自憐才爲寫眞。行過六橋重回首，青衫紅帽有情人。海鹽陳石麟寶摩

次題桃花影塡詞後韻

好事何須記《會眞》，《桃花》豔曲一番新。氍毹紅處風光好，扇影歌喉總絶塵。試把芳魂曲裏招，孤山一抹路迢迢。底須重問吹簫譜，明月揚州廿四橋。海鹽朱芳選海伽〔三四〕

次韻訪小青墓

綺羅香盡淚痕鮮，薄命當年欲問天。一滴楊枝空有願，墓門芳草自年年。精舍三間西子湖，上山何處采蘼蕪？蘭因絮果三生定，好向蒲團課有無。秋風秋雨錢唐路，美人零落終黄土。花殘月缺百餘年，山水朝朝復暮暮。嶺上誰栽幾樹梅，暗香疏影重徘徊。何時明月孤山夜，環珮珊珊林下來？梨花帶雨一枝新，寂莫芳容自寫眞。舊是六朝金粉地，可憐空谷有佳人。海鹽朱芳選海伽

次題桃花影塡詞後韻

譜出《桃花》豔影眞，深情宛轉管絃新。朱門寂寂濃烟鎖，只恨重來已後塵。香魂試托楚詞招，一望西湖山水迢。幾曲清歌寫舊恨，芳蹤不是記藍橋。海鹽董彬通齋〔三五〕

次訪小青墓韻

武林遺迹最新鮮，劇愛秋來氣爽天。閒步荒郊景淒絶，不知何處吊芳年。

孤墳一簇對平湖，玉腕朱顏委綠蕪。曠代淒涼深欲絕，也知此事豈虛無。
遊來已失桃源路，墳畔尚餘三尺土。仿佛貞娘鏡裏容，傷心不覺斜陽暮。
記得窗前夢落梅，紅顏猶令我徘徊。回看荒冢依然在，明月清風幾度來。
韶華過眼一番新，色相天然總是眞。憑吊古今無限恨，還因秋色惜芳人。海鹽董彬通齋

次題桃花影塡詞後韻

清樽檀板譜《遺眞》，舊事重翻別樣新。料得鷺門聲伎好，歌喉一串繞梁塵。
太息吟魂何處招，西泠極目水迢迢。春風人面無消息，一片斜陽過斷橋。海鹽蔣佩蘭香谷〔三六〕

次訪小青墓韻

斷碣荒涼翠墨鮮，離懷常恨九秋天。蘭心不逐風中絮，辜負花期二十年。
明鏡粧臺映碧湖，殘膏冷翠長平蕪。朱門風景重來好，人似桃花影有無。
垂楊垂柳湖堤路，生憐玉樹埋黃土。我行步出武陵門，四山多風天欲暮。
玉笛吹殘正落梅，幽窗冷雨自徘徊。挑鐙無限傷心意，瓊蕊優曇不再來。
情詞宛轉好詩新，七字初裁見性眞。經卷藥爐風味足，等閒未是党家人。海鹽蔣佩蘭香谷

次題桃花影塡詞後韻

桃花爛熳見天眞，豔影重翻巧樣新。譜出西湖眞色相，臨波羅襪也生塵。
魂夢何須屈子招，武陵溪畔水迢迢。金樽檀板新詞好，人在錢唐第幾橋？海鹽曹筠竹均〔三七〕

次訪小青墓韻

樹樹冬青著雨鮮，吟懷悵觸望湖天。白公堤外春光早，紅雨飄殘又一年。
不學西施泛五湖，孤山小築剩荒蕪。蓮花爭說同心好，曾見慈雲大士無。
秋風獵騎西陵路，萬疊晴嵐三尺土。湖光山色任容與，芳草美人悲遲暮。
清淺微波一桁梅，憐香顧影自徘徊。多情不是章臺柳，肯盼韓郎走馬來。
萋萋芳草墓門新，石碣標題姓氏眞。（徐方伯擬訪其墓建碑）怪殺湖堤騎馬客，黯稱蘇小是佳人。　海鹽曹錡竹坳

次韻題桃花影塡詞

誰將粉本寫遺眞，頭白才人樂府新。一曲歌殘紅雨歇，夢回花影已生塵。（余在杭州時，曾命梨園演唱，膾炙一時，競傳勝事。）
淒迷白石倩雲招，吟到湖西碧水迢。欲訪香魂何處是，荒苔春鎖段家橋。　青浦徐恕補桐

次韻訪小青墓

花雨酴醾隔水鮮，美人芳草夕陽天。一抔欲訪孤山徑，空憶春風燕子年。
彷彿魂歸傍後湖，墓門青冢半春蕪。夜來化作人間夢，夢到桃花影裏無？
六橋細雨西泠路，溪烟憔悴迷陳土。楊枝一滴水涓涓，石上雲歸山雨暮。
月榭蕭疏處士梅，梅孤月冷枉低徊。雨絲風片多零落，冢上何人酹酒來。
十載湖西夢雨新，空花幻影鏡中眞，山青水碧斜陽岸，曾記當年訪翠人。　青浦徐恕補桐

次韻題桃花影塡詞

人到傷心事怕眞，那堪舊恨又翻新。啼春一様臨風淚，濕卻青衫便洗塵。

香魂沉寂斷難招，斜倚秋山盼路迢。幾處空寒驚落葉，淒迷烟雨度江橋。大興吴興宗超亭〔三八〕

次韻訪小青墓

愁眉一掃黛痕鮮，剩得閒情感暮天。懊惱春游蕭索甚，淒涼錦瑟問華年。

濃粧淡抹笑西湖，紫陌香銷草半蕪。老我紅顔驚退盡，憐才君也斷腸無。

晴雲三竺慈雲路，破涕焚香憐淨土。當年何不便皈依，尚倚紅樓怨朝暮。

一派清香幾樹梅，香銷花落客低徊。嬌癡半被情緣誤，莫遣多情寫怨來。

綠波紅雨白堤新，霧眼朦朧認未眞。燕語鶯啼聽乍顫，踏歌按板更何人。大興吴興宗超亭

次韻題桃花影塡詞

風流絶世寄情眞，法曲翻來字字新。記得慈雲生靉靆，紫金蓮掌拂紅塵。

芳草香魂何處招，亭亭倩女路迢迢。春潮自擁相思海，紅豆花開憶斷橋。（丁亥春〔三九〕，偕章桐門過西泠，見抔土，指云此小青墓也。）海鹽賀念祖曉江〔四〇〕

次韻訪小青墓

西湖雨過水澄鮮，惆悵芳魂倚暮天。嶺上梅花今尚在，黃昏青冢自年年。

油壁青驄繞聖湖，斷橋殘碣半春蕪。銷魂此日孤山路，曾聽《遺眞》法曲無？（武林名優演唱，今更傳遍江東。）

殘花野櫪西泠路，絶代佳人瘞抔土。夕陽黄葉萬山寒，一樹棠梨秋色暮。
一點冰心寄嶺梅，新詞譜就重低徊。十年舊約江南夢，特爲憐才著屐來。
湖山面面翠巒新，湖水盈盈似寫眞。芳草天涯秋又晚，攜筇訪墓更何人。海鹽王瑨翰如〔四一〕

次韻題桃花影塡詞

心同介石守何眞，妙手傳來面目新。如此佳人如此曲，畫梁聲裏定飛塵。
佳句曾傳大小招，更聽新曲恨迢迢。遙知訪墓扶筇日，苦雨淒風過六橋。海鹽富志江敏三〔四二〕

次韻訪小青墓

策馬湖堤碧草鮮，殘碑斷碣夕陽天。但勞傳出佳人節，何必尋芳悵隔年。
迹並逋翁寄此湖，當年幾度踏青蕪。春風披拂桃花面，可與梅花對影無？
零膏冷翠西湖路，誰將梨酒澆黄土。吟鞭遙指數峯青，一聲杜宇蒼烟暮。
遠笛哀秋聽落梅，松風蕉雨幾徘徊。而今惟有孤山月，猶向孤墳照影來。
一曲《離騷》絃管新，青衫淚濕記《遺眞》。當場賴有傳神筆，底用鮫紗畫美人。海鹽富志江敏三

次韻題桃花影塡詞

幾番圖畫會傳眞，曲播旗亭調越新。曾記梨花春月夜，東風香惹襪羅塵。（徐方伯在杭，曾令慶玉名班唱演。）
夢裏芳魂倩鶴招，三更風雨碧迢迢。桃花影落知何處，山外青山橋外橋。青浦胡師謙荔山

次韻訪小青墓

香徑青青草色鮮，招魂欲向大羅天。由來孽海多魔劫，枉墮紅塵十八年。
黛是春山鏡是湖，粧臺還認綠蘼蕪。只因情字分開後，人面桃花半有無。
零香賸粉殘花路，烟雨忽迷一抔土。幸傍孤山處士墳，載酒月明春未暮。
幾向西泠採早梅，美人香草費徘徊。東風吹落楊枝水，玉珮疑隨山雨來。
風簫雲管曲翻新，泡影空花幻亦眞。梨水一杯爭欲酹，六橋愁煞踏青人。　青浦胡師謙荔山

次韻題桃花影塡詞

人間何處喚眞眞，賴有仙郎綵筆新。攝取斷魂來紙上，香綦寶襪憶前塵。
拾翠尋芳賦《大招》，春湖流恨碧迢迢。《古杭金粉》飄零盡，（向有《古杭金粉》之輯，尚未脫稿。）終古青山繞六橋。　錢塘戴鎬雝客〔四三〕

次韻訪小青墓

湖山滴翠水澄鮮，中有佳人長恨天。一自粧樓春閉後，梨花寒食自年年。
濃綠西泠入裏湖，誰憐青冢沒寒蕪。蘭因絮果三生外，需得楊枝一滴無？
賈亭側畔孤山路，髗骨已成山下土。貞魂不逐落花飛，翠袖亭亭芳草暮。
冷蕊疏香幾樹梅，墓門殘月自低徊。黑罡風裏翻身快，曾否清涼界上來。
剩有香奩句字新，珮環無復畫中眞。由來缺陷誠難補，何限人間失意人。　錢塘戴鎬雝客

次韻題桃花影填詞

憑將彩筆寫遺眞，白雪歌成絃管新。一點貞心照千古，只今湖水碧無塵。

幾度追陪勝侶招，韶光三載去迢迢。（乙未歲〔四四〕，曾訪青墓不可得。）高吟未愜幽尋意，烟雨重重夢六橋。松江吴嘉澄劍園〔四五〕

次韻訪小青墓

一抹青蛾雨後鮮，輕舠如織水如天。貞姬墓下長酸鼻，冷我吟情又幾年。

渺渺香魂傍聖湖，寒鴉落葉滿平蕪。憐才情更深於水，肯聽姬名涉有無？

垂楊幾折西泠路，過客心傷三尺土。山空人遠雁聲高，殘照西風秋向暮。

一片心神淡似梅，段家橋外首低徊。何時攜奠蘭陵酒，重向孤墳灑淚來。

影入《桃花樂府》新，玲瓏歌板爲傳眞。（謂王佳卿）生香更有徐陵筆，（近日補桐方伯次訪小青墓，句甚佳。）苦吊湖山薄命人。松江吴嘉澄劍園

次韻題桃花影填詞

桃花小樣寫遺眞，一曲金徽別後新。殘恨鷺門星夜散，何人覓得繞梁塵。

孤山女伴好重招，蘇小墳前暮影迢。幾處題詞青草路，含情貪過第三橋。大興吴興仁靜巖〔四六〕

次韻訪小青墓

草色湖光一樣鮮，春來踏破暮雲天。傷心半屬多情字，問訊人間有幾年。

白楊小瘞記臨湖，古冢迷人長綠蕪。自是仙源塵不到，休將情影認虛無。
荒村月落青無路，千古情人一抔土。不須重怨鏡中形，去時有迹來何暮。
依約貪看橋畔梅，無心折得重徘徊。鍾情不道花間蝶，已解尋香撲面來。
湖中風月曲中新，長遺鮫綃爲寫眞。知己自來情裏盡，雲峯飄渺誤詞人。大興吴興仁靜巖

次韻題桃花影塡詞

殘箋劫火記難眞，誰譜《桃花》一瓣新？添個雪兒抛鐵版，紅顏隱約出紅塵。
風流雲散欲何招，夢繞孤山路未迢。唱到淒涼詞句苦，銷魂應斷六條橋。海鹽富灝觀瀾

次韻訪小青墓

照影空嗟春水鮮，一生情事豈尤天。慈悲錯認同心願，債負風流十八年。
別室孤山路傍湖，幽窗冷雨長青蕪。相思淚滴楊枝水，一派盈盈淡欲無。
西陵彷彿廣陵路，皈依淨體埋塵土。桃花影裏吊芳魂，斜陽一帶前山暮。
曾憶生平性似梅，魂依花影共低徊。幽貞一片傳今古，問爾何人妒得來。
眼底浮雲舊間新，零膏冷翠寄情眞。宮黄和罷《陽春曲》，腸斷千秋傾國人。海鹽富灝觀瀾

再次韻題桃花影塡詞

誰寫廬山面目眞，譜成花樣一番新？雲間自古多才士，畢竟高懷迥出塵。
玉腕珠顏杳莫招，行吟惆悵望湖迢。若教天上聞新曲，痛絶銀河斷鵲橋。海鹽富灝觀瀾

再次韻訪小青墓

憶昔容光藻耀鮮，香魂憑吊暮春天。回思福薄傷心處，幸不餘生三十年。
一抔青冢向西湖，雲壓溪頭路滿蕪。剩有寒梅三百本，花心猶變杜鵑無。
紅顔已去孤山路，依稀蘇小墳前土。閑來覓句寄芳魂，桃花影落春將暮。
山下依然百本梅，離魂愁鎖路盤徊。踏春誰是知音者，合有多情才子來。
腸斷春衫血淚新，端居別室寫天眞。生來薄命休言苦，地老天荒不死人。海鹽富灝觀瀾

（清乾隆三十八年跋青溪廖氏愜心堂刻本《遺眞記》卷首）

【箋】

〔一〕畢懷圖（？—一七九七）：字展叔，號花江，别署窳道人，揚州（今屬江蘇）人。乾隆十二年丁卯（一七四七）舉人，十九年甲戌（一七五四）會試，登明通榜，官景州學正。三十六年，任永興知縣。歷官績溪、安福等縣知縣。工書畫，能詩。著有《唐詩約編》、《窳道人詩》等。傳見《清畫家詩史》丙下、《清代畫史增編》等。

〔二〕高景光：字同春，一字自柏，號桐村，室名夢草書堂，元和（今浙江杭州）人。諸生。著有《桐村小草》。《顔安小志》卷一一錄其刻本《夢草書堂詩鈔》沈德潛等序及二十首詩。詩二卷，收入王鳴盛編《江浙十二家詩選》（乾隆三十一年刻本）。傳見《湖海詩傳》卷一八、《晚晴簃詩匯》卷八六等。

〔三〕馬載青：震澤（今江蘇蘇州）人。字號、生平均未詳。

〔四〕廖雲龍：號承狩，青溪（今江蘇南京）人。字號、生平均未詳。

〔五〕胡師謙：字象谷，號荔山，青浦（今上海）人。優增生。師事王鳴盛，與邵玘、廖景文遊。徐恕開藩浙

右，延主師席。後館江西夏瑜家。四膺鄉薦，不售，遂絕意功名，家居治學。傳見光緒《青浦縣志》卷一六。

〔六〕王鳴盛（一七二二—一七九八）：字鳳喈，一字禮堂，號西莊，晚號西沚，嘉定（今屬上海）人。乾隆十二年丁卯（一七四七）舉人，十九年甲戌（一七五四）榜眼，選庶吉士，散館授編修。擢侍講學士，陞內閣學士兼禮部侍郎，左遷光祿寺卿。丁內艱，遂不復出。晚年居蘇州著述，以經學、史學名世。著有《尚書後案》、《周禮軍賦說》、《十七史商榷》、《蛾術編》、《耕養齋集》、《西莊始存稿》、《西沚居士集》等，均存。傳見石鈞《清素堂文集》卷一《傳》、錢大昕《潛研堂文集》卷四八《墓志銘》、王昶《春融堂集》卷六五《志傳》、《清史稿》卷四八七、《清史列傳》卷六八、《國朝耆獻類徵初編》卷九二、《碑傳集》卷四二、《國朝先正事略》卷三四、《國朝詩人徵略初編》卷三五、《湖海詩人小傳》卷一六、《漢學師承記》卷三、《國朝學案小識》卷一四、《清代樸學大師列傳》卷四、《文獻徵存錄》卷四等。參見黃文相編《王西莊先生年譜》（民國三十六年版《輔仁雜志》一五卷一—二期）。

〔七〕徐薌坡（？—一七八〇）：字蒼林，號藕汀，又號澤農，青浦（今屬上海）人。縣廩生。乾隆三十二年（一七六七）春南巡，召試入二等，命在武英殿纂書。是年拔貢，屢困北闈。後入永清知縣周震榮幕，主清暉、瑞林兩書院。居三年，復入京師，病瘵卒。工詩詞，王鳴盛輯《江左十子詩鈔》收其詩。傳見章學誠《章氏遺書》卷一九《庚辛之間亡友列傳》、王昶《青浦詩傳》卷三〇、光緒《青浦縣志》卷一九等。

〔八〕汪烈：號峭厓，婁縣（今上海）人。汪熙兄。生平未詳。

〔九〕汪杰：號江峯，婁縣（今上海）人。生平未詳。

〔一〇〕孫大濩：字秋槎，號雨田，山陰（今浙江紹興）人。著有《春華集》、《秋槎詩鈔》（乾隆六十年刻本）。傳見《兩浙輶軒錄》卷六。

〔一一〕汪熙：字笠夫，號雲海，婁縣（今上海）人。汪烈弟。乾隆三十年乙酉（一七六五）拔貢，四十二年丁西(一七七七)舉人,入四庫全書館。議敘授山東新城知縣,不匝月,丁内艱歸。服闋後,猝病卒。工詩善書。著有《雲海樓詩》。傳見姜兆翀《松江詩鈔》卷四九、姜兆翀《潄芳齋詩話》等。

〔一二〕馬元瀓:號宛山,華亭(今上海)人。生平未詳。

〔一三〕陳奎元(一七三二—一七七八):字公選,號榆台,福安(今屬福建)人。傳見陳從潮《韓川文集》(嘉慶五年自刻本)卷八《墓志銘》。

〔一四〕廖雲魁:字斗齊,青溪(今江蘇南京)人。生平未詳。

〔一五〕薛元春:字位中,侯官(今福建閩侯)人。生平未詳。

〔一六〕唐景:字靜安,號匏叟,又號蕉村、荇溪,奉賢籍,居松江(今屬上海)。乾隆十五庚午(一七五〇)舉人,官四川資州州判。以病歸,年七十餘卒。工書畫。傳見光緒《婁縣續志》卷一八、《皇清書史》卷一八、《清代畫史增編》卷一八等。

〔一七〕庚午:乾隆十五年(一七五〇)。

〔一八〕費辰:字斗瞻,一作斗占,號榆村,仁和(今浙江杭州)人。府學生。晚年舉孝廉,嘉慶十年乙丑(一八〇五)會試,欽賜翰林院檢討。著有《榆村詩集》。傳見嘉慶《西安縣志》卷三九、民國《衢縣志》等。

〔一九〕姚碧:號天璞,華亭(今上海)人。遊幕浙東西三十年。著有《荒政輯要》。參見劉亞中《姚碧〈荒政輯要〉的史學價值》(牛繼清編《安徽文獻研究集刊》第四卷)。

〔二〇〕費建勳:號東嘉,吳江(今屬江蘇)人。生平未詳。

〔二一〕張寶林:長白人。字號、生平均未詳。

〔二二〕顧元揆(一七三一—?):生平詳見本卷《〈桂林霜〉題詞》條箋證。

〔二三〕何法上：字遜之，武林（今浙江杭州）人。生平未詳。

〔二四〕富灝：字觀瀾，號禮橋，海鹽（今屬浙江）人。候補州佐。畫山水、花卉、人物。傳見《墨香居畫識》、《清代畫史增編》等。

〔二五〕許煌：字庭輝，海鹽人。官歸安縣訓導、長興縣教諭。乾隆五十一年（一七八六）刻仁和張贈《讀史舉正》。

〔二六〕陳憬：初名秉鑒，字蝤客，號雲端，婁縣（今上海）人。乾隆十七年壬申（一七五二），以婁籍中順天舉人，考授內閣中書。歷任兵部郎中、雲南道御史，陞禮科給事中，轉吏科。工草隸。著有《薈香吟稿》。傳見《皇清書史》卷八、乾隆《婁縣志》卷二六、光緒《重修華亭縣志》卷一六、《松江詩鈔》等。

〔二七〕張泓：號花農，長白人。生平未詳。

〔二八〕陸以誠：字和仲，別署沃川外史，海鹽人。乾隆四十二年丁酉（一七七七）拔貢，官新昌學博。與兄以謙齊名。著有《毛詩草木鳥獸本旨》、《廣李西涯擬古樂府》、《詠史小樂府》、《和仲詩集》等。傳見光緒《海鹽縣志》卷一八。

〔二九〕徐恕（？—一七八〇）：字心如，號補桐，一號芳圃，青浦（今屬上海）人。乾隆十六年辛未（一七五一）進士，歷任寧海、平陽知縣，湖州、杭州知府，浙江糧道、鹽道、按察使，山東、浙江布政使。批校孔平仲《續世說》、《太白山人詩》、《松鄉先生文集》等，主持修纂《平陽縣志》（乾隆二十五年刻本）。著有《補桐小草》。傳見光緒《青浦縣志》卷一八。

〔三〇〕黃運亨：字品咸，號夢腴，海鹽人。乾隆四十四年己亥（一七七九）副貢，任永康教諭。著有《麟趾堂集》。傳見光緒《海鹽縣志》卷一八。

〔三一〕何配金：字儒珍，海鹽人。乾隆二十五年丙辰（一七六〇）舉人，見《嘉興府志》卷四七『選舉四』。

〔三二〕張世基：號畬堂，海鹽人。生平未詳。

〔三三〕陳石麟（一七五四—一八一四）：字映祥，號寶摩，又號小穆，室名小信天巢，海鹽人。陳石英兄，陳其泰（著《桐花鳳閣評紅樓夢》）祖父。乾隆三十八年癸卯（一七七三）舉人，官山陰教諭。後引疾歸，閉門課子弟。著有《小信天巢詩鈔》、《小信天巢詩續鈔》、《小信天巢文集》。傳見光緒《海鹽縣志》卷一七、《晚晴簃詩匯》卷九五等。參見民國二年《海寧渤海陳氏宗譜》之《世傳》。

〔三四〕朱芳選：號海伽，海鹽人。生平未詳。

〔三五〕董彬：號通齋，海鹽人。著有《凝香集》、《鴛水集》、《餘霞集》（均存稿本，浙江圖書館藏）。

〔三六〕蔣佩蘭：字香谷，海鹽人。生平未詳。

〔三七〕曹筠：字竹均，海鹽人。生平未詳。

〔三八〕吳興宗：字超亭，大興（今北京）人。乾隆二十六年辛巳（一七六一）恩科進士。參見歸安戴璐（一七三九—一八〇六）《吳興詩話》一二『吳超亭同年挽詩』條。

〔三九〕丁亥：乾隆三十二年（一七六七）。

〔四〇〕賀念祖：字曉江，海鹽人。生平未詳。

〔四一〕王瑨：字翰如，海鹽人。生平未詳。

〔四二〕富志江：字敏三，海鹽人。生平未詳。

〔四三〕戴鎬：字雝客，錢塘（今浙江杭州）人生平未詳。

〔四四〕乙未：乾隆四十年（一七七五）。

〔四五〕吴嘉澄：號劍園，松江（今上海）人。生平未詳。

〔四六〕吴興仁：號靜巖，大興（今北京）人。生平未詳。或與吴興宗爲兄弟行。

（遺眞記）後序

廖羨行〔一〕

古今傳奇，半多憑空結撰。《琵琶》之蔡無其事，《西廂》之張無其人，《牡丹亭》則並舉人與事而悉空之，而世之覽者，方且唱嘆低徊而不能自已。況夫瀟湘江畔，竹可成斑；風雨山頭，人能化石。人有其人，事有其事，造物者且將留其迹以垂諸無窮，萬不至終古銷沉，搔首而傷憑吊之末由也。

我兄古檀，與小青有緣，因見《療妒羹》之誤，而製爲《桃花影》。客有以無是人之説進者，僕竊笑之。不見陸次雲《湖壖雜志》乎？曰：『至孤山者，必問小青；問小青者，必及蘇小。孰知二美之墓，竟在子虚烏有間。』夫不知其墓，未嘗謂無其人也。又情史氏云：『聞第二圖藏媪家，余竭力購得之，娟娟楚楚，如秋海棠花。其衣裏珠外翠，秀豔有文士氣。』夫既有其圖，豈無其人？龍子猶不我欺也！《列朝詩集》以爲本無其人，誤矣！

顧予雖主是説，究以未得其眞姓氏爲憾。我兄自歸田後，製書畫舫，往來吴閶，留意典冊。適於書肆，得《小青傳》一本，其中有空谷玉人小序，則云：『傳出朱小玉手，而某生係鍾姓，妒婦爲錢姓，生尚有姬芳樹等語。』指證確鑿，蓋不特倩魂宛轉，呼來畫裏仙人，絕非妖夢迷離，幻出峯頭神女也。又云：『姬好與影語。』此第一奇情，更與情史氏『斜陽花際，烟空水清，輒臨池自照，對影絮絮如問答。婢輩窺之，則不復爾，但微見眥痕慘然，似有泣意』一段相合。特其詩云：『不須更覓傳神手，只此情深是畫圖。』未見全璧，良可惋惜。然其詞其筆，自出老手，非有心傅會者。自是而小青之有其人，有其事，彰彰明矣。則豈非造化者欲留其迹，以垂諸無窮，而使憑弔者唱嘆低徊而不自已耶？

夫小青之有無，何與人事？特以其貞心亮節，可以立頑起懦，以視《琵琶》、《西廂》、《牡丹亭》之無其人、無其事而憑空結撰者，不更可傳乎？況如曲中句云：『與花同命薄，惟恨共更長。小春香怎解，傷心杜麗娘。』『春水西湖一夜生，多應是我淚珠迸。粉褪香殘兀自汗，丹青瘦伶仃。』『香銷荳蔻，悶昏沉，怨托箜篌，湖山烟景銷魂藪。春去也，似紅顏消瘦。』詞意兼美。我友畢花江所云：『勞君飽醮如椽筆，苦吊千秋失意人。』正得我兄作記之意也。

今已演諸家樂，播之旗亭。豔思綺語，上傳幼婦之詞；翠管銀箏，穢洗庸奴之誚。從此孤山雲冷，休疑鴻爪留痕；別墅魂銷，恍聽鶯聲喚夢。則卽謂與《琵琶》、《西廂》、《牡丹亭》諸傳奇並傳不朽也可。

乾隆癸巳閏上巳，羨行氏書於興寧致遠堂之東軒。

（清乾隆三十八年跋青溪廖氏愜心堂刻本《遺眞記》卷末）

【箋】

〔一〕廖羨行：廖景文弟，或以爲卽廖景文托名。

月中人（章傳蓮）

章傳蓮（一七一三—一七五七），字天山，號月鑒，别署樂眞子，室名樂眞别墅，績溪（今屬安徽）人。博涉經史，工詩古文詞。與同邑汪立爍相過從。以著書修道爲事，著有《性命眞詮集》、《心經上乘正注》、《西游紀日》、《覺情别錄》、《迴文新錦》等。撰傳奇《月中人》、《鑒中天》，均存。按民國《績溪西關章氏族譜》卷三四云：『《鑒中天》四卷、《月中人》三卷，俱傳蓮撰。按二種並著錄於《曲海》，而《鑒中天》注女道士姜玉潔作。然考黄文暘《曲海序》有云：「作者多隱名，而又多僞托名流以欺世。」汪豆村榛曰：「《鑒中天》亦月鑒主人作，而托名於姜玉潔者。」殆黄氏所謂「隱名」、「僞托」之類歟？從其説，仍歸蓮。』傳見民國《績溪西關章氏族譜》卷二《世系》、卷二四《家傳》。參見王裕明《〈月中人〉作者月鑒主人考》（《學海》二〇一一年第五期）。

《月中人》，全名《月中人拈花記》，《曲海目》、《今樂考證》著錄，作『月鑒主人』撰。現存乾隆十九年（一七五四）樂眞别墅刻本（《傳惜華藏古典戲曲珍本叢刊》第四八册、四九册據以影印）；另有鈔本，沈氏《粹芬閣珍藏善本書目》著錄。

月中人拈花記引端

普　圓〔一〕

清秋月夜，過紫雲鑒中，書《心經、心印》引端既竟，適見案頭有新書一函，封面標云『優場一大奇觀』，檢閱則《月中人拈花記》也。遂達旦繙繹，不覺拍案驚奇。『良哉觀世音，具足神通力』，《月中人拈花記》之謂也。《記》中色目，如生、旦、丑、淨，悉以水月梅雪，玉華雲影，爲名爲姓，眞空耶？妙有耶？世尊拈花一會，至今猶未散耶？有名無名，無名有名，有姓無姓，無姓有姓，《妙法蓮花》，三乘佛法在是矣。是以三花共是一花，是三卽一，是一卽三，非三非一，非一非三，所謂『惟有一乘法，無二亦無三』也。是法非思量分別之所能解，從佛口生，從法化生，只是自契一心之法，一法之心，一法無法，一心無心，覺有情也。拈花在手，誰覺有情，有情誰覺？覺情是性，覺性是情，覺情非性，覺性非情，是人中月也，是月中人也。是月是人，是人是月，是月非人，是人非月，是妙法蓮花也，是《月中人拈花記》也。是記也，是劇乎？是劇也。是游戲三昧乎？曰：非也。是觀世音也，是妙音也，是梵音海潮音也。『十方諸國土，無刹不現身』。今乃現身優場，說無上妙法，拈出妙花，豁開人天眼目，是爲優場一大奇觀，是月鑒妙開無盡藏，法花普度有緣人也。惟願法界有情，觀此妙法，同圓種智。

時皇清乾隆甲戌九月望前〔二〕，西禪普圓書於績溪西山。

【箋】

〔一〕普圓：生平未詳。

〔二〕乾隆甲戌：乾隆十九年（一七五四）。

月中人拈花記緣起

月鑒主人 等

一、緣起於寒巖積雪，歸塗險阻，寓梅澗西窗，時癸酉之冬也〔一〕。與雪蕚山人〔二〕，話無生法忍，偶及古德有從『臨去秋波』契悟者，雪蕚云：『臨去秋波，何如當來春色？今夕月如明鏡，滿澗梅花，春到枝頭已十分矣。月鑒主人可卽此梅此月，譜出《陽春》、《白雪》，爲雪蕚豎一指乎？』月鑒云：『竿木隨身，逢場作戲，有何不可？』遂按《琵琶記》、《牡丹亭》諸劇文，比叶律呂陰陽，積月餘，塡成此劇，弁曰《月中人拈花記》。雪蕚拍案擊節云：『有是哉！此非優場一大奇觀耶？此月此人此花，非從靈山法會來耶？此花此月此人，非卽月鑒主人耶？』月鑒云：『雪蕚，你是誰？』雪蕚於言下契悟無生法忍。

一、緣起於世人不知卽世法是佛法，卽煩惱是菩提，卽無明是智慧，卽情愛是解脱，卽塵勞是清淨也。如冰之與水，原非二物，本無二體，水結卽爲冰，冰化卽爲水也。劇中寓佛法於世法，寓菩提於煩惱，寓智慧於無明，寓解脱於情愛，寓清淨於塵勞，卽在纏以出纏，只是在污染而不污染耳。是以六祖云：『只此不污染，諸佛之所護念。』永嘉禪師云：『在欲行禪知見力，火中生蓮終不壞。勇施犯重悟無生，早時成佛於今在。』

一、緣起於鍾情兒女，略通文墨，遂自命爲才子佳人，每不安於義命，至於自怨自尤，甚至無事生愁，無故生悲，是蓋無始爾燄智障，倍深煩惱業障也。沉淪苦趣，此輩爲多，殊可憐憫。更甚而有私情畜行，爲父母國人所賤之下流，亦自以才子佳人自命，則其沉淪苦趣，煩惱業障尤深，其可憐憫，尤在不忍言矣。藉此一劇，普勸有情，回煩惱作菩提，庶幾出地獄以登天堂，抉情網而臻極樂也。〇有心人，若立決定信心，一心皈命佛法，月鑒更有《般若心經》最上一乘心印，普贈有情，以期同圓種智。

一、緣起於近世仙趣，誤以攝情歸性，認爲眞覺性源也，遂乃妄援佛乘之祕藏，指爲作丹之口訣，不知命藉師傅，性由自悟，非可混而爲一也。如謂我言不信，請平心靜氣，細繹紫陽眞人《悟眞篇》前後序文，以及篇外一卷。

一、緣起於二乘坐禪，不知有向上一路也，藉此一劇，普勸修人之滯於我相我見者，拔除心意意識，以契不可思議教外別傳本如來藏也。〇忠國師曰：『先尼外道，謂我此身中有一神性，此性能知痛癢，身壞之時，神卽出去，如舍被燒，舍主出去，舍卽無常，舍主常矣。吾比遊方，多見此輩，近尤盛矣。聚卻三五百眾，目視雲漢，謂是南方宗旨，把他《壇經》改換，添糅鄙談，削除聖意，惑亂後徒，豈成言教，苦哉吾宗喪矣！若以見聞覺知是佛性者，淨名不應云：「法離見聞覺知。若行見聞覺知，是則見聞覺知，非求法也。」南方錯將妄心言是眞心，認賊爲子，有取世智稱爲佛智，猶如魚目而亂明珠，不可雷同，事須甄別。」』禪客問曰：『如何離得此過？』師曰：『汝但仔細返觀五陰、六入、十八界、十二處，一一推窮，有纖毫可得否？』曰：『仔細觀之，不見一物可得。』師曰：『汝壞身心相耶？』曰：『身心性離，有何可壞？』師曰：『身心外更有物否？』曰：『身心無外，寧有物耶？』師曰：『汝壞世間相耶？』曰：『世間相卽無相，那用更壞？』師曰：『若然者，卽離過矣。』

一、緣起於素行拘謹者，每滯於人天小果，稟性豁達者，又並因果撥無，皆非眞覺究竟也。劇中於生旦，則寓以情愛縛脫，然『樂而不淫，哀而不傷』，卽情以見性也；於丑淨，則寓以因果感報，亦不廢乎科諢諧謔，卽慾以明心也。《淨名經》云：『先以欲鉤牽，後令入佛智。』（妙喜禪師曾引此語自況）正此劇深心度世處。大善知識，固能有見乎此也。

時皇清乾隆甲戌仲春上浣，月鑒書於梅澗之西窗。

月鑒主人法曲既成，復自繫以《緣起》題解，可謂老婆心切矣。某攜挈西江，同臥雪居士晨夕把玩〔三〕，有契於心，竊爲注腳於簡端。間有互相問答處，亦條附焉。他日歸以質之月鑒主人，不知爲棒爲喝如何也。

雪蕚山人旅邸偶筆。

【箋】

〔一〕癸酉：乾隆十八年（一七五三）。

〔二〕雪蕚山人：生平未詳。按，鄭宏綱（一七二七—一七八七），字紀原，號梅澗，別署雪蕚山人，歙縣（今屬安徽）人。著名喉科醫家，著有《重樓玉鑰》、《箑餘醫語》、《痧痘正傳》、《靈藥祕方》等醫書。方成培（一七三一—一七八九）乃其友人，爲《重樓玉鑰》撰《例言》。傳見民國《歙縣志》卷一〇。參見李濟仁主編《新安名醫及學術源流考》（中國醫藥科技出版社，二〇一四）。當卽此人。

〔三〕臥雪居士：姓名、籍里、生平均未詳。

月中人影照

印潭方式〔一〕

《法華·普門品》有三十二應，如宰官、居士、婆羅門婦女、優婆塞、優婆夷，乃至童男、童女等，皆爲現身說法，月鑒主人《拈花記》之妙旨也。偶爲寫出月中人影照，有心人應於此契入西來的的大意。

印潭方式敬題。

（以上均《傅惜華藏古典戲曲珍本叢刊》第四八冊影印清乾隆十九年樂眞別墅刻本《月中人拈花記》卷首）

【箋】

〔一〕印潭方式：生平未詳。

廣陵勝蹟（周壎）

周壎（一七一四—一七八三），字牖如，一字伯譜，號韻亭，別署冰鶴侍者，室名冰鶴堂，故亦名周冰鶴，龍泉（今江西遂川）人。乾隆十二年丁卯（一七四七）舉人，十六年辛未（一七五一）進士，次年授河南淇縣知縣。四十五年，官至汝寧知府。著有《冰鶴堂全集》、《韻亭詞譜》等。撰傳奇《拯西廂》、《中州愍烈記》（一作《忠憫記》），雜劇集《廣陵勝蹟》，均存。另有《雙飛劍》、《九老會》、《五色雲》等劇作。傳見同治《龍泉縣志》卷一一等。參見劉孟秋《汝寧知府周壎》（遂川縣政協文史資料委員會《遂川文史》第七輯，一九九七）、鄧長風《清代傳奇、小說作者考三題·〈拯西廂〉傳奇作者考》（《明清戲曲家考略三編》）。

《廣陵勝蹟》（一名《廣陵勝蹟傳奇》），《清代雜劇全目》著錄，作『無名氏』撰，包含八種雜劇：《廣陵城燈遊時太平有象》（簡名《燈遊》）、《木蘭院詩籠處故里垂芳》（簡名《詩籠》）、《芍藥圃花瑞奇分枝兆相》（簡名《花瑞》）、《平山堂堂宴樂摘蕊傳觴》（簡名《堂宴》）、《黠鼠岍虎夢來天懷坦蕩》（簡名《虎夢》）、《枯樹園桃醫感合境寧康》（簡名《桃醫》）、《邗溝廟神鏡懸孝忠照朗》（簡名《神鏡》）、《天寧寺佛輪轉福壽延昌》（簡名《佛輪》）。現存乾隆間冰鶴堂刻本，《傅惜華藏古典戲曲珍本叢刊》第五〇冊據以影印。參見李勝利、王漢民《清周壎劇作考》（《藝術百家》二〇一二年第一期），蔣國江、溫冬妮《清代戲曲家周壎生平及創作考論》（《影劇新作》二〇一四年第六期）。

廣陵勝蹟傳奇題識

闕名〔一〕

右《勝蹟》，分目八首，每首各傳一事，一事各有起結。兼之比事屬辭，必須詳盡，演者不宜刪減曲白，致令情景不全。倘以爲套數太冗，即將八首分爲十六齣劇目亦可。如第一齣分爲駕虹、燈遊，第二齣分爲題樓、詩籠，第三齣分爲製花、花瑞，第四齣分爲獻花、堂宴，第五齣分爲鼠賦、虎夢，第六齣分爲桃醫、寇感，第七齣分爲立願、神鏡，第八齣分爲參法、佛輪。蓋此表章勝蹟，實爲歌詠太平。作者慘澹經營，非止計四聲之度；演者春容節奏，自宜盡一日之長云爾。

（《傅惜華藏古典戲曲珍本叢刊》第五〇冊影印清乾隆間冰鶴堂刻本《廣陵勝蹟傳奇》開場出末）

【箋】

〔一〕此文當爲周壎撰。

南山法曲（韓錫胙）

韓錫胙（一七一六—一七七六），字介屏，一字介圭，號湘巖，別署湘巖居士、少微山人、妙有山人，青田（今屬浙江）人。清乾隆六年辛酉（一七四一）拔貢，補八旗教習。十二年丁卯（一七四七）中舉，歷仕山東平陽、禹城、平原、濟河、萊陽，江蘇金匱、寶山等縣縣令，遷安慶、松江、蘇州知府。三十八年擢署松太道，尋陞蘇松督糧道，命未下而卒。著有《滑疑集》。撰雜劇《南山法曲》、《砭眞記》，傳奇《漁邨記》，皆存。傳見嘉慶《禹城縣志》卷七、光緒《青田縣志》卷一七等。參見劉耀東《韓湘巖先生年譜》（民國三十六年啓後亭排印本）、郭婧《戲曲家韓錫胙研究》（南京師範大學碩士學位論文，二〇一七）。

《南山法曲》雜劇，未見著録，現存乾隆三十三年戊子序妙有山房刻本、咸豐五年（一八五五）石門山房刻《漁村記》附刻本（《傳惜華藏珍本戲曲叢刊》第三八册據以影印）。

南山法曲跋〔一〕

金昌世〔二〕

乾隆己卯，全椒吴愛棠以刺史攝無錫篆〔三〕，寬慈愷悌。每聽訟，集兩造階前，温詞絮語，羣皆悦服。黄童白叟，靡不頌爲仁人也。明年，青田韓湘巖補官金匱，與無錫同城，則侃直剛峻，遇事必辨是非，不少假借，人畏憚之。由是有『吴和韓冷』之稱，謂二公不相能。今觀韓爲吴作壽序，且製《南山法曲》以侑觴，其傾倒於吴，可謂至矣。二公學問淹博，文筆高迥，如東岱西華，爭奇競秀。吴題無錫縣門聯云：『有吴地肇江南大，無錫人歌天下清。』沈歸愚宗伯〔四〕，常稱爲沈雄博大，壓倒一時文人。韓自書花聽聯云：『鳥語花香衙散後，天心道味夢回初。』常州太守潘蘭谷見之〔五〕，歎賞終日，謂有味外味，攜之以去。如塤如篪，更唱迭和，每一韻出，好事者取爲畫本，斯亦一時之盛也。

戊子九秋〔六〕，山陰八十老人金昌世跋。

（《傳惜華藏珍本戲曲叢刊》第三八册影印清咸豐五年石門山房刻《漁邨記》附刻《南山法曲》卷末）

【箋】

〔一〕底本無題名。

〔二〕金昌世（一六八九或一六九三—一七六八後）： 榜名名世，字枚臣，號守谷，山陰（今浙江紹興）人。清雍正二年甲辰（一七二四）進士，官清河、鹽山等縣知縣。著有《八瓊樓詩集》、《樂府詠史》等。傳見嘉慶《山陰縣志》卷一六等。

〔三〕吳愛棠： 卽吳鉞，字愛棠，全椒（今屬安徽）人。貢生，入貲爲知州。乾隆二十四年（一七五九），借補無錫知縣。三十年，調吳縣。三十二年，遷邳州知州，旋擢奉天府同知，卒於官。工詩古文及書。著有《愛堂詩偶存》（乾隆二十六年刻本）。傳見《皇清書史》卷五、光緒《無錫金匱縣志》卷一八、光緒《重修安徽通志》卷二〇〇、民國《全椒縣志》卷一〇等。吳鉞出任無錫知縣第二年，乾隆二十五年（一七六〇），韓錫胙補金匱知縣，與吳鉞同城而治。《南山法曲》卽爲吳鉞而撰。

〔四〕沈歸愚宗伯： 卽沈德潛（一六七三—一七六九）。

〔五〕潘蘭谷： 卽潘恂（一七二二—一七七三），字蘭谷，號莪溪，桐城（今屬安徽）人。乾隆七年壬戌（一七四二）進士，授江蘇震澤知縣。歷知江陰、上海、陽湖，陞常州知府。三十三年，擢浙江寧紹臺道。三十五年，調任杭嘉湖道。卒於官。傳見道光《桐城續修縣志》卷一三、《清代官員履歷檔案全編》第二冊等。

〔六〕戊子： 乾隆三十三年（一七六八）。

砭眞記（韓錫胙）

《砭眞記》雜劇，《古典戲曲存目彙考》著錄，誤入清傳奇。現存清鈔本（浙江圖書館藏）、有正書局排印本、鉛印本。

砭眞記自敘

韓錫胙

少微山人，朝放蜂衙，暮平蝸鬬。餐西山之秀靄，傾北海之神漿。萬慮俱空，六塵不入。時則徙倚初慵，跏趺纔結。子綦隱几，鄉已入於無何；譚峭垂簾，神若凝於有待。奇花拂帽，雨自諸天；石瀨濺衣，涌來平地。玉山銀海，非皓月而奚明；蓀薜蘭房，鼓微飔而更馥。斯爲何境？睠焉來遊。

則有麗人冉冉以來前，相望盈盈而可挹。山名姑射，神人冰雪之肌；水漾瀟湘，帝女琅玕之淚。西施無恨，眉亦長顰；精衛奚悲，心常抱痛。甫臨風而散影，爰敷衽以陳詞。曰：『妾唐時崔氏女鶯鶯也。』語未及終，聞者已駭。計此崔氏者，假禪關而憩息，非以藏嬌；獻午夜之綢繆，何如其智？棄捐何道，不知恩弛崇朝；消瘦容光，焉免羞貽來世耶？

麗人復愀然訴曰：『凡先生心所見鄙，正賤妾願欲求伸也。憶自隨母言歸，中途聞戒。懼萑苻之見侮，倚護衛於所親。厥有微之，實惟中表。解紛排難，乍申俠氣於魯連；設饌烹羊，旋撥琴音於司馬。招以詩而至止，折以禮而廢然。蓋聲其致討之辭，則楚爲外懼；而置諸罔聞之列，將晉且何厭？不樂鳳凰，宋女久安於荊布；風其牛馬，使君自費其踟躕。世已隔乎滄桑，口忽騰其磨涅。謂衾裯之抱，曾爲紅拂之奔；葑菲之遺，乃在留侯之裔。新聲豔曲，樂府奉爲典章；舞袖歌喉，梨園尊爲鼻祖。凡此蜃樓之幻影，實皆備作於《會眞》。先生其肯抽寸管之思，爲賤妾雪三生之謗乎？』

當斯時也，若離若卽，流泉鏘瓊佩之鳴；非有非無，烟靄映霓裳之色。接古今於俄頃，聲傳林鳥之中；降魂氣於新涼，人在窗紗之外。憶其語，旣有懷畢吐，占無藉於泰人；詳其因，竟突如其來，受豈根於作者？夫氣運闢而降賢良，則有若丁之求說；風範留而深向往，則有若孔之見周。休祥發其蘗芽，則上官畀以大稱；餘照迫於老洫，則聲伯歌其瓊瑰。雲山聯棠棣之歡，則靈運微吟於春草；契闊結瑟琴之愛，則幽求警覺於寺垣。産棘徵蘭，事或符諸異日；官棺財穢，擬反出於非倫。自來獻夢之司，類有知幾之哲。

今者山人，棲心冥漠，吟哦未涉於稗官；息念烟雲，盼睞罔攖於粉黛。觸虛船而不怒，焉知蠹簡之是非？漱白石而常貞，寧計蛾眉之姸醜？身非樂廣，叩錯噩以何緣；詩遇髯蘇，詠吞吳而相告。因取《會眞記》而諦思之，抒意綿綿，馳神軋軋。筆柔墨膩，繪素楮之嬋媛；錦字朱弦，覯丹脣之綽約。其寓言之作歟，忽與目成；抑警世之篇歟，不嫌遐棄。劃親疎於意圃，迮矛盾於文瀾。

迹彼全編，病非一種。觀其綺筵纔散，侍婢初逢，勸訂絲羅，永諧秦晉。問名納采，原片語之可通；遵路搴裾，亦並施而不悖。何於銷魂之始，別無執手之盟？其可嗤者一也。迺若崔多臧獲，自著明文；張寓苾蒻，未聞假館。拂牆見拒，暫弛戒於吠厖；攜枕惠臨，寧無疑於零露。靳寸箋之速駕，冒重險於宵征。其可嗤者二也。既而好締中宵，聲聞母氏。知不可奈何矣，因而欲就成之。以白髮之憐兒，值紅顏之未嫁。既援之而易止，胡虛鍾建之婚；竟靦爾以相容，不促蹇脩之聘。其可嗤者三也。及其別離西去，萍梗東歸，高堂既醜其中冓，暴客寧留其再宿？將子無怒，供行李之往來；還卽授餐，恣閨闈之贈答。女曰：『沒身之誓，願仝穴以相從。』士曰：『蕩子之情，第逢場而作戲。』鴻雁傳書而愁絶，杜鵑啼血而誰聞？其可嗤者四也。

夫好色狂童，姸媸不擇，或隨所見而情移；知非脩士，懺悔已深，亦憶前愆而舌結。執兩端以相度，均斯記之難符。矧乃穠纖婉約，妙質無雙；博洽柔嘉，多才第一。書藏腹笥，豔比文姬；錦織迴文，巧逾蘇蕙。聯朱陳之伉儷，問舍此以何求；戒褒妲之傾危，應熟視而無覩。居然人類，有初而莫保其終；迥異恆情，既得而坐聽其失。若果傳爲信史，聞之者髮盡衝冠；或徒托之空言，覽之者手思剸刃。此則山人午睡，偶隨蝴蝶之遊；女鬼幽憂，欲拔髑髏之刺者也。

且也書之罅漏，衆目共知；事之乖睽，百身莫贖。考張之友善者，巨源先生；而元與深談者，公垂執事。一則中庭蕙草，止蕭娘一紙之書；一則青鳥香風，僅『三五月明』之句。則當日效尤接踵，欲以燕而伐燕；後人證異稽同，卽以馬而喻馬。花間佳會，皆死心幻結之灰；別後腴詞，悉祆廟焚燒之燼矣。

爰度新聲，聊翻舊案。魂招三畇，誤正千春。嗟乎！煉石補天，寧有巨靈之擘？彎弧射日，何來荊楚之筠？續志怪之《齊諧》，擊虛空而在握；陋《搜神》之干寶，統明昧以歸元。誰能爲獨具隻眼之人？請俟諸別有會心之士。

乾隆甲申元夕，少微山人序。

砭眞記凡例

闕　名〔一〕

一、元微之載張之於崔，始亂終棄，千古同恨。《西厢》雖極意斡旋，然脱胎《會眞》，文辭妙麗，長亭哭宴之後，益復泥牛入海矣。山人觀書得間，辨駁《會眞》之妄，詳諸自序。遂復芳魂入夢，幽恨重申，以踰牆之前，定爲以張易元，踰牆之後，定爲將没作有，非徒翻新出奇，長人眼力不小。

一、張生卽微之，前人語之詳矣。《西厢》詭名張珙，一無來歷，故是冊置諸不論。

一、張生賦《會眞三十韻》未完，以授紅娘。天下豈有詩未賦完，而可舉以與人者？蓋卽微之所續之三十韻，心猿意馬，幻想結成者也。山人兹編，斷無疑義。

一、成德隱元，十大洞天之號也，靈光自闢，洞見眞源。謂爲崔氏雪恨也可，謂爲學人指迷也可。

一、神仙鬼怪，詞家惡道，山人意在儆世，寫來眞是臨上質旁，凜凜可畏。

一、插科打諢，調笑成趣，一則言外有言，包羅一切；一則歌舞場中，可免寂寞。

一、古劇中移宮換調，類皆別自用韻，如《琵琶》之《陳情》，《千金》之《追賢》是也。是本移宮換調，首尾俱用本韻，庶使聽者不至逆耳。

一、仙人侍從，神鬼差使，惟當場度曲者，派定腳色。其餘如功曹鬼卒之類，卽以本名命之，不必派定某腳色，扮某項人，反使梨園束縛也。

一、末二齣，關節頗長，二可分而爲四，聽人自便。

一、人不覽《會眞記》原文，强聒以是篇，如嚼蠟耳。茲錄《會眞》原文於前，使人兩相比勘，始知山人非有意翻新也。

一、是集南北二曲並用，俱擇梨園所習者塡詞。宮商平仄，聲調陰陽，字字洗刷，使之合板，庶免他手妄行增改，反使文理不貫。

一、是集閒話頗多，然俱有關名教，或指點道法，或摹寫俗情，幸毋忽焉。

（以上均清鈔本《砭眞記》卷首）

【箋】

〔一〕此文當爲韓錫胙撰。

漁邨記（韓錫胙）

《漁邨記》傳奇，現存乾隆間妙有山房刻本、咸豐五年（一八五五）石門山房刻本（《傳惜華藏珍本戲曲叢刊》第三八册據以影印）、光緒二年丙子（一八七六）照水堂刻本。

漁邨記序

韓錫胙

《漁邨記》傳奇者，妙有山人遊戲之筆也。其書傳慕孝子廬墓思親，感動神祇，遣淑女爲配，教以黄白丹竈之術，卒能脱胎遐舉，其事爲寓言，未可知。其意以爲天上無不忠不孝之神仙，故鋪張揚厲，備陳天人感應之理，欲人知反本追遠，無愧人子耳。然其大要指歸，又若爲攝生者，掃陳言而軌於正，於進退刑德三致意焉。揆諸金碧《參同》，敲爻《悟眞》，往往有發所未發者。是則《孝經》之緒餘，抑亦仙壇之鼓吹也。

夫丹經萬卷，假借譬喻，各持一説，以是其所非，而非其所是。求其何爲陰陽，何爲離坎，尚無一明文可見，而況其在符火之際乎？塡詞賓白，如燃燈以照暗；打諢插科，俱立竿以見影。播諸樂府，傳步虚聲，弃自丹房，卽入藥鏡，非靜探天根者，其孰能與於此歟？世傳宋范文正公，遇異人授漁莊記爐火，以廣置義田而仁其三族。玆山人所稱『漁邨』，豈範漁莊遺法？今范集具在，無神仙修煉之事。而山人記中，義莊贍族，蹤迹偶相類，不必强爲附會也。或曰外者，内之證也，又安得知者而叩之？

乾隆三十二年小春朔，湘巖韓錫胙書於楓橋舟次。

（漁邨記）自序

韓錫胙

語云：『畫鬼物易，畫狗馬難。』又云：『寫神仙幽怪之文易，寫布帛菽粟之文難。』余竊祿天家，政治民安。書齋多暇，偶憶元慕蒙事，而譜以新聲，名曰《漁邨記》，夫亦擇其易者而爲之。則以腹笥空虛，少所考據，隨意敷衍，易於成篇，一。馳思溟涬，於世無譏，毀譽非眞，易於寡怨，二。點綴神天，光輝雜遝，洞洞屬屬，易於感人，三。優孟俳諧，姸媸並進，多多益辦，易於獻能，四。前作今受，非有非無，善念惟堅，易於留後，五也。

考文章一道，自史傳記載無韻之文外，《雅》、《頌》、《離騷》，以及漢魏樂府，無不可叶管絃。唐之五七言詩，宋之詩餘，皆當時樂章也。詩餘變而爲曲。街衢嘲笑，悉入聲歌；姑婦勃谿，胥諧絲竹。其爲體益俚，而其爲文益易，然猶是樂章遺響也。風水之相遭也，音聲之相蕩也，節奏之相屬也，機趣之相形也，意寓乎言中，而神周於象外。余之爲此記也，夫亦取諸其易者而爲之已矣。

雖然，以文而論，難易其有定者也；不以文而論，難易又無定者也。六經並言人事，而《易》明天道，於諸經爲難知。宋諸儒訓詁格物，而濂溪獨圖太極，於諸儒爲難解。醫家張仲景、孫思邈以下，皆詳方藥，而《素問》考索天人五運六氣，懸壺者不知所云。《道藏》『三一』、『房中』，《黃庭》、《靈寶》諸家，各有符籙眞言可佩，而《老子》五千言，坦夷沖澹，學道者視如嚼蠟。又安知向時所謂易者之非難，難者之非易耶？流水歇而琴無聲，飛鳥逝而鑒無影，亦何有難易足論矣。

乾隆癸酉上元夜，河干妙有山人自序。

漁邨記凡例十則

韓錫胙

一、生旦兩種色目，乃屬梨園屹然兩柱。今以生扮慕蒙，則旦宜扮梅影。因西王母雲容霞服，不便以老旦枯朽之質，輕爲唐突，故以旦扮西王母，而以小旦扮梅影。且小旦類皆少年娟秀，期與自在天身相稱也。

一、近今梨園遇觀世音、西王母，皆以老旦扮之。夫觀世音面如滿月，西王母靈姿絕世，而扮以老旦，則是邨嫗老婢乞兒之相，不復有毫光四發矣。故西王母斷宜扮以旦，而不宜扮以老旦也。

一、梨園之有生旦，猶人家冢子冢婦，不宜被以醜惡不潔之名。昔人譏《鴛鴦棒》之生，《爛柯山》之旦，全是淨丑面目。今則江南雜劇，凡用生唱者，俱屬小生，而風雅之意蕩然矣。兹《漁邨記》以生扮慕蒙，小旦扮梅影之後，即不復派其更扮雜色人等，再使登場，一以清觀者之目，一以正傳奇之體也。

一、梨園子弟，進退上下，須使之梳粧易服，稍有餘閒，方免喘急之病。兹《漁邨記》所派各色目，俱屬匀稱，清歌妙舞，合之兩美矣。

一、北曲例用一人獨唱，然皆一折一韻，惟李春郎【九轉貨郎兒】則用九韻，聽者未免逆耳。今《漁邨記·竊藥》一折，亦用【貨郎擔】原宮，改形換貌，分爲九人，易影變聲，釐爲九韻。千百億化身，仍歸水月圓相，心思獨闢，耳目一新，可補古人未逮也。

一、《竊藥》一折，以一人變爲九人，上下接續處，用對語一聯，上句結上文，爲去者餘音；下句起下文，爲來者接調。細針密線，藕斷絲連；妙理清詞，水窮雲起。或者欲删去一段，恐九連環正難措手耳。

一、場上歌曲，場後管絃，須令勞逸適均，方見春容大雅〔一〕。今南人演劇，類以長曲大套，令其相續不斷。如《單刀赴會》未畢，即接以《月下追賢》；《趙女梳粧》纔完，即接以《英台自嘆》。此古人所云『不惜歌者苦』也。場後樂工，豈皆簡兮碩人，『有力如虎』乎？度曲科白，疎密相間，升歌間歌，自有繞梁之韻。

一、各宮各調，不宜相犯。自《琵琶》作俑以後，而塡詞家皆以不尋宮數調爲口實矣〔二〕。兹《漁邨記》各章，雖亦有兼犯别宮别調者，然皆世人習歌之曲，取其便於扮演，仍載明本宮本調，庶免數典忘祖之譏。

一、寫忠孝者，易於激烈；寫風花者，易於輕佻，二者不相能也。兹《漁邨記》，寫忠孝處，可歌可泣，無非絕豔風花；寫風花處，不即不離，愈見透宗忠孝。擷經籍之精英，作騷壇之鼓吹，聊以消磨歲月，流連景光而已。若以仙經佛偈比之，贅矣，過矣。

一、肉以歌字，竹以隨聲，絲以正竹，鼓以定眼，板以截句，此不易之理也〔三〕。今執板者，不用檀板，而用啞板，則板隱於鼓；擊鼓者，不用三眼，而用花調，則鼓雜於絲〔四〕。八音不從，律而姦矣。茲《漁邨記》，用藍筆將板點出，以存其舊。

妙有山人書。

北曲多詳套數，南曲每疊前腔。其所以用前腔者，乃流連往復，重言以申明之，《三百篇》《桃夭》、《樛木》之遺也。則凡歌前腔者，止用二字接調，餘皆仍依前板，所謂一唱三嘆也。今歌前腔者，類用急聲促拍，如行人避雨，如市人救火，無論登臨讌樂，無此倉皇，即士女笑言，亦豈有此急遽乎〔五〕？況摹寫急促情狀，在南北詞譜中，又俱有急板令諸小曲可用〔六〕。附書於此，以爲對酒高歌者戒。

「元首明哉」，肇自虞廷；《五子之歌》，沿於夏世。《雅》、《頌》騷賦，皆有韻可歌也，況詞曲乎？今人盛推《琵琶》爲南曲之祖，然《逼試》一折，支思、齊微、魚模，三韻並用；《兩賢相遘》一折，歌戈、家麻、車遮，三韻並用。歌者聱牙，聽者能盈耳乎〔七〕？蓋高則誠，東甌人，目未見《中州音韻》，衹就甌人方言爲之。「沙」爲「梭」，「家」爲「過」，「嗟」爲朱窩切，「爹」爲低窩切，「書」爲「詩」，「樹」爲「事」，隨筆雜湊，本無聲調〔八〕。其字句之錯亂，又難枚舉。如【解三酲】「其中自有黃金屋」，「有」字宜平，「金」字宜仄，今竟作成平平仄仄平平仄一句律詩；【太師引】「這其間就裏自知」，『知』字宜仄而平。歌者能知其紕繆處，以『梭』歌『沙』，以『事』歌『樹』，或可勉强叶韻也〔九〕。必使反之而後和之，雖孔子聲入心通，律度聲身，亦不敢自以爲是也，況他人乎！

妙有山人再書。

【箋】

〔一〕此處眉批云：「堂下舞有餘閒，堂上樂可繼奏，此樂之遺韻也。」

〔二〕此處眉批云：「尋宫數調，詞曲先務。《琵琶》作俑以後，甚至《還魂·驚夢》，以【山坡羊】哀惋之曲，爲歡樂之詞，則聲調俱失之矣。」

〔三〕此處眉批云：「此近今氣習，數十年前無有是也。」

〔四〕此處眉批云：「板爲樂句，今用花調，則謂之不成句。」

〔五〕此處眉批云：「詞曲已爲鄭聲，況雜以俗套，又爲鄭聲中之鄭聲乎？ 此亦語樂之一端也。」

〔六〕此處眉批云：「街市兒童急口令，取入樂府，自不可耐。」

〔七〕此處眉批云：「《玉簪》眞文、侵尋並用，更屬聱牙。」

〔八〕此處眉批云：「吳人以魚模爲支思，閩人以支思爲魚模，晉人以東鐘爲眞文，秦人以眞文爲東鐘，皆囿於方言也。」

〔九〕此處眉批云：「《琵琶》之紕繆，全以方言爲曲，如「酩子裏」、「那些箇」之類，最爲寒儉。」

（漁邨記）吳序

吳　鉞

戊子秋〔一〕，青田韓湘巖明府，寄余批點《漁邨記》，謂其發明攝生家宗旨。余覽之終篇，曰：

『譬之過當。』〔二〕傳奇，傳古來之奇，大抵略有所據依，以鋪張其辭，豔人觀聽，非盡實事也。《漁邨記》稱慕蒙孝感飛昇，因引道家語徵信，徒供伶工歌舞歡笑耳，與攝生何與哉？ 然原曲要眇微婉，有非諸詞曲可及者。 慕蒙，孺慕終天，不毀性眞，一也； 配偶麗人，無媒褻兒女子態，二也； 得志多財，周卹貧乏，令人生歡喜心，三也。〔三〕其他寫物情情僞，如鑄姦鼎，如照妖鑒，尤譎幻變化，不可方物。 慕蒙善矣，慕善次之，慕名又次之。 慕才惡矣，慕來亦惡，又非慕才一類。 赫連絡之惡，又遠駕慕來而上，狠詐貪欺，算無遺策，顧反爲慕來所愚，末流薄俗，互相傾軋。〔四〕楮墨之間，不啻合《左傳》、《國策》、《史》、《漢》諸怪奇之文與事，而施以韻語，協諸管絃，可歌可誦，夫亦極文章瑰偉之觀矣。 奚必道法《楞嚴》、禪悅，或指爲絕頂妙文； 《西遊記》，小說家言，或謂是金丹作用，皆過也。 妙有山人家清溪廟右山下，『廟右』音同『妙有』，故以『妙有』顔其書舍〔五〕。 河干二合音，其氏族也。 附志於此。

全椒姻弟吳鉞書於奉天治中官署。

【箋】

〔一〕戊子： 乾隆三十三年（一七六八）。

〔二〕此處眉批云： 『談道飛昇，不過文人寓言。 經明眼人道破，方不執定一偏物而不化。』

〔三〕此處眉批云： 『全本大旨，數語道盡。』

〔四〕此處眉批云： 『看出作者心思層次，非閱歷深、文筆熟者，不能及此。』

〔五〕此處眉批云： 『妙有，即廟右山名，非道家言也。 序明來歷，不然則隱僻詭異矣。』

（漁邨記）劉序

劉 泰〔一〕

《漁邨記》傳奇者，傳神佑慕蒙事。慕蒙，愚騃兒童，安所得天神而佑之？吾謂人患不能如慕蒙耳，如慕蒙則未有不佑者〔二〕。積善之家，必有餘慶，非必之於天，必之於身也。

傳奇院本，元時爲盛。今《點鬼錄》中所載，已十亡八九，計在當時，皆一代才人之作也。其僅存者，又恨其改竄姓名，錯亂事實。如以小蠻爲白行簡之妻、連環爲蔡中郎所授之類，醜惡庸劣，幾不可耐〔三〕。而《金錢記》、《牆頭馬上》諸雜劇，誨淫導邪，頗爲風俗人心之蠹。何者？文章自有體裁，所託非正，故其傳不韻也。

南曲，不詳套數，不分賓主，興臺奴隸，羣歌迭奏，其體視北曲尤卑〔四〕。第於歌者爲便，故前明諸名家輒樂爲之。然揆諸曲終奏雅之道，亦蕩然無遺矣。

《漁邨記》傳慕孝子事。守墓，則天性之眞；義莊，則解推之篤。纏綿悱惻，一唱三嘆。觀於此，而孝弟之心有不油然生乎？其他旁見側出，魑魅著形，麗句新詞，芳葩煥彩，瀉有源之水，而傾無盡之藏。傳奇雖曰小道，夫亦足以成一家之言也已〔五〕。若夫神女賫婚，天星作伐，不過使優孟登場，不致寂寞耳。而湘巖道人，乃謂進退卯酉，與《參同》相發明，豈其然歟！

濟南劉泰。

【箋】

〔一〕劉泰：濟南（今屬山東）人。字號、生平均未詳。

〔二〕此處眉批云：「作善降祥，作不善降殃，現前實理。」

〔三〕此處眉批云：「《小蠻》、《連環》等記，俱見元曲。」

〔四〕此處眉批云：「文章自有片段，一套用一人唱，乃寫其胷中之氣概也。今以他人語插入，則淩亂無序矣。此南曲之所以卑也。」

〔五〕此處眉批云：「傳奇歌舞，未免贅誦太過，此劉邕痂嗜也。」

（漁邨記）秦序

秦錫淳〔一〕

人昏昏醉生夢死，而忽思超出其外，鮮不以畸士目之矣。乃超出其外，而復混入乎其中，則其爲畸士也，非惟不能知之，抑且以僞士斥之。然彼亦未嘗不僞也。不知順逆之竅而侈語陰陽，不知進退之則而飾詞交媾，夫安得不謂之僞？且彼亦未嘗不知也。其粗者，習九一濁亂之法，以喪其軀而不悔；其精者，天門開闔，白首而無所成，飛龜舞蛇，千岐萬舛。《參同契》早已辭而闢之，而彼猶口誦心維，自矜爲太上不傳之祕。五穀不熟，不如荑稗。是又不如兀坐無爲者，猶爲謹身寡過也。

妙有山人，學博文富。偶舉慕孝子事，按九宮樂句，度以新聲，爲《漁邨記》雜劇，俾山童謳歌，以供聖朝擊壤之謠。既脫稿，或有譏其託體傳奇，諧謔傷雅者。〔二〕余曰：《參同》全篇韻語，《黄庭》體類柏梁，《悟眞》以詩而兼詞，純陽、《紫清》亦詩歌詞賦互用。何時之人，用何時之調，藥物取其所便，聲音從其所習。夫固與《陰符》、《道德》諸經，燦然並列紫府也。語道者每況愈下，爲兑爲春，夫安見傳奇之不足寄興者？《敲爻歌》有云：『行動唱詠脂粉詞。』其書可觀，亦不必託名鄒訢矣。〔三〕

乾隆丙戌冬至，臨海秦錫淳。

（以上均《傳惜華藏古典戲曲珍本叢刊》第三八册影印清咸豐五年石門山房刻本《漁邨記》卷首）

【箋】

〔一〕秦錫淳（一七一〇—一七八六）：字卽瞿，號沐雲、抹雲，室名經笥堂，臨海（今屬浙江）人。屢試不第。乾隆十八年癸酉（一七五三），舉順天鄉試副榜。次年春，考補鑲黄旗官學教習。二十一年丙子（一七五六）舉人，旋以教習期滿，選平山知縣。二十九年任江西瑞金知縣。後被劾降調，歸家。著有《江南集》、《臨海縣志稿》、《衍極圖》、《唐詩試帖箋林》、《經笥堂集》、《白雲山樓集》。傳見戚學標《鶴泉文鈔》卷下《墓志銘》（收入《國朝耆獻類徵初編》卷二三八補錄）、民國《臨海縣志稿》卷二二、《皇清書史》卷九、《三台詩錄小傳》等。

〔二〕此處眉批云：『諧謔傷雅，文章大病。然較之丘長春《西遊》，則又恂恂儒者氣象矣。』

〔三〕此處眉批云：『朱子序《參同契》，託名鄒訢。』

漁邨記後序

姚大源〔一〕

緱氏笙中，吹出篇篇《眞誥》；岳陽笛裏，弄成句句玄詮。一闋【沁園春】，可抵七籤雲笈；數章【西江月】，能傳三疊琴心。然則別調欲彈，何必問樓頭黃鶴；偉辭自鑄，奚須訪關外青牛。苟發妙旨於傳奇，儘堪證道；即殫精思於小說，亦足談玄。況乎洞府微言，逗輕敲之魚鼓；仙都妙諦，付細撥之鶗絃。雅俗共欣，聖凡俱悟。豈獨江邊柳樹，變奇鬼而貌尚猙獰；溪口桃花，化美人而態多妖冶。

妙有山人，考其姓氏，鄰於烏有先生；詳厥里居，言自武陵漁父。瑤臺散吏，密語授於瓊窗；蓬島奇才，雲篆覼於香案。闌薪傳以度世，梯可登天；洩寶訣以捄人，筏能渡海。非詩非賦，洋洋灑灑之詞；不箴不銘，怪怪奇奇之事。夫其築基鑄劍，采藥守丹。素練郎君，擷新苗於璚砌；青衣女子，挂初月於珠簾。總之言語難宣，姑藉伶倫絲管；畫圖欲活，聊憑優孟衣冠。於是雲母屏前，珊珊姹女；芙蓉毯上，躍躍嬰兒。繡襖銖衣，个个玉爐金鼎；綠么紅拍，聲聲虎嘯龍吟。粉面招搖，魔神變幻；鬼門出入，火記抽添。煞尾前腔，五千言眞緘盡露；插科打諢，四百字祕鑰全開。始知天上《霓裳》，不過夢游豔曲；從此人間舞袖，轉成修鍊清壇。

嗟乎！嵇叔夜奇岸魁梧，大是仙靈之器；李德裕依違眷戀，竟淹富貴之鴆。雨咽風蕭，夜夜泣隴頭松柏；草青苔紫，年年埋冢上麒麟。由是共羨長生，卒之莫聞大道。旁門瓦合，終爲窯外之坯；邪術機張，誰識壺中之箭？欲鼓琴而招鳳，試聽清音；將敲竹以喚龜，請看新齣。當場傀儡，暫借充枕畔黃粱；繞座朋儕，莫認作江南紅豆。

己丑天中節〔二〕，山陰姚大源書。

【箋】

〔一〕姚大源（一七一〇—約一七八七）：字雨方，號芝鄉，別署海濤，山陰（今浙江紹興）人。諸生。學問奧博，所著地理書百餘卷。能詩，著有《芝鄉詩鈔》、《星影》等。傳見《碑傳集補》卷四五。

〔二〕己丑：乾隆三十四年（一七六九）。

附　與韓湘巖明府書

周鳳岐〔一〕

昨登寶山，竟不空回。仰賴上士慈悲接引，爲我說法，度一切苦厄。愚亦含生負性之儔，惟有合什讚歎而已。承示《漁邨記》，以古今無僞善根，成人天第一善果。其間入世出世，千態萬狀，無所不有，而妙諦眞詮，旁見側出，則又時隱躍於讀者心坎間，而莫名其妙。竊謂此等奧詣，與《孝經》、《大易》、《參同契》實相表裏，而被之樂府，詠歌舞蹈以出之，感人尤眞且速。孟子不云乎：『樂斯二者，樂則生矣。』然則此書又爲古《樂經》補亡，而欲一大著其功用也。至若情致之沉鬱清麗，宮調之應絃赴節，此特才人餘事。蓋不如是之盡善盡美，則又何以斯愛斯傳？乃知名儒仙佛，合讓眞才子爲之。其遊戲三昧，正其眞切婆心，而或以稗官輕之，或以院本賞之，則皆門外漢，癡人說夢矣。

弟前夕攜此本至舟中快讀，竟夜卒業。因係足下祕本，不敢久留，次日至婁水，輒緘封紀綱，持歸繳上，料已檢入。獨自恨盲人問道，於喫緊關頭，略無證悟入手處，爲可浩嘆耳。因思世上醉夢生死如弟者，殊復不少，惟願急付梓人，早爲流播。如靈臺山上，放大毫光，照見一切變相，庶餓夫窮子，人人得寶，功德無量，幸甚幸甚！

弟早晚粗了身事，便當取道瞟城，欲立雪湘巖先生座隅，一一爲我解說。倘能領悟一二，或不虛此一生。諒不訶爲慕再來而麾而遠之也。『溯洄從之，道阻且長。溯游從之，宛在水中央。』彼妙有山人者，伊何人哉？別後重晤太倉刺史公，盛稱足下政事折獄，交融水乳。鎮、嘉兩明府，各皆見面，握手言別，未免黯然銷魂。至蘇後，與舍弟談及《漁邨記》始末，偶舉記中一二妙句，舍弟瞿目飛舞，急思趨琴堂快覽，一傾渴慕之忱，諒不見拒。弟卽於二十日買舟，布帆返海州矣。交代事竣，仍擬來省領文赴都，或得再圖良覿，約在春杪時。率此佈候，伏惟起居安善，依溯不備湘巖明府大兄親家閣下。

愚弟周鳳岐頓首。

【箋】

〔一〕周鳳岐： 字號、籍里、生平均未詳。

跋魚邨記六首

程有勳〔一〕

妙有山人何處人？青蓮手腕赤松身。偶然按譜諧聲調，亦洗詞家萬斛塵。
《漁邨》法曲甫攤書，歌不成聲淚滿裾。試問青原廬墓者，古來曾有幾人如？
星珮雲鬟明月璫，翩翩來下事荒唐。化身若作瑤天女，遣嫁將歸何郡郎？
豈有丹方可駐顏，飄蕭王母鬢毛斑。樽前聽唱《漁邨記》，早使神遊八極間。
哀樂仙凡總幻形，清商閒奏綠莎廳。山人習靜眞多事，添出蓬壺一卷經。
通儒循吏事難兼，敢問仙才續《七籤》。只有滄江貧太守，品評天樂上毫尖。江寧程有勳頓首拜題①

（以上均《傅惜華藏古典戲曲珍本叢刊》第三八册影印清咸豐五年石門山房刻本《漁邨記》卷末）

【校】

①底本無題署，據中國國家圖書館藏清咸豐五年石門山房刻本《漁邨記》本補。

【箋】

〔一〕程有勳：江寧（今江蘇南京）人。字號、生平均未詳。

回春夢（顧森）

顧森（一七一七—一七九九後），字廷培，一字錦柏，號雲庵，別署雲庵老人，長洲（今江蘇蘇州）人。三入京華，從事館閣。乾隆二十四年（一七五九），議敘授北直隸涿鹿縣尉。六年後，因事貶謫，於同官縣（今陝西銅川）安置。四十一年，薦爲甘亭幕僚。終老於同官。著有《雲庵詩草》、《雲庵詩餘》、《雲庵雜俎》、《見聞新集》、《古臺紀略》、《旗亭集》等，現存《雲庵遺稿》、《雲庵雜錄》。撰傳奇《回春夢》。參見鄧長風《九位明清江蘇、上海戲曲家生平考略·顧森》（《明清戲曲家考略》）、王仲德《流寓學者顧森》（胡克禹等編《銅川古代名人選錄》，銅川政協，二〇〇六）。

《回春夢》，《古典戲曲存目彙考》著錄，現存道光三十年庚戌（一八五〇）三鱣堂刻本。

（回春夢）自序

顧　森

《回春夢》何由而作也？傷余生平之命蹇也。余生自名邦，系出舊族。不幸纔開智識，家事多艱，未弱冠而孤，無片瓦立錐之業，人間辛苦，靡不備嘗。及長，爲稻粱謀，奔走四方，三入京華。後從事館閣議敘，授涿鹿尉，地屬天下繁難首區，日事於車塵馬足，刻無寧晷。然藉得微禄以養親，亦不之苦，兢兢業業，黽勉供職，大吏廁之薦剡。方以爲轉否爲泰矣，忽爲周牧事波及，削籍遠竄關中，煢煢孤旅，苦莫勝言。繼之，眷屬來依，耕瘠地數畝，爲糊口計。育一男一女，喁喁相向，稍慰寂寥。又以爲轉否爲泰矣，無何，男四歲而夭，今膝下惟一弱女。

考余一生之遭際，不知者必以爲短行險毒，故報應之若此也。然余自問生平，實無纖芥之惡。此無他，天也，命也。天命既定，既有蓋世才、拔山力，奚能挽回？今老矣，鬢毛如雪，齒牙搖落，心如槁木，無能爲矣。然悒鬱之氣，猶耿胷次。因思天意既不可回，好夢或可得乎？夢者，意也。意之所及，即屬夢矣；夢之所成，即爲真矣。此《回春夢》之所由作也。藉此一消胷中之塊壘，其工拙不及計也。又嘗讀諸家傳奇，談忠孝者必涉迂闊，談蘊藉者必涉放蕩，文者無武功，武者不能明吏治。余故兼而收之，以悅觀者之目，非敢自矜也。閱者諒之。

雲庵老人自序。

回春夢序

王元常〔一〕

江州司馬，曾寫怨於琵琶；楚國大夫，亦寄情於蘭芷。覘隍中之蕉鹿，真假何常？憶枕上之邯鄲，情形可繪。況夫神駒伏櫪，志尚在於騰驤；寶劍藏山，光難掩夫焜耀。胷蟠錦繡，江淹之彩筆猶存；滿架縹緗，李泌之牙籤無恙。雕龍繡虎，才華爭日月之光；旋乾轉坤，筆毫補造化之缺。

雲庵先生聲飛吳苑，派衍武林。元歎擬乎白圭，凱之植乎嘉樹。校書閣下，輝煌劉向之藜；展卷窗前，皎潔孫康之雪。王太原之『黄河遠上』，韓員外之『寒食東風』，自古多才，於今再見。無如鍾期不遇，楊意難逢。溢浦雨翻，空灑劉蕡之淚；秦關裘敝，屢擯季子之書。因而絶迹省闈，厠身下吏。南昌梅福，尚存賣藥之廬；鄠邑程公，猶有蔭街之樹。夫何代人受過，竟未三褫之占？問心無愆，不必九閽之叩。辭樓桑而長往，渺矣關河；指秦樹以卜居，傷哉羈旅。長安道上，無非説項之人；甘亭幕中，且作依劉之客。南山蒼翠，倚杖頻看；澧水清漪，刺船屢泛。鏡中白髮，因夜雨而新添；匣裏青萍，吐長虹而時吼。三十載功名事業，盡付空花；一百年離合悲歡，都歸噩夢。

於是冥搜靈府，密運藻思。海市蜃樓，幻出奇情種種；鏡花水月，描成異字般般。换羽移宫，不讓《黄粱》舊記；傳神寫照，爭誇《白雪》新詞。方知人可回天，始信文能拗命。斯誠天池之後勁，而玉茗之比肩矣。

余與先生，情聯肺腑，誼添葭莩。趙北燕南，曾同舟而共濟；盧前王後，敢並駕以齊驅。乍聆《雲》、《韶》，擬焚筆研。有才如海，卽還謫亦何悲？知我其天，庶阨窮而無怨。播雞林而馳譽，允叶鏜鏞；居蚓竅以發聲，深慚糠粃。

己亥清和上浣〔二〕，長安姻小弟王元常頓首拜撰。

【箋】

〔一〕王元常：字南圃，號餘園，長安（今陝西西安）人。戲曲家王筠（一七四九—一八一九）父。乾隆十三年戊辰（一七四八）進士，官直隸武邑、永清等縣知縣。三十四年（一七六九）歸里，主講絳州書院。年七十餘卒。現存嘉慶十四年紫泉官署刻本《西園瓣香集》（王元常、王筠、王百齡合著，卷上爲元常詩）。傳見《晚晴簃詩匯》卷七九。

〔二〕己亥：乾隆四十四年（一七七九）。

題回春夢並序

張寶樹〔一〕

雲庵顧先生，江左名族，爲直隸涿州尉。未幾以事去官，之秦中同官，遂家焉。詩酒自娛，耕讀爲業。往時，陝大吏有裁省同官之信，欲分其地，與上下相連之耀州、宜君割治之，同民惶無措。先生與大吏有親誼，乃以裁縣不便之處立陳之，且辨論再四，始得仍其舊。先生之有裨於同邑者大矣。余以嘉慶戊午冬，應同邑朱明府之聘，延主潁陽書院講席，與先生訂交。先生因出所作《回春夢》一帙示余。余雒誦循環，慨然興嘆。世之同入於夢而不自悟爲夢者，讀先生之作，當亦知所感也。富貴功名，轉瞬間事耳。先生老矣，兩耳重聽，風骨稜稜，令人愛而敬之。余固無文，勉成百韻，以弁簡端，時嘉慶己未七月望日。

丈夫在天下，縱横任所之。窮達誠有命，富貴知何時？瞬息爲千古，百年若朝曦。至人當無夢，黄粱竟有詞。一夢轉豁然，撫掌笑自怡。不必薄軒冕，不必羨膏脂。不必驚得失，不必嘆合離。茫茫四海客，位置自如斯。今日有美酒，且當醉一巵。明朝何必計，彈琴更賦詩。祇求悟大道，俯仰與時隨。奔波胡爲者，山巔與水湄。先生生江左，爲官不厭卑。繁難州第一，衝要不辭疲。事出自偶然，關西車且馳。藉非先生至，同邑已改移。即此傳不朽，世人那個知？先生嚴道貌，先生壽白眉。迴憶往日事，談吐自解頤。《雜錄》久盈案，日記不停披。上下羅墳典，朝夕守藩籬。世態原屬幻，人心各蓄疑。回春夢似杳，回春事卻奇。風花誰作主？雪月有餘思。倏忽三十載，榮枯造物持。我欲問原因，先生曰唯唯。呼童煮仙茗，因端更竟委。『少壯喜詩書，老大嗟運否。飄蓬景獨憐，英雄願未已。慷慨發悲歌，龍蛇書滿紙。禪者乃吾師，指示參終始。馳馬出天關，帶劍過下里。遇合信有緣，名媛兼二美。功名不可重，文武任厥指。或爲二千石，或爲方面使。乃復蕩妖氛，乃復誅姦宄。特達膺主知，勳名惟吾紀。帳下一書生，功成報天子。氣概吐虹霓，王侯安所止？祇此一寐間，終身奚可比？其事本所無，其願乃如此。須臾夢裏醒，髣髴衣金紫。但願意所適，千里卽尺咫。快哉仕宦場，霜露究奚恃？今日始返眞，覺得從前理。與君抵掌談，願君會厥旨。八十有三春，尚堪健步履。茶罷酒一觴，肴饌奚必侈。羲皇以上人，何憂復何喜？一醉一陶然，昔非而今是。』我聽爽然驚，置身竟無地。與君一夜談，十年書何異！先生向余言：『盍各言爾志？』『余昔宦刑曹，屈指九齡棄。少小入文壇，亦嘗妄希冀。潦倒已終身，浮游何所寄？卽此駐潁陽，斤斤殊多事。是天假之緣，交遊原匪易。灼灼園中花，鬱鬱含晚翠。先生美丰骨，洵稱人中驥。余也嘆不才，詎云敢隨轡？』先生曰『不然，行藏原殊致。同是箇中人，有癖亦有寐。』余乃悟前因，依稀曾春睡。有時登天門，層級高累累。余兄正操刀，幸得厥弟至。有時入帝廷，宮闕遊多次。祇任吾翱翔，殊不自爲惴①。京華寓十年，想係緣已遂。秋官首領微，得者亦鼓翅。余興尚未闌，余情猶滋熾。運蹇與時違，籌畫還再四。天心竟何如？人事復何自？今得晤先生，彼此情非僞。相質且相憐，覺迷夫何忌？世事驗盈虛，碌碌人自作。水中月且明，鏡裏花亦萼。邯鄲陌上塵，長安馬中駱。今古理同然，賢愚事復若。先生達者流，灑灑還落落。閲歷幾春秋，松柏林不薄。雨露業曾沾，霜雪何爲惡？豁然識解卓，多文學且博。發揮胷所懷，指示掌中略。珠璣風自生，廟堂筆可約。南轅已無心，北轍胡不樂？種我山之田，瀹我園之芍。有子采泮芹，有女出蘭閣。親朋話孔長，琴書趣獨攫。有時高臥興，笑取流霞酌。不必慕高官，奚必希顯爵。祋祤有佳名，翩翩海中鶴。我慕先生風，我愛先生謔。且勸世間人，莫教忙裏錯。貧泉飲不窮，保終在立腳。須臾是平生，片刻已如昨。伏枕仔細參，可驚亦可愕。同此七尺軀，安得視隔膜？先生壽無垠，先生夢豈噩？名公題詠多，我竟不自度。武功張寶樹

【校】

①惴，底本作『揣』，據文義改。

【箋】

〔一〕張寶樹：武功（今屬陝西）人。字號、生平均未詳。

（回春夢）題詞

張鳳詔　等

《易水歌》成起白虹，非關楚帳怨江東。榮枯得喪歸春夢，合與蓮池七筆同。
雲翻雨覆態炎涼，苦海沉淪惹恨長。滿酌酴醾開卷讀，恍疑寶劍吐光芒。
《卜居》、《漁父》盡閑吟，恥說傳奇寄託深。悟徹無生眞妙諦，西方彼美是知音。
人心世道古難平，豪傑敢同造化爭。好共終南登絕頂，蒲團夜月話平生。桐齋張鳳詔〔一〕

彩筆吟成五色虹，回春心事寓窗東。人生遇合原如夢，假假眞眞大略同。
梧桐露下乍清涼，撫卷流連意味長。李、杜文章君踵武，行間字字冐光芒。
風流盡付短長吟，教孝教忠寄興深。自愧奔馳蕪筆墨，敢將尾續托知音？
老成閱歷氣和平，肯把牢騷與命爭。慧劍禪燈空一切，聊將寸管寫莊生。秣陵王承曾〔二〕

才子胷襟萬丈虹，縱横筆勢任西東。功名富貴歸春夢，善武能文孰與同？
淩烟畫閣盡荒涼，獨有文章耐久長。指點浮生空卽色，毫端字字現光芒。
不作牢騷澤畔吟，興酣落筆寄懷深。當窗莫把傳奇讀，風雅於今有嗣音。
蒼穹報應思難平，不與天爭與夢爭。我亦衷腸潦倒者，願將證果悟餘生。雲間唐階〔三〕

筆吐雲烟氣吐虹，閒將經濟寫窗東。由來才大難爲用，惟有雄心莫與同。

爲憐霜鬌惹秋涼，愛國忠君意倍長。聊假塵氛舒壯志，方知龍劍有光芒。

料得蓼莪久廢吟，明禋姒續寄懷深。仙緣欲種藍田玉，不是焦桐浪譜音。

波瀾閲過意常平，悟徹春光夢裏爭。這大文章垂後世，精神千載總長生。　輞川王兆榮〔四〕

白髮朱顔氣吐虹，先生才調擅江東。偶將筆墨傳心事，合與西堂樂府同。（長洲尤悔庵，早歲作《讀離騷》傳奇，流聞禁中，播之管絃。）

梅花廳子已荒涼，小謝詩名獨擅長。最愛文孫能繼起，筆鋒夜夜吐光芒。

紅燭高燒徹夜吟，淚痕直與墨痕深。狂來不覺傾浮白，屈宋《離騷》、《韶濩》音。

底事人間最不平，百年難與命相爭。忽然破涕爲嬉笑，《春夢》流傳千載生。

詞餘百種各分鑣，玉茗仙才故自超。愛煞顧家新樂府，櫻桃紅破一聲簫。

麗詞堪與雪兒歌（成句），歌罷應知喚奈何。富貴一場春夢醒，西崦端不讓東波。　檇李浦銑柳愚〔五〕

黄粱一夢已如烟，又見回春被夢牽。怪我頻年潦倒甚，晝長無事不曾眠。

茫茫恩怨逐塵埃，一到南柯境忽開。願把天涯流落客，同時拉入夢中來。

閒情如許是耶非？醒眼才開便息機。漫説禪門空色相，天花何處不沾衣？　琴川鮑標玉題〔六〕

元愷才奇夢亦奇，晚年心事托新詞。閒名盡付浮羅境，筆底回春若箇知。

戲把情緣作夢緣，陡教造物漫無權。人間魂礧消難盡，掃去全憑筆似椽。

笑他蕉鹿認偏眞，誰是《南華》解問津？道得蒙莊言外趣，老禪多事説前因。

醫俗何須讀訂頑，短歌清唱也能刪。縱饒炙手掀天勢，難換華胥一晌間。海虞李承范任夫〔七〕

製錦宏才金玉姿，退居泉石譜新詞。現身說法皆成調，想見經營慘淡時。

先生才思細於毛，獵史漁經不憚勞。今夜書窗休說夢，縱然有夢亦清高。

拍案揮毫興若狂，天乎人也費評章。生平不作牢騷體，回首春雲恨夜長。笠園吳球〔八〕

江南才子富辭華，繡虎雕龍爭豔誇。詞源倒流三峽水（杜句），筆陣雄邁古作家。髯蘇、稼軒家諷，實甫、漢卿亦伯仲。一拳搥碎黃鶴樓（李句），人間又見回春夢。入夢依稀蕉鹿眞，出夢髣髴栩栩動。窮通富貴皆幻境，榮辱得失無欣痛。漫道波瀾陳思美，且符志公契宗旨。眼前景致誰不知？中乎經首惟有子。嗟余少壯少磨琢，風雅荒疏愧揚搉。承命欲獻雕蟲技，汗顏頰赤覺齷齪。吁嗟乎，前無古人，後無與同，凡今誰是出羣雄？君不見東吳顧文學（杜句），麗藻繽紛稱宗工。杜亭李炎〔九〕

【滿江紅】名士風流，飄零處，堪爲搔首。似謫仙當日，夜郎遠走。豪達苦爲時命困，英才欲把天心扭。借夢中說法譜繁華，淩雲手。　案頭筆，文空秀；懷中錦，才宏茂。即一斑流露，已窺抱負。識破浮名同幻影，讀來雅調欽山斗。看雄文不脛自能行，充宇宙。梁溪丁鳴玉〔一〇〕

【蝶戀花】坐擁牙籤三萬軸，綺繡盈篇，字裏生珠玉。調協雲韶文郁郁，比將《燕子》、《桃花》讀。　始信奇文能造福，潘、陸才華，奪轉天成局。漱齒焚香歌一曲，天池、玉茗遙相續。武林王延照〔一一〕

才調淩雲氣貫虹，顧家元歎冠江東。拈毫試譜《霓裳》曲，玉茗才華未許同。

青雲事業已荒涼，蓮幕塡詞遣晝長。千種牢騷描不盡，筆花煥彩動星芒。

燕語呢喃偶一吟，閨中塗抹愧還深。典型在望求繩削，敢傍詞壇說賞音？（王小姐亦有《繁華夢》、《全福記》傳奇，刊行於世，故云。雲庵注。）

塊壘塡胸鬱未平，故將寸管與天爭。夢回悟得邯鄲趣，佛火禪燈了此生。長安女史王筠〔一二〕

一枕黃粱夢自驚，歸來聊寫不平鳴。恰同司馬江州白，曾借琵琶說宦情。

揮毫摛藻豔春華，調合西堂老作家。指點窮神都似夢，水中明月鏡中花。

一場大夢好驚奇，種種牢騷祇自知。說與旁人渾不解，聊將風月寫新詞。

空裏浮花夢裏身，滿腔心緒寄《回春》。分明幻境皆眞境，留得先生萬古新。壻郁雨楊生芃〔一三〕

【箋】

〔一〕張鳳詔：號桐齋，籍里、生平均未詳。

〔二〕王承曾：秣陵（今江蘇南京）人。字號、生平均未詳。

〔三〕唐階：號閬卿，雲間（今上海）人。例捐鹽提舉銜。善詞令。卒年五十。傳見光緒《南匯縣志》卷一五。

〔四〕王兆榮：字景先，藍田（今屬陝西西安）人。廩貢生，銓興安訓導，升安寨教諭。尤工韻語。傳見道光《藍田縣志》卷一三。

〔五〕浦銑（一七二九—一八一三）：字光卿，號柳愚，室名復小齋，嘉善（今屬浙江）人。乾隆三十年乙酉（一七六五），以選拔貢成均。次年（一七六六），廷試列高等，不獲銓用。遂周遊天下。曾主廣西秀峯書院。著有《百一集》、《瀨江送別詩》、《柳愚詩存》、《羊城集》、《西征集》、《歷代賦話》、《復小齋賦話》、《唐宋律賦箋注》等。傳見光緒《嘉善縣志》卷二四。參見詹杭倫《浦銑生平著述新考》（程章燦《中國古代文學文獻學國際學術研討會論文集》，江蘇古籍出版社，二〇〇六）。

〔六〕鮑標：　字玉題，琴川（今江蘇常熟）人。生平未詳。

〔七〕李承范：　字任夫，海虞（今屬江蘇常熟）人。生平未詳。

〔八〕吳球：　號笠園，籍里、生平均未詳。按《金陵通傳》卷三三載：　吳球，字研農，上元（今江蘇南京）人。乾隆四十二年丁酉（一七七七）舉人，以三通館謄錄議敘得知縣，簽分福建，補寧德，調嘉義。以積勞，卒於官。又按光緒《續句容縣志》卷一八載：　吳球，字鳴唐，句容（今屬江蘇）人。甫弱冠，考取嘉慶十八年癸酉（一八一三）選拔，肆業尊經書院，三年屢試冠軍，有聲白下。臥病不治，經十餘年而卒。著有《傳經堂經解詳辨》、《書經精華》。『笠園吳球』不知是否此二人之一。

〔九〕李炎：　號杜亭，籍里、生平均未詳。

〔一〇〕丁鳴玉（一七五一—？）：　字漱泉，梁溪（今江蘇無錫）人。生平待考。

〔一一〕王延照：　武林（今浙江杭州）人。字號、生平均未詳。

〔一二〕王筠（一七四九—一八一九）：　生平詳見本書卷八《繁華夢》條解題。

〔一三〕楊生芃：　字郇雨，同官（今陝西銅川）人。顧森壻。廩生。中年早逝。

附　雲庵先生傳

楊　坊〔一〕

先生姓顧，諱森，字廷培，一字錦柏，別號雲庵，余外祖公也。原籍姑蘇長洲，爲吳下大族，書香聯絡，簪纓世胄。其服伯諱汧者，以傳臚仕至河南撫軍。其祖小謝公，爲江東名士，詩名襲襲，選有《消夏錄唐詩》行世。父鶴澗公，詩酒自娛，隱居不仕。

時雲庵公趨庭受訓，穎悟非常，閭里咸以大器期許。奈歲甫成童，因貧廢學。同胞兄、大外祖公諱彬，胞弟、三外祖公諱林，北游京華，從事館閣，咸恩叨一命。公授北直涿鹿尉，猷襄棠治，品重梅仙。六年考滿，制君特列薦章引見，奉溫旨候升。時與州牧周公極相得也。越明年，里民爲借馬一事，闔訟州牧，遂波及於公，竄謫西安，安置殺裀。先時，涿之士民知公爲人代過，無故受累，咸欲爲公訟冤，公固止之，視富貴如浮雲，泰然也。來秦時，途中猶著《西行錄》，一路之風土古蹟，盡付奚囊。其胷襟豁闊，於茲益見。

入關後，歷爲幕賓。咸知公爲博物君子，重幣相迓，倒屣爭迎，有如山陰道上，應接不暇。況當時陝之上臺公卿大夫，半屬親朋，每遇人事之大小，一有懇求，無不盡心竭力，以成就之，或挽回之。卽於乾隆四十四年秋，畢中丞裁汰同官縣，分屬耀、宜，得公一言而止，六里士民，至今猶稱頌弗替焉。（六里送有匾聯，懸挂中庭。製有萬民衣一領，堅辭不受，衆等寄存質庫多年。及公將歿時，環跪榻前，强將前製衣衫，披服公身，點頷而謝。越一日仙逝。）是在他人必誇功得意，而公乃卑以自牧，不倚勢，不務名。公之聞望，爲當途之鄭重又如此。

迨後，壽逾古稀，杜門謝客，足不出閭門，手不釋書卷。著有《雲庵雜錄》數十本，自天文地理、山川人物，以及鬼神鳥獸，可駭可愕之事，皆公手筆親鈔，確有可據。惟分類浩繁，無力編訂。先將《回春夢》傳奇一書，勉强付梓，知公之一生心血精力，備集於斯。

竊憶先慈嘗有言曰：『吾不克使爾外祖父之手澤表彰於世，是一憾事。』先慈雖見背，言猶在耳。每閒暇時，翻閱《回春夢》一書，讀之，覺其中裁雲製霞，熏香摘豔，一種忠孝之詞，悲壯淋漓，誠娓娓動人，潸然涕下也。余因念先慈之遺命，並閱公之譜序，備述事實顛末，以志不忘。自出之意，附於簡編云爾。

時道光三十年歲次庚戌冬月，同官縣廪貢生試用訓導，愚外孫楊坊謹跋。

（以上均清道光三十年庚戌三鱣堂刻本《回春夢》卷首）

【箋】

〔一〕楊坊：同官縣（今陝西銅川）人。顧森外孫，楊生芃子。廪貢生，試用訓導。

回春夢題詞〔一〕

王元常

新詞編就付紅牙，夢裏因緣記不差。借得禪燈開覺路，歷來幻境現空花。回天有力成虚話，拗命無能祇自嗟。恰似潯陽江上客，青衫淚濕聽琵琶。

吴江遷客氣如虹，筆底烟雲奪化工。自昔循聲傳趙北，於今文藻振秦中。新編譜出人爭賞，舊雨情深喜再逢。好借酒杯澆塊壘，長歌當哭恨無窮。　姻小弟王元常再題

【箋】

〔一〕底本無題名。

回春夢總評〔一〕

戴　紱〔二〕

細讀《回春夢》傳奇，有奇文、妙文、快文、眞文四種。《入夢》、《獵遇》，奇文也；《驚豔》、《閨戲》，妙文也；《姦敗》、《功封》，快文也；《祭掃》、《入道》，眞文也。令人讀去，不覺大笑，不覺痛哭，不覺拔劍起舞，不覺欲盡吸西江之水，而吐之於壁立萬仞之峯。筆墨至此，可以奪化工矣。

水安愚弟戴紱拜評。

（以上均清道光三十年庚戌三鱣堂刻本《回春夢》卷末）

【箋】

〔一〕底本無題名。

〔二〕戴紱：水安（？）人，字號、生平均未詳。

鴛鴦帕（張應楸）

張應楸（一七一八——一七九七），字松巖，一字松崖，玉田（今屬河北）人。雍正十年壬子（一七三二）舉人，後屢試不第。乾隆三十年（一七六五），任四川筠連知縣，兼攝高縣，調屏山。後告歸。著《佩蘭詩集》。撰傳奇《鴛鴦帕》。傳見乾隆《玉田縣志》卷八、同治《筠連縣志》卷八、光緒《玉田縣志》卷二三、《清代官員履歷檔案全編》第一九冊等。

《鴛鴦帕》，周越然《言言齋劫存曲目》、莊一拂《古典戲曲存目彙考》著錄，現存乾隆十六年辛未（一七五一）佩蘭堂刻本，《傅惜華藏古典戲曲珍本叢刊》第三七冊據以影印。

鴛鴦帕序〔一〕

董光熺〔二〕

古來子史、《離騷》、樂府諸作，皆所謂自見其心者也。自樂府變爲近體，近體變爲詩餘，識者有江河日下之嘆。而魯直謂晏叔原爲高唐神女之流，文潛謂賀方回之詞如屈、宋、蘇、李，此豈無所見而漫云然耶？玉田松巖先生久以詩名，近有所著《鴛鴦帕》一劇，讀之眞如萬頃澄湖，千重巖嶂，上下千古，一往情深。至其珠圓玉潤，哀怨迷離，於纏綿款至中，自有瀟灑出塵之致。洵乎此宗之大家，不但於蘇、辛、秦、李分其一席而已也。先生命世長才，無心游藝，卽文章之高妙，不足以概生平，況於製曲之小技乎？將見得時而乘，轉淒婉纖豔之情，爲風雨雲雷之用，海內之士，因詞而見其心，則斯劇之作，其不朽之先聲矣。

時辛未中秋日〔三〕，古燕姻晚董光熺鶴林拜手敬書〔四〕。

【箋】

〔一〕底本無題名。

〔二〕董光熺：號鶴林，别署鶴林居士，豐潤（今屬河北）人。生平未詳。參定《鴛鴦帕》傳奇。

〔三〕辛未：乾隆十六年（一七五一）。

〔四〕題署之後有印章二枚：陰文方章「光熺」，陽文方章「雀林」。

鴛鴦帕弁言

郝　鑒〔一〕

製曲一道，殆未易輕談哉！自《元人百種》而外，能以全璧名家者，戛戛乎其難之矣。夫元曲，北調也。北調之例，每折止用一人，直演到底，非力大才雄者不克勝任。若夫南曲則異是，一折之中一二人亦可，三四人亦無不可，似云易矣。然製曲之道，字有陰陽，句有長短，四聲不容以假借，九宫不可以易移，詎不難哉？然猶有或可摹，難而未甚難也。至如布局貴新警，吐詞貴淺顯，率以白描爲高手，正如白香山之琢句，必使老嫗皆知，始稱合作，眞有嘔出心血而不能爽然於口者，比之詩文之可以雄渾高古，幽邃曲折，以自快足於己者，未可同年語矣。故余自束髮而後，即嗜塡詞，然每含毫而輒廢，亦甫脱稿而旋毁者，職是故也。乃今之演傳奇者，充塞宇内矣，非詭僻不經，即粗穢不雅，甚至竊他人之唾餘，而改頭换面，以攘爲己有，使人見之而噴飯，望焉而卻走。無惑乎文士詩伯，悉指製曲小技而輕薄之。夫指爲小技而輕薄之者，亦屬門外漢，未歷其中甘苦，以故以耳傳耳，不虞其來吠聲之誚也。製曲小技云乎哉！

張子松巖，讀書種子也，以岐嶷之姿，篤好學之志。自壬子秋登賢書〔二〕，而後益勵志於帖括。乃屢戰春闈，不獲志於有司，遂留心詩學。余與張子有中表誼，得時與講貫，而互訂其工拙，初不知其能製曲也。自余薄遊江左，不謀面者僅二載耳。

己巳秋杪〔三〕，余倦飛而還，握談於佩蘭堂中。寒暄之餘，張子因出所製《鴛鴦帕》見示，而問序焉。余捧接之下，爲之心動，蓋猶是不敢輕談之故智也。及構燈快讀，第見其位置有法，勾勒有術，絕無一毫斧鑿痕，此猶本八比緒①餘而出之者。至其設局新而不詭，措事奇而不支，其吐詞也天然爽籟，舉前人之所艱澀周章而不能暢遂滿意者，無不揮霍而談，若吭而出之者。於戲！張子之才情筆力，其庶幾乎！然後知向之視爲畏途而不敢輕談者，衹以余之性拙才疎，而欲以概諸敏達之士，豈不誣哉！余本不知音，因張子之固請，謹撮其平昔之見，以弁其首云。

時乾隆己巳嘉平月，天放散人郝鑒題〔四〕。

【校】

①緒，底本作『續』，據文意改。

【箋】

〔一〕郝鑒：字方諸，別署天放散人，玉田（今屬河北）人。好學，能文善詩，不以家貧爲累。傳見乾隆《玉田縣志》卷八。

〔二〕壬子：雍正十年（一七三二）。

〔三〕己巳：乾隆十四年（一七四九）。

〔四〕題署之後有印章二枚：陰文方章「郝鑒之印」，陽文方章「方諸氏」。

《鴛鴦帕》題辭

董光熺　等

金陵秋日展《鴛鴦帕傳奇》贈松巖先生作

聞向寒窗用意深，與君相見即相親。無端寫出《鴛鴦帕》，更比《春燈》曲調新。（《春燈謎》，阮大鋮傳奇也。）

檢點新編慰寂寥，一生心事付漁樵。不因樂府傳千古，兒女濃情何處消。

從來好事盡文章，才女佳人總擅場。一種癡情分兩地，還須帕裏覓餘香。

曲中傳點早知名，宿粉殘粧鬪畫屏。不是紅于情種在，淒其風雨錦香亭。

武陵有意戀香娥，自是詩人好事多。寫就烏絲傳妙楷，帕中聯語更如何。

隔絕山河路幾重，悠悠萍水必相逢。天空不礙團圞月，獨羨汾陽老郭公。

新詞宛轉甚清妍，可與《長生殿》並傳。今日逢君重有約，莫愁湖上住年年。（時余與松巖先生同寓金陵家嚴署中）

相憐同是江南客，乘興清歌即便家。傳語梨園譜遺事，勝聽白傅舊琵琶。　豐潤鶴林居士再題〔一〕

酉秋閲張松巖同年所作《鴛鴦帕》傳奇苦憶别松巖甚久情見乎詞

鍾子知音何處是，希聲太古此中傳。秋蓮折盡蒹葭老，極目明霞駐遠天。

松巖同年遠書致訊兼惠《鴛鴦帕》詞曲詩以謝之時甲戌春仲也〔二〕

不盡秋思尚惘然，好音驚喜走雲箋。開函正對王弘酒（是日王德庵世兄招飲賞像生菊花），新燕繞梁二月天。廣川劉燉若具草〔三〕

雨窗讀松巖二弟《鴛鴦帕》戲成五絶

餘霞成綺上鸞箋，開寶遺音寄管絃。當日若教歸菊部，定應唱煞李龜年。

冠世才名出世姿，鴛鴦原有並棲時。乍經九曲穿珠手，幻①出千秋絶妙詞。

鼙鼓偏成錦瑟緣，風姨枉妒養花天。不因朝罷傳新事，何處重尋第一仙。

巧將雙帕爲紅葉，多謝秋蓮作御溝。綵鳳雙飛入雲路，可無蜀錦與纏頭。

空堦淅瀝濕流螢②，看罷《霓裳》酒乍醒。世上三星成好會，不堪南内雨淋鈴。桐城渭南筠筆〔四〕

（以上均《傅惜華藏古典戲曲珍本叢刊》第三七册影印清乾隆十六年佩蘭堂刻本《鴛鴦帕傳奇》卷首）

【校】

①幻，底本作『㓜』，據文義改。

②螢，底本作『營』，據文義改。

【箋】

〔一〕鶴林居士：即董光熺。題署之後有印章二枚：陰文方章『光熺』，陽文方章『隺林』。

〔二〕甲戌：乾隆十九年（一七五四）。

〔三〕劉燉若：字綺雯，號艾源，景縣（今屬河北衡水）人。雍正十年壬子（一七三二）舉人，乾隆七年壬戌（一七四二）明通。歷官霸州學正、寶坻縣教諭。能詩，著有《渠陽鐸韻》。傳見《景縣志》卷八、同治《畿輔通志》卷一四六。題署之後有陰文方章二枚：『只有耐煩心』、『淡淵』。

〔四〕桐城渭南筠：未詳。題署之後有印章二枚：陽文方章『吟到某花字亦香』，陰文方章『曲江風采』。

桃花緣（朱景英）

朱景英（約一七一八—？），字幼芝，一字梅治，號苣汀、梅墅、研北，别署研北農、研北寓農、研北學子、石圃後人、一百八松亭長、詅癡翁，武陵（今湖南常德）人。乾隆十五年庚午（一七五〇）舉人，十八年選任福建連城知縣，次年遷寧德。四十一年（一七七六），任臺灣北路理番同知。尋告病歸里，以著述自娱。著有《畬經堂詩集》、《畬經堂詩續集》、《畬經堂文集》（合輯爲《畬經堂集》）、《畬經堂詩三集》、《畬經堂詩後集》、《研北詩餘》、《海東札記》，纂修《沅州府志》五十卷。撰戲曲《桃花緣》、《羣芳樂府》。傳見《國朝耆獻類徵初編》卷二五五李元度《朱景英傳》、嘉慶《常德府志》卷四〇、同治《武陵縣志》卷三六等。

《桃花緣》，未見著録，現存乾隆間紅蕉館刻本《畬經堂文集》卷首附刻本，中國國家圖書館藏。參見劉世德《朱景英和〈桃花緣〉傳奇》（《文獻》一九八〇年第四期）。

（桃花緣傳奇）小引

朱景英

癸未暮春〔一〕，余之官閩海。舟泝瀟湘，食眠少適。偶閲唐《本事詩》，取崔護事，戲填詞四折。南北雜陳，宮調頗協。命家童倚艙歌之，余於扣舷節拍時，輒覺酸甜風味不待領諸錦氍紈扇間也。研北寓農幼芝甫自識於淥江小泊。

（清乾隆間紅蕉館刻本《畬經堂文集》卷首附刻《桃花緣傳奇》卷首）

【箋】

〔一〕癸未：乾隆二十八年（一七六三）。

旗亭記（金兆燕）

金兆燕（一七一九—一七九一），字鍾越，號椶亭，別署蘭皋生、蕪城外史，全椒（今屬安徽）人。乾隆十二年丁卯（一七四七）舉人，屢試不第，入盧見曾（一六九〇—一七六八）、趙之壁兩淮鹽運使幕府。三十一年丙戌（一七六六）進士，選揚州府學教授，擢國子監博士，陞監丞，分校四庫館書。後因病辭官，僑居邗江（今屬江蘇揚州）。著有《國子先生全集》（包括《棕亭詩鈔》、《棕亭詞鈔》、《棕亭古文鈔》、《棕亭駢體文鈔》）、《贈雲軒詩鈔》等。今有呂賢平點校《金兆燕集》（人民文學出版社，二〇一九年）撰傳奇《旗亭記》、《嬰兒幻》，皆存。參見陸萼庭《金兆燕年表》（《清代戲曲家叢考》）、鄧長風《二十九位清代戲曲家的生平材料·金兆燕》（《明清戲曲家考略三編》）、李勝利《金兆燕年譜》（《金兆燕研究》附録，福建師範大學博士學位論文，二〇一三）。

〔二〕《旗亭記》，一名《旗亭畫壁記》，《曲考》、《曲海目》、《曲録》著録，均誤作盧見曾撰；《今樂考證》著録，作金兆燕撰。現存乾隆二十四年己卯（一七五九）盧氏雅雨堂刻本、乾隆間寫刻本（《傅惜華藏古典戲曲珍本叢刊》第四一册據以影印）。

旗亭記序〔一〕

盧見曾〔二〕

揚州繁華甲天下，竹西歌吹之盛，自唐以至於今，梨園之多名部宜矣。顧人情厭故，得坊間一新劇本，則爭相購演。以致時下操觚，多出射利之徒，導淫者既流蕩而忘返，述怪者又荒誕而不經。愚夫愚婦及小兒女輩，且豔稱之，將流而爲人心風俗之害，心甚非之而無以易也。

全椒蘭皋生，矜尚風雅，假館眞州，問詩於余。分韻之餘，論及唐《集異記》旗亭畫壁一事，謂：『古今來貞奇俠烈，逸於正史而收之説部者，不一而足，類皆譜入傳奇。雙鬟信可兒，能令吾黨生色，被之管絃，當不失雅奏。而惜乎元明以來，詞人均未之及也。』蘭皋唯唯去。

經年，復遊於揚，出所爲《旗亭記》全本於篋中。余愛其詞之清雋，而病其頭緒之繁，按以宮商，亦有未盡協者。乃款之於西園，與共商略。又引梨園老教師爲點版〔三〕，排場稍變，易其機柚，俾兼宜於俗雅。間出醉筆，揮灑胸臆。雖素不諳工尺，而意到筆隨，自然合拍，亦有不自解其故者〔四〕。

記成，沈長洲先生適至〔五〕，爲奏終曲。先生嘉賞之，曰：『是導淫、述怪兩家對症之良藥也。』題六絕句於冊，而勸授梓焉。

乾隆己卯，山東傖父書於揚州之官梅亭。

【箋】

〔一〕底本無題名。盧見曾《雅雨堂文集》卷二有《旗亭記序》，見《續修四庫全書》第一四二三冊影印道光二十年（一八四〇）盧樞清雅堂刻本，文字均同。

〔二〕盧見曾（一六九〇—一七六八）：字抱孫，號澹園，別署雅雨山人、山東傖父、杜亭亭長，室名雅雨堂，德州（今屬山東）人。康熙五十年辛卯（一七一一）舉人，六十年辛丑（一七二一）進士，授四川洪雅縣知縣。乾隆元年（一七三六）、十八年，先後兩次任兩淮鹽運使（治江蘇揚州）。二十七年，告老還鄉。三十三年，兩淮鹽引案發，因收受鹽商賄賂，被拘繫，病死揚州獄中。著有《雅雨堂詩集》、《雅雨堂文集》、《雅雨山人出塞集》等，編刻《山左詩鈔》、《雅雨堂叢書》。傳見盧文弨《抱經堂文集》卷三三《墓志銘》、《清史列傳》卷七一、《碑傳集補》卷一七、《碑傳集三編》卷一八、《國朝耆獻類徵初編》卷二一〇補錄、《國朝詩人徵略初編》卷二二、《湖海詩人小傳》卷二、《昭代名人尺牘小傳》卷二〇、《清儒學案小傳》卷一等。

〔三〕梨園老教師：　殆指戲曲家朱夰（約一七〇五—一七六一後），生平詳見本書卷十二《倚聲雜説》條解題。按戴延年《秋鐙叢話》云：『時盧雅雨権鹾維揚，新譜《旗亭畫壁》傳奇，傳至蘇，朱酒後閲之，即大加塗抹，正其謬誤。雅雨聞而具禮延致。』（清道光十三年刻本楊復吉輯《昭代叢書》戊集續編。又見戴延年《摶沙錄》，收入道光二十四年刻本沈楙悳輯《昭代叢書》癸集萃編。）

〔四〕按金兆燕《棕亭詩鈔》卷八《送盧雅雨都轉歸德州四首》其二云：『幾載南樓對月圓，共然官燭檢吟編。搜羅軼事存風雅，商略新詞付管絃。』（《續修四庫全書》第一四四二冊影印嘉慶十二年贈雲軒刻本，頁一六六）

〔五〕沈長洲：　即沈德潛（一六七三—一七六九）。

（旗亭記）長洲沈歸愚先生題詞

沈德潛

畫壁旗亭溯往時，品詩高下屬名姬。而今樂府翻新調，重唱『黃河遠上』詞。

才士由來送五窮，飄零南北似飛蓬。惟餘浩氣凌霄漢，不入權姦籠絡中。

漁陽鼙鼓震天關，天子無能庇玉環。獨有雙鬟兼智勇，虎狼窟裏竟生還。

特爲才人吐奇氣，鵷雛卑伏忽飛騫。科名一準方干例，地下何妨中狀元？

長安零落李龜年，兒女傳譌代剖宣。不獨情深情更正，爲情離散爲情圓。

鏡花水月俱空幻，官閣塡辭韻最清。已許新聲追玉茗，風流還接柳耆卿。

旗亭記凡例

闕　名〔一〕

一、填詞雖云末技，實能爲古人重開生面，闡揚忠孝義，寓勸懲，乃爲可貴。若夫以廬墓之中郎而蒙以棄親之罪，是謂重誣古人。至於金閨弱女，年未摽梅，而懷春以至於死，既葬又還魂焉，雖有黄絹幼婦之詞，其能免於君子之譏乎？

一、有奇可傳，乃爲填詞。雖不妨於傅會，最忌出情理之外。《西樓記》於撮合不來之時，突出一須長公，殺無罪之妾，以劫人之妾，而贈萍水之友以爲妻。結構至此，不謂之苦海得乎？

一、傳奇之難，不難於填詞，而難於結構。生旦必無雙之選，波瀾有自然之妙。串插要無痕迹，前後須有照應。脚色並令擅長，場面毋過冷淡。將圓更生文情，收煞毫無剩義。具兹數美，乃克雅俗共賞。若夫清詞麗句，宛轉鬭生，當世固不乏儁才；而别裁僞體，以親風雅，亦未易數數覯也。

一、曲譜苦無善本。蓋填詞必有襯字，往往訛爲正文，又轉將正文訛爲襯字，以致宫商舛誤。近惟莊邸新定《大成譜》，考訂詳該，悉依改正①。

一、近日詞曲，往往但標牌名，不載宫調。不知有同一牌名，而移置别宫，即迥不相同者，如【夜遊宫】在仙呂爲一曲，在羽調則另爲一曲。又有一宫調之曲，而分引子、過曲，如仙呂之【風入松慢】，在引子爲一曲，在過曲則另爲一曲，均難混淆。至引子下各詞，舊名爲過曲者，《大成譜》改爲正曲，於北調則稱隻曲，今並從之。

一、舊譜有未詳宫調，《大成譜》始爲分收者，如【急急令】之入羽調，【柳穿魚】之入正宫是也。又有更易舊譜者，如仙呂入雙調各曲，《大成譜》謂仙呂、雙調聲音迥别，無由可合，以仙呂歸仙呂，雙調歸雙調是也。至其另定之仙呂入雙角，乃以南曲之仙呂、北曲之雙角相間迭奏，卽各宫南北曲合套之例，音節殊妙，今皆從之。若【針線箱】舊入南呂，《嘯餘譜》、《九宫譜定》皆然。近代塡詞家李漁，稱爲善歌，其《奈何天·媒欺》齣内之【針線箱】，亦入南呂，按之音節，並無不協。《大成譜》之改仙呂，未解於心，今仍其舊。

一、詩韻之變爲詞韻，以詩韻中有不協於歌之字故耳。詞韻無不可歌，而又改爲曲韻者，以戲曲盛於元時，其始但有北調，而南音非北人所習，故另爲譜，今之《中原音韻》是也。如『車遮』、『家麻』之分爲二韻，緣北人讀『車遮』字，但有從『車遮』韻之一音，而無從『家麻』韻之一音，是以不可以入六麻之調。若南曲則兼用南音，南音之『車遮』卽與『家麻』相叶，詞韻本合，有何應分之處？是以塡北曲必用《中原韻》，塡南曲則參用詞韻，《琵琶》、《拜月》以及各名本，莫不皆然。《大成譜》别之曰『叶』，亦如詩有叶字。其實詩中叶字，亦卽古韻之正音耳。至於『眞』不雜『寒』，『佳』收入『麻』，詞韻與詩韻已有不同，何況於曲？若『先』不雜『覃』，『庚』不雜『侵』，有開口閉口之分，卽詩韻亦所不通，時流混訛，乖字義矣。

一、曲韻雖三聲互用，而應仄者不可平，應平者不可仄。又有應句而韻，或應韻而句者，更爲失格。茲本校對無訛，其不應韻處，雖嫌韻亦避之。至於曲中原有可平可仄，如詩中三平三仄之上一字，原所不拘。又有以入作平者，舊譜旁注甚明，《大成譜》悉易以工尺字，然義本一貫也。

一、全本三十六齣，起伏迴環，一線串成。每齣内科白曲文，各有穿插照應。名部度曲，腔版必遲，而時派奢華，如《遊春》、《女衛》等齣，無不極力鋪張，照《琵琶》、《荊釵》之例，分二日扮演爲宜。若隨意節刪，則血脈不貫。梨園教師，貴在通人，其共體之。

一、經傳子史，以及方言里語，入曲各有所宜。而字面或非所常見，平仄習於舛混者，另爲注釋於後。

一、『黄河遠上』一詩，康熙間曾聽友人之歌，高唱入雲，極抗墜抑揚之妙。今按仙呂【天下樂引】度腔，意致索然。而原譜已失，俟更於我輩中能歌者求之。

【校】

①『以致』至『改正』，北京師範大學圖書館藏乾隆二十四年己卯（一七五九）盧氏雅雨堂刻本作『以致宮商舛誤者不可枚舉。近惟《九宮大成譜》一書刊校最工，坊譜之訛，悉依改正』。

【箋】

〔一〕此文當爲金兆燕撰。

寧都盧端臣先生跋（一）

盧明楷

珍逾照乘，價重連城。珠潤盈盤，光沁清宵月冷；金聲擲地，響催碧落雲移。織英思而錦燦天孫，抽妙緒而絲纏帝女。調則聽風聽水，能乎櫪馬游魚；白則爲球爲琳，直駕《曇花》、《鳴鳳》。擬蘭成江南之賦，勝耆卿錢塘之詞。足使則誠扶輪，蓋卿卻步。登之琬琰，無煩皇甫之一言；盛以縑緗，堪令東陽之三復。所謂咽三危之瑞露，美動七情；咀五色之靈芝，香生九竅。移此香奩之贊，贈茲畫壁之奇。

（以上均《傅惜華藏古典戲曲珍本叢刊》第四一冊影印清乾隆間寫刻本《旗亭記》卷首）

【箋】

（一）盧端臣：即盧明楷（一七〇二—一七六六），字端臣，一字又李，又作右禮，號鈍齋，又號鈍庵，寧都（今屬江西）人。雍正十三年乙卯（一七三五），國子監選貢，充武英殿校對、纂修。精通樂律，輔助和碩莊親王纂修《律呂正義》。乾隆六年辛酉（一七四一）舉人，十六年辛未（一七五一）進士，選庶吉士，散館授編修，官至侍講學士，復降編修。終任詹事府正詹，以勞疾卒於官。傳見錢大昕《潛研堂文集》卷四一《神道碑》、《詞林輯略》等。參見賴啓華主編《早期客家搖籃——寧都》（中華國際出版社，二〇〇二）。

嬰兒幻（金兆燕）

《嬰兒幻》，《北京圖書館善本書目乙編續目》、《古典戲曲存目彙考》著録。現存乾隆間刻本、曹氏藏鈔本。

嬰兒幻傳奇序〔一〕

金兆燕

佛門以童眞出家，易修易證。《性命圭旨》亦謂：『童子學仙，事半功倍。』《老子》云①：『嬰兒終日號而不嗄，嬰兒不知牝牡之合而朘作。』古今來能爲嬰兒者，方能爲聖爲賢，爲忠爲孝，爲佛爲仙。三教雖殊，保嬰則一。《孟子》曰：『大人者，不失其赤子之心者也。』雖然，處胎之時②，安浮陀時異，歌羅邏時異，至於嬰兒，已非混沌無竅時比矣。讀《聖嬰兒傳奇》者，其勿以爲泥車瓦狗之戲也可。

辛丑冬日〔二〕，椶亭金兆燕書③。

（曹氏藏鈔本《嬰兒幻傳奇》卷首）

【校】

①云，《椶亭古文鈔》卷六《嬰兒幻傳奇序》作『曰』。

②處胎之時，《棕亭古文鈔》卷六《嬰兒幻傳奇序》作『赤白和合之後』。

③《棕亭古文鈔》卷六《嬰兒幻傳奇序》無題署。

【箋】

〔一〕底本無題名。金兆燕《棕亭古文鈔》卷六有《嬰兒幻傳奇序》，見《續修四庫全書》第一四四二冊影印道光十六年（一八三六）贈雲軒刻本，頁三三六。

〔二〕辛丑：清乾隆四十六年（一七八一）。

一簾春（周大榜）

周大榜（一七二〇—一七八七），字虎木，一字題苑，號珠士，別署閒止亭滸墨居士、瓜田半半子，室名滸墨齋，山陰（今浙江紹興）人。七赴鄉試，皆不售。乾隆二十五年庚辰（一七六〇），薦爲優貢生。三十六年，入湖北巡撫陳輝祖（？—一七八三）幕府，歷十年。晚年客上海，裒次周長發（字蘭坡，號石帆，一六九六—一七六〇）詩集。未幾，卒。能詩善畫。著有《浮峯詩草》、《半半草》、《傳忠堂駢體文集》等。編彈詞《珍珠塔》（一名《九松亭》）、《十玉人傳》（一名《雙魚佩》）。傳撰傳奇六種，《一簾春》、《十出奇》、《慶安瀾》、《晉春秋》，今存；《一統錦》、《晚香亭》，已佚。傳見周建中等《周氏家譜・列傳・珠士公傳》（民國二十五年木活字本）、馮金伯《墨香居畫識》卷五等。參見鄧長風《十四位清代浙江戲曲家生平考略・周大榜》（《明清戲曲家考略》），鄭志良《山陰曲家周大榜與花部戲曲》(《明清戲曲文學與文獻探考》)、左怡兵《周大榜及其戲曲研究》(中國人民大學碩士學位論文，二〇一七)。

《一簾春》傳奇，周氏《言言齋劫存戲曲目》、莊一拂《古典戲曲存目彙考》著錄，現存乾隆間精鈔稿本，中國國家圖書館藏。

一簾春自序

周大榜

三春獨步，花鳥依人。心游目想，如有所悟。夫嫩蕊未雕，新英驟吐，怙恃者誰耶？老竹婆娑，清嚴操挺，俯視柔姿媚態，隔籬相覆，已不啻母之矣。紅舒一瓣，綠衛千層，位以花婢，葉亦何辭？惜乎闌干獨靠，妾爲誰容？老大不嫁，心實傷之。枝頭眷戀，楚楚衣裳，雖饒風韻，未免顛狂。蝶非花匹也，故故斜飛，訂盟在昔，晚節不改。金谷園中，銜泥以葬，庶幾其燕乎？鶴，羽族之仙，花朝月夕，蕭然清唳，使人作出塵想；蜂，花之蟊賊，不可以不懲。霜、雪、雨、風，得一皆足以敗花，況一朝而叢集之？所愛惜而保護之者，惟月耳。無何金風呵影，玉露凋翎，花尋入土，燕亦謝堂。離多會少，曷可勝嘆！閲明年而春光依舊，好事重圓，疇昔之願，於今暫慰。

嗟嗟！一朵瓊花，帳繡思郎之鳥；三聲嬌鳥，燈燒恨妾之花。調鸚鵡於樓頭，春宵夢短；映芙蓉於奩畔，秋水情長。花耶，鳥耶，抑非花鳥耶？浣花叟，飼雀翁，玳瑁藏書，珊瑚映腹，顧束筆不爲之一傳，亦花鳥之恨人也。僕素拙四聲，於九宮引曲，尤屬盜鐘掩耳。顧以曠覽之餘，興與景並，歡生愛，愛生憐，憐生惜，既惜其離，復歡其合。因拈韻作《一簾春》三十二齣，付諸笙管，資爲笑談。花鳥有知，亦當稱快。至運調之未工，遣詞之鮮當，謹以俟知音之一顧也已。

澼墨居士。

（清乾隆間精鈔稿本《一簾春》卷首）

十出奇（周大榜）

《十出奇》傳奇，一名《金彈樓》，《明清傳奇綜錄》著錄，現存清鈔本，中國國家圖書館藏。參見鄭志良《山陰曲家周大榜與花部戲曲》（《明清戲曲文學與文獻探考》）。

十出奇自序

周大榜

傳奇者，傳其事之奇者也。事不奇，則又奚傳之有？第今之填詞家，往往以倫常日用爲無奇，而別索諸蜃樓海市，與夫牛鬼蛇神，要其窠臼，不脱《西遊》、《封神》兩書。是誕也，怪也，而非奇也。夫奇莫奇於用兵，如三才、五行、六花、八門、十二時之陣圖，忽焉驅策風雲，忽焉牢籠山海，縱横變化，莫測端倪。然而美紀律者，曰以整以暇，所謂節制之師，堂堂正正。正之極，斯奇之極矣。由斯以談奇，安有不本於正者哉？

至於傳奇，有開場，有結局，大抵夫婦爲終始。此夫婦之所以成一乾坤，而乾坤之所以不外男女也。竊嘗謂男女構精，理之至正，寔亦事之大奇。其始於睽，終於合，則蒼蒼嘿嘿主之，似非人力可與。乃若赤繩之繫，紅葉之題，烏羊之約，碧鸛之迎，竟欲以人勝天，遂纏采缸自我而主其睽，復定昏店自我而主其合。任彼以力、以謀、以權勢，求者不必應，應者不必求。即几席談笑間，而輸攻墨守，用兵之道寓焉，豈非奇之可傳者歟？然且制奇握勝，不屬之丈夫，而屬之女子。又此女子者，不過位居副室，分列小星，綠珠、碧玉之流，桃葉、柳枝之亞，一旦保護主家，彌縫敵釁，能爲紅線侍兒之所爲。凡天下以力、以謀、以權勢，鬚髯如戟之丈夫，皆俯首爲娥眉所屈，覺古人雄飛雌伏之言，有相反爲用者，而於是乎不得不以奇歸之。

嗚呼！古來女子擅奇，媧皇寔爲之祖，而劍俠若越女、車中女、大娘、隱娘、十三娘輩，不與焉。他若蘭英粉黛，居然奮博士之登朝，王導衾裯赫矣。雷尚書之預政，論者或僭竊爲嫌。彼之與此，兩兩較奇，應歎服後來居上。抑更有進此者，一奇之不已，而層見迭出，以至乎十。十者，數之全，由十而拓之，奇復生奇，雖謂有千百奇可也；十者，又數之轉，由十而藏之，奇適孕奇，雖謂無一奇可也。此之謂善用其奇。

然則倫常日用之內，創見創聞之擘畫，可驚可愕之規爲，何所蔑有？有開場，有結局，夫婦一乾坤，而奇之道大備。傳奇者，取其奇而傳之，寔取其奇本於正而傳之。無奇非正，即無正非奇。

不此之傳，而托諸蜃樓海市、牛鬼蛇神之怪誕，是其好奇，亦猶葉公好龍，好其似夫龍者，及眞龍降而駭而卻走。且彼亦烏知煉石補天後，尚有一段公案在耶？昔陳孺子奇計六出，勝於用十萬甲兵，高祖因之以得天下，奇之爲用大矣哉！今之視昔，何如也？是編演自梨園，又爲巾幗中樹一漢赤幟矣。

瓜田半半子珠士書。

（清鈔本《十出奇傳奇》卷首）

晉春秋（周大榜）

《晉春秋》傳奇，《周氏家譜·珠士公傳》著錄，現存清鈔本，南京師範大學圖書館藏。參見左怡兵《周大榜及其戲曲研究》第二章《周大榜與〈晉春秋傳奇〉作者公案》。

（晉春秋傳奇）凡例（二）

周大榜

春秋，魯史名，晉不云乘乎？曰乘者，載事之編；春秋者，紀年月之例。載事總不外乎紀年月也，則以乘名春秋可也。

列國書名《春秋》者，若趙景之《吳越》、陸賈之《楚漢》、孔衍之《漢魏》、習鑿齒之《漢晉》、孫盛之《晉陽》、司馬彪之《九州》、崔鴻之《十六國》、蕭方之《二十國》、武敏之《三十國》。不但《繁露》、《竹書》、《虞》八篇、《呂》六論也。茲獨寓之於傳奇，蓋卽史之例，而詩之旨備焉，樂之道該焉。歌喉舞袖，宛接古人於笑貌聲音，豈非臧否得失之林、成敗興亡之鑒，而以勸以戒之感人尤捷者，載使鬼董狐而有作也，亦當首肯乎是編。

五霸首齊桓，大聖人取之。然桓特倚仲父爲功耳，仲父外，諸臣無一能敵狐趙者。且其晚年衰颯，等諸落葉西風。六夫人爭立，有開場，無結局。玉蟲出於尸，而不能不廢書嘆矣。此取桓而取文也。

《左》獨詳晉事，故有謂是晉史官之書。第於世子妖夢，亡人十九年，過楚，過齊，過曹、宋，過鄭、衛，過秦，亦旣瑣碎言之，而獨於謠諑牝雞，傾覆宗社，不及其如何而死，豈天鑒竟可逃歟？且里克手刃幼君，其時姬年少，應尚在，克何以處姬，而姬又何以處克？種種疑竇所生。茲憑空撰出追亡、借師，而因有一札之託，而因有一拜之助，始知令尹與亡人爲難，厥亦有因。兼令一姬、兩狐女，紅粉英雄，照耀於車馬河山之際，此烘雲托月，用畫家渲染法也。而後以鬼道收拾之，則姬之首尾本末具見矣。是編以姬爲主，故於姬死，不得不詳。

削惠、懷之年而予驪姬，惡惠、懷也。惡惠、懷，何以予姬？曰：『非予姬也，所以甚姬也。』『甚姬何也？』曰：『所以爲鎖姬、判姬地也。』姬赫奕莫過垂簾，然而寡婦一堂，無非愁苦怨嘆之音，則已奪之魄矣，姬亦可憐人哉。故申生云：『原是從前無好事，總然到此可憐人。』

焚宮亦移之惠、懷，惡惠、懷也。據狐姬之言，大無道六，不成君者三。其子益發昏騃，是以付諸一炬之燼，以爲一筆之勾。此移掇之巧也。然則史事果可以意爲删削、爲增飾歟？曰：此非史也，而傳奇也。

獻蒸夷姜，生伯姬、申生。茲不曰夷姜生者，非爲獻諱，爲伯姬、申生之賢諱也。夷姜祖妾，不可爲母，則非母狐姬而誰？其曰『嫡母』，無論自我所生，非自我所生，而皆可以嫡母母之。狐姬實生重耳，其父狐突，兄若弟狐毛、狐偃，皆賢。由是推之，而姬之淑德徽音，可知也，故歿後特表其爲神。

伯姬，娣也，胡列之爲妹？曰：娣則當領隊而位置轉難，妹則但隨肩而提挈較順。考伯姬嫁秦，在滅虞、虢之後，則與三公子年殆相若，雁翼參差，無甚大礙①，正不必以伯姬『伯』字爲拘也。即如子糾本兄，桓公實弟，諸書鑿鑿可據。獨程子一翻舊説，謂糾乃桓之弟。此以己意想當然，謂必如是而後桓之殺糾始正。自筆之之於《論語》之注，而學究秀才，遂莫不以糾爲弟矣。噫！糾豈眞弟也耶！非桓弟之，程子弟之耳。伯姬之不爲娣而爲妹，亦當作如是觀。

梨園始自唐，而此有《戲釁》一折，緣優施『優』字起見耳。二五之朋比爲姦，即從此立案。

殺妲己用四將，本《封神傳》。

《左》載新城之縊，爲胙毒事，曰『賊由太子』。然使果由胙毒而殺，則殺之出於驟然，何以前乎此者，預有夜半之泣也？夜半之泣，爲殺申生禍本，與胙肉又絕不相蒙。是編分爲兩案，借撲蜂爲申生之死，就進肉爲兩公子之逃，死在逃先，而後《拜墓》、《魂護》等齣，可以隨手生波。此亦移掇之巧也。然則史事果可以意爲刪削、爲增飾歟？曰：此非史也，而傳奇也。

《魂護》、《焚宫》、《冥鎖》、《女判》、《死妒》、《渡津》等齣，毋乃好言鬼怪？曰：此《左氏》之家法也。《左氏》不云爾乎『新鬼大，故鬼小』，以及『石言晉，神降莘』。果孰聞之而孰覩之？而且形容已臭之官骸，既枯之骨殖，頭可築防，眥可憑軾，身可橫九畝。甚矣，《左氏》之好言鬼怪也！况是編妖夢是踐，則鬼怪皆實有之鬼怪，顯示以天道禍福之報，嘿挽夫人心善惡之機，奚待觀地獄變相圖，而始森然惕然也哉！允爲暮鼓晨鐘之一助。

有輪迴之説，而因有轉世之説，見於書者不一。蔡中郎係張平子轉世，羊征南係李家兒轉世，郭祥正係青蓮轉世，王慶之係玉童轉世。他如胡沙門、赤腳仙等，轉世爲相爲君，則又何疑於是編？雖然，惠公之轉世爲楚平，里克之轉世爲伍②胥，鞭尸報復，當矣。乃若驪姬轉世爲伯嚭，女而忽男，殊覺不倫。曰：此事傳奇家恒有之。《四聲猿》中，月通轉世爲柳翠，非男而女者歟？《大輪迴》中，司馬貌判斷六案，項王轉世爲漢壽亭侯，虞姬卽轉世爲周倉，此女而忽男者。以美人爲將軍，則何不可以寵妃爲佞宰也？生平仍以讒構見長，是男女雖有異身，後先究歸一致。嗚呼！是亦盡釋氏輪迴之大凡矣。

楚距晉遠，子玉何以能到晉陽？蓋在子玉素有呑晉之志，其言曰『今日必無晉矣』。此以其志演之，非以其迹演之也。既可到晉陽城，則亦可到平定河，又何必規規焉以道里郵亭記哉？吾故曰：此非史也，而傳奇也。

伯姬打戰鼓而子玉逃，少姜打戰鼓而子玉死矣。是子玉之赳赳桓桓，特爲兩巾幗增氣焰耳。韓蘄王夫人梁氏，於黃天蕩時，躬自桴鼓。《文言》曰：『坤至柔而動也剛。』信然。

十九年奔走歷國，惟《園謀》殺婢，最好看，不可不傳。駢脅亦佳話，而不傳，浴與觀脅，難演也。少姜賢智女，兼有俠氣。今以勤王第一著，屬諸閨閫之謀，而少姜之俠益見。僖負羈婦，賢智亞於少姜，不與少姜並傳者，恩未償而僇及全家，此亡人之慚而從亡者之罪也，事之缺陷者也，故略之。

驪姬狠，伯姬慧，少姜俠，狐氏娣妹順而武，荀兩夫人正而和，里夫人剛，皆奇女也，然皆不若介妹之癖爲尤奇。

妒女祠與妒婦津有異，婦已嫁而女未嫁也。妒婦津在臨濟，劉伯玉妻段氏事；妒女祠在平定州，則之推妹事也。婦而妒者，十之八九；婦而妒而死者，亦十之二三。無論大婦小婦，冢纍纍與段相望也。若未嫁而妒而且死，自古及今，之推妹一人而已。其自沈於水爲神，女子渡者，必毁妝，不爾，風濤大作。此則介與段之事從同。

唐武后過平定河，畏介女之神，欲開道以避。夫以春秋至女主時，幾及千年，而猶赫赫若是，在當日更何如哉？此子玉之矢，所以不及錢王之弩也。添出子玉射濤一節，亦空中樓閣耳，於前後關鍵，具有花團錦簇之妙。

傳奇者，傳其事之奇者也。之推之死於火，奇矣；其妹之死於水，抑奇之奇矣。既傳其兄之隱而死，安得不傳其妹之妒而死？死隱，廉也；死妒，貞也。以死隱、死妒，配死孝、死忠，而是編遂以忠孝廉貞特著，此一書之綱領，非一代之綱常哉！然則傳奇者，傳其事之奇者也，實傳其事之奇而正者也。

駟潭周珠士書。

【校】

①礙，底本作『碍』，據文意改。

②伍，底本作『五』，據人名改。

【箋】

〔一〕據左怡兵《周大榜及其戲曲研究》第二章《周大榜與〈晉春秋傳奇〉作者公案》考證，蔡廷弼《晉春秋傳奇凡例》，即修改周大榜此文而成。參見本卷蔡廷弼《晉春秋傳奇凡例》條。

晉春秋傳奇腳色〔一〕

闕　名〔二〕

演是本者，非十三人以上不可也。今將腳色開列於後。

〇舊腳色十一人

生、小生、外、末、淨、副淨、丑、老旦、旦、小旦、貼旦。

○新添腳色四人

幫外：在外、末之間，而能爲淨、丑之所爲，然非專主乎其人也。亦曰幫之而已。

花丑：『花』者，花簇之謂。可以生，亦可以旦。雖棄也，而花之，殆亦花面場中之能出色者歟？故曰『花丑』。

襯旦：傳奇烘染點綴，聲色全在小旦。小旦太喫苦，則色昏其色，聲啞其聲，何以振通部之精神而悅當場之耳目？於是有貼旦以貼之。第貼亦以神暇氣裕爲得，而遍應則勞，迭代則促，且數齣內不宜屢見。於是又有襯旦以襯之，是皆襯貼乎小旦者也。每見文章家、畫家，俱尚襯貼之法，豈梨園而遂略其法哉？知貼旦之所以爲貼，即知襯旦之所以爲襯矣。以襯之名，核襯之實，與小旦、貼旦鼎峙而爲三，誠不可不慎選其人。

閏旦：有貼旦、襯旦以佐小旦，合之老旦、正旦，是旦已得其五，數不謂不多矣，何以復有閏旦？曰：此閏也，而非正也。蓋干支之奇零，而挂扐之贏餘也。浸假以閏旦，而閏之爲生，又閏之爲丑，猶之乎春夏秋冬之無不可閏也。雖然，一年中有竟不閏者，是閏旦原亦可以不有。獨是演《晉春秋》，偶部太多，則紀閏更好。夫既曰此閏也，而非正也，則又何必如襯旦之慎選其人也。凡身材充動而音律婉轉者，當無弗勝任而愉快。

若無幫外，以副、花丑、末代之；無閏旦，以襯旦、花丑、貼代之。至花丑、襯旦，斷斷不可少者。

（以上均南京師範大學圖書館藏清鈔本《晉春秋傳奇》卷首）

【箋】

〔一〕底本無題名，版心題有『腳色』，據之題。

〔二〕此文當爲周大榜撰。

六如亭（張九鉞）

張九鉞（一七二一——一八〇三），字度西，號陶園，又號紫峴、垣子，別署紅梅花長、梅花夢叟、紫峴山人、羅浮花農、拾翠閣主人，湘潭（今屬湖南）人。乾隆六年辛酉（一七四一），以選拔貢成均，充教習。二十七年中順天鄉試舉人，特資得知縣，歷任南豐、峽江、南昌、海陽等縣。因盜案牽連，於四十八年去職，游嵩、梁、鞏、洛間。晚年歸鄉，主昭潭書院，講學十餘年。著有《陶園文集》、《陶園詩集》、《陶園詩餘》、《紫峴山人詩集》、《依永集》、《秋蓬詞》、《晉南隨筆》等，現存《紫峴山人全集》。撰傳奇二種：《六如亭》，今存；《雙虹碧》，已佚。傳見戴熙《習苦齋集·古文》卷二《紫峴先生傳》、鄧顯鶴《南村草堂文鈔》卷一八《張君九鉞家傳》、《清史列傳》卷七二等。參見張家栻編《陶園年譜》（一名《張度西先生年譜》，咸豐間刻《紫峴山人全集》本）。

《六如亭》傳奇，《今樂考證》著錄，現存道光七年（一八二七）賜錦樓刻本（《傳惜華藏古典戲曲珍本叢刊》第四三冊據以影印），道光二十三年（一八四三）賜錦樓重刻本《陶園全集》第十一、十二卷，道光三十年庚戌（一八五〇）湘潭張氏刻《陶園全集》附刻本。

六如亭序〔一〕

雲門山樵〔二〕

羅浮花農，以芳芷騷人，作紅梅主吏。青鞵白袷，時過遺履軒前；畫舫筠籃，小住釣魚磯畔。拜德鄰堂之祀像，榕幹扶疏；訪大聖塔之孤墳，松濤寂歷。半湖春水，夕照猶香；滿徑落花，白雲不掃。客何爲者，偶然憑弔興歌；僕本恨人，聊以銷愁度曲。

原夫五戒尊老，再世轉輪；七宿奎星，前生修果。《華嚴》法界，揮來浩瀚雄文；忍辱劫身，鍊出嶙峋大節。值權姦之攻擊，遂謫宦以遷流。灑落爲懷，怨尤不作。黄仙驅虎，句漏翁迎彼翺游；靈雀銜花，香嶽女導其延眺。仿六橋之舊事，堤引長虹；築一畝之栖宮，峯高白鶴。倉皇鯨海，書庵民建桄榔；放浪蛇鄉，圖畫士尊笠屐。固一場之春夢，實千古之奇蹤。

則有西湖秀媛，蓬洞夙眞。二十年巾屨親持，五千里瘴霾共苦。吟時捧硯，墨灑羅衫；醉後憑肩，香翻藍袖。栽茶行菜，相夫子於貧窮；歌扇舞裙，洗侍兒之粉黛。遂以早齡通慧，宿器儲眞。授一冊之經函，示十年之準的。繡龕誦典，口出蓮華；綺閣薰檀，身堅貝樹。打蒲團而靜看，玉犬升梯；抛魚磬以逍遙，泥牛轉磨。一乘禪贈，立教撒手懸崖；五迹靈扶，即是騰身覺路。因之感臨行誦偈，亭額六如；合贈句悼文，名傳全集。

況乃題梅花之壁，璇錦襄機；挑牡丹之燈，玄璘躡舄。仙遊貽迹，知歸第七洞天；詞客有靈，悟徹大千世界。所當選聲樂府，用以增韻藝林。此《六如亭記》所由作也。

時則吳門寄旅，邗水浮蹤。悲宋玉之秋心，凋安仁之華髩。蕭蕭風雨，水閣孤燈；渺渺夢魂，青山紅粉。觸英雄兒女之事，爲勞人遷客之音。套成南北宮詞，意證摩訶釋典。醉後拓殘金戟，狂來擊碎唾壺。固久豔吐笙脣，芬流箏手矣。復以女紅餘志，釣客叢譚。述龍嶠之奇貞，紀鵝城之逸傳。眼空當代，獨傾西蜀文人；志守孤闈，願作扶風侍婢。骨有三分俠，許壻光明；情餘一片癡，聽吟贊歎。梨花命薄，痛團箋撰杖之難諧；菤艸心堅，棄斷粉零脂而不惜。情鍾我輩，何妨江上哀詞；身殉才郎，又獲人間知己。豈止芙蓉城主，收此瑤英；定教金碧壇儔，從他妙想。眞可合成全璧，譜作聯珠者也。

於是組織隨心，淋漓合拍。排比三十六齣，出入一十七家。跌宕於白、王、關、馬之間，含咀於周、柳、史、姜之外。寓深忱爲綺語，事有勸懲；了公案於禪門，累求解脫。爨演既整齊變化，賓白亦華藻鏗鏘。繡服騎麟，望茫茫而下降；花冠跨蝶，翩姍姍其來遲。極妍詞麗句之長，掃孽豔惡魔之陋。直欲趾趨玉茗，肩拍稗畦矣。

不佞緣交瓔珞，講奉犍椎。尋杖履於夷門，仍許論文對雪；訪山河於魏國，相隨把酒臨風。偶翻篋衍旁儲，獲覩金荃妙製。怡然心醉，黯矣魂銷。書之玳瑁之箋，浣以菩提之汁。粗加評騭，略發指歸。庶知騷雅緒餘，無施不可；詩詞降格，異調同工。老鶴長鳴，百喧俱寂；天龍一指，萬籟皆喑。

嗟乎！恨地誰移，漏天難補。杯蛇弓壁，悉是迷離；巾兔草車，原非沾懘。以文章爲游戲，化筆墨爲烟雲。菩薩開拳，立撥虛靈之境；金剛努目，頓歸歡喜之園。情生文，文生情，傷心人別有懷抱；色卽空，空卽色，參偈者作如是觀。

雲門山樵書於大梁空香妙喜之室。

【箋】

〔一〕底本無題名。

〔二〕雲門山樵：姓名、籍里、生平均未詳。

六如亭序〔一〕

蝶園居士〔二〕

《六如亭記》，吾楚張紫峴先生所作也。先生諱九鉞，字度西，以詩古文辭負海內重望五十年，兼工小令、長調。晚年旅食四方，哀感棖觸，輒作南北宮詞以排悶。曾游惠陽，訪白鶴居、六如亭。因取坡公嶺南海外舊聞，及侍妾朝雲誦經、栽茶、偈化、建亭事，復於宋人小志中，得惠陽溫女超超許壻、聽吟、殉志遺話，合爲三十六齣，總名曰《六如亭記》，以了禪門一段公案。對酒當歌，豪宕自適，雅不欲以示人。

先生嘗論：詞曲之源，出自樂府。雖世代升降，體格趨下，亦是天地間一種文字。曲譜中大石調之【念奴嬌】『長空萬里』，般涉調之【哨遍】『睡起華堂』，皆宋詞，可見是時已開元曲先聲。如青蓮【憶秦娥】爲詞祖，姸麗流美，而聲之變隨之，有莫知其然而然者。然如實甫、東籬、漢卿，猶存宋人體格。自院本雜劇出，多至百餘種，歌紅拍綠，變爲牛鬼蛇神，淫哇俚俗，遂遭大雅所憎惡。明之丘文莊《十孝記》，何嘗不以宮商爨演，寓垂世立教之意？在文人學士，勿爲男女媟褻之辭，掃其蕪雜，歸於正音，庶見綺語真面目耳。

余叨世講，在洛、汴時，每以詩文質正，間聞先生緒論，心韙之。後知有《六如亭記》，乞觀焉。所傳事皆正人君子、賢媛俠女，間及士民緇羽，要皆可歌可誦之事。其詞新雋而不傷渾厚，豔麗而不落狎昵，奇崛而不染諺鄙。闡發金剛妙諦，觸手靈通，旨味深長。不獨音律叶調，藻采繽紛，爲羅浮現出香洞天也。雪夜，與雲門山樵擊節歎賞，把玩不置，勸先生播之剞氏。先生以生平著述尚未開雕，不肯以綺語作乘韋，因爲述其大旨於末。

先生宰梅嶠時，自署『紅梅花長』；量移嶺東，又署『羅浮花農』。嘗寓吳門，爲歌師製《虎丘四時景》【新水令】南北宮詞一套，至今盛傳吳下。附記於此。

蝶園居士跋於轉運使廨之東齋。

【箋】

〔一〕底本無題名。

〔二〕蝶園居士：張九鉞《陶園詩集》卷二二有《劉蝶園乞題樂水圖》、《題劉蝶園乘槎圖》詩。蝶園居士，當即劉蝶園，官刑部。姓名、籍里、生平待考。

六如亭序〔一〕

譚光祜〔二〕

小琅明府既以從祖度西先生《陶園詩文集》屬余校訂〔三〕，復出先生《六如亭》填詞見示。以沈鬱豪宕之筆，著引商刻羽之辭。組織羣言，核實信史，觀空於佛，結穴於仙，使放逐之臣、離魂之女，仗金剛忍辱波羅蜜，同解脱於夢幻、泡影、露電，而證無上菩提，洵衛道之奇文，參禪之豔曲矣。昔人爲坡公傳奇者，必摭拾瑣事以附會之，又顛倒出處之歲月以牽合之。讀此曲，當知作者有自然之文章，無庸矯揉造作也。

香山《琵琶行》，不過自寫其淪落耳。而《青衫記》以琵琶妓素悅香山，於江州送客時，仍歸司馬，命意遣詞，齷齪可鄙。蔣清容太史非之，乃别填一本，曰《四絃秋》，一洗院本之陋。今先生《陶園詩集》中，有《四聲絃題詞》二首，即《四絃秋》之初名也。其與清容太史，可謂異苔同岑矣。

此曲於坡公及諸賢事蹟，考據詳確，年譜詩集，信而有徵。中間變化神通，無非爲仙佛生色。即朝雲、超超二女子，必如此曲之忠順俠烈，而其人始高。其人高，而坡公之氣節文章，益高出尋常萬萬。先生以夢入羅浮，自署『羅浮花農』。此曲之末，以梅花仙欒爲坡公壽，或亦有所託而云然歟！

道光丁亥清和之月，吹鐵簫人譚光祜序。

【箋】

〔一〕底本無題名。

〔二〕譚光祜（一七七二—一八三一）：字子受，號櫟山、午橋，別署鐵簫、鐵笛、吹鐵簫人，南豐（今屬江西）人。吏部左侍郎譚尚忠（一七二二—一七九六）五子。屢試不第，入貲爲府通判，分發四川，任重慶夔州通判。道光五年（一八二五），任湖南寶慶知府。六年後，以勞瘁卒於官。工篆隸，善度曲。道光六年（一八二六），曾譜《紅樓夢》新劇，題《風月寶鑒》，未見著錄，已佚，見周樂清《靜遠草堂初稿》中《賦贈譚櫟山郡伯》詩注。著有《止止堂少作》（附《詩餘》）、《鐵簫詩稿》。傳見陳用光《太乙舟文集》卷八《墓志銘》、宗稷辰《躬恥齋文鈔》卷一〇《墓表》（均收入《續碑傳集》卷四〇）、《國朝耆獻類徵初編》卷二四八、《皇清書史》卷二二、同治《南豐縣志》卷二七等。

〔三〕小珣明府：即張家栻（一七八九—？），字敬南，號小珣，湘潭（今屬湖南）人。張九鉞姪孫。嘉慶二十四年己卯（一八一九）恩科進士，署峽江、萬年知縣，繼署巴縣、遂寧縣。工書法。編纂《陶園年譜》、《張曲沃年譜》，著有《雙藤老屋詩鈔》。傳見龔篤清《湘人著述表》。

（六如亭）題詞一

張九鉞

濯足釣魚磯，直上東坡祠。木棉掃城白日匿，涼風欲度蟬聲垂。不知身騎白鶴出城表，惟見羅浮羣拱揖。橫捲四百七十二幅蒼龍旗，雙江從東去，浩浩爭赴之。是時六月瀑漲下逼海，不得逞怒作萬馬鏗鍧馳。白雲飛涌豐湖起，倒翻墨海青頗黎。元祐罪人文章伯，世人欲殺皇天惜。羅浮遺出老胎仙，指點虛無作幽宅。思無邪，德有鄰，築齋鑿井光鮮新。誰知明月清風地，盡付栽茶行菜人！東鄰翟夫子，循州周太守，各各爲奔走。兒和玉糝羹，妾進眞一酒。荔支赬虯杞蒼狗，掀髯大叫吸一斗，醉卧危臺蛟不吼。咫尺蓬萊第七天，空濛長嘯應回首。鷓鴣哀啼猿啾啾，鵝城象嶺不可留。君王不怒相公怒，先生萬死行儋州。借問庵桄榔，何如亭松風。浣花瀼西聾老翁，挈妻攜子奔西東。能將忠信通天地，那惜艱虞困鬼雄！醉且賦《定風波》，醒不待春夢婆，如塵如泡一瞬耳。蚊蟲鸛雀何其多，祠前寥寥一放歌。孰使予吞聲，躑躅涕滂沱！ 湘潭張九鉞度西自題

（六如亭）題詞二

宋鳴琦 等

羅浮幽夢鵜鴂悲，腸斷朝雲一卷詩。（余仲兄澹思先生〔一〕，曾譜《羅浮夢》傳奇八齣〔二〕，亦爲朝雲而作。）誰料廿年前老宿，已將離恨譜相思。

骨鯁心期放逐身，楊枝撒手倍酸辛。六如一偈亭千古，誰與先生作替人？

溫家玉鏡本無瑕，牽惹維摩病後花。記得栽茶行菜地，生天成佛共根芽。

新愁舊恨署『花農』，絕命詞來合惱公。（見小琱題跋）老淚青衫零落盡，更無人唱『大江東』。 奉新宋鳴琦梅生〔三〕

羅浮山下證前因，說法如來偶現身。瘴海蠻鄉都歷盡，千秋猶自泣孤臣。

勘破《金剛般若經》，梅花香裏夢魂醒。只今剩有西湖月，照徹琳宫一塔青。
閨中才女更憐才，不數溫家玉鏡臺。明月有因花有種，香魂長合伴蓬萊。
爲譜新詞舊恨濃，傷心人已署花農。三生共是參禪侶，占盡名山幾萬重？　善化劉衡午峯〔四〕
不見儋州禿鬢翁，香墳長在落花中。栖禪寺畔蘇堤路，認取松林一塔紅。
羨道裙腰緑草生，薰風爲掃白雲晴。孤亭一握碑三尺，珍重東坡侍妾名。
舞扇歌裙散夙緣，臨行特贈一乘禪。好攜行菜栽茶侶，同上蓬萊第七天。
將軍好事一椽增（亭聞爲黄海澄公修），女子憐才百感仍。欲補梅花三萬樹，夜吟看導牡丹燈。（梅花亭中，夜挑緑牡丹燈題壁，野史中傳朝雲逸事。）　姪孫家樾小珊〔五〕
萬壑松濤兩塔齊，香墳人指夕陽西。東風一夜廉纖雨，花落空山水漲堤。
牡蠣牆欹石徑殘，芳碑三尺碧琅玕。誰能侍妾鐫名姓，常伴風流學士看。
維摩天女伴飄零，煩惱應銷《般若經》。贈得一乘禪去後，傷心還懺六如亭。
生長錢塘記得無？　夢魂猶是葬西湖。誰將白鶴山居景，添箇西泠墓道圖。
行菜栽茶是夙緣，前身老宿後身仙。芳蹤若逐丹成去，只在蓬萊第七天。
隔牖春宵聽講回，貞魂長伴一枝梅。誰知放逐餘生日，猶有深閨解愛才。
瘴海蠻鄉徙未休，桄榔庵裏暫淹留。美人死後先生去，惟有西江繞惠州。
腸斷孤鴻卜算裁，夷門一夜雪飛來。花農何必羅浮署？　瓔珞階前花已開。（從祖姬人，何姓，善音律，亦解吟詩。嘗隨從祖由江右而海南，巾屨親持，貞操不改。從祖一吟一詠，一動一靜，賴以安焉。乾隆癸卯，從祖以解組，薄遊太行、嵩洛間。未逾年，姬人以疾，卒於里。瀕行，猶口占七言十絕，倩人郵寄河南，以慰老年岑寂。《六如亭》之記，蓋始於此。） 姪孫家栻小珣

（以上均《傅惜華藏古典戲曲珍本叢刊》第四三冊影印清道光七年賜錦樓刻本《六如亭》卷首）

【箋】

〔一〕澹思：即宋鳴珂（？—一七九一），字搢桓，號澹思，奉新（今屬江西）人。其宅有二十梅花草堂。乾隆三十五年庚寅（一七七〇）舉人，四十五年庚子（一七八〇）進士。官南城捕兵馬司正指揮，卒於任。著有《南川草堂詩鈔》。傳見同治《奉新縣志》卷八。撰傳奇《杜陵春》、《羅浮夢》。參見宋鳴琦《心鐵石齋自訂年譜》。

〔二〕《羅浮夢》傳奇：《今樂考證》著錄，現存珍重閣烏絲欄刻本，上海圖書館藏，凡八齣。

〔三〕宋鳴琦（一七六三—一八四〇）：原名宴春，字少梅，一字梅生，號厲石，別署步韓、雲墅，室名心鐵石齋，奉新（今屬江西）人。鳴珂弟。乾隆五十二年丁未（一七八七）進士，歷任禮部主事、員外郎，四川敍州、嘉定等府知府，四川永寧道、廣西桂林道，並屢權臬司。晚年主講友教、豫章兩書院。著有《心鐵石齋存稿》、《聯句詩》。傳見同治《奉新縣志》卷八。參見宋鳴琦《心鐵石齋自訂年譜》。

〔四〕劉衡：號午峯，善化（今屬湖南長沙）人。生平未詳。或即湖南南豐人劉衡（一七七六—一八四一），字蘊聲，號廉舫，一作簾舫。劉庠孫。嘉慶五年庚申（一八〇〇）副榜，歷官四會、墊江等縣知縣。精算學。著有《簾舫先生四種》、《庸吏庸言》等。傳見吳嘉賓《求自得之室文鈔》卷一〇《傳》、《清史稿》卷四七八、《清史列傳》卷七六、《續碑傳集》卷三四、《國朝耆獻類徵初編》卷二一四、《國朝先正事略》卷五四、《清儒學案小傳》卷一四、《清代樸學大師列傳》卷二三、《清代疇人傳》卷一六、《清代七百名人傳》等。

〔五〕張家械：字蔭南，號小瑚，一號小珊，湘潭（今屬湖南）人。嘉慶十三年戊辰（一八〇八），副榜貢生。歷官貴州餘慶、貴筑知縣，陞郎岱、普安同知。著有《少巖詩草》、《哀絃草》。傳見龔篤清《湘人著述表》。

（六如亭）題詞

程恩澤〔一〕

氣節文章外，更柔情、東風一束，帶將南海。死不珠焦生又慕，心被才名挫碎。覺此老丰容絕代。枝上好雲吹已盡，小傾城、偎暖桐么背。空盼斷，月窗內。　坡仙薑桂何能改？笑紛紛、權姦欲殺，嬋娟苦愛。到了都無脂粉迹，贏得兩腔紅灑，殉知己、天涯愁憊。白鶴北飛馱不去，姊桃花、夜訂秋墳妹。奎宿底，一雙拜。

奇絕王、關筆，一鑪錘、銅弦鐵撥，粉雲酥月。曾戴坡翁衝雨笠，醉倒梅花香窟。（紫硯先生曾至粵東，何小夫人侍焉。）有絕豔清娱侍側。洲冷塔頹無限憾，倚紅鸞、笑向紅兒說。華首蝶，記雙掇。　老詞仙、拓肝成楮，滴心爲墨。拚作惠州眞秀士，勾起春婆慧舌。字字是、楚騷歸來瘦損眞珠骨。一副亡姬情急淚，古今才、同歃相思血。鵝管禿，玉簫裂。右【金縷曲】二闋。古歙程恩澤雲芬

（清道光三十年庚戌湘潭張氏刻《陶園全集》附刻本《六如亭》卷首）

【箋】

〔一〕程恩澤（一七八五—一八三七）：字春海，又字雲芬，號梅春，歙縣（今屬安徽）人。翰林院侍講學士程昌期子。嘉慶十六年辛未（一八一一）進士，選庶吉士，散館授編修。官至戶部侍郎。著有《國策地名考》、《程侍

郎遺集》等。傳見阮元《墓志銘》（道光二十五年刻本《程侍郎遺集》附）、《清史稿》卷三八二、《清史列傳》卷一六三、《續碑傳集》卷一〇、《碑傳集三編》卷四、《國朝耆獻類徵初編》卷一一四、《清儒學案小傳》卷一五、《清代樸學大師列傳》、《詞林輯略》卷五、《昭代名人尺牘續集小傳》卷八、《清代疇人傳三編》卷二、《皇清書史》卷一九等。

六如亭後序

湯元珪〔一〕

余出紫峴夫子門下，受知四十餘年矣。嘉慶戊辰抵都門，遇劉婕園比部，出夫子《六如亭記》。余捧而讀之，曰：『豪而婉，豔而哀，夫子其亦有感而言之耶！』余於音律非解人，然心欽其寶，輒摩挲不置。憶己未〔二〕，余客粵西，夫子寄余以詩，諄諄期許，至今懸之蓬蓽。壬戌〔三〕，隨先君應春闈抵京，復得夫子書，猶殷殷冀余至湘潭一晤。余以先君檢討公棄養大事羈身，不克赴。未幾，而夫子歸道山矣。嗚呼！生事葬祭，弟子之職。余志之，而未克遂之，悲可知也。

夫子所著《陶園文集》八卷，《詩集》二十二卷，膾炙人口。此記填詞三十六首，吳下人爭豔之。婕園手鈔示余，余烏能已於言哉！夫子自署『羅浮花農』，借物攄懷，長言之，詠歎之，非無所感而言之也。至其詞之淹雅縱橫，色正芒寒，其有關於士女風俗者，婕園言之備矣。是爲跋。

南豐門人湯元珪謹書於京都古藤書屋之西軒。

（《傅惜華藏古典戲曲珍本叢刊》第四三冊影印清道光七年賜錦樓刻本《六如亭》卷首）

【箋】

〔一〕湯元珪：南豐（今屬江西）人。嘉慶六年辛酉（一八〇一）舉人。張九鉞《陶園詩文集》卷二三有《寄南豐門人湯元珪粵西學使幕》詩。

〔二〕己未：嘉慶二年（一七九九）。

〔三〕壬戌：嘉慶七年（一八〇二）。

六如亭刊印緣起

張家栻

《六如亭傳奇》，從祖作於大梁旅次。稿成，親筆録之，惟恐諸子不得當也。（中略）歸里後，有以三百篇求售者，從祖笑聽之。其人伺隙，將攫之以去，爲雲岑叔所覺，祕藏枕内幾三十年。將梓，必焚香令栻長跽，尅期一月告成，方鄭重授余。（中略）宋梅生年伯、譚鐵簫世叔，又爲余正譜，付梨園子弟演之，不失毫髮。讀是冊者，勿徒視爲傳奇小説已也。附外末集。其後院本，惜存篇目云。

時道光庚戌仲冬。

（清道光三十年庚戌湘潭張氏刻《陶園全集》附刻本《六如亭》卷首）